国家级非物质文化遗产代表性项目

泾源民间故事

生活故事篇

主编 马晓勇

黄河出版传媒集团
阳光出版社

图书在版编目（CIP）数据

泾源民间故事. 生活故事篇 / 马晓勇主编. —— 银川：
阳光出版社，2023.9
ISBN 978-7-5525-7046-5

Ⅰ. ①泾… Ⅱ. ①马… Ⅲ. ①民间故事—作品集—泾
源县 Ⅳ. ①I277.3

中国国家版本馆 CIP 数据核字（2023）第 207896 号

JINGYUAN MINJIANGUSHI SHENGHUO GUSHI PIAN

泾源民间故事·生活故事篇

马晓勇　主编

责任编辑　胡　鹏
封面设计　杨宏霞
责任印制　岳建宁

黄河出版传媒集团
阳　光　出　版　社　出版发行

出 版 人　薛文斌
地　　址　宁夏银川市北京东路 139 号出版大厦（750001）
网　　址　http://www.ygchbs.com
网上书店　http://shop129132959.taobao.com
电子信箱　yang guangchubanshe@163.com
邮购电话　0951-5047283
经　　销　全国新华书店
印刷装订　固原博奥彩色印刷有限公司
印刷委托书号　（宁)0027518

开　本　787 mm × 1092 mm　1/16
印　张　16.5
字　数　313 千字
版　次　2023 年 9 月第 1 版
印　次　2023 年 9 月第 1 次印刷
书　号　ISBN 978-7-5525-7046-5
定　价　85.00 元

国家级非物质文化遗产代表性项目
《泾源民间故事》丛书编辑部

主　　编:马晓勇

副 主 编:王　鑫　吴桂花

执行主编:王文清

编　　辑:马金瑞　张　昕　丁　丽　秦永利　马志发　金　良
　　　　　马亚丽　张　滢　李光辉　吴　勇　咸永红　陈翠英
　　　　　冯丽琴　王　芳　张　燕　马　燕　铁安阳　杨润泽
　　　　　马　旎

校　　对:陈翠英　冯丽琴

摄　　影:王文清

序

泾源县文化旅游广电局局长　马晓勇

《泾源民间故事》是国家级非物质文化遗产代表性项目,民间故事是民间文学中的重要门类之一。《辞海》解释说:"民间文学,指民间集体口头创作、口头流传,并在流传中不断有所修改、加工的文学样式。"民间故事是从远古时代起就在人们口头流传的一种以通俗的语言和象征的形式讲述人与人之间的种种关系,题材广泛而又充满幻想的叙事体故事。作为一种民间文艺形式,它具有形式多样、主题丰富、充满想象力、生动有趣的特点。这套民间故事集充分体现了泾源这一地域的文化和艺术作品的风格风貌,展现了这一地域劳动人民极富创造力的精神世界,对研究当地民间文化具有一定的史料价值。

民间文学是一个地域口传的历史。你要想了解一个地域特色,不妨从爷爷奶奶讲的故事开始。了解泾源的传统文化、历史文化、农耕文化、泾水文化,也不妨从民间故事开始。泾源民间故事,可以说是民间的百科全书。泾源民间故事是泾源先民在特定时期、特定环境下,对理想、情感、生活方式、思维方式、价值取向和审美情趣的记录。想象大胆而奇特,具有鲜明的地域特色,它涉及生活习俗、生产习俗、岁时节令、民间信仰等诸多方面。其主题集中体现了鲜明的惩恶扬善思想、赞美至死不渝的爱情、重视婚姻和家庭、主张人与自然和谐相处,呈现出鲜明的教育和娱乐功能。

泾源民间故事具有多重文化价值。故事里包含的文化、艺术、历史等人文科学,为研究民俗学、历史学、社会学、哲学、伦理学、教育心理学等提供了丰富而重要的资料。泾源优秀民间故事种类多,内容丰富,几乎反映了泾源人生产生活的方方面面。有生活故事、神话故事、人物轶事、风俗故事、地方传说、动物故事、笑话故事和寓言故事。这些故事语言朴实无华、感情诚挚真实,题材来源于生活,具有很高的文学艺术欣赏与借鉴作用和较高的地方史、文化史、民族史研究价值。

挖掘、搜集、整理泾源民间故事是一项宏大的文化传承工程,也是继20世纪80年代"三套集成"以来规模宏大的口头文学抢救工作。在充分认识到这项工作的重大现实意义和历史意义的基础上,泾源县文化馆组织非物质文化遗产中心工作人员,肩负着抢救、保护泾源民间文化遗产的责任，历时 6 年，冒着严寒，顶着酷暑，带着方便面和饼子走村入户。在田边地头、院落炕头，文化馆的非物质文化遗产工作者不辞辛劳，共采访搜集了 1440 篇民间故事，筛选整理 800 多篇，总计近 200 万字。这套故事集力求体现"科学性、广泛性、地域性、代表性"的编纂原则，删繁就简，去芜存菁，最终精选优秀民间故事 480 篇，180 万余字，分为泾源民间故事集《生活故事篇》《人物轶事篇》《神话故事篇》《风俗故事篇》《传说故事篇》《动物故事篇》6 卷本。这套泾源民间故事凝结着文化馆非物质文化遗产工作者和非物质文化遗产传承人共同的智慧和心血。在此，谨向长期在基层默默无闻的非物质文化遗产工作者和非物质文化遗产传承人表示敬意。

《泾源民间故事》这套丛书收录了当地广为流传、为人民群众喜闻乐见的故事、传说、神话等，它赞颂的是人世间的真善美，鞭挞的是人世间的假恶丑，内容健康向上，富有教育意义，是一部融通俗性与艺术性于一体的故事集。一个个妙趣横生的民间故事，已成为广大人民群众在长期的生活历程中一种自我教育、自我愉悦的有效表现形式。民间故事立足于现实生活，又富于幻想的艺术特色，简洁精练的表达方式和曲折生动的结构技巧等，都有很大的艺术欣赏价值和文学价值。发掘这些文学宝藏，对繁荣文艺创作，为社会、历史、民族、语言等学科研究提供珍贵的资料有着重大的意义。

历史的车轮永不停息，文化的魅力永远不减。在社会昌明、文脉兴盛的今天，守好老祖宗留给我们的宝贵财富，传承好他们的精神根脉，是我们每一个公民应尽的责任和义务。只有守住了我们的根，才知道我们是谁；只有把住了我们的脉，才知道我们要到哪里去。传承地域文化、保护民间故事，才能讲好"中国故事"，坚定文化自信，为实现中华民族伟大复兴的中国梦凝聚精神和力量。

愿泾源文化遗产绽放时代光彩！愿泾源人民的生活幸福美满！

是为序。

2023 年 5 月 30 日

目　　录

穷根富命

很早以前,有一家人,老两口生了三个儿子,儿子长大后又给娶了三个媳妇。老大、老二脑瓜子灵活,处处占便宜怕吃亏。老三脑瓜子迟钝一点,家里大大小小的活,下苦出力的活都是他干。老大说老二得了多少好处,老二说老三吃了多少饭。老两口都看在眼里,知在心里。三个儿子都是自己亲生的,这手心手背都是肉,为了把一碗水端平。老两口决定给三个儿子把家分了,让他们各过各的日子,谁也不依靠谁。

这一天,老两口把三个儿子和三个儿媳妇都叫在一起,把房子和家具分了三份。老大和老二家还比较霸道,把这三份变成两份,他们一家占一份。把老三分到院子外面一个过去是牲口房的小院。老三叹了一口气:"唉!好儿不吃分房饭!"老三媳妇也是个老实本分人,两口子啥话也没说,就搬到小院里,从此弟兄三人就各过各的日子了。

兄弟三人,自从分了家,老大、老二两家人都很机灵,邪心眼多,人家的光阴是一天比一天过得好,家里也越来越富了,经常吃的是清油细面,穿的是绫罗绸缎,女人是搽脂抹粉,戴金戴银。唯一不顺心的事,就是都结婚好多年了,两家子都没生个一男半女。

老三两口子是老实本分,脚踏实地,以种地为本。他们不投机钻营,其他啥也不搞,家里没有收入,日子过得比较清贫。老三媳妇勤俭持家,穿的衣服是补丁摞补丁,也没啥打扮,吃穿都不如人,和老大、老二家也不来往。虽然家里生活艰苦,但过得都很开心,三年生了三个儿子娃,两口子整天围着锅台和娃们转。

这一年春节,老大、老二家,杀猪宰羊,买新衣,买鞭炮,购置了丰盛的年货。老三家穷,啥也买不起,老三就砍了几捆柴去市场上卖了,给三个娃买了些核桃、瓜子、花生和大红枣。三十晚上,老三推磨磨了些白面,媳妇擀了长面,一家人吃了就算把年过了。

老大和老二家,三十晚上是满盘鸡、满盘鱼、满盘肉,家家都是一桌丰盛的饭菜。老大两口子去老二家,吃香的喝辣的;老二两口子去老大家,划拳猜酒,轮流做庄。肚子吃饱酒喝好,夜也深了,各自回家睡觉。

老三家没炮放,就把扫院的竹子扫帚点着,院子里"噼里啪啦"响一阵,也算把炮放了。一家人就坐在热炕上，按照老规矩，大人要给娃们压岁钱，老三两口子没啥给娃们，就一人给娃几个核桃几个枣。三个娃这才高兴了，在热炕上裤子也脱了，光屁股娃娃砸核桃。核桃吃了枣吃了，三个娃娃在炕上跳得"腾腾"，你把我动一下，我把你踹一下，"哈哈哈……"一家人哈哈大笑，笑得隔壁邻家都说："这家子三十黑夜干啥哩？年年三十都是这样热闹。"隔壁邻居有的很好奇，就悄悄来爬到窗子上看个结果。一看是三个娃娃在炕上耍着哩，惹得两口子哈哈大笑。

老大家两口子也感觉怪怪的，老大给媳妇说："这老三家穷得肚子都吃不饱，家里还这么热闹？"媳妇说："咱去看一下。"老大说："要看你看去，我不去。"媳妇就跑到老三家窗台，爬窗子一看，三个娃在炕上耍欢了，又是绊跤又是唱歌，惹得两口子跪在炕上大笑。老大媳妇心里就不好受了，吊着脸嘛着嘴回到屋里，老大问："老三家在干啥？"媳妇说："再甭问咧。"老大说："啥事你说吗？咱的好日子过着哩，还有啥让你不高兴的？"媳妇说："你自己看人家干啥着哩。"老大就想弄个明白，是啥事让媳妇不高兴咧，就自己去老三家，爬到窗子一看，心里说："哦，人家耍娃娃着哩，咱是要啥有啥，不缺吃不缺穿不缺钱，就是缺个娃，这娃娃是大人的活宝。"老大回去，两口子就为自己没娃，伤心得抱头痛哭。

老二家两口子也想不通，老三家咋这么热闹，是不是家里来人了？媳妇说："你去看一看，老三家在干啥？"老二就去老三家，爬窗子一看，三个娃在炕上绊跤耍欢了，惹得两口子都笑得没气了。老二回来媳妇问："人家在干啥？"老二说："人家在耍娃娃，三个娃在炕上绊跤耍欢了。"媳妇说："那咱两个也绊跤来。"两个人绊了几下就没意思了。老二说："你看老三家穷，人家穷得开心，咱有钱还没人家过得开心。"两口子没意思就早早睡了。

第二天大年初一，老大就来到老二家，给老二说："老三家人口多，日子也穷，咱把这好吃的给老三家给上些。"还没等老二说话，老二媳妇就说了："不给，我有给他给的，我喂狗去了，你要给你给去，我不给！"老大也啥话没说，就自己拿了一些东西来到老三家，对老三说："大过年的，把这些东西留给娃们吃。"老三说："谢谢老哥，穷是根本富是命，你富是你的命好，我穷是我的命不好。我虽然穷，还要穷得有志气。人穷志把精神短，马瘦毛长脊梁高。我短我的精神，你享你的荣华。"老大说："老三，咱是亲弟兄，你咋说这么多废话，东西留下给侄儿们吃。"老三说："亲弟兄明算账，老哥的这便宜，我绝对不占。"老三的话气得老大把东西放下就走了，老三把东西提着还给老大家。

第三天大年初二。老二看着庄子里的人们走亲串户，相互来往，亲亲热热。弟兄们老哥请兄弟，兄弟请老哥，关系都非常好。老二自己就想："自己亲弟兄为啥要背靠背，互不来往？都是一母同胞，咋就没有一点手足之情？"老二想通了，就给媳妇开导说：

"媳妇，咱不能这样做，咱是当哥的，老三是当弟的，当哥的有责任关心弟弟，照顾弟弟，这是人之常情。再说了，咱们把关系搞好，老三家有三个儿子娃，给咱和大哥一家给一个，咱人老了也有个养老送终的人。"老二媳妇听老二说的话也有道理，对老二说："这真的，还是个好事情，就怕你送去的东西老三不要。"老二说："不要是他的事，咱把当哥的心尽到。"老二就准备了好多好吃的给老三拿去，老三还是说啥都不要，老二就把东西放下，老三又给老二家提回来了。

人一生有先富后穷的，也有先穷后富的，一直富到头的没有几个。风水轮流转，三十年河东三十年河西。老三心地善良，有来他家要饭的乞丐，老三情愿不吃，也要给乞丐一碗饭。寺庙来的和尚化缘，他都会多多少少捐献一些，从不空手。天长日久，老三家的娃也慢慢长大了。老三就和媳妇商量说："老婆，咱娃眼看一个一个长大了，以后都要成家立业，娶妻生子，咱家穷没有啥家业，咱要早早为娃们多积攒些家业。"媳妇就问："咱这么穷，给娃们能积攒啥家业？"老三说："咱多开些荒地，给娃们多分点地，让娃们有地种，能吃饱肚子。然后等咱手头宽裕了，给一人盖一院房，也尽到咱做父母的责任。"媳妇说："能行，一切都听你的。"

老三两口子每天都去开一片荒地，连续几个月，荒地也挖了十几亩。这一天，老三抡起镢头挖地，挖到一块大青石板，就把石板周围土刨开，把石板揭起，下面有一罐白花花的银锭。老三是个穷人，从来就没见过银子，平时花的钱都是铜钱。但他感觉这东西很值钱，就把石板盖上，用土埋了，上面留了一个记号，把这事给媳妇都没有说。

老三上山砍了两捆柴，担到集市把柴卖了。他想在集市上打听一下他挖出来是啥东西，看见几个老汉圪蹴在地上拉闲话，他站在一边听着，听到老汉们说道黄金白银，他就问："老叔，黄金白银是啥样子？"一个老汉说："唉！咱都是穷命，我这辈子也没见过。"老三说："谁都有黄金白银？"另一个老汉说："帝王将相，才子佳人，富豪人家都有哩。"老三问："黄金白银是啥颜色？"一个老汉说："这小伙子真的是穷疯了，黄金白银，黄金是黄颜色，白银就是白颜色。"老三心里明白了说："哦，这黄金是黄颜色，白银就是白颜色？能当钱花吗？"另一个老汉说："这瓜娃呀，金银珠宝，金银珠宝，这都属于宝贝类，咋能不当钱花？比钱值钱多了。"老三说："几位老叔，你谁有哩，叫我看一下，我这辈子还没见过的。"几个老汉说："我们几个也是穷光蛋，这辈子只听人说过也没见，谁要有一个就能富半辈子。"另一个老汉说："你想见去银匠铺子看去。"老三心里清楚了，证明自己挖的东西都是宝贝疙瘩。

老三回到家，背着背篼就去开的荒地里，把大青石板挖开，把一罐银子装在背篼底子，上面盖了些干草，把银子背回家。在家的柜子下面，挖了一个窖，拿出两锭银子，把银罐子埋在窖里了。

老三怀里揣着两锭银子，想去集市上换钱。刚到集市就碰到他舅舅。他舅问："老三,你也来赶集?"老三说:"舅,我来浪一浪,看一看。"他舅也是个好心人,知道外甥三个,就老三一个人老实厚道,家里最穷,日子最难过。他舅对老三说:"舅给你几个钱,给娃们买点吃的,早早回家去。"老三说:"舅舅,钱我不要了,我刚好有件事,今个碰见你了,就给你说一下。"老三把他舅舅拉到没人的地方,就把怀里的两锭银子掏出来说:"舅舅,我挖荒地挖了几个这东西,你看这是啥东西,我还从来没见过。"他舅一看说:"哎呀,我的瓜外甥,这是银锭,值大钱哩。哎呀,财不外露,这东西可不能让别人看见,你千万也不要给人说。"老三说:"舅舅,这值钱不值钱?咋花哩?"他舅说:"你把这一个装好,不要让别人看见,有些人会谋财害命。把这一个我领你换成钱,你慢慢用。"他舅舅就把银锭换成钱,对老三说:"三个娃也长大了,你回去就给娃们请个先生,让娃们识字读书,将来考取功名,改换门庭。"老三说:"好好好,我听舅舅的话,给娃们请先生。"他舅舅又说:"钱财的事给谁都不要说,谁要问你就说是舅舅帮助你的。"老三看舅舅对他这么好,就说:"舅舅,我实话给你说,我挖了一罐,不是几个,我给你几个,表示对你的感谢。"他舅说:"这不义之财,我是不能要。我受孔夫子教化,知礼教,便宜不能随便占。你的财是积德行善得到的。"

老三回家后,就给三个娃请来先生识字读书。慢慢又盖了一大院新房,生活质量也提高了,白米细面,鸡鸭鱼肉也吃上了。家里慢慢红火起来,钱财一天比一天多,日子过得一天比一天好。

功夫不负有心人,十年后,老三的三个儿子,大儿子考了个举人,二儿子当了知县,三儿子考了个秀才。

人常说:吃亏是福,穷是根本富是命。老大和老二的红火日子是一天比一天差,到老也没养个一儿半女,最后两家都抱养了一个女娃。老三憨厚老实,积德行善,最后是家财万贯,门庭改换。

搜集地点:泾源县六盘山镇东山坡村
搜集时间:2017 年 12 月 11 日
讲 述 人:姚治富
采录人员:王文清　王　芳　咸永红　张　昕　张　滢　陈翠英　冯丽琴
文字整理:王文清
整理时间:2020 年 2 月 27 日

仁义店不可站

很久很久以前，有老两口，没有儿也没有女，到了五十岁，生了一个儿子。老两口含辛茹苦，把娃拉扯到十岁，老两口六十岁，没有能力照管娃。老两口就整天为此事发愁，这咋办哩？娃年龄还小不能独立生活。最后老婆就想到自己兄弟了，三十多岁人还年轻，把娃让他舅抚养去。

老两口就领着娃来到娃他舅家，娃她妈就对自己兄弟说："兄弟呀，姐和你姐夫今天找你，有个事要托付给你。"娃她舅说："姐姐，有啥事你说，只要兄弟能办到，一定给姐姐办。"娃他妈说："兄弟，姐姐这辈子命苦，年轻时没生个一儿半女，过了五十岁生了个儿子。娃现在拉扯到十岁，我和你姐夫都六十岁，实在没有能力照管娃。姐姐想把娃给你抚养，等娃长大会报答你的恩情，也会给你两口子养老送终。"娃他舅舅听了说："姐姐，这小事一桩，有我吃的就不会饿着外甥。"老两口听了千恩万谢，把儿留下，自己回家去了。没过十天，老两口前后去世了。

这个娃从此就在他舅家生活，人聪明伶俐，手脚勤快，他舅家里大小活，只要自己能干动，就不让活放在那让别人干。他舅舅是个脚户，经常吆着一群骡子在外跑生意，隔段时间回趟家，回家问他舅母第一句话："这娃娃怎么样？勤快着吗？听话吗？"他舅母说："这娃听话，很有眼色，手脚勤快，看见活就干。"他舅舅听了心里也高兴，在家住了几天又出门做生意了。

这个娃见他舅母一个人，就把家里能干的活全部干完，闲下时间还帮他舅母照看商铺的生意。他舅母也越来越信任这娃了，娃黑夜住在商铺，看管着商铺。过了几个月他舅舅回来，还是第一句话先问："这娃娃怎么样？勤快着吗？听话吗？"他舅母说："这娃听话得很，手脚也麻利得很，你放心在外做生意，家里事情就不要操心了。"他舅舅说："要是不听话，我找好了一个主，咱就把他送给别人。"他舅母说："这娃好得很，就留在咱家，能帮我不少忙。"他舅舅说："好，那就留在咱家，有他在家我在外面也放心。"他舅舅在家住了几天又去做生意了。

这娃越来越勤快，越来越懂事，把家里能干的活都干了，连他舅妈的炕每天都要给烧了。他舅妈也很年轻，一直也没有生养，有时人也身懒。有一天她让娃给她端尿盆,这娃就对她说:"舅妈,家里啥活我都可以干,茅房我都会每天收拾得干干净净,唯独这端尿盆的事,我不可能干!"他舅妈说:"你在我家吃哩喝哩,我让你干啥你就干啥,再说给舅妈端个尿盆子怕啥?"这娃说:"我给我大我妈都没端过尿盆,我能给你端?"他舅妈说:"你真的不端?"这娃说:"我真的不端!"他舅妈说:"不端了算了。"他舅妈非常生气,从此,就给这娃在心里记了一笔账。

这娃还是干他能干的活,把活干完就去商铺,帮着看铺卖货。有一天,这娃在商铺外面打扫卫生,一个过路人走到这娃面前,站下一直看着。这娃问:"大叔,你一直看着我干啥?"这个过路人说:"你这娃一脸福相,就是一辈子有两个劫难,你要躲过了,荣华富贵任你享,你要躲不过,少年身亡。"这娃一听吓了一身冷汗,跪在这过路人面前哀求着:"大叔,能给我指条明路吗?"这个过路人其实就是一个算命先生,算命先生说:"你心里牢记这两句话'仁义店不可站,瓦罐鹰看一看'。天机不可泄露,这话对谁都不要讲。"这娃说:"谢谢大叔,大叔的话我铭记在心。"算命先生扬长而去。

这娃他舅舅又回来了,还是第一句话先问:"这娃娃怎么样?勤快着吗?听话吗?"他舅母这次对娃态度变了,给他舅说:"头一两个月还听话,现在是越来越懒,越来越不听话。咱给他管吃管住,我让给我端个尿盆都不端,我不打算要了,你领出去送给别人吧!"他舅舅说:"有个烧窑的老板,一直托我给他找个没结婚的儿子娃。我每次回来问娃的情况,好了咱留着,不好就送人。这外甥实在不听话了,我把他送给烧窑老板。"他舅妈说:"你早早领去送人,我眼不见心不烦。"两口子就这样商量好了。

第二天,他舅舅把这娃叫来说:"外甥,你在家吃苦耐劳,啥都干得好。舅舅这次把你带出去,给你找了个手艺活,你跟着我好好学,好好干。"这娃说:"外甥让舅舅费心了,多谢舅舅。"他舅舅就把这娃带着一起走了,一路上这娃就勤快得很。黑夜住店,这娃给他舅舅泡茶、端洗脚水,给骡子添加草料。

一路上他舅舅又遇到几个脚户,大家结帮一起赶路。这娃手脚麻利,人又勤快,其他几个脚户都夸赞这娃。他舅舅通过这几天的观察,心里也想着:"这娃这么好,老婆子为啥说娃不好?"

这天下午,他们来到一个经常住的客栈,他舅舅和几个脚户商量,今天住到这早早歇缓,大家都同意住。卸了货物,这娃就忙着给骡子喂草,给他舅舅泡好茶,端来洗脚水,边给他舅舅洗脚边问他舅舅:"舅舅,这叫个啥店?"他舅舅说:"这叫仁义店,我们经常来往在这店里住着,店老板人也对我们好。"这娃想起算命先生说:"仁义店不可站,瓦罐鹰看一看。这仁义店怕不敢住?"这娃说:"舅舅,这仁义店不敢站,咱还是住下一个客栈吧。"他舅舅说:"仁义店为啥不敢站?"这娃恳求他舅舅说:"舅舅,你听我一次,就这一次,你看这离天黑还早,咱不在这住,到下一个客栈住。"他舅舅说:"好,我就听你一次。"他舅舅去和几个脚户商量,一个脚户说:"这仁义店咱经常住哩,为啥今天不能住?"他舅舅说:"我这娃不让住。"另一个脚户说:"你一个大掌柜的,咋听一个娃娃的话哩?现在人困马乏的,实在不想再动了。"他舅舅说:"我都答应娃了,你们想住这的就住着,想和我去下一个客栈住的,咱现在就走。"他舅舅这样一说,十几个脚户啥话也不说了,心想着大家一起结帮,又说又笑赶路热闹,不觉得疲劳,还能相互照料,大家都跟着他舅舅一起走了。

他舅舅这一帮脚户,走到半夜才走到一家客栈。人困马乏,一觉睡到自然醒,睡醒都第二天中午了。来了另一帮脚户住店吃饭,就问娃他舅舅:"你们咋住在这了?仁义店咋没住?"娃他舅舅说:"本来要住仁义店,为了赶路住在这了。"有一个脚户笑着说:"哎,你们好运气呀,多亏没住仁义店,昨晚仁义店发了洪水,把房冲得都看不见了,不知有多少人马被洪水冲走。你们算运气好得很,连夜住到这个店才安全了。"娃他舅舅这帮脚户一听,吓得都吐舌头哩。这几人对娃他舅舅:"哎呀,多亏听了你外甥的话,这不但救了咱十几条人命,还救了几十匹骡马。"娃他舅舅心想着:"哎呀,我这外甥还是个福命,这次救了十几条人命。人聪明伶俐,手脚勤快,我咋舍得送人哩?这娃我不送了,以后跟着我跑脚户。"娃他舅舅想明白,一路上对娃的态度也好了,跑完这趟脚户把娃带回家了。

他舅妈见娃回来了,脸色难看得很,问他舅舅:"你不说领出去送人,咋又领回来了?"他舅舅说:"这娃不懒呀,手脚勤快得很,一路上其他脚户哥都夸赞,还救了我们十几条人命,几十匹骡马,这娃对我有恩,所以,我就领回来了。"他舅妈听了也再没说啥话,让娃继续干家里的活。

一转眼,这娃十七八岁,娃他舅舅还是经常出门赶脚户去,这娃大部分时间在商铺看铺卖货,早晚吃饭他舅妈提罐罐送来,吃完饭他舅妈又把罐罐提回去。他舅妈连续给娃送了几天饭,这娃感觉让长辈给小辈送饭,感到自己有些失礼。这天晚饭,他舅妈又送来了,娃把饭吃了,对他舅妈说:"舅妈,以后你不要给我送饭,你是长辈经常送饭,我都感觉不好意思,我年轻腿脚利索,往后吃饭,你喊一声,我就回家吃饭。"他舅妈说:"没事,我闲着哩,你忙得很,我还是给你送饭。"两个人拉话时间大了,这娃对他舅妈说:"舅妈,你看天黑了,家里没人,你快回家。"他舅妈年轻,比这娃大不了几岁,看着这娃长成大小伙子,美貌英俊,心里一直暗恋这娃。对娃说:"天黑了我回家有点害怕,今晚我就住在你这。"他舅妈说着就上了娃的炕上,这娃吓得说:"舅妈,你要住在这,我就回家去住。"他舅妈问:"为啥?"这娃说:"你是我的长辈,咋能和我睡觉哩?"他舅妈说:"啥长辈?以后不要叫我舅妈。其实咱两个年龄也差不了多少,你就叫我姐姐。你看姐姐我命苦的,经常是独守空房。不知从啥时候开始,我心里就喜欢你,心里爱着你，今晚姐姐就睡在你这。"这娃听了吓得跪在地上说："舅妈，这炕脏条件差，你就回去睡。"他舅妈撒娇地说："我不回去，也不嫌你炕脏，我就要睡在你这炕上。"这娃说："舅妈，你不回家睡，我就跪在地上不起来。"他舅妈一看这娃是油盐不进，瞎话好话都不听，下了炕把门一绊，气汹汹地回家了。

过了几天，娃他舅舅回来了。他舅妈边哭边说："我叫你把你外甥送人，你领走了又领回来，现在人长大了，你经常不在家，他还对我动手动脚，晚上就敲门砸窗子要和我睡觉。"他舅舅听完肺都气炸，咬牙切齿地说："这个畜生还是个人吗？这是你舅妈，你的长辈，你都有此邪心眼，以后也成不了啥大器。"他舅妈故意气着骂："把这畜生还不如早早处置了算了！"他舅舅："我有好几次都想把他处置了，都是心软把我害了。"他舅妈问："掌柜的，你打算咋处置哩？"他舅舅说："离咱家五里路远，有个烧窑的老板，一直托我给他找个没结婚的儿子娃，他给我满盘金满盘银。"他舅妈问："这话你给我说得早了，他现在还要没结婚的儿子娃吗？"他舅舅小声说："这烧窑老板，经常都需要，他每次烧窑都要一个没结婚的儿子娃，把娃从窑火洞里窜进去祭窑。"他舅妈说："咱挖了眼中钉肉中刺，还落个满盘金满盘银，那你现在去和烧窑老板商量去。"

他舅舅来到烧窑老板窑里，对窑老板说："窑老板，我千辛万苦给你找了一个十八岁的少年，我把这件皮袄放在你这，晚上来取皮袄的人，你就祭窑去。"窑老板千恩万谢说："今晚事成之后，我满盘金满盘银答谢你。"两个人商量好，他舅舅就回家了。

这娃看他舅舅回家了，给骡子喂草拌料，拉土垫圈。给他舅舅又是泡茶又是端水洗脚，洗着洗着，乍一看他舅舅的皮袄不见了，问他舅舅："舅舅，你平时回来都穿着皮袄，今天回来咋没见？"他舅舅说："哎哟，我回来时走乏了，在窑行掌柜的那喝了一会茶，把皮袄忘在窑行了。"这娃说："舅舅，你说在啥地方，你缓着，我给你去取。"他舅舅说："离家五里多路有个窑行，掌柜的叫啥，你去说是我让你来取皮袄，他就给你了。"这娃一听就走了。

这娃走到半路，听着村里吹着打着唱得欢得很。天黑了啥也看不见，这娃跟着几个人进了村里，一打问才知道这村里在唱大戏，这地方叫瓦罐鹰。这娃突然想起算命先生说："仁义店不可站，瓦罐鹰看一看。"这瓦罐鹰看一看，我要去看一看，娃挤进人群，戏演得热闹得很，娃一看戏把啥都忘了。一直把戏看完，才想起给他舅舅取皮袄的事，边走边问看戏人去窑行里咋走。

他舅舅和他舅妈在家左等等不来，右等等不来，他舅舅对老婆说："差不多成了，让我去给咱端满盘金满盘银去。"他舅妈高兴地说："你快去快回，我在家等你。"他舅舅是熟人熟路，走得也快，不到一个时辰就来到窑行。他舅舅说："掌柜的，我取皮袄来咧。"这窑老板早就派了四个伙计在等着，天黑看不清人，听到声音，把他舅舅头一蒙，四个伙计抬起胳膊腿,从窑火洞里窜进去,把他舅舅给祭了窑。

过了一个多时辰,这娃才来到窑行说:"掌柜的,我来取皮袄。"窑行掌柜早就回家睡觉了,准备了满盘金满盘银,给四个伙计安顿,第二个来取皮袄的人,把这金银和皮袄给人家,说些感谢的话。四个伙计一听第二个来取皮袄的人,就客气地端着满盘金满盘银,拿着皮袄出来说:"你给我们帮了大忙,这是我掌柜的感谢你的。"这娃不知道情况,还以为他舅舅给人家帮的啥忙,就把皮袄穿上,端着满盘金满盘银回了。

他舅妈正在家等心急了,这娃就穿着皮袄,端着满盘金满盘银把门推开了。他舅妈一看惊呆了,心想着:"这不得活了,害人家去了没害死,把自己掌柜的给害死了。这事咋办哩?人命关天,报官吧,我和窑行掌柜的都要治罪!不报官吧?这事咋交代哩?"这事还把娃他舅妈难住了,不知如何是好?偷偷看了一眼娃,他舅妈心里麻嗖嗖的,他舅妈计上心头,满脸欢喜地对娃说:"你把金银放下,我有话给你说。"娃把金银放下,把皮袄脱了说:"舅妈,你有啥话说?"他舅妈说:"你知道这满盘金满盘银是谁给的?"这娃说:"我不知道。"他舅妈说:"这是你舅舅给咱两个的,这个家也是咱两个的,以后你就是这家的掌柜的。"这娃说:"我舅舅人哩?"他舅妈说:"你舅舅老了,身患绝症。我给他说我是多爱你多想你,你舅舅成全了咱两个。"这娃问:"那我舅舅人呢?"他舅妈说:"你舅舅他走了。"这娃问:"我舅舅走哪里去了?我要去找我舅舅。"他舅妈说:"你舅舅死了,你也去死吗?"这娃不敢相信地问:"不,我舅舅好好的,咋能死了?他咋能死了?"他舅妈说:"你舅舅去窑行,从窑火洞里窜进去烧死了。"这娃大惊:"啊!我舅舅真的死了?"他舅妈说:"我还能哄你吗?不信你就等着,看你舅舅能回来嘛。"

这娃在家等了三年,他舅妈病死了,也没等见他舅舅回来,就在这家当了掌柜的,雇了几个伙计吆着骡子跑脚户,把家里的商铺也扩大了,雇了伙计经营,自己当了一个甩手掌柜的,过着富裕的日子。

搜集地点:泾源县六盘山镇刘沟村

搜集时间:2018 年 3 月 20 日

讲 述 人:李凤鸣

采录人员:王文清　王　芳　咸永红　张　昕　张　滢　陈翠英　冯丽琴

文字整理:王文清

整理时间:2020 年 2 月 29 日

泾源民间故事·生活故事篇

善恶有报

这个故事还得从张三李四王麻子三个人说起。张三和李四是同一个村子的一对好兄弟,虽然不同姓,但比亲兄弟还要好。两人从小一起长大,差不多同一时间成了家生了子。张三生了个儿子,过满月的时候,给儿子起名字的时候让这家人犯了难,这给起啥名字好呢? 刚生这娃娃的时候,接生婆来接生的时候正是狂风大雨的天气,吹得接生婆跌跌绊绊地才到了家了,于是给孩子取名为"恶抱"。李四家半年后也生了个儿子,办满月的时候,李四想到了他的兄弟张三给娃娃安了个名字叫"恶抱",我们两个是好兄弟,起个名字要跟张三家的娃娃能连上就更好了。思谋了好久,给他家娃娃安了个名字叫"善抱"。

两个娃娃一搭里长着呢,两家子的大人不管干啥活都合在一起干着。你给我帮着做,我给你帮着做,大凡小事都在一起料理地做着,不分你我彼此。随着年龄的增长,两个孩子慢慢地有了各自的性格。恶抱平日里是游手好闲打架斗殴,眼看到了给娃娃们说媳妇的年龄,没有人家愿意把自己的闺女做成恶抱的媳妇。说了好几家,都嫌恶抱这个娃娃游手好闲、打架斗殴,没有姑娘家同意,恶抱他大张三一下就给气死了。善抱这个娃娃听话,啥都能做,李四很快就给善抱把媳妇说上了。

随着时间的流逝,善抱他大李四,还有他妈也渐渐老了去世了。善抱的媳妇给善抱生了个娃娃,一家人生活得幸福美满。恶抱游手好闲,整天不务农活。善抱除了做自己家的农活以外,还要做恶抱家的农活,有时善抱还能把恶抱抠住干一把农活。但到了收成的时节,恶抱把家里的粮食收成倒着卖掉,大手大脚没过几天就花完了。善抱见恶抱家的日子实在难以为继,就给他的妻子说:"咱们今年把恶抱哥,还有大婶婶接到咱们家里来,大婶婶还可以帮着你照看一下娃娃,你能腾出空来,在家里干些零碎活。我这把恶抱哥叫过来,他的嘴头子好能说会道,我给咱们叫上些人么,让他给咱们引上,他光给咱们指挥,把咱们两家子的地,都看着种得好好的,把我也腾出来。我给咱们做个其他的营生,还能多给咱们增加一些收入。"善抱女人听善抱说着,同意了说:"能成,你要想叫了就叫着来么。"

善抱到了恶抱家,见到了恶抱的妈,说:"大婶婶,我跟你商量个事情,我想把你和抱子哥接到我们家里去,到了我们家里,咱们住在一处,相互照应起来也比较方便。你在家里帮娃他妈照顾一下家里,看看娃娃,料理家务。我和抱子哥在外面好好种地,干些农活,把家外面的事情好好经营。"恶抱妈说:"我不去,我家的恶抱不成器,过去了之后定会连累你呢。"善抱说:"大婶婶你放心,有我呢,我把抱子哥抠紧些,有我呢,咱们走么。"经过善抱的再三劝说,恶抱妈把家里物件收拾了后,跟着善抱到了善抱家里。善抱给他们收拾了一间房,安排恶抱母子两个住下。恶抱妈在家里领娃娃料理家务,善抱的媳妇把家务做了,外面的事情也做了。善抱给恶抱安排道:"抱子哥,你今天给咱们把人引上,在这山上干活去。"恶抱的嘴头子就是利落得很,他自己不干活,领上人把指派的活干得好得很。一年干着下来,庄稼收成都很不错。善抱给女人说:"我看这么干吧,抱子哥年纪也不小了。我支些人出去给抱子哥打问打问,让抱子哥也成个家,咱们把该给抱子哥分的都给他一份。"善抱的女人讨厌恶抱很久了,只是一直没有言喘,这下听善抱说要把恶抱分开,说:"赶紧分开,赶紧给说上个媳妇让分开另住,整天油嘴滑舌的,抓打挖闲的不走正道。"善抱说:"我赶紧去支些人让四处打探一下,给说了媳妇分开另住。"

墙里说话墙外有耳,这话正好让经过善抱窗户的恶抱听到了,恶抱心里想着:"你还想给我说个媳妇,要把我打发着分出去呢。看我不想个办法把你善抱打发到一面去,把你这么伶俐俊俏的媳妇这一霸占,你们的家产啥的都将成为我一个人的了。你还想得美得很。"恶抱找到善抱,说:"抱子兄弟,咱们两个辛辛苦苦一年了,庄稼都收了。有这么个事情,咱们两个一人骑一匹马去外面转走,也能好好散散心。跑到百里之外的好景好好浪上一浪,这一年在家里也是闷得很。"善抱没有多想,就同意和恶抱一起出去游玩。恶抱说:"那我去给咱们把马喂好,咱们明天一大早就出发么。"

第二天一大早,恶抱给他们两个的马匹上驮了马料,背了些干粮,两人骑上马就出了院门。两个人边走边笑,一路上观山看花好不热闹。夜幕降临,两个人走得有些累了,在一个小河边上,恶抱说:"我们歇息一下吧,正好也把马喂喂。马吃了草料再喝点水,我们歇息一会儿吃吃干粮。"的确走得有点累了,善抱没多一会儿就靠在树上睡着了。恶抱心怀奸计,趁着善抱熟睡就拿出早已准备的小刀把善抱的双眼给挖了。他还谋着把善抱推到山崖下面,善抱连爬带滚地逃跑了。善抱的眼睛疼得不行,但也只能忍住疼痛满山洼地跑。恶抱追了一会儿没有追到善抱,他牵着善抱的马到崖边上,一脚把马踢到了悬崖下边。悬崖太高,善抱的马瞬间就毙了命。恶抱跳上自己的马,连天连夜地回到了家。一进院子,恶抱边哭边给恶抱妈和善抱的女人说:"我们两个骑上马跑着呢,那会儿正是天黑,善抱在前面骑着马跑着呢,马踩空了从崖上掉下去了,善抱连马带人从崖上掉下去了,我找遍了山崖寻不着了么。"善抱的媳妇听闻后号啕大哭,哀求着恶抱去寻善抱。恶抱说:"这到哪里去寻啊,那荒山野岭地跑了好几天。我也想下去寻去呢,那么高的悬崖,我远远看到善抱的马在崖下躺着哩,血淋淋地吓死人呢。"看着泣不成声的善抱媳妇，恶抱说："你如果真的想去看，一年以后我带你一起去祭奠善抱，现在去了也寻不到，就先不去了。"善抱的媳妇哭着说："咋会有这么个事情啊，真是天塌了啊。"

善抱的媳妇整天红肿着眼睛，一想起善抱她就是哭。恶抱成天跑到善抱媳妇的跟前抓打挖闲的，让善抱的媳妇给他当媳妇。恶抱越是这样，善抱的媳妇越想越不对劲，她断定善抱在外面是被恶抱害死的。可母子两个住在她家，她拿恶抱没有办法，于是急中生智，善抱媳妇拉着恶抱妈说："大婶婶，善抱不在家里了，我一个人住在房间里害怕得很，最近老是噩梦缠身，晚上睡觉更是害怕。你搬过来跟我一起住吧，这样我就不害怕了。"恶抱妈也感觉到了他家那个贼后人会捣鬼，就搬到善抱的房间里和善抱的媳妇、娃娃住下了。

恶抱见状有点无奈，对着善抱的媳妇说："不管是明媒正娶，还是咱私下在一起，我定要与你办婚事呢。"善抱的媳妇说："你要娶我进门也行，那也要等到三年以后，我们娘家有'死了丈夫年轻的媳妇要守寡三年'的说法。"恶抱听了，也只好作罢，迎娶善抱媳妇的事情只能往后缓一缓。

善抱被恶抱挖了眼睛，疼得四处乱跑。不知跑了多远，不知道跑过哪些地方，只听得远处传来狗叫和牛羊叫唤的声音，这应该快到庄子里了吧？他顺着狗叫和牛羊叫唤的声音跌跌撞撞地过去，摸到一道小门，这个小门是村头山神庙的门。他摸进门摸到一个将台和一个二台子。

这时听到远处传来笑声，笑声进了山神庙，急得他爬上二台子摸到一个明柱，赶紧藏到了明柱后面。只听得一个声音说："狼大哥狼大哥，你今儿个这么高兴，你可吃到食物？"

"唉，我吃上了，王世万的羊又肥又大，我一进去一下子就咬倒了一个，拖到大树后一顿饱餐。"

"狐狸哥，狐狸哥，你吃上了吗？"

"我也吃上了呢，王世万家的鸡，在场坎子底下多得数不清，我咬倒了一个后拖到院子背后也是一顿饱餐。"狐狸接着说，"兔兄弟，兔兄弟，你高兴得很么，你吃上了吗？"

"我也吃上了呢，王世万家院子里的白菜好得很，还没铲完呢，我去美美地吃了一顿。"狼大哥说，"咱们今天都吃上了，那咱们就好好地缓着睡，明天再去饱餐一顿么。"

兔小弟说："我们都在王世万家去吃了一顿么，那个王世万家产那么多，他妈的眼睛怎么就瞎了啊？请的郎中多得很，就是没有给把个眼睛治好么。"

狼大哥说："王世万他妈有病呢，眼睛看不着，灾难满了遇时人呢，这人就快要来了。王世万没有在这里坐院的时候，那个地方有棵槐树。自从他们在那儿坐了院子，把槐树打着圈到他们家的后花园里了。槐树底下有老前辈埋下的一瓶眼药，不管眼睛成啥样，只要点了这瓶眼药，眼睛一下就好了。灾难满了遇时人呢，时人要把那瓶眼药给挖着出来，王世万他妈的眼睛就好了。"

说话的声音越来越小，渐渐地听不到声音，山神庙又恢复了原来的安静。过了一会儿，山神庙里没有动静，善抱慢慢地从二台子爬下来，摸着门的方向，朝着牛羊的叫唤声和有狗叫的地方上摸过去。不知不觉地到了一处院落，门口立着两个石狮子。这时出来一个人问："你在这里干什么，天都快黑了，赶紧回家去吧。"

"我饿得很，能给我给点吃的吗？"

"院子里正好在吃饭，我进去看看还有没有剩下的。"

那人不一会儿从院子里出来，给善抱端了一碗饭让善抱吃了。善抱问："王世万的府上在哪哒呢？"

那人笑着说："这就是王世万的府上。"

"那你们就把我留宿一个晚上吧。"

"我是伙计，我给你给一碗饭吃就能行了，你还麻烦得很，管了你的吃，还想让我们管你的住。"

"你就让我留宿一个晚上吧，我眼睛看不到，天也快黑了，又没有个落脚的地方。"

"那你等等，我去给你问问掌柜的。"那人说完跑进去找到掌柜的说，"你家门上来了一个要饭的，要吃的给了吃的，人家还想在你家住店呢，你出去看一下吧。"

掌柜的说："咱们没有地方让他住店，一个要饭的，你随便打发了就行了，还要让我出去看啥呢？"

"人家一定要让你出去呢，说他能给你办件事呢。"

掌柜跟着伙计来到大门口，对着善抱说："你这要着吃的，给你把饭给了你吃了走就行了么，咋还想到我家住店呢？你寻我到底要做啥呢？"

"唉，你把我留在你家住下，我肯定能给你办个事情。"善抱说，王掌柜让伙计给善抱安排了个房间住下。第二天清早，伙计们都出去干活了，只有善抱一个人在院子里摸来摸去，王掌柜看到了，说："昨天我已经留你住下了，天也亮了，你要去哪里就去哪里吧。"善抱说："我想让你把我长期留下来呢？"王掌柜："我为啥要把你长期留下来呢？"善抱说："我会给你办点你想不到的事情，这是别人都办不了的。"王掌柜问："你能给我办啥事？"善抱说："你把我留下了我再慢慢给你说。"王掌柜思谋了一会儿，家里多一个人吃饭也没有啥，就让善抱留在家里了。王掌柜说："我既然已经收留了你，那你说你能给我办啥事？"善抱说："我听说府上的老夫人身体不太好，眼睛看不好，我能把老夫人的眼睛给看好。"

王掌柜看了一眼善抱说："你自己都瞎得看不见,还能治好我妈的病,真是天大的笑话。"善抱说："我原本是个郎中,只是途中遇到了土匪,他们劫了我的钱财,挖了我的双眼,抢了我的药箱,才让我沦落到这个地步。"

"那你说你怎么能治我妈的病?只要你能治好我妈的病,我长期让你在我家住下来。"按着善抱的教法,王掌柜使了伙计到后花园的槐树下挖了二尺深,果然挖到一瓶药水。王掌柜拿着药瓶问："你拿什么可以证明这一瓶药水就能治好我妈的病?"善抱说："我可以证明,我来给你试试药,如果我能看见了,那也能治好老夫人的病。"

王掌柜亲自给善抱的两个眼睛滴了眼药水,不一会儿善抱就能看清眼前的东西了,他对王掌柜说："我被人挖了眼睛都能看到东西,老夫人滴了药水后肯定能治好眼睛的。"果不其然,滴了眼药水的老夫人不一会儿就能看到东西了。

善抱在王世万家里待了半年,这天他和王掌柜坐在院子里闲聊,王掌柜问："你这个神医给我府上还有村子里办了很多好事,但不知道神医有没有安家?"

善抱说："我也是有家有室的,只不过前些时间遭了匪劫,无法回家。"

"既然你有家,那咱们一起去你家里转转,不知道行不行?"王掌柜说完,不等善抱回答,就安排伙计备了马匹,拉着几大箱的金银珠宝绫罗绸缎,跟着善抱走了。马队十几个人很快引起了善抱村庄人的注意,他们看到驮着金银珠宝、绫罗绸缎的一匹匹马围着过来看热闹。这人群当中,也有恶抱。恶抱看到善抱骑着一匹高头大马吓得半死,这善抱咋又回来了呢,吓得拔腿就跑。看着一个人急急忙忙地转身奔跑,王掌柜问善抱:"那个人这样子跑是干啥呢?"

"那人是我的老哥,平日很少见人,今天见了这么多的人来,吓得跑回家了。"善抱请求王掌柜派人,把恶抱拉进了自己家的院子里。招待完王掌柜一行人回来,恶抱跪在了善抱的面前,又是磕头又是作揖,哭着说:"兄弟啊,都怪我一时鬼迷心窍挖了你的眼睛,我本想拉你回来,你却转身跑得我抓不住,我怎么也寻不着你了。半年来,我天天上山去寻你,看能寻到你的音讯么,可是一点音讯也没有寻到。"

"那倒闲着哩,我是沾了你的光了才能遇到王世万这样的大富人,如果不是你,这辈子我肯定遇不到王世万,是我沾了你的光了。"善抱说完把自己的经历给恶抱讲了个详细。听完善抱的讲述,恶抱心里想,善抱说了这么多,不知是不是真实的,如果他说的是真实的,那我也去找找那个山神庙,说不定也能碰到好运呢。

根据善抱的讲述,恶抱偷偷地找到了那个山神庙,爬上山神庙的二台子明柱后面藏了起来。到了半夜,突然下起了暴雨,狼大哥、狐狸、兔小弟被雨撵进山神庙,只听兔小弟问:"狼大哥,你今吃上了吗?"

"吃啥啊,王世万现在派了好几个伙计放羊呢,还没有到羊跟前,牧羊犬就追上来咬开了,啥也没有吃上。"

"狐狸大哥,你今儿个吃上了吗?"

"吃啥啊,在王世万的门口旋了半天,王世万他妈出来看鸡着呢,旋了半天啥也没有吃上,还遭了大雨,真是生气得很。"狐狸说着,问了一句兔小弟,"你今儿个怕是吃美了么?"

"吃啥啊,王世万把白菜都铲了,铲得连片叶子也没有剩,啥也没有吃到,我还想到其他地方找点草叶叶吃呢,谁知遇上这么大的阵雨,饿得肚子咕咕叫呢,你说扫兴不扫兴。"

过了一会儿,狼大哥饿得肚子难受,给狐狸说:"狐狸兄弟,你给咱们打个火闪,我看一下天晴了没有?"狐狸尾巴在地上两甩,火花在山神庙闪了几闪。狼大哥说:"好像二台子上有人,狐狸兄弟,你再给咱们打下火闪,我再仔细看一看。"狐狸一听有人肉吃,高兴得又甩起尾巴在地上打了火闪,仔细一看,果然爬着一个人。狼使劲一跳,把恶抱从二台子上拖了下来,饱饱地美餐了一顿。

常言道,善有善报,恶有恶报,善恶总有报。

搜集地点:泾源县六盘山镇和尚铺村
搜集时间:2020 年 3 月 31 日
讲 述 人:司玉霞
采录人员:王文清　陈翠英　咸永红　冯丽琴
文字整理:泾源县文化馆
整理时间:2021 年 3 月 25 日

司玉霞　1958 年 3 月出生于六盘山镇和尚铺村。

葱怕露水韭怕晒

从前,有老两口生了三个女儿。两人含辛茹苦把三个女儿抚养成人,都嫁了出去,大女儿离娘家五里路,二女儿离娘家十里路,三女儿离娘家是十五里路。老两口无儿,所以把女儿嫁得都离家比较近,主要是为了女儿回娘家方便,老两口看望女儿也方便。

这年夏天,老汉把家里的农活都干完了,给老婆说:"老婆子,你看家里的农活都干完了,我想去三个女儿家浪一浪。"老婆说:"你想去女儿家吃点好的,给你解馋吧?想去你就去,在家你也闲得没事干。"

第二天一大早,老汉把自己收拾了一下,吃了点馍,喝了些罐罐茶,就去大女儿家了。从大女儿家大门走过时,老汉看到大女儿家的菜园子种的葱,长得绿莹莹的。老汉想起自己小时候吃的凉拌葱,把葱叶切成截截,撒些盐,调些醋,吃起来香得很。老汉想着走进了大女儿家,大女儿看自己的大来了,忙说:"哎哟,大来了?我妈好着吗?"老汉说:"你妈好着呢。"大女儿边倒茶水边问:"大,家里没啥事吧?"老汉说:"家里没啥事。"大女儿:"你来这么早,我还以为家里出啥事了。"老汉说:"我在家闲得没事,就早早来浪一浪。"大女儿说:"大,你想吃啥?我给你做些你想吃的。"老汉说:"你做啥饭我就吃啥饭。我看你家葱长得好得很,你给我凉拌一盘葱叶吃。"

大女儿听他大要吃凉拌葱叶,急忙说:"大呀,你看这大清早的,地里都是露水,这葱怕露水,拔不成,也不能吃!"老汉一听气不打一处来,心想着:自己连葱叶都吃不上,还能吃上女儿的啥好饭?老汉冷着脸,噘着嘴,气呼呼地走了。

中午时间,老汉来到了二女儿家,气也喘不匀地说:"气死我了!"女儿问他咋了,他把事情一说,二女儿愤愤不平地说:"我大姐就是小气,几根葱的事,你想吃葱叶就把葱拔了,怕的啥露水?"

老汉这时内急,就去二女儿家的后院方便,看到二女儿家后院的韭菜长得绿汪汪的。老汉心想着:大女儿家没住成,就在二女儿家多住一天,这韭菜又嫩又鲜,今天让二女儿烙些韭菜盒盒吃,明天让包些韭菜鸡蛋饺子吃,老汉想完就回到二女儿家。二女儿问:"大,你想吃啥?我给你做。"老汉说:"我刚看你家的韭菜长得还不错,就想吃你烙的韭菜盒盒。"二女儿说:"大呀,你想吃韭菜盒盒就住下,明天给你做。"老汉说:"明天我还想吃韭菜鸡蛋饺子。"女儿说:"大,这大中午,太阳正红着,韭菜不敢割。"老汉问:"为啥不敢割韭菜?"二女儿说:"这韭菜怕晒,不敢割,割了就死了!"

老汉胀了一肚子气，一声不吭地从二女儿家出来，气得长吁短叹，一看太阳都快偏西了，自己折腾了大半天，在两个女儿家，连杯水都没喝一口，更不要说吃好的，解个嘴馋了。这时，肚子咕噜咕噜地响着，心想快到吃下午饭的时间，想回家路还有些远，这离三女儿家很近了，就来到三女儿的家。三女刚要出门，远远看见他大来了，转身就往家里跑。

原来三女儿刚在家里烙了些芽面饦饦，正准备出门拾些柴，看见父亲来家里了，跑进屋把刚烙好的芽面饦饦用炕上的沙毡卷着盖住，怕父亲看见了吃。三女儿是一番好心，芽面是麦子雨淋受潮发了芽的麦子，晒干后磨成的面，芽面馍老年人吃了容易积食，不好消化。三女儿刚把芽面饦饦盖好，他大就进门了，坐在炕上把去大女儿家和二女儿家的经过给三女儿细说了一遍。三女儿就舀了几碗白面，去灶房给他大做油旋子吃。

老汉坐在炕上闻见芽面味，甜兮兮，香喷喷。老汉就把炕上的沙毡揭开一看，里面盖了一陶盆芽面饦饦。张老汉气得直打颤，扭头就往家走！连夜回到家里。老婆说："你不是浪女儿家去了，一家浪一天，还要浪三天，咋还连夜回来了？"老汉气得嘘嘘："老婆子，你先甭问了，快给我做碗面吃，整整一天，米面未进，又乏又饿。"老婆说："我不相信，三个女儿没有一个给你管饭吃？"老汉说："你快做饭，我给你慢慢说。"

老婆给老汉做饭，就问道："你去大女子家，大女子好着吗？"老汉骂道："你养的一个个都是白眼狼，忤逆贼！"老婆说："咋咧吗？"老汉气汹汹地说："我到大女儿家，看见人家种的葱，长得旺得很，让人家给我来一盘凉拌葱叶，大女儿说葱怕露水，拔不成，也不能吃。我到二女儿家去，看人家的韭菜长得还不错，就想吃韭菜盒盒。二女儿说韭菜怕晒，不敢割，割了就死了！我到三女儿家去，三女儿更毒辣，人家烙的芽面饦饦，看我来了，就用炕上的沙毡盖住。我在炕上闻见芽面味，甜兮兮，香喷喷，把炕上的沙毡揭开一看，里面盖了一陶盆芽面饦饦。她们三个都不给我吃，我就回来了。"

老婆听了三个女儿所做之事，也气得骂："把这三个贼娃子，这一个比一个毒辣！"老汉也随着骂："咱抓儿养女防老哩，一辈子命苦没养个儿子，把三个女儿养大，连口饭吃不上，以后死了指望谁哩？"老婆给老汉把长面做好，让老汉吃着，给老汉说："你也甭生气咧，我有个办法，把三个女儿好好教训教训。"老汉说："你有啥办法？"老婆说："等到后天我给你说。"

第三天，老婆给老汉说："你今天装死。"老汉说："我好好的人，装死干啥？"老婆说："咱辛辛苦苦，一把屎一把尿，把三个女儿抚养成人。你想吃几根葱、几根韭菜都舍不得给亲老子吃。咱两个百年后，口合眼闭了，怕连一把土都没人来添。"老汉听老婆说的话有道理，就说："行，我装死，看看三个女儿的孝心。"

老两口商量后，把家里都布置好。老婆就给村里人说："老汉死了。"左邻右舍都来人布置灵堂，几个年轻人去给三个女儿报丧。

三个女儿一听说她大死了，哭哭泣泣地给他爹哭丧。大女儿哭着说："哎呀，我的大呀,我不知道你走得这么快,你前天来要吃凉拌葱叶,我怕有露水,没给你吃,早知道见不上你了,你把那一园子葱都吃了,有个啥吗,这叫我后悔死咧……"二女儿哭着说:"哎呀,我的大呀,你要吃韭菜盒盒,我害怕韭菜晒,早知道大走得这么快,你吃多少都行,就是韭菜死光,也要让大吃上一口。"三女儿哭着说:"哎呀,我的大呀,我烙了些芽面饦饦,我怕大老了,吃了容易积食,不好消化,没给着吃,把大气着走咧。"

老婆子听完三个女儿的哭说后,就嚎啕大哭起来,边哭边唱着说:"哎哟,我可怜的老汉呀,葱怕露水韭怕晒,芽面饦饦沙毡盖。"

老汉坐起来也骂道:"你大没死你们吊的啥孝?没良心的贼女儿,你们一个个都是白眼狼,你们一个个都是忤逆不孝!"

三个女儿你看我,我看你,任老汉和老婆骂了个狗血喷头。通过这次教训,三个女儿对父母是百依百顺,吃啥给啥,穿啥买啥,直到把老汉老婆养老送终。

搜集地点:泾源县六盘山镇东山坡村
搜集时间:2017 年 10 月 24 日
讲 述 人:姚治富
采录人员:王文清　王　芳　咸永红　张　滢　陈翠英　冯丽琴
文字整理:王文清
整理时间:2020 年 2 月 1 日

2021 年 9 月 23 日,姚治富(右三)在泾源县六盘山镇东山坡村旅游避暑驿站为村民讲述泾源民间故事。

女 掌 柜

  很早以前,有一个姓岳的大富户,家里以经商为主。老掌柜的年事已高,没有精力担任掌柜的这个职务了,就想让儿子继承家业,管理商号铺面。儿子却是一个大饭桶,就知道吃好的,穿新的,其他啥都不会干。儿子的媳妇很精明,有眼色,会打理,把家里收拾得井井有条;家里人口多,儿媳妇把厨房每天买油买面、买肉买菜的账务算得清清楚楚,明明白白,日清月结。老掌柜的就把新掌柜的重担交给儿媳妇接管。

  儿媳妇接管了掌柜的,岳家的里里外外、大大小小的事都要她一人操心。刚接管上掌柜的,家里几百亩麦子眼看着快要黄了,女掌柜的就把家里长期干活的农头叫来说:"你在三天内,给咱找上四五十人的麦客子。"农头问:"掌柜的,这割麦时间还早哩,现在找几十个麦客子干啥?"女掌柜说:"我现在是掌柜的,我说了算,你去找麦客子。"这农头心里一下子就看不起这女掌柜的了,心想着:"真是个女人,头发长见识短!"农头去找老掌柜的说:"老掌柜,你看新掌柜的让我在三天内,找四五十个麦客子,这离割麦还有二十多天,叫这些麦客子住到家里白吃白喝吗?"老掌柜的说:"现在岳家的一切事务,都由新掌柜的说了算,新掌柜的让你找,你就去找吧。"农头就四处去找麦客子。

  农头找来五十多个麦客子,女掌柜的就让麦客子开镰,把九成熟的麦子割了。庄子里的人们都议论说:"岳家老掌柜老糊涂了,把掌柜的权交给一个女人,你看麦子没有熟透就开镰收割,这不是胡整吗?岳家的家产要倒灶在这女人手里。"各种说法都有,老掌柜的也想看看儿媳妇到底能不能当岳家的掌柜的,割麦这么早是为啥?

  女掌柜的把岳家几百亩地的麦子全部割完,没过两天,就是一场暴雨,鸡蛋大的冷子(冰雹)打得地上无苗。庄子里人开始夸奖:"岳家这女掌柜的有远见,有才智。别人家粮食绝产了,人家的粮食丰收了。"岳家老掌柜更高兴了,心里暗暗佩服儿媳的能力。通过这件事,老掌柜更放心儿媳妇当掌柜了。

  女掌柜自从接管上岳家掌柜的,总感觉家里的伙计只能吃苦干活,没有出谋管理的人才。女掌柜的就请来两个木匠,做了十个长桌子,每个桌子一尺八宽,六尺长。女掌柜给农头安顿:"你带些银两,四处去找些十八至二十五的年轻小伙子,人要聪明机灵,特别是读书识字的人,有多少就找多少。"农头心想着:"女掌柜的找这么多年轻人干啥？"通过割麦的事，农头也暗暗佩服女掌柜的，所以，这次没有细问女掌柜的原因，就走州过县四处寻访，农头在各州各县寻访一百多人回来了。

女掌柜对这一百多人很热情，告诉大家随便吃，随便转，每天还给大家每人十贯钱，三天后我有话说。这一百多人都很开心。

女掌柜早就雇了几个厨子，买了几百只鸡，每天都对这些人招待得很丰富。第三天，女掌柜吩咐农头给每人买一个大老碗；吩咐厨师压荞面饸饹，炒鸡肉臊子；给厨师安顿好，每一碗饸饹面满上满，把鸡肉臊子高上高。女掌柜让大家面对面一起吃，她就看着大家吃饭。饸饹面太满，臊子又在面上舀得高，好多人都没法吃，吃了上面臊子，下面的饸饹面就没味道；想把面和臊子搅拌均匀，又实在没办法搅。有一个小伙子手拿筷子，几翻几搅，把一碗荞面饸饹搅拌均匀了，搅得碗外边都是面和臊子。别人都看着，有些人还叽叽咕咕地骂着："你看这瓜子，就像先人手里没吃过饭一样。"这个小伙子啥都不管，他把碗里面搅好后，然后把搅出去的面和臊子又刨在碗里，把桌子擦干净，端起碗就"呼噜呼噜"地吃起了。大家吃完了饭，女掌柜对大家说："大家辛苦了，今天大家都可以回家了，每人发一两纹银。"并对农头说："就把刚才能搅面，能吃饭的人留下。"女掌柜说完话就走了，农头领着大家去领纹银，送大家一个个走了。

过了几天，农头就领着这个小伙子来到女掌柜的客厅，女掌柜就对小伙子说："我是百里挑一才选出你，从今天起，你就安心在岳家吃、岳家住，先把岳家里里外外都熟悉熟悉。"小伙子说："掌柜的，让我闲着没事干，我闲不住，不习惯。你让我每天干活，我心里才踏实。"女掌柜说："让你干活委屈你了，我请你是让你打理岳家所有商铺和购货渠道。"小伙子说："掌柜的，你是让长期干还是短期干？"女掌柜说："当然是长期了。"小伙子说："掌柜的，长期我干不了，我家还有一个老母亲，无人照料。"女掌柜说："你母亲我都派人安顿好了，要不然你回趟家看看，如果你满意、放心，你就来，不满意、不放心，你不来也行。"女掌柜吩咐人给小伙子一匹快马，让小伙子回家去看看。

小伙子就骑着马回家了，进家门就看见有个丫鬟专门伺候他妈，小伙子一问他妈才知道，女掌柜从留下他那天就派管家来到家里，给他妈雇了一个丫鬟，给面铺老板安顿好，每月按时送来米面；给油坊老板安顿好，每月按时送来多少油；给杂货铺老板安顿好，每十天来趟家里，看家里需要啥就送啥。小伙子就放心了，在家住了两天，就骑马回岳家了。

女掌柜让小伙子去云南采购一批茶叶，小伙子装了三百万的银票，带着伙计赶路了。走了三天，遇到了十几个去云南收购茶叶的老板，大家就结伴而行，一路上说说笑笑也很热闹。走了半个多月来到云南的产茶地，大家就住在一个客栈。小伙子正在洗脚，来了一个化缘的和尚，和尚说："善哉，善哉，各位茶商，我们这有座茶山庙，年久失修，快要倒塌，今天来化缘，为了重建茶山庙。各位茶商的施舍，不拘多少。"和尚走到几个茶商跟前化缘,这些茶商你给一文钱,他给三文钱,最多的才给了十文钱。和尚就来到小伙子面前,小伙子说:"师父,你们是不是要重建茶山庙?"和尚说:"阿弥陀佛,善哉,善哉,千真万确。"小伙子说:"我看看你化缘的账本。"和尚把账本递给小伙子,小伙子一页一页地翻着看,都是几文钱几文钱,很少有一二两纹银的施主。小伙子说:"这样化缘啥时才能把茶山庙建好?把笔拿来我写。"和尚就把毛笔递给小伙子,小伙子在化缘账本上写道:"岳家刚来到,此地要建茶山庙,捐银三百万,不够了再来要。"茶商们一看都睁大了眼,张大了嘴。一个茶商惊讶地说:"你才是愣怂,咱是不远千里,爬山涉水,千辛万苦,来到此地收购茶叶,你把银两都捐了,跑来干啥?"另一个茶商说:"你把银两都捐给茶山庙,回去给东家咋交代?"小伙子说:"没事,没事,只要有我这人,三百万算个啥?"第二天,小伙子和几个茶商相互告别,自己骑马回了。

小伙子回来就找女掌柜的,女掌柜很吃惊,心里说:"从云南收购茶叶,往返也要三个月时间,这还不到一个月,咋这么快就回来了?"女掌柜对小伙子说:"你路上出啥事了?"小伙子说:"掌柜的,我没出啥事,就是把银两花完了,我不得不回来。"女掌柜问:"茶叶没收上,银两怎么花了?"小伙子说:"我们刚到云南,来了一个化缘的和尚,和尚说:'善哉,善哉,各位茶商,我们这有座茶山庙,年久失修,快要倒塌,今天来化缘,为了重建茶山庙。各位茶商,不拘多少。'和尚走到几个茶商跟前化缘,这些茶商你给一文钱,他给三文钱,最多的才给了十文钱,我就在化缘账本上写道:'岳家刚来到,此地要建茶山庙,捐银三百万,不够了再来要。'"女掌柜一听,竖起大拇指说:"哎呀,你真是个攒劲人,你让我们岳家名扬四海。"小伙子说:"我把岳家三百万捐了,还留下话,不够了再来要。"女掌柜说:"云南的茶山庙,都是我们岳家建的,何愁岳家赚不到更多的银两?"

女掌柜就吩咐管家把小伙子母亲接到岳家,还给小伙子找了一个漂亮媳妇,小伙子一心一意为岳家管家赚钱。从此,岳家生意越做越大,钱越赚越多。

搜集地点:泾源县六盘山镇东山坡村
搜集时间:2018 年 3 月 19 日
讲 述 人:姚治富
采录人员:王文清　王　芳　咸永红　张　昕　张　滢　陈翠英　冯丽琴
文字整理:王文清
整理时间:2020 年 2 月 25 日

宝山娶妻

很久很久以前，在一个山沟沟里住着几十户人家，其中有一穷人家的三岁娃娃名叫宝山，一家三口因家境贫寒，常年给住在不远处的富人家海员外家做长工放羊为生，吃穿不愁，日子还过得去。说起这个海员外，他家是商人，家里羊群很多，还有上百亩的田地，光雇工就有几十人。海员外平时对雇工也好，不使坏心眼，还处处关心周围的穷困人家。村里人们都爱给他家当雇工干活，靠苦力挣钱，一年下来收成还好。

宝山八九岁那年，有一天，他们一家去放羊，途中天气突变，狂风四起，暴雨雷霆。宝山父母为保护儿子和羊群，冒着风雨将羊群赶进一个山洞里，来来回回几十趟，等雨过后宝山和羊群都好好的，大羊、小羊一只都没少，海员外派人将宝山一家和羊群安全接了回来。第二天，宝山父母就病了起不了床，得了恶寒，高烧不退，急得海员外跑离县城几十里的山路找医生给他们医治。因为当时药材紧缺，当地又没有医生，就这样一来二去拖了几天，眼看病得越来越重了，最后，医治无效双双先后离世。成为孤儿的宝山从此无依无靠，没家没舍，他哭了三天。宝山父母临终前就将唯一的儿子托付给了海员外，希望儿子能长大成人有出息。海员外见这一家人勤劳善良，勇于担当责任，自己没有儿子，就收留了宝山，并给宝山父母料理了后事。从此，宝山年纪小小就要肩负独立生活、独当一面的重任。他下定决心："不论如何自己都要学很多很多的知识，学医治病，种植中草药，现在救不了父母，将来为百姓治病救人。"

海员外家也只有一个独生女儿名叫海燕，伶俐可人，比宝山小一岁，也算是同龄人，两人青梅竹马一块儿长大，这年龄正是到上学的时候了。海燕都上学了，宝山还得去放羊。宝山每天放羊回来就急急忙忙去学堂的后窗户上听老师给学生上课，用心记下生字，放羊的时候读读写写。海燕也每天将自己在学校学到的生字一个个教给放羊回来的宝山。海员外的夫人发现女儿和放羊娃经常在一起，很是生气，就告诉海员外不要让女儿和宝山来往。海员外先是不信，暗暗观察了几天，发现宝山学习还挺刻苦，是个好苗子，心想："两个娃儿在一起学习是好事啊，我支持他们。"连续半个月过去了，海员外看在眼里，暖在心里。这天，女儿开口了，告诉父母："父亲大人，让宝山哥和我一块儿上学吧，宝山哥挺聪明的，他就是没有钱，我可以帮他，我把我的零花钱攒下来帮宝山哥交学费。"这天，宝山放羊回来，总是闷闷不乐的样子，宝山大着胆子将自已想上学学医、种植中草药的想法一五一十地告诉了海员外。本来海员外也打算让宝山上学的,见女儿这么有信心,宝山的想法很现实,很是高兴,心想:"这个娃娃还挺有远见的,不错,我得支持你们,容我想想。只是夫人有些不乐意,毕竟宝山是外人的娃娃呀!"

宝山怕员外一家让他上学有难处,就说他可以每天半天放羊半天补习功课,员外见他很有诚意,和夫人商量一番:"宝山学习很是刻苦,将来一定是个人才,和自己的女儿两人郎才女貌,也很投缘,出双入对,无话不谈,以后成为自家的上门女婿也是好事,以后咱们也有人照料。就是怕没有学问,被人笑话。现在正是上学的年龄,过了这村就没这店了,干脆就让他全天去上学好了,羊就再找个人去放了。"

时间过得飞快,一晃十来年过去了,这富人家的女儿海燕也长大了,宝山也二十出头了,二人也学到了好多知识,出口成章,学业有成,遇事冷静,解决有方,为人和善。

这天,有门当户对的上门提亲,海员外再三推辞,女儿更是不见,她心里早已有人了,和宝山一块儿形影不离。见此,员外就请媒给女儿和宝山做媒:"宝山是我家的干儿子,也是我的女婿,是我培养长大的,没得挑就他了,我看重的是人品。"两个娃娃情投意合,互相帮助,互敬互爱。宝山早就把这儿当成自己家了,海员外一家对他更是恩重如山,是养父,更是亲父,是岳父岳母,还是一家亲。

这一年,宝山和海燕结婚了,全村的父老乡亲们都来贺喜了,海员外更是高兴得合不拢嘴。愿望实现了,两人婚后多次外出取经学医,回来后改变了父辈们以往的生活方式和思想观念。从此,他们之间没有贫富贵贱之分,共同挑起生活的重担,夫妻相敬如宾,共同孝敬父母,续父业,理家财,精学问,懂种植,村里大力发展种植中草药,销路很好,还为广大群众解决看病难的问题。人们生活过得有滋有味,和和美美,红红火火!

搜集地点:泾源县香水镇永丰村

搜集时间:2017 年 11 月 2 日

讲 述 人:何淑珍

搜集人员:王文清　冯丽琴　咸永红　陈翠英　张　昕　张　滢

文字整理:冯丽琴

整理时间:2019 年 10 月 5 日

被丢弃的女儿

从前,有一家人,生了一个女儿,家里特别特别穷。靠父亲给别人放羊,母亲给别人缝衣服为生。一家三口生活过得虽然辛苦,但也算幸福。

有一天,妻子突然得重病去世了,家里就剩下父亲和可怜的女儿两人,日子那可算是真的很难过。艰难的日子没过几个月,父亲就想着再娶一个妻子,经过一段时间的打听,他就娶了隔壁村的一个女人回来。这个女人娶进家之后就对他的女儿特别不好,经常不是打就是骂。有时候只要女儿犯一点点的错,她就一天一夜不给女儿饭吃,就这样还不解恨。

这一天,父亲放羊回来,这个女人就对他说:"我们家里人口太多,靠你一个人放羊,根本就生活不过来,每天连野菜都没得吃,不行你就把你女儿背出去扔掉算了。"父亲虽然心里十分不愿意,但是现在是这个妻子当家,自己也不敢说什么。

第二天,父亲就骗女儿说到县城买新衣服,背着女儿来到远处的一座大山上,把女儿扔下,骗女儿说给她买好吃的,父亲走的时候将自己的衣服脱下来给女儿穿上。就在走的那一瞬间父亲落泪了,但是他不敢回头。他只听见女儿一直哭着喊:"父亲,父亲……"父亲加快了脚步,他怕自己不忍心。就这样,父亲带着沉重的步伐回到了家里。女人问:"你把你女儿扔掉没有?"父亲没有说话。女人看后面没有女儿跟着回来,心想只要那个死丫头没有回来就好。到了晚上,父亲怎么也睡不着,第二天天一亮他就偷偷地带了一些馍馍,上山找女儿去了。到了山上,女儿还在原地方等着父亲。他将馍馍赶紧拿给女儿吃,自己却一句话都没有,懂事的女儿心里明白,自己父亲是迫不得已,才将自己扔在这大山里。所以她也没有埋怨自己的父亲,就这样父亲再次留下了女儿,自己一人默默地回了家。

过了几天,父亲思念女儿睡不着,再次偷偷上山去看女儿,这次他找遍了整座山,也没有见女儿的踪迹。他很后悔,后悔自己太窝囊,后悔自己不该将女儿扔掉。可是现在后悔已经晚了,父亲在山里大哭一场,就无精打采地回家了。从此以后父亲很少说话,那个女人经常叫他呆子。

就这样过了几年,那个女人生了两个孩子。女人对自己的孩子可好了,宁愿自己不吃饭,也要让她的孩子有饭吃,还给他们做新衣服穿,供他们读书。父亲看着这一切心更加疼了，自己把女儿亲手丢在大山，现在不知生死，不知女儿受了多少罪，吃了多少苦？也不知道她是死是活？

多年以后，女人生的两个孩子都长大了。有一天，她们家来了一位特别漂亮的小姐，她年方十七，身材高挑，体态轻盈，言行举止端庄娴雅。乌发如漆，肌肤如玉，美目流盼，一颦一笑之间流露出一种说不出的风韵。她宛如一朵含苞待放的牡丹花，美而不妖，艳而不俗，千娇百媚，无与伦比。她穿一身嫩黄衫子，当真是人淡如菊，女人一生之中，从未见过这般雅致清丽的姑娘。从她的穿衣打扮来看，她一定是一位富家女。

这个女人赶紧就好吃好喝地伺候起来。吃完饭，这个女人就问："你是哪家的小姐，来我们家有什么事吗？"这时那姑娘就说："我就是你们丢掉的女儿。"女人的脸一下子都发青了，父亲一下子跑过来抱住了女儿，大声说："女儿呀，你还活着？你真的是我的女儿吗？父亲对不起你！看到你现在这么好，我就放心了。"女儿说："当父亲第二次走后，我饿得实在不行了，就下山找吃的。在路途中遇到了我现在的父亲，他就带我回家了，将我养大成人。我不怪你们丢掉了我，因为我现在过得很好，我这次回来就是为了报答你们的养育之恩，我现在过得这么好，怎么还能让你们受苦呢！"说着她让家丁拿来了一些银子和绫罗绸缎，送给了他们，便说："希望我的这点心意，能补贴家里的生活，可以让弟弟妹妹生活得好一些。"说完，那个女人流泪了，她跑过来抱住了女儿哭着说："对不起，是我不对，我不该让你父亲把你丢弃！我以前那样对你，难道你就一点都不记恨我？还给我们送来这么多的好东西。我真的不配做你的后妈！"说着就给了自己一耳光。女儿赶紧阻止了那个女人，说："母亲，我不会怪你，无论怎样你也是我的母亲，我只希望你以后对弟弟妹妹好点，对我父亲也好点就行。"这时女人连连点头。走的时候他们希望女儿可以常来，女儿笑着答应了。

从此以后，这家人就幸福地生活着，人们常常说："那家的女人现在变得非常善良，是一个好人家，而且现在非常地富有。我们要像他们一样做个善良的人，我们的日子也会变好。"

搜集地点：泾源县六盘山镇刘沟村

搜集时间：2017 年 11 月 30 日

讲 述 人：祁小琴

采录人员：王文清　陈翠英　王　芳　咸永红　冯丽琴

文字整理：泾源县文化馆

整理时间：2021 年 4 月 23 日

不孝的媳妇

从前,夫妻俩生了三个孩子,加上孩子的外婆和奶奶总共是七人的大家庭。丈夫的母亲十年前眼睛就失明了,妻子除了打理家务,照顾孩子之外,还要伺候两位老母亲。丈夫靠打工挣的钱,勉强够家里开销。

中午妻子做好饭,给孩子和自己的母亲盛好饭,大家坐在一起吃饭。唯独婆婆一个人在炕上,她双目失明,腿脚又不方便,没法儿和大家共同坐在一起吃饭。妻子对婆婆的态度很冰冷,孩子也模仿着母亲对奶奶的态度,对奶奶避而远之,即使奶奶口渴了,孩子也不愿意给奶奶倒杯水。在婆婆刚失明的前两年,媳妇是用心侍候,后来的几年,媳妇就开始厌倦这样多年如一日照顾人的生活。婆婆看不见,所有的生活起居都要照顾到位,坚持了十年之久,妻子再也忍受不了这样的生活了。妻子觉得很累,于是动了歪心思。

晚上妻子哄孩子都睡着后,和丈夫商量把婆婆寄放到山上吧!那儿有一个临时搭建的棚子。丈夫犹豫半刻后,妻子发飙了,说:"这十年,我已经受够了,你如果不同意,我就带孩子走,你去照顾你的老母亲吧。"丈夫看妻子的态度很坚决,于是勉强地答应了这件事情。可他的心里很难受,他夹在中间很为难,只能委屈母亲了。母亲睡不着,在隔壁听见夫妻的对话了。她虽然眼睛看不见了,但耳朵极为灵敏。母亲表现得很平静,坦然地接受了这件事情,觉得自己已经把这个家拖垮了,心里满是愧疚感。

第二天,儿子把母亲背上山,母亲的泪水流在了儿子的后背上。儿子感觉后背凉凉的,心头一颤,也眼泪哗哗地哭了起来。母亲听见了儿子的哭声,便安慰道:"儿啊,你放心地回去吧。我住在哪里都一样,我都这把年纪了,已经无所谓了,不能再拖累你们的小家了。"儿子抱了抱母亲,拖着疲惫的身躯回家了。

晚上他翻来覆去地怎么都睡不着,他担心母亲被狼吃了,或是母亲遭遇其他的事情,那可怎么办啊?看见旁边的妻子睡得正香,他辗转反侧了一夜,心里感到彷徨与不安。

天微微亮,儿子就上山看母亲好着没有。还没走到那个棚子地方,他的双腿颤抖,害怕母亲遭遇不测,心扑通扑通直跳。然后他继续往前走,看到一群牛、一群羊、一群鸡、一群鸭聚集在棚子面前。他看到母亲完好无损地在里面坐着,他开心地把母亲背起来,就往回走。那一群群鸡鸭牛羊也排着队跟随着母亲,把母亲背到哪里,这些动物就跟到哪里,场面很是壮观。母亲感觉儿子接她回家去了,欣喜的泪水又流在了儿子的后背上,儿子感到很惭愧。

当丈夫从院子里进来时,妻子感到很惊愕。婆婆还是之前的那个婆婆,倒是好多鸡鸭牛羊成群结队地往家里走来。丈夫欣喜若狂地告诉妻子,母亲命大,没有被野狼吃掉,倒是引来了无数的家畜。妻子赶紧热情地招待了婆婆,把鸡鸭各宰一只,一家人享受了一顿美餐。

晚上妻子对丈夫说:"这鸡鸭牛羊太多了,家里留一部分养着吃。剩下的都吆到集市上卖了,说不上还能卖个好价钱,咱家说不定就发财了。"

第二天夫妻俩吆着一群群鸡鸭牛羊,在集市上卖了十多万。晚上妻子高兴得睡不着,在炕上不停地数钱,感觉就像做梦,不停地确认是否是十万呢。数着数着,突然她告诉丈夫一个大胆的想法:"明天把我娘也送去山上那个烂棚子里吧?让我娘家也挣些钱,我娘家穷得从来没见过这么多的钱。"丈夫听了妻子的话,第二天一大早,就把丈母娘送到了山上的烂棚子里。一路上丈母娘没有说任何话,她不怪女婿,要怪就怪她那个愚昧无知的女儿,为了钱而蒙蔽了自己的双眼。

当天晚上就下起了暴雨,电闪雷鸣。妻子一晚上怎么都睡不着,有一种不祥的预感,又安慰自己,母亲也是个命大之人,不会有什么危险的。看着丈夫睡得很沉,呼噜声震天响,她都熬不到天亮。还没等天亮,妻子就叫醒丈夫,去接自己的母亲。她在家静静地等待着,等待着丈夫能背着母亲回来,期待着还有成群结队的鸡鸭牛羊。

通过屋里的窗户,她看到丈夫空手而归,背上竟没有母亲。妻子开始慌了,大步从屋里走了出去,追问丈夫是怎么一回事。丈夫说他没看见母亲,不知母亲是否已经遭遇不测。妻子听到后直接晕倒在丈夫的怀里,婆婆听了无奈地摇了摇头。

从此后,妻子总是萎靡不振,整天打不起精神。每次入眠后,她都会做噩梦。她因此一病不起,精神恍惚。家里全靠她丈夫一个人艰难地支撑。

搜集地点:泾源县新民乡石咀村

搜集时间:2017 年 10 月 13 日

讲 述 人:禹明江

采录人员:王文清　陈翠英　王　芳　咸永红　冯丽琴

文字整理:泾源县文化馆

整理时间:2021 年 5 月 17 日

慈母的爱

这是代代相传下来的古老的故事，说是有一个村子有一种非常残忍的习俗，就是老人一旦老了，成了家里的负担之时，他的家人又不能养活他，只能把他背到深山里活活饿死，或者让虎豹吃了。这种把老人扔到深山里的做法，叫"深山葬父母"。

这种方式能够从远古一直延续到那个时候，就是那时候人们的生活很贫穷，一边有官府和地方老财主的压榨，还要养活家里的老老少少，家里能吃的东西本来就不多，再加上年老走不动，只张嘴吃饭，变成了家里的一大负担。如果没有这样的老人，家里的那些粮食还能够几个人吃的，小孩子也能养活了，等小孩子长大以后又能挣钱养家。

东山的坡脚下有个姓王的小伙子，名叫王二，他在家里排行老二。老大和父亲一次上山砍柴的途中让狼给围了，父子两个人双双遇了难，留下年迈的母亲和他相依为命。老母亲含辛茹苦地把王二拉扯大，还给王二说了个媳妇。随着时间的变迁，王二的媳妇给王二生了个儿子，一转眼他的母亲也老了很多，眼睛也瞎了，整天拄着拐杖在院子里转来转去。

时间长了，儿媳妇见老母亲走来走去，心里有话但不好说。于是她把王二叫到旁边说："老母亲年纪也很大了，咱们这儿有个习俗呢，这人年纪一大就要送到深山里，咱老母亲也应该送过去了。"

王二不想送老母亲到山里，对媳妇说："老母亲虽然年纪大了，但她一把屎一把尿地把我拉扯大，还给我娶了你这么贤惠的媳妇。老母亲才是咱们家里的福气，把老母亲送上山，就等于把咱们的福气给送走了。"

"啥福气啊，一家四口张口吃饭的嘴，你不送走咱娃都没有啥吃。这也是咱们这个地方的风俗，老母亲能理解的。"

看着一天天长大的儿子，这儿子的饭量也好得很，一餐能吃三大碗，家里做的饭一大半就让他儿子吃了。正在长身体的孩子饭量本来就大，这时候身体要是长不起来，以后上山砍柴背不动柴，碰到狼虫虎豹跑都跑不动。

思虑了很久，王二同意了媳妇的提议。

这一天，儿媳妇搜尽家里的好食材给他老母亲做了一顿很不错的饭菜。王二一边给老母亲的碗里夹菜，一边默默地流泪。儿子多夹了一块肉，王二就把儿子骂了一顿。老母亲天天在院子里转，她嘴上没有说，但她也知道自己到了让儿子背到深山里丢弃的年纪了。她把肉夹出来放在桌子上，让孙子夹去吃。她越是这样，王二的心里就越是伤心。为了不让儿子和儿媳妇难为情，老母亲表现得很高兴。吃完饭，老母亲说："让我坐一会儿咱们再走吧。"

回到房间里，她抚摸着每一处墙面，每一张桌子，每一把椅子，还有她天天靠着的那扇门。

一直到太阳升了两竿子高，王二把老母亲背了起来，开始慢慢地往山里走。起初王二并没有觉得老母亲有啥异常，后来越走越觉得不对劲。他留意了一下，看到自己每走几步老母亲就会摸到一根树枝，把树枝折下来扔在地上。他走得越快，老母亲扔树枝就越快。儿子想，老母亲大概是给她做记号吧，她已经知道年纪大了要把她扔到山里去。以前好多老人之所以没有回来，并不是他们看不清，而是他们记不起上山的路，被儿子扔了以后迷了路只能饿死或喂狼虫虎豹。

不过，他转眼一想，老母亲看不见，想折就让折去吧，反正做了记号也没有用。王二在山里又转了几个圈，这个山他经常来砍柴打猎，已经非常熟悉了。又拐了几个弯，把母亲放在一个平滩上。这个平滩没有狼虫虎豹，他也不忍心让自己的老母亲活活让狼虫虎豹吃了。

放下老母亲，王二也没有急着离开，但老母亲挥挥手，示意他回去。看着母亲花白的头发，脸上的皱纹就像是刀刻上去的，王二的心里又不是滋味了。母亲知道王二伤心，但这是村子的习俗，她也只能笑着说："你把我背了这么远，也走累了，缓了这么长时间也缓好了，你早点回去吧，这里离家远，再不走回家天都黑了。"

王二没说话，站起身，开始移动脚步。他觉得自己的腿有千斤重，脚更像是粘在地面上一样，使尽全身的力气，终于抬起双脚向山下走去。他想着，老母亲已经给她做好了记号，她能摸着下山就摸着下山吧。当她看到骨瘦如柴的老母亲时，又想："做了记号又能怎样，说不定走不了几步风一吹就起不来了，再别说是摸着记号回来了。"

他终于狠下心，头一扭往山下走去。

只听他的老母亲喊着："儿啊，你走了这么远又绕了这么多的圈，我来的时候用树枝做记号了，你顺着我做的记号回去，千万别迷路了啊。"

王二停下脚步，心想我是来扔母亲的，老母亲不但没有伤心，而且还处处为我着想，还害怕我迷了路……

就这样，王二二话没说扑到老母亲的身边，抱着老母亲哭起来。哭了一会儿，王二把老母亲从山上背了回来。

村里人个个骂王二真是个二货，破坏了村子里的规矩。媳妇也有些不解，王二说：

"我们也会有老去的那一天,也会有干不动活的那一天。到那天,你也希望咱们的儿子把咱们丢弃在深山老林吗?"他还说:"老父老母一心为子女着想,可老了却要被子女送上山去饿死、喂狼虫虎豹,这样也太没有人性了。"

王二每天少吃几口饭也要留出来一点给老母亲吃,虽然过得艰辛,但一家人也是很幸福。王二的孝心感动了村子里所有人,从那以后村子里一改之前"深山葬父母"的恶习,老人年纪大了以后也在家里能安享晚年了。

搜集地点:泾源县大湾乡瓦亭村

搜集时间:2018 年 1 月 23 日

讲 述 人:张　杰

采录人员:王文清　陈翠英　王　芳　咸永红　冯丽琴

文字整理:泾源县文化馆

整理时间:2021 年 1 月 12 日

2017 年 11 月 16 日,张杰(左二)在泾源县大湾乡瓦亭村的家中讲述泾源民间故事。

聪明的女人

古时候，有一个员外经常出门做生意，每次做生意都会路过一个村庄。这个村庄里有一对夫妻，丈夫比较忠厚老实，长得也不怎么样。但妻子却长得非常漂亮，而且特别聪明能干。

这天员外路过这个庄子，遇见了这个妻子，看见这个女人长得这么漂亮顿时有些心动。女人正在洗衣服，没有注意到员外。这时员外偷偷从后面走过来，女人发现了，说道："请问你要干什么？"员外说："我刚才路过这条小溪的时候，不小心将我的马鞭掉进去了，我前来寻找。"女人说道："看你的穿着打扮也不是会在意一个马鞭子的人吧！"员外说："没想到你这么聪明，竟然知道我不是前来寻找马鞭子的，那你觉得我是来干什么的呢？"女人说道："你过来肯定是为了和我搭话吧，但是我要告诉你，我已经结婚了，我也有丈夫。"说完，女人就端着衣服回家了。员外听了女人的话，觉得这个女人真的不一般。

之后员外又经过这个村庄，打听了女人的丈夫，并对女人的丈夫进行试探，觉得这个女人的丈夫脑子很笨，根本就配不上这个女人。他拿出一个肉包子和一个菜包子，让女人的丈夫拿回家，并且告诉女人的丈夫，回家之后你吃肉包子，你让你妻子吃菜包子。男人问员外为什么，员外说："你拿回家之后，你的妻子会告诉你为什么。"男人回了家，告诉妻子有个员外和自己聊天，并且给了自己两个包子，而且还特别嘱咐："我吃肉的，让你吃菜的"。女人一听，觉得员外是在说自己的丈夫是个"肉头"，很是生气，将两个包子拿去喂了狗。

女人心想，这个员外这么大年龄了，肯定都娶了几房妻妾了，又想纳她为妾，一定要治治这个员外，不然他肯定还会来打扰她的家庭。这天员外又来了，女人说："你是个员外肯定很有钱吧，你真的愿意娶我吗？"员外很高兴，说道："我纳你为我的第五房姨太太，保你吃喝不愁。"女人说："那你现在领着我走吧，反正我也不想跟我那蠢丈夫过日子了。"员外一听很高兴，正要将女人放上马，女人的丈夫领着官府的人来了，官府的人说："光天化日，竟然敢强抢民女，胆子不小啊！"员外赶紧说："不是的，是这位民妇愿意和我一起走，愿意给我当妾啊。"女人说道："我有丈夫，我为何要去给你当妾呀？并且我刚才不从，你非要拉着我上马呀，多亏我丈夫和府衙的人及时赶到救了我呀!"说着说着还哭了起来。府衙的人看了,觉得肯定是强抢民女,将员外给抓走了。

员外走后,丈夫担心地说道:"你设计陷害他,他那么有钱,日后出来报复,那可怎么办呢?"妻子笑着说道:"放心吧,知县爱钱如命,不压榨完他的钱,肯定是不会放他出来的。等他放出来,他也就没钱了。"丈夫听完妻子的话,说道:"你真是聪明呀,但你为什么不和员外去过衣食无忧的日子,却要和我过这穷苦的日子呀?"妻子说道:"虽然咱俩的日子清贫,但是却是两个人在一起粗茶淡饭,是两个人的日子啊!"丈夫挠挠头,有些听不明白,妻子却笑着拉着丈夫的胳膊回家了。

搜集地点:泾源县黄花乡庙湾村

搜集时间:2018 年 3 月 27 日

讲 述 人:咸耀林

采录人员:王文清　陈翠英　王　芳　咸永红　冯丽琴

文字整理:泾源县文化馆

整理时间:2021 年 1 月 20 日

2018 年 1 月 23 日,文化馆非遗中心工作人员在大湾乡上坪村梁建平家中搜集采录泾源县民间故事工作照片。

聪明的老太婆

　　在过去,一个庄子上住了一位六十岁的王老太太。王老太太早年守寡,靠帮人家缝缝补补洗洗涮涮把三个儿子拉扯大,几个儿子又先后一个个娶了媳妇。王老太太辛苦了一辈子,累得腰也驼了,眼也花了,成了家里吃闲饭的了。没两年,三个儿子被媳妇的枕边风吹昏了头,又一个个另砌炉灶分伙过日子了。王老太太被嫌弃了,常常是鼻涕一把泪一把,锅上一把锅下一把。俗话说:稻怕苞米捂,人怕老来孤。开始左邻右舍有说闲话的:"老养活儿女小,儿女应服侍老。"三个媳妇装聋作哑,老大推老二,老二推老三,老三又推老大,三个儿子推着磨,把王老太太推得团团转。

　　王老太太心想要让这几个儿媳妇孝顺自己,必须想一想办法。

　　王老太太来到了铁匠铺子。说道:"你能不能用铁帮我打几块元宝?"铁匠很好奇,但是想到这老太太既然要打,他打就是了。不一会儿铁匠就帮王老太太打好了。老太太付过钱之后就用布裹着元宝回家了。

　　王老太太让三儿子去他舅舅家,将他舅舅找来。三儿子很奇怪,无缘无故找我舅舅干嘛呢? 但还是帮他母亲找来了舅舅。舅舅进了屋,王老太太在他哥耳朵旁嘀咕了一句, 他弟连忙说道:"姐姐这办法不错, 弟弟一定帮你, 让你那三个儿媳妇深信不疑。"一会儿三个儿媳妇知道舅舅来了,又害怕王老太太在她弟弟面前说他们不孝顺,三个人都偷偷趴在门外面偷听起来。

　　听见三个儿媳妇的动静,王老太太会心地笑了笑,然后说道:"弟弟,我这次叫你来是有点事给你说,我这里藏了些银元宝。"弟弟说道:"姐呀!你藏这么多银元宝干什么呢? 不如拿出来给他们三家分了,平时生活也会好一点。"王老太太也故意大声说:"兄弟呀!这可是我的棺材本呀。"舅舅接着说:"嗨!一锭就够了,你不是有一百锭吗?"王老太太说:"没那么多了,你姐夫死的时候,不是用了十锭吗? 这些年不又用了十锭吗?现在只有八十锭了。"舅舅说:"八十锭还了得嘛,这周围五十里方圆内谁家也没这么多钱呀。你年龄大了,拿出来分给仨外甥算了。"王老太太说:"嗨,八十锭银子,平分不开,我想看看日后谁对我好,我就给他多分一点。不分给他们,我留着又能干什么呢?"舅舅又说:"这些年他们没人知道你有这么多钱吗?"王老太太神秘地说:"四十多年前,皇上从我们村上过,那是微服私访,皇上夸你那死鬼姐夫人品好,赏了100锭元宝,除了你姐夫知道外,再没有人知道这事。前些年兵荒马乱的,若要让知道了不早被抢了。就是你那仨外甥我也没敢说,要说了还不花得差不多了。"

三个儿媳妇一听高兴坏了,原来自己的家里这么有钱啊。怪不得一个女人能把三个儿子养大,还给都娶了老婆。三个儿媳妇心里各有主意,但都是想着日后如何孝顺婆婆,让婆婆多分一些银元宝给自己家。

舅舅走后,老大媳妇赶紧将王老太太接回自己家,老大媳妇三天两头,不是杀鸡杀鸭就是买鱼买肉。老二媳妇一听,这住到老大家,老大媳妇天天大鱼大肉的,老太太肯定会觉得老大家孝顺,把钱多给老大分的,不行,老二媳妇赶紧去老大家接王老太太。没想到到了老大家,老三媳妇已经来了,也要接王老太太。三个媳妇开始争着要养活老太太。王老太太说道:"你们别这样,让街坊四邻看了笑话。日后,我在你们每家各待一个月。"三个媳妇赶紧答应了。到了老二家了,老二媳妇也是想方设法对老太太好。到老三家了,老三媳妇更是让自己儿子每天陪着王老太太,不让老太太干一点活。

王老太太想着时间久了,万一她们不信我有银元宝怎么办呢?这天几个孙子都在老二家的院子里玩耍,几个儿子儿媳都下地干活了。老太太叫来几个孙子,说道:"你们是不是没有见过元宝啊,奶奶今天就让你们看看。"老太太拿出自己铁打的元宝,几个孙子又不认识银和铁,个个瞪大了眼睛。孩子们晚上都将见元宝的事情告诉了自己的妈。一听王老太太真的有元宝,儿子和媳妇们更是开心不已。以后的日子里,王老太太的三个儿子和三个媳妇将王老太太照顾得无微不至,庄里人人夸她们孝顺。

王老太太活到了八十四岁,因病去世了。三个儿子争着花钱为老太太办丧事,请来了所有的亲朋好友、左邻右舍,请了三班吹鼓手,大操大办,热热闹闹地把王老太太安葬了。送走亲友,三个儿子期待地打开了王老太太的包裹,一看真是元宝,可当他们拿到手里,觉得重量怎么有些奇怪,颜色怎么也不对,再放在嘴里一咬,原来是铁打的。三个儿子失望至极,三个儿媳更是嚎啕大哭,她们花了多少心思,原来是假的。庄里人听到了哭声,纷纷称赞,都说这三个媳妇孝顺。

搜集地点:泾源县黄花乡下胭村

搜集时间:2017 年 10 月 22 日

讲 述 人:李彦华

采录人员:王文清　陈翠英　王　芳　咸永红　冯丽琴

文字整理:泾源县文化馆

整理时间:2021 年 1 月 26 日

儿子捞月

　　有一对老夫妻,因为上了年龄,干不动地里的重活了,儿子和儿媳就觉得老两口吃白饭。儿媳妇听说海边有不住人的破房子,就给丈夫吹耳边风,儿子就对老夫妻两人说:"海边有一个屋子,你们老两口住到那里去吧!"儿子开口了,老夫妻两人虽然伤心难过,却也只能点头答应了。

　　第二天,儿子就将自己的老父老母送到了海边的小破屋子里。老夫妻俩看了看儿子,儿子扭头就走了。老头就找了一些东西将房子修补了一番,老妇人就把屋子收拾了一下。老两口晚上说话,老妇人说:"这里没有粮食,他们是想活活饿死咱俩呀!"老头说:"你明天给我织个网,我去海里淘一淘,看能不能捕到鱼虾之类的。"第二天,老妇人早早起来,帮丈夫织了一张网。丈夫拿着网去海里了。刚到中午丈夫就回来了,老妇人看见丈夫回来这么早,心想肯定什么也没有捕到。但是却看见丈夫兴高采烈,赶紧上前去问:"有捕到鱼虾吗?"丈夫扔下自己肩膀上的袋子,妻子一看,满满的一大袋子鱼虾,还有螃蟹、扇贝之类的。妻子高兴坏了,说道:"这下咱们两个人不用害怕饿死了。"

　　老头叹了一口气,妻子知道丈夫是在感叹儿子的不孝,也就没有说什么,赶紧拿去将这些做饭吃。

　　慢慢地,老头一天比一天捕得多,老两口也吃不完,就将一些拿去集市上换钱,老夫妻俩的生活过得一天比一天好。这天儿子在地里种田,村里的人说道:"你把你父母扔到海边,你父母在海里捡到好东西了,天天大鱼大肉的,比你们可过得好多了。"听了村里人的话,这儿子觉得自己的父母不应该被饿死了吗?自己什么都没给他们,连一点粮食都没给,他们怎么可能活下来,还大鱼大肉。晚上他跑去海边偷偷查看,竟然发现父母真的吃的大鱼大肉,而且都买了新衣服穿着,屋里也买了好多东西。儿子心想,肯定是这海里有什么宝贝,就赶紧去海里查看,就看见海里真的有一个特别亮的东西,和盘子一样大,这可把儿子兴奋坏了。他偷偷乘着父亲的小木船,拿着父亲的网子去捞月了,折腾了半晚上,还是没有捞上来,又害怕被父亲发现,早早回家了。

　　回到家里,他想着,不行,明晚还得去,一定要捞上来,捞上来自己就有钱了。第二天晚上,他又偷偷去捞月了。一连几个晚上,他都去捞月。老头渐渐地觉得不对劲,觉得自己的鱼网被人用过,晚上老头偷偷地藏起来,看见自己的儿子上了船,往前划去。

但是看见儿子不捕鱼不捕虾,一直在朝着有月光的地方捕捞,这傻儿子莫不是在捞月亮吧。老头气急,过了一会儿,儿子将船划了回来。老头在海边等着,儿子看见自己的父亲,吓了一跳,老头说道:"你刚才去干什么了?"儿子说道:"我干什么和你没关系。"老头抬手抽了儿子一巴掌,说道:"你是看见我和你妈富裕了,觉得我们在海里捞着宝贝了,然后就每晚过来捞是不是?你觉得你在捞什么呢?你在捞我们头顶的月亮,你知道吗?它如果落了,海里面根本就看不见了。"这时太阳出来了,月亮下去了,海里的月亮没有了。儿子这下才恍然大悟,自己被金钱蒙蔽了双眼,只想着捞宝贝,连这么浅显的道理都不懂。

儿子要接父亲母亲回去一起住,老头和老太太没有答应,儿子就和媳妇带着孩子一起来海边住下了,慢慢地也和父亲一起捕鱼捕虾,生活一天比一天好了,儿子和媳妇也越来越孝顺了。家有一老,如有一宝,希望我们每个做儿女的都能好好孝顺自己的父母。

搜集地点:泾源县黄花乡庙湾村

搜集时间:2018 年 3 月 26 日

讲 述 人:马月英

采录人员:王文清 陈翠英 王 芳 咸永红 冯丽琴

文字整理:泾源县文化馆

整理时间:2021 年 1 月 9 日

2017 年 12 月 20 日,文化馆非遗中心工作人员在六盘山镇李家村
祁世琴家中搜集采录泾源县民间故事工作照片。

富汉和穷汉比宝

从前，村里有两户人家，一家是出了名的富户，特别爱钱财，人称财主。财主家存万贯金银珠宝，重得背都背不动，但家里没有儿子，只有一女儿，村里很少有人和他打交道。另一家家境贫寒，但是生的儿子多，老年以后儿孙满堂。

这两家离得不远，虽然平生互不往来，但较起劲来还互不相让。有一天，他们在一次闲聊中发生了争执。财主小看这家穷汉说："你家有啥宝可以拿出来，只是娃娃多，连个像样的吃饭碗都没有，看你们穿的布衣裳，还想跟我比。"这家穷人很执着地说："就算我没有多少金银珠宝，没有绸缎，但我有名副其实的宝贝。你那万贯金银珠宝有朝一日也会虚无，是假宝贝。"财主不服气："那咱两家亮宝比一下，看谁家有真宝贝，谁家是假宝贝。"穷人自信地说："能行么，咱们不在家比，等到三九三那天了，上咱村最高的山梁梁上，眼界宽广，好好亮宝比试一番。"财主想了想说："行，在哪比都行，反正我有的是皮衣皮裤皮帽子，有的是金银珠宝，看你能不能拿出宝贝来，天冷没啥穿，把你冻死哩。"两家决定亮宝，说定时间和地点以后，各自回去做亮宝比宝准备。

三九三这一天，寒风刺骨，天气非常冷。财主早起就穿上最暖和的皮衣皮裤，戴上皮帽子。穿戴好后，就把家里最最值钱的金银珠宝装了一麻袋，装多了背不动，装少了又怕比不过，家里再没有人帮他，就装了差不多能背动的多半袋往山梁梁上去了。

再说这户穷人回来后，家里哪有什么金银珠宝，就让儿子们用木头做了一顶木轿子，可以坐人，可以抬。到了三九三这天，他就发动全家儿子孙子们把能穿戴的都穿戴好后，他就坐上木轿子，让儿孙们抬起木轿子去山梁梁上。众人拾柴火焰高，这一路抬轿的抬轿，拾柴的拾柴，一会儿就来到了山梁梁上。

财主连背带扛地把自己家的金银珠宝背到了山梁梁上，累得满头大汗，上气不接下气，到了山梁梁顶上，一下子就坐在了地上。见这家穷人也来了，财主就把自己的金银珠宝从袋子里拿出来摆在山地上，远看金银透亮。

穷人家到了山顶，放下木轿，开始生火，围坐一圈取暖。财主见穷汉家什么金银珠宝都没有，就说："你可以把你们家的宝贝拿出来了。"穷人说："我家宝贝全在这儿了。"财主左看右看找不着什么金银珠宝，指着自己的珠宝说："你骗人，看来你没有宝贝，你已经输了。"穷人说："再等等看，看谁有真宝贝，你那些金银珠宝全是假的。"又过了一会儿，财主抱着自己的金银珠宝身上一阵比一阵冰冷，冻得直哆嗦。而穷人这边人多力量大，齐心协力篝火暖暖，虽然他们单衣烂衫，但一点儿都不觉得冻，脸上洋溢着温暖的、幸福的笑容。穷人笑着指着儿子孙子们说："看我的这些宝贝，等他们长大了，我什么都不用愁，他们才是我的真宝贝，你花多少金银珠宝都买不到。"说完，让儿孙们起轿回家。财主再看自己，孤身一人，拥有再多的金银珠宝，也比不过人家的一个儿孙，他们才是活宝，真正的宝贝。

后来，财主和穷人结成了两亲家。财主家的女儿看上了穷人家的小儿子，两人情投意合，就结婚了。财主再也不显摆他有多富有了，从此，两家消除了穷富之分，过上了和和美美的生活。

搜集地点：泾源县大湾乡牛营村
搜集时间：2020 年 3 月 28 日
讲 述 人：李治明
搜集人员：王文清　冯丽琴　咸永红　陈翠英　张　滢
文字整理：冯丽琴
整理时间：2020 年 10 月 26 日

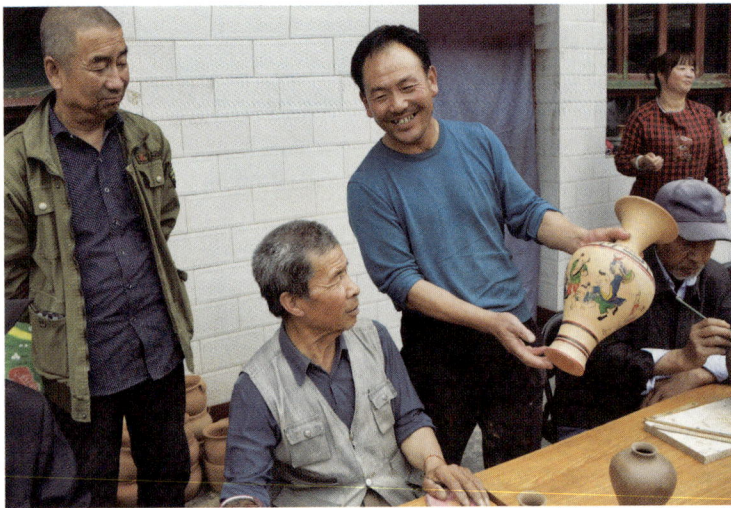

2020 年 6 月 20 日，李治明（左四）在泾源县大湾乡牛营村家中为村民讲述泾源民间故事。

干 砌 石

　　从前，有个地主，他请来两个农民，帮家里院子干砌石。所谓的干砌石，是指不用胶结材料的块石砌体。它依靠石块自身重量及石块接触面间的摩擦力在外力作用下保持稳定，通常应用于挡墙、护坡、堤面等工程。干砌石技术被认为是较好的造墙结构，当然也有石头房子、石头桥以及其他结构存在。这两个农民很勤快，两天的时间就完成得差不多了。地主很高兴，给他们每顿加了菜，他们吃得好了，给地主干活也更卖力了。

　　这天，两人正在干活，看到院子里有一位像仙女一样的女子，她年方十七，身材高挑，体态轻盈，言行举止端庄娴淑，乌发漆黑，肌肤如玉。两人正想着这是谁呢？只听一声"小姐"，旁边又出来一位女子，这位女子生得纤巧削细、面凝鹅脂、唇若点樱、眉如墨画、神若秋水，说不出的柔媚细腻，穿一身嫩黄裙子，当真是人淡如菊，这般雅致清丽的姑娘，让人有一种说不出的空灵轻逸。但是与前面那位小姐相比，她就显得有些逊色。她将水杯递给那位小姐，两人在花园旁边呢喃细语。这时突然有一位农民说："这怕就是传说中地主家的女儿。"另外一个农民说："旁边这位肯定是她的丫鬟。"这时两人都感叹：真是百闻不如一见，都传言地主的女儿漂亮，没想到这么漂亮。地主的女儿看见这两个农民干活这么辛苦，都累得满头大汗的，叫自己的丫鬟去拿来水果，让这两个农民吃，还让他们坐在那里休息。两个农民感激不尽，连声道谢。地主的女儿抿嘴笑了笑说："没关系的，你们要是把前面的院子砌好了，我的后院也帮我砌一道墙，但是要给我留出来一些地方，我这么多年了，也没出过院子。留出来一点地方，我还可以看看外面。"其实，这位小姐已经注意其中那位年轻的农民很久了，这次让他们砌墙只是想和他搭话而已，没想到两个农民很快就答应了。他们干活时小姐时不时地拿一些水果让他们吃，还不停地夸他们干得好。

　　没两天两个农民干完活就回了，他们回家之后，地主的女儿感到很无聊。这天，她来院子转，突然看见农民专门给她留出的一点地方，很开心，便走过去。看见有一堆东西闪闪发光，小姐再走近一看，是一堆金子。小姐赶紧让丫鬟去叫她爹，小姐想，这两个农民到底看见这堆金子了吗？如果他们看见了为什么不拿走呢？如果没看见也不应该呀，他们在这里干了几天活了呀。小姐很疑惑但也很高兴，这让他认定了那位年轻的农民就是他喜欢的人。地主来了,看见一大堆金子乐坏了,说道:"没想到我这院子里还能有这么一大堆金子,真是不得了啊!我真的是发大财了。"小姐赶紧说道:"爹,那两个农民干了几天活了,他们肯定也看见院子里的金子了,他们竟然都没动,没拿走,我觉得他们真的是好人,您应该给人家一些报酬来表达您的谢意呀!"地主觉得女儿说得有道理,让家丁拿了一些银子去感谢两个农民。

家丁到了农民家里说道:"没想到你们竟然看见金子都不为所动,没有私吞,真的是让人觉得不可思议啊!"两个农民很疑惑什么金子,哪里来的金子,但他们都没有说话。之后才知道,在他们砌的墙那里,地主发现了金子。两个农民感叹道:"不是你的永远都不是你的,咱们两个干了几天活都没有发现金子,人家地主家小姐就发现金子了。"

过了一段时间,小姐又想念那位年轻的农民,她每天坐在院子里盯着那堵墙看,这被丫鬟看出了端倪,她调皮地说道:"你是不是喜欢上那位青年了?"还没等小姐回答,她又喊道:"就是,就是。哇!小姐有如意郎君了!"这时小姐的脸瞬间红得像樱桃似的,还狡辩说:"哪有,不要胡说。"丫鬟告诉小姐:"遇到自己喜欢的人就要学会去争取,何况那位青年不仅老实本分人又善良,错过了就再也没有了。"小姐听了丫鬟的话,就去求自己的父亲,想将那位青年招进府里。话里话外父亲也听明白了自己女儿的意思,父亲笑呵呵地说:"那就依了我的宝贝女儿,招他进来做我的女婿怎么样?"女儿笑着扭过了头。

说着父亲就让家丁带着丰厚的聘礼去青年家,青年见此非常惊讶,他从来没有想过这等好事会落到他的头上。他很高兴地答应了,因为他也看上了地主的女儿。就这样,青年和地主的女儿结婚了,他们幸福地生活在一起。

搜集地点:泾源县黄花乡庙湾村

搜集时间:2018 年 3 月 27 日

讲 述 人:咸耀林

采录人员:王文清　陈翠英　王　芳　咸永红　冯丽琴

文字整理:泾源县文化馆

整理时间:2021 年 1 月 12 日

孤　儿

从前,有一男孩,名叫阿强,不满十岁,聪明可爱,心地善良。在别的孩子欺负他时,他从不还手,也不反抗,宁愿自己吃亏,也默不作声。阿强十岁那年,年景不好,连续三年干旱,导致大多地区闹饥荒,村民都纷纷外出逃荒。而灾难和家破人亡就降临到阿强的身上,父母亲因饥荒和体弱多病,未能逃过此劫相继双亡,仅留下阿强孤苦伶仃落到人世间。阿强曾多次怀有轻生念头,却因父亲临终前遗言支撑着他:"儿啊,你好好地活在人世间,好好活下去,我不能陪你了,你是我的希望,我的寄托,你要好好地活下去,我在天上看着呢。"

可怜兮兮的阿强无家可归,被父亲临走前寄托于舅舅家。舅舅忠厚老实,待阿强如同亲生,抚养、供养阿强上学。可舅母小肚鸡肠、斤斤计较,视阿强为祸根,处处刁难、虐待阿强。阿强忍气吞声,艰难地生活着。就这样阿强在舅舅供养下,寒窗苦读数十载。阿强心想总算是熬出来了,可以出人头地,报答舅舅一家人的养育之恩。可希望值越高,失望值越大。朝中无人,难做官呀。当时政府腐朽、宦官当道,民不聊生,一职难求,还需待在舅舅家看舅母眼色,过度日如年的生活。

那年春节,大家都在团团圆圆欢欢乐乐地过年,而阿强一个人待在破旧不堪的茅草屋中苦读诗书。舅母就跑到茅草屋,大声嚷道:"阿强,读什么书,读书有用吗?你舅舅叫你呢,快去。"之后舅母就上去一巴掌把阿强的书打到一边去了,阿强慢慢地低下身子,拿起地上的书,就从房子出去了。

阿强走到舅舅跟前,舅舅说:"阿强,过年了,你给咱家大门上写上一副对联。"阿强说:"不会写。"舅母就大声嚷嚷道:"供你读书,白读了,你真没用。"舅舅细声细语地对阿强说:"就写一副吧。"阿强回到房间考虑了很长时间,写下了一副对联,上联"二三四五",下联"六七八九",横批"零一二三"。阿强将对联送给了舅舅,舅舅、舅母都不认识字,就顺便将对联贴在大门口的墙上。

一天,当地县官路过舅舅家门口,这个县官可谓是当地的好官,爱才如命,看到舅舅家的大门上贴着对联,觉得特别好奇,就到舅舅家寻问。舅舅答道,此对联是外甥阿强写的,阿强早年父母双亡,怪可怜的,年幼缺衣少食,无人看管,我收留阿强,供他读书。可现在还是考不取功名,唉! 这孩子太可怜了。说着舅舅的眼睛湿润了,流出了泪水。

　　县官听后,待在舅舅家未归,夜间与阿强秉烛夜谈一宿,谈天论地,谈社会变化格局。第二天,县官把阿强带到县衙,让阿强给他当师爷。没过多久,阿强以聪明、善良、忠厚老实、勤奋好学换来了今后的一路飞黄腾达,他的官越做越大。

　　随之舅舅家的生活也发生了翻天覆地的变化,在阿强的帮助下,他们过上了富裕的生活,安享了晚年。

搜集地点:泾源县六盘山镇东山坡村

搜集时间:2017 年 10 月 25 日

讲　述　人:王治义

采录人员:王文清　陈翠英　王　芳　咸永红　冯丽琴

文字整理:泾源县文化馆

整理时间:2021 年 1 月 15 日

2017 年 10 月 25 日,王治义(左二)在泾源县六盘山镇东山坡村姚治富家中讲述泾源民间故事。

姐妹绣花

很久很久以前,狭门山坳里,住着一户人家,家财万贯。夫妇俩五十得一女,起名叫如意。夫妻俩爱女如命,娇生惯养。可女儿不到半岁,母亲因得不治之病早早离开人世,留下一个孤老头和一个乳臭未干的小女儿。孤老头守着家财万贯的家产和无母的幼女,生活过得很凄凉,家里没有一点温暖感。在媒婆的说和下,孤老头又找了一如花似玉的少女。这女子叫李娟,年仅十八岁,虽说花枝招展,明眸皓齿,胸高腰细,但蛮狠刁钻,心术不正,她对如意很冷淡,趁孤老头不在家,就对如意是又打又骂。李娟年轻轻地成了如意的后娘,更是如意的克星。

过了一年半载,李娟生得一女,名叫慧儿。孤老头与李娟把一切的爱,都给了他们亲生的慧儿,把如意扔到了脑后不管了。

日升月落,时光倥偬。眨眼间如意和慧儿便从小小的黄毛丫头,长成了一对如花似玉的大姑娘了。十七八岁的如意和妹妹慧儿,都长得亭亭玉立,窈窕俊秀,玉指纤纤,苗条秀丽盖过了整个乡镇的女子。如意和慧儿亲如亲生姐妹,两个形影不离,感情很好,生活得很融洽。

在那个年代,大户人家的女儿,在出嫁前都要学会绣花,如意和慧儿便让后娘李娟安排到绣楼里面学绣花。在短短一个月内,后娘让她们把天上飞的鸟鸟,地上跑的各种动物、花草树木,都要绣得活灵活现。如意聪明、手巧心灵,在有限的时间内学得特别快。而慧儿学得慢,手有些笨,根本达不到她娘所期望的。后娘就很嫉妒如意,想办法刁难她。心想不让如意去绣楼学习,看她还能绣出好看的花吗? 便让如意不再去绣楼学习刺绣了。把如意安排到猪圈和猪生活在一起,并且还让如意每天刺绣一幅花。孤老头看着刁蛮的老婆,心有余力而力不足,又不敢惹老婆,只好任由李娟刁难如意。如意言听计从,便搬到了猪圈和猪生活在一起。

如意绣花时,当猪大摇大摆经过自己身边时,她把绣花布藏到衣服里面,待猪走过,赶快拿出来绣上几针。一天和猪争分夺秒地抢时间绣花,生怕弄脏了绣布。夜间借助萤火虫绣花,要按后娘安排时间在半个月内绣好,否则连猪吃的东西,自己都吃不到,如意就这样每天饱受着折磨。

慧儿在绣楼不管咋样学习,绣出来的花如同猪毁了一样,又难看又脏。待到交绣花期限，如意交上了一幅活灵活现、干干净净的绣画，而慧儿交的绣画让人看不下去。后娘想着那就把慧儿和如意一块放到猪圈，给她们好吃的好喝的，肯定都能绣出同样好花。就这样将姐妹两个都放在猪圈，半个月内交绣画。而时间到了，后娘跑到猪圈里收绣画时，同样还是慧儿绣得不堪入目，如意绣得那叫个美，活生生，简直就是真的一样。

后娘面对着如意骂道："我把你放到猪圈里，还比绣楼里绣得好。"又长长地叹了一口气说："哎，这是人心偏了，而不是天心偏了，其母死了，天都照着如意。"从此后，后娘就对如意改变了态度，就让如意和慧儿一块到绣楼里学习绣花。

搜集地点：泾源县六盘山镇刘沟村

搜集时间：2017 年 12 月 1 日

讲 述 人：祁小琴

采录人员：王文清　陈翠英　王　芳　咸永红　冯丽琴

文字整理：泾源县文化馆

整理时间：2021 年 4 月 17 日

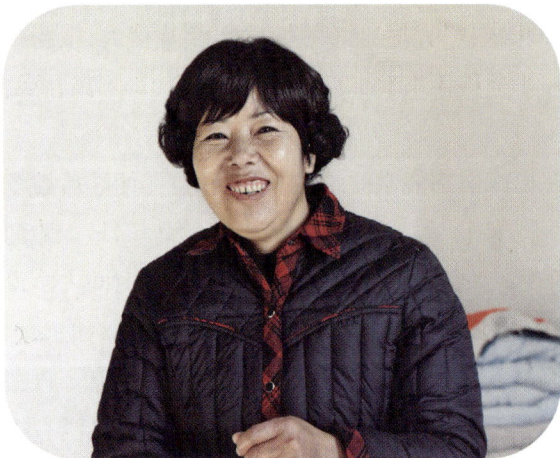

祁小琴　1967 年
12 月出生于六盘山镇
刘沟村。

行孝不容一时耽

有句古语说得好："百善孝为先。"意思是说，孝敬父母是我们人类各种美好品德中占第一位的品德。它是做儿女的必做的天经地义的事情，我们中华民族几千年来，就一直具有这种尊老敬老的优良传统。古代埋儿奉母、弃官寻母的故事，足以让人们唏嘘不已，而当今捐肾救母、退学为母的故事，更是令我们感动万分。不一样的时代，演绎着相同的主题，那就是孝敬父母，回报父母。

可在一个偏僻、落后、贫穷的小山村里。两位年过半百的老两口整日为了生存看尽子女的脸色，受尽儿女们的语言讽刺。据说事情的经过是这样的。在老两口三四十岁的时候，欢欢喜喜地迎来了他们的三个儿子。和其他父母一样，尽管家里穷得叮当响，可老两口也有望子成龙的愿望。自己勒紧裤腰带把三个孩子供养上学，可无奈三个孩子自己不争气，早早地辍学在家整日跟着父亲过着面朝黄土背朝天的辛苦日子。时光荏苒，转眼间老大老二已经到了行冠礼的年龄，这对原本就不富裕的他们来说无疑是雪上加霜。父母亲整日弯着腰在山里打柴，他们顾不得拢一拢掉在额前的发丝，没日没夜地操劳着，指望用它换来油盐酱醋。

在这样日复一日的辛苦劳作中，他们终于攒够了足够多的钱，请媒人送聘礼，累死累活地给几个儿子成了家。原来还算宽敞的家，顿时因为加入了新成员变得狭小别扭，老两口又东奔西走地给老大老二各盖了一院房，就这样与两个儿子分了家，独留老三两口子在自己的身边。都说"养儿防老"，可老两口刚刚卸下了几个儿子压在身上的重担，老三媳妇因为心眼小，不想侍奉老人，便与自己的丈夫商量，三个儿子轮流养父母。起初老三不同意，在妻子的再三劝说下，终于向父母提出了分家。老实憨厚的父亲，又为给小儿子盖房，一夜之间青丝变白发，眼睛更加无神了。老伴看到后心疼不已，希望儿子还留在自己的身边。话说儿子同意媳妇不行，向自己的娘家求助，为自己盖了几间房，离父母也有几里路。

原本和和睦睦的一家人，因为柴米油盐四分五裂了。分开后的几个儿子都在为自己的小家奔波着，早已忘却了曾经养育他们成家立业的父母亲。随着年龄的增长，老两口已经风烛残年，身体状况愈加不行。走投无路的他们找来了孩儿他舅舅，父亲向自己的小舅子一五一十地将如何分家说了出来。俗话说"无事不登三宝殿"，舅舅想，曾经分家的时候没有找他，现在有事了才来找自己，虽说心里有些不情愿，但也不能看着自己的姐姐、姐夫过着无人问津的日子。第二天天刚刚亮，几个孩子的舅舅早早地来到了姐姐家，也顺便通知了几个外甥。看到几个外甥你拿面他拿菜地来招待自己，感觉他们也并没有多么的不孝。吃完早饭后，几个人坐了下来，舅舅语重心长地给几个外甥说了父母曾经为了他们含辛茹苦，如今他们这样做，对不起父母。看到几个孩子无动于衷，他给出了两个解决办法：一是兄弟几人自己去商量商量，看看哪一个搬回到父母的身边，来给他们养老送终；二是从现在开始，每家一个月，从老大开始轮流接父母去他们家过日子。经过几人的商量，他们同意了第二种方法。

时间如白驹过隙，转眼间到了初一。老大按时来接父母去家里，就这样安然无恙地过了一个月。可这个办法百密一疏，忽略了一年中还有几个大月，刚开始的时候老三两口子认为就多一天而已他们俩养活就养活了。可随着时间的流逝，他们不愿意了，认为在他们家白白地多养活了好几天。老三媳妇向来鬼主意比较多，他提出了写牌的方法。不管是谁家养活老人，前一天必须把牌子送到下一家，牌到人到，牌不到不管人。对于三个儿子来说多养活一天，他们就损失了一些粮食，都不愿意多养活父母一天。所以每一个大月的最后一天，老两口就坐在大路上乞讨为生，为自己乞讨一口粮食。

这天，这老两口乞讨的时候，遇见了一位身穿长褂、肩扛担子的卖货郎。卖货郎先生心生同情，走过去打听了一下老两口的情况。听到老两口的诉说，这位侠肝义胆的卖货郎气愤不已，见多识广的货郎给老两口出谋划策，让他们按照自己说的去做，以后子女不会不管他们的。老两口也就死马当成活马医，听从了这位货郎的主意。他在路边的一块空地旁边立了一块牌，上面写着"风水宝地"。老两口自从立牌之后就不再离开，谁家也不去了。久而久之，几个儿子发现了，心生疑惑，都来询问到底发生啥事了。老爹说这是一块风水宝地，他们要守着，哪儿也不去了。几个儿子听到这里，虽然有疑问但是也信了。卖货郎此刻深入到老两口的几个儿子的家中，更加添油加醋地说，他们父母亲所守的那块地方有多少金银珠宝，并且建议他们在此地给自己的父母出钱盖一间小房子，守住那个地方的财产，待到父母百年之后，他们还可以有一笔财产。几个儿子高高兴兴地出钱出力，为父母又重新盖了一间房。等到老两口住进去之后，卖货郎又让这位老先生每天时不时地站在门口向屋后看看，要引起他几个儿子的注意。果然，他们路过的时候经常看见老父亲向屋后张望。待到兄弟几人前来关心的时候，老父亲让他们不要管。卖货郎让他们几人恰巧遇到，然后说那里有银子，果不其然，几个后人听到那里有银子之后，喜出望外，看望父母的次数也多了。老两口看到这些之后，很失望但也很无奈，老父亲只希望自己的老伴能在他之前走，这样自己的老伴就不会被儿女欺负，不会受苦了。他的这份想法无疑被上天听到了，老伴真的走在了他的前边。不久之后，这位老父亲也撒手人寰，离开了人世，几个儿子忙前忙后地把自己父亲埋葬了。农村家里有白事，必须要为父母亲戴孝七七四十九天，也就是"七七"。等到一七之后，几个儿子就迫不及待地去挖父亲屋后的"银子"。可无论他们怎么挖，就是挖不到银子。此时，这位卖货郎再也忍不住地将这几个不孝子臭骂一顿，说出了事情的真相，说这是他们所设的一个局，根本就没有什么银子。

搜集地点：泾源县六盘山镇东山坡村

搜集时间：2020 年 4 月 7 日

讲　述　人：姚治富

采录人员：王文清　陈翠英　咸永红　冯丽琴

文字整理：泾源县文化馆

整理时间：2021 年 2 月 25 日

2020 年 9 月 1 日，姚治富(中)在隆德县盘龙山庄为全区非遗传承人讲述泾源民间故事。

好心有好报

从前，在一个村子里，一户有钱人家开办了一个粮铺子，家里比较富裕，生活过得红红火火。从小其舅舅对他疼爱有加，外甥一直感恩舅舅恩情。而如今其舅舅家过得那叫个寒酸，有时连锅都揭不开。舅舅家无来钱门路，仅靠在地里种庄稼生活，老天爷好了风调雨顺，还能紧紧巴巴凑合着生活；若遇上年景不好，只有东借西借糊口生活着。舅舅有两亲儿子，和舅舅关系很不好，他们嫌弃舅舅没本事，没给他们提供优渥物质，就都不待见舅舅。

记得那年春天的一天，年景不好闹灾荒，村里好多百姓都离开村子去逃荒。就连外甥家粮库的粮食也所剩不多，闭门不营业了。古稀之年的舅舅为了让家人能糊口，节衣缩食已瘦成皮包骨，无奈之下，他拿着拐杖，提着口袋，衣衫褴褛地到外甥门上借粮。

舅舅在外甥家门口转悠了好长时间，因以前借的粮还没有还上，都不好意思张口了。但他被逼无奈只好将脸装到口袋推开门，外甥说："舅舅你来了，到上屋坐。"外甥媳妇子尖嘴猴腮，咧着大嘴说："舅舅来准没好事，看来又来借粮来了，以前借的粮食还没有还上，我家也没有粮食，有也不借，待还上了再说。"外甥家媳妇当家，媳妇说了算，外甥也没有说什么。可怜兮兮的舅舅，没有借上粮食，就低着头回去了。外甥夜间从家中偷偷地拿了半袋玉米粉送到舅舅家里，舅舅握着外甥的手说："还是外甥好。"然而舅舅与外甥的这次见面，也就是终身的离别。

日子不长舅舅去世了，外人说是得了风寒。

在舅舅的葬礼上，外甥跪地伤心大哭，旁人看来，他才是亲生儿子。而实际的亲生儿子，态度不咸不淡，反而埋怨："人走都走了，也没留下点钱。"

舅舅去世第二天，家里突然来了一个债主，背着一个包裹，手里拿着舅舅亲笔写的欠条，讨要借的一百两粮食钱。

留下一百两欠债，怎么办？两个亲儿子都不认账："赶紧走，他没给我们留下钱，还让我们帮还债，不可能！"那债主想解下包裹，再说些什么，还没等开口，就被两个儿子轰出大门。

正巧，外甥站在门外，目睹了这一切，看着着急跺脚的债主，外甥心里挺不是滋味。唉,人走茶凉,舅舅刚走,就成这样。外甥好心,不能让舅舅去世后,还留下债务,让人看笑话,便把债主请回自己家,东凑西凑,帮舅舅还了一百两的债。

可谁想,还完钱后,债主从包裹里拿出一个青花瓷瓶给外甥,说这属于外甥了。

原来,舅舅和这债主是朋友,当初借钱时,舅舅用自己祖传的宝贝作为保证。现在他去世了,两个儿子不愿意还债,只有外甥好心,那自然青花瓷瓶属于外甥了。

后来去鉴定,万万没想到,这宝贝价值五百两。好心付出一百两,回报得了五百两!外甥傻了。这就是好心有好报呀!

搜集地点:泾源县六盘山镇杨庄村

搜集时间:2017 年 12 月 1 日

讲 述 人:杨发辉

采录人员:王文清　陈翠英　王　芳　咸永红　冯丽琴

文字整理:泾源县文化馆

整理时间:2021 年 4 月 19 日

杨发辉　1940 年 10 月出生于六盘山镇杨庄村。

狠心的后妈

很久以前，在一个偏僻的小山村里，有一户人家，家里有两个儿子娃。老大是男人先前女人殁了留下的，老二是后头这个后老婆子带来的。男人一天出去找活计挣钱，女人在家里做家务，务庄稼，照看两个儿子娃。两个儿子娃慢慢长大，老大能吃能睡蔫不拉唧、老实得很，老二被他妈惯得好吃懒做，也爱占小便宜。后妈总是不待见男人的这个儿子，左右看着不顺眼，自己的儿子咋看咋爱。

有一天，后妈把两个儿子娃叫到跟前，拿出两袋麻子两袋干粮，给一人一袋干粮，一袋麻子，大声安顿着："你两个今儿去地里种麻子去，谁的麻子出来，就先回来。种不出来，谁就别回来了！"说完就把两个娃往门外面推。两个娃出了门，背上干粮和麻子往东山上走去。老二走一走就乏得叫唤，拽着老大坐地上缓。顺手就从老大的袋子里抓了一把麻子放进嘴里，笑眯嘻嘻地拉着老大说："哥哥，我觉得妈给你的麻子好吃，咱们两个换了去！"老大憨憨地笑了笑说："能成，能成！"兄弟俩交换了麻子袋子，就一路走到自家地里种去了。后妈天天坐到大门口眼巴巴地盼着儿子回来，就是没音信。这一天晌午，远远地看见老大高高兴兴地回来了。她气得问："你咋回来了，你兄弟呢？"老大说："老二的麻子没出来，不敢回来，还在地里等着呢！"后妈心里一惊：明明我给老大装的是熟麻子么，咋还发芽了呢？越想越怪，就自己跑到地里看去了，顺便把自己那爱耍小聪明的儿子叫了回来。

老大天天都得上山放羊，只有把羊放好，回家才能有口饭吃。有一天，他赶着羊往山上走，半道上看见一条白蛇和一条黑蛇在咬仗。黑蛇狠一点儿，一口就把白蛇的头咬烂了，白蛇直躲躲不开。老大看着白蛇可怜，就拿赶羊的杆子把黑蛇拨远，把自己衣裳扯了一片子布把白蛇的头包住，给放到山腰上，才上山去了。趁着羊吃草晒暖暖，老大睡着了。远远地看见有个白胡子老汉走过来，对着他说："娃娃，黑人黑马来请，请几回你都不要去。白人白马请一回，你就赶紧去！"老大猛地睁开眼睛一看，啥都没有，羊羔们还在吃草。过了一阵子，一股风吹过，山底下来了一队黑人黑马，走到老大跟前恭恭敬敬地要请他去做客。他恍惚记得白胡子老汉说的话，没有答应。黑人黑马这个刚走那个又来，来了三趟，老大都客气地推掉了。后晌的时候，果然有一队白人白马来请，他赶紧跟着去了。

老大跟着白人白马走了一段路,进了一户人家,出来迎他的是个老汉,头上还包着一块布。老大一看吃了一惊,这老汉头上的布不就是从自己衣服上扯下来的那一片子吗?一看老汉家是大户人家,要啥有啥,给老大好吃好喝的都端上来,热情地招待着。老大浪了一阵子,心里惦记着自己的羊,着急回去。老汉硬拉住不让走,劝着说:"娃娃,你好不容易来了,再浪三天,你的羊有人帮你照看着呢!"老大推辞不了,就留下了。

第三天转眼就到了,老大收拾着准备回去。老汉问老大:"娃娃,我这里啥都有,金银珠宝你随便拿。"老大想起头天黑了有个人托梦给他:走的时候啥都不要,就要墙上的第三朵花儿!他就给老汉说:"老叔,我啥都不要,你把你墙上挂的第三朵花儿送给我就行!"(墙上的第三朵花儿,就是老龙王家的三女子。)老汉眯着眼笑了笑,就把花儿取下来给老大。

老大拿着花儿往回走,走到半路上这个花儿已经蔫不拉唧了,老大撇了就走。一转头那朵花又开得又嫩又鲜,惹人爱。他就忍不住拾起来,带身上。走了半截子,花头又蔫拉上了。老大没好气地说:"人家给的金银珠宝不要,要个蔫蔫的花儿做啥呢?"又把花扔了。走两步回过头看,这朵花儿又开得艳艳滴,撇了可惜的,老大又去拾起来拿上,赶上羊一路回家。等着把羊圈好,把花轻轻地插到旁边的一个窑窝里,安顿好才走了。

第二天老大还是天不亮就赶着羊上山了,等着麻麻黑的时候回来了。就在他昨天栽花的地方盖起了一间房,他糊里糊涂地走进去,房里收拾得好好的。锅灶上还放着热气腾腾的饭菜,那朵花儿还插在墙上艳艳地开着呢!老大又累又饿,也没管三七二十一,端起碗狼吞虎咽地吃了,上炕就睡了。连续几天他回来都能吃上热饭热菜,一下子人也精神。他就是不知道,谁对他这么好,就想把这个事情搞清楚。于是,他装着上山放羊,半道折回来偷偷地看着。就见墙上的那朵花变成了一个俊俏的女子走下来,开始在锅灶上忙活,一会儿工夫饭菜都做好了。她刚准备变回去的时候,老大"哎"了一声,女子转过身怔住了。她背对着老大说:"你'哎'啥呢,没姐姐当姐姐,没妹子当妹子,没媳妇儿就当媳妇儿!"老大高兴地跑过去说:"没媳妇儿当媳妇儿吧!"女子害羞地点点头,自此以后老龙王的这个三女子就成了老大的媳妇。

后妈知道老大不但有了房子,还找了个俊俏攒劲的媳妇儿,气得不行。又想着法儿要害老大,她把老大叫跟前说:"老大,你把咱家那十亩地里挖上个大坑去!"老大是个孝顺的娃,没有说撒就答应了。回到家里,愁眉苦脸的,媳妇儿问着说咋了,他就一五一十给说了。媳妇儿笑着说:"这有啥,你去给地里四个角角上挖上四镢头,你就睡觉去!"老大听话地去地里四个角上挖了四镢头回家睡觉了。等他睡醒去地里,一个大大的四方子坑,工工整整的好看得很。他赶紧把后妈叫到地里来看。后妈一看拍手叫好,又故意说:"哎哟!好是好了,要是有一坑水就更好了么!"老大难为得不知道咋办,回家唉声叹气的。媳妇儿问道:"你这又是咋啦撒?"老大惆怅地说:"人家可说让在大坑里倒满水呢么,那么大个坑,我啥时候才能担着把水倒满啊!"媳妇儿拍拍老大给宽心着说:"你把牛笼嘴提上,往里面倒四回水就睡觉去,等你睡起来,水就满了!"老大听话地照着媳妇儿说的做了就睡了。等他睡起来一看,大坑里水满满的。他赶紧回去把后妈背过来让看,老婆子一看吓一跳,又想出了坏主意,她指着水坑说:"你看这一坑水好是好,要是能烧滚就太好了!"老大只能回去找媳妇儿商量,媳妇儿说:"你别发愁,你去找四根麻秆子,栽到坑的四个角上,让烧着水就滚了!"老大就按着媳妇儿说的找了四个麻秆儿,在坑的四个角上挖了四个坑栽上,水真的一阵子就滚起来了。他把后妈又背过来让看,老婆子高兴地夸道:"好是好了!还是老大有本事!"老大听老婆子夸他,傻呵呵地笑了。没想到趁他心里乐呵的时候,后妈一伸手就把他掀到水坑里,想让滚水烫死老大。

老大掉到水坑后,以为自己没救了。只感觉自己往下沉,好像谁拉住他,睁开眼看到送他花的那个老汉正笑呵呵地望着他,再往四周一看,原来自己到了龙宫老丈人家。一群虾兵蟹将列队等着他进去呢!再说后妈这边,一看老大掉到水坑里去了,心终于放下了;她催着让自己那好吃懒做的老二去找老大媳妇。老二心里乐开了花,赶紧往老大家跑。没想到,老大家的门槛上盘着一条大蛇,吐着红信子,差点儿把他吓死。

老大在龙宫浪了三天,从老丈人家背着两袋子银子就回来了。后妈听了以后,拉着老二就来了,一进门就问:"我的娃呀!你真回来了,听说你还背回来两袋子银子。"老大老实地点点头。后妈赶紧问道:"娃娃呀,银子还有吗?让你兄弟也去背上些。"老大答道:"有呢,有呢,我背不动就没敢再拾!"老婆子一听拽着老二就往水坑那边走,边走边给老二安顿着:"儿啊!你下去要是看见银子多,就招手,妈下来咱们两个多背它两袋子!"老二二话没说就跳了下去,水把他烫得在坑里面手绕脚踢地胡折腾,后妈看见以为是儿子招手叫她呢,顺势就跳了下去,被水坑里的滚水烫死了。

从此以后,老大和媳妇儿就过上了安宁的日子。

搜集地点:泾源县黄花乡店堡村

搜集时间:2017 年 12 月 5 日

讲 述 人:田春梅

搜集人员:王文清　王　芳　咸永红　陈翠英　冯丽琴　张　昕

文字整理:泾源县文化馆

整理时间:2020 年 3 月 28 日

黄九龄寻父

黄天霸自从退隐江湖以后，就和妻子找了一个农庄平静地生活了起来。生活了几年，朝廷出了大事，皇帝密诏黄天霸回朝。这时的妻子已经怀有身孕了，丈夫十分不放心妻子在家，但是妻子坚持让丈夫回京城帮助皇帝，保家卫国。没有办法，丈夫收拾好行囊准备出发了，丈夫临走之前，对妻子说："以后无论生男生女，你都教他好好练武吧！这样他就可以保护自己，也可以保护你。这是我的飞镖，以后可以留给孩子。"妻子收下了，默默流泪送走了丈夫。

丈夫黄天霸走后几个月，妻子就生下了一个儿子，给他取名黄九龄。黄九龄自幼聪明，特别喜欢练武，经常一个人偷偷练武。妻子记得丈夫说过的话，让孩子练武。妻子拿出丈夫走的时候留下的飞镖，而且还拿出丈夫写的武学秘籍。因为黄九龄不认识字，母亲给他报了学堂，他读书很认真，会读书认字了，就经常钻研父亲的武学秘籍。

时间过得很快，黄九龄一眨眼也十几岁了。这天黄九龄去学堂上学，同学堂的人因为嫉妒黄九龄被夫子夸赞，就说道："书读那么好，有什么用啊，还不是照样没有爹啊。"一个个说完哈哈大笑。黄九龄十分生气，回到家里，黄九龄追问母亲："母亲，我到底有没有爹？今天我在学堂，他们一个个羞辱我没有爹。我爹呢？自从我出生就没见过他。"黄九龄的母亲说道："孩子，你有爹，你爹是朝廷重臣，娘生你的那一年，因为皇帝密诏，你爹就去为皇帝办事情了，一直没有回来。"黄九龄问母亲："那母亲我爹现在到底是死是活啊？"母亲摇了摇头说道："自从你父亲走了，一直也没回来，也没寄过一封家书，母亲也不知道啊！"黄九龄说："母亲，孩儿想进京寻找父亲，就算我找不到父亲，我也能知道父亲到底是怎么了。"母亲说道："京城十分凶险，母亲害怕你在京城遇到坏人，性命不保。"黄九龄说道："母亲，你大可以放心，儿子学飞镖已经好几年了，可以保护自己的。而且我只寻找父亲，不和别人起冲突，不会有事情的。"母亲说道："你既然要去就去吧，母亲也想知道你父亲的下落。你一定要记住，无论找不找得到你的父亲，你都要尽快回家，因为母亲在家担心呢！"黄九龄答应了母亲。

第二天，黄九龄就起身去京城了。一路上通过询问，几经波折来到了京城。黄九龄初到京城，被京城的繁华给震惊了。他到处询问父亲的名字，可是都没有人知道。在京城里，因为住店吃饭都要用到钱，黄九龄很快就把母亲给的银子给用光了。他心里想，如果要继续找父亲,必须要弄一些银子。

这天官府贴出皇榜,要抓一个江洋大盗,谁抓住江洋大盗就奖赏一千两银子。黄九龄为了弄银子继续寻找父亲,想都没多想,就去摘了皇榜。黄九龄很聪明,他知道,要想抓住江洋大盗,就必须等到夜深人静的时候。一直等到了夜晚,黄九龄坐在一个房顶上仔细观察着,这时,江洋大盗果然出现了。黄九龄紧追不舍,突然后面还有一个人也追了上来,黄九龄心想摘皇榜的人真不少。两人一起追起了江洋大盗,这时黄九龄扔出飞镖,一下子射中了盗贼。旁边的人也扔出飞镖,刺中了盗贼,江洋大盗心想这下跑不掉了,然后咬舌自尽了。那个人走过去看了盗贼身上的飞镖,问道:"你是什么人?你父亲是谁?"黄九龄说道:"我叫黄九龄,我父亲叫黄天霸。我进京城就是为了找我父亲的。"黄天霸喜出望外说道:"儿啊,我就是你父亲。"黄九龄有些不相信。黄天霸抽出盗贼身上的两个飞镖,说道:"你看这两个飞镖是不是一模一样的?这是我临走之前交给你母亲,让交给你的。"黄九龄一看真的一模一样,高兴地喊道:"爹。"黄天霸答应着。黄九龄问道:"这么多年,你为什么不回家呀?"黄天霸说道:"皇帝派我镇守边关多年,这才让我回来。本来我要回家的,但看见这江洋大盗在祸害百姓,就想着把这祸害给除了,再回家与你和你母亲团聚。"黄九龄说:"母亲为了等你,头发都白了,我们明天就起身,赶紧回家吧!"

黄天霸回家以后,一家三口过起了平静安稳的日子。黄天霸经常教儿子黄九龄武功,黄九龄也经常瞒着父母去做一些伸张正义的事情。

搜集地点:泾源县黄花乡店堡村

搜集时间:2020 年 4 月 9 日

讲 述 人:海尚云

采录人员:王文清　王　芳　咸永红　张　滢　陈翠英　冯丽琴

文字整理:泾源县文化馆

整理时间:2020 年 12 月 6 日

家有五女

从前有一家人生了五个女儿，日子过得紧巴巴，每天总是吃不饱。这五个女儿渐渐地都长大了，父母每天让她们上山找野鸡蛋为生。有时能找到，有时找不到，因为当时穷人太多蛋又太少。

有一天，这姊妹五个上山去捡野鸡蛋，只捡到五个。回家之后她们将这五个野鸡蛋都交给了奶奶，奶奶就将这五个野鸡蛋煮熟准备让她们吃，可是问题来了，五妹说："五个野鸡蛋八口人分不过来，怎么办呢？"奶奶笑着说："我有办法，你们看。"奶奶说着，就让她们把五个野鸡蛋的蛋皮全部剥掉，然后用刀将每个野鸡蛋分成两半，这样就都有野鸡蛋吃了。五个女儿吃完野鸡蛋就去睡觉，睡到半夜实在饿得不行，可是天还不亮，她们实在忍受不了这种饥饿。这时老三嘴里不知在吃什么，五妹着急地说："三姐三姐，你在吃什么东西啊，能给我们分点吗？"三姐笑着不说话，在几个姐姐的逼问下，三姐终于开口了："是我脚上的老茧。"说着，她们几个就自己抠自己脚上的老茧吃。天亮之后奶奶看到她们都走路一瘸一拐的，就问她们怎么了？姊妹五个就如实地告诉奶奶说，她们实在是太饿了，就扣脚上的老茧吃，不小心把脚给抠烂了。奶奶听完当时很难过，她很心疼自己的孙女，但还是没有一点办法，因为家里实在太穷。这时奶奶就取下自己的裹脚布，给她几个孙女把脚缠上。谁知奶奶把裹脚布去掉后，自己的脚动不了了，从此以后只能瘫痪在床。就这样过了一段时间，奶奶离开了人世，她们姊妹五人脚也好了，就继续上山捡野鸡蛋为生。

几年过去了，姊妹五人已长成大姑娘，个个是亭亭玉立，也算得上是村里的五朵金花。她们也到了该出嫁的年龄，老大被很远的一个村里人用一斗麦子换走了。老二去给地主家当了婢女，家里啥苦活累活都得干。老三被村里来的一个算命的给领走了。老四被一个擀毡的伙计用一张毡换走了。剩下老五，父母就想："我们再没有孩子了，就剩下了这一个，再不能随便给人了。"于是他们决定给老五招个上门女婿。

有一天，村上来了一个叫花子，这个叫花子刚好到他们家要饭，父亲一看这个人虽然穿着破旧，但长得还算清秀，就对他说："我家有一个女儿，今年十六岁，刚好到了嫁人的年纪，我看你是个不错的小伙子，不如你就给我家当女婿，咱们凑成一家人。"这小伙子一听，心想我是个要饭的一无所有，他们家最起码还有几间房子，只要我肯

泾源民间故事·生活故事篇

吃苦日子应该会不错。小伙子这就算答应了，自从这个小伙子进门后，就特别勤快，每天早出晚归去找活干。

过了一段时间，父亲看到小伙子这么能干，心想我得想个法子，总得让他干点啥事，让日子过得好一些。父亲就到地主家借来了两只羊，从那开始，小伙子就每天出去放羊，心里也有了盼头，等着这两只羊下个羊羔，日子也就会越来越好。

这一天，小伙子去山上放羊，他将羊赶到山上之后，就坐在那里思考："我每天在这放羊也没事干，要是能做点什么？多挣点钱那该多好。"可是他想了半天，也没有想到好办法。就这样一个中午过去了，这时忽然下起了大雨把自己和羊都给淋湿了。他怕把羊给感冒了，雨过后他就赶紧找来一些柴，生火把羊全身给烤干，这才放心。当他自己坐在那里烤火时，忽然想到要是自己每天放羊的时候，再顺便砍一些柴回去卖，那不是更好。于是，他就起身去砍了一大捆柴，然后和羊一起下山了。他回到家将羊安置好，就赶紧去了集市，一会工夫就把自己的柴卖掉了，而且还买了个好价钱。这把小伙子给高兴坏了，他赶紧拿着钱去买了二斤肉，准备回去和家人见见荤。因为家里穷，一年也就过年的时候吃那么一次，这次终于可以吃上肉了。小伙子提着肉高高兴兴地回了家，一家人看到小伙子提着肉回来了，都有点惊呆了。这时小女儿赶紧问小伙儿："你这放羊回来就急匆匆地走了，我还没来得及问你去干啥？你这又提着肉回来了。这肉究竟是哪里来的？"父亲也着急地追问道："我们穷归穷，但我们可坚决不能干一些缺德的事啊，你快说这肉哪来的？"小伙儿笑笑说道："这肉是我今天在山上砍柴卖的钱买来的，我们今天就好好地吃一顿，让您二老也见见荤。"说着赶紧让妻子去做饭。在饭桌上，小伙儿将自己砍柴卖钱的事告诉了妻子和父亲，他们都很高兴，父亲实在没想到这个要饭的小伙子竟是这么能干的一个人。父亲心想自己真是没有看错人，妻子也很高兴，她看着丈夫满眼幸福。

就这样，小伙子每天边放羊边砍柴去卖，几年过去了，家里从之前的两只羊变成了现在的一群羊。小伙子不仅卖柴，也开始做起了卖羊的买卖。这家人的生活也变得富裕了，没几年，小伙儿便成了这个县城有名的商人，父亲从此也跟着五女儿过上了幸福的生活。

搜集地点：泾源县六盘山镇刘沟村

搜集时间：2017 年 11 月 30 日

讲 述 人：祁小琴

采录人员：王文清　陈翠英　王　芳　咸永红　冯丽琴

文字整理：泾源县文化馆

整理时间：2021 年 4 月 24 日

脚心长痣的女人

有个女人有一双大脚,脚心长了一颗痣,面相有些丑陋。但是她却很有本事,可以帮助丈夫做生意,而且能给丈夫出主意,丈夫的生意一天一天做大了,家里也变得越来越有钱了。但是丈夫却因为她的面容丑陋看不上她了,心想这女人一直没有生下一儿半女,也没有用了,就准备将她给休了。女人很伤心,自己没有功劳也有苦劳,刚嫁到丈夫家里时,丈夫家里穷得连顿饱饭都吃不上,她一直尽心尽力地帮助丈夫,这倒好,丈夫有钱了,却想将她给休了。女人伤心欲绝,看着丈夫,知道她非走不可了。丈夫写好了休书,并且告诉女人,家里的任何东西,她都可以带走。女人说道:"我不需要,你帮我准备一匹好马就行了,我走不动了可以骑。"女人收拾了一点自己的衣物,骑着马准备离开了。看着自己住了很久的房子,女人有些不舍,但又想到自己已经被休了,这样的丈夫薄情寡义,又有什么可不舍呢?就狠下心来,骑着马离开了。

骑着马走呀走,女人也不知道她应该到哪里去呢?马儿走不动了,她也又累又渴。这时一个男人背了一大捆柴走了过来,女人问道:"你家在哪里呀?可不可以让我去你家里喝口水?"这个人也是一个老实人,说道:"那你跟着我走吧!"女人说:"我看你背柴这么累,你让我的马儿帮你驮着柴吧!"这男人笑哈哈地答应了。很快到了男人的家里,家徒四壁,还有一个患有眼疾的母亲。男人找来水递给了女人,女人赶紧喝了,又觉得饿,问道:"能给我一些吃的吗?"男人拿来两个窝窝头,女人看了看,因为太饿了,还是几口就把窝窝头给吃了。女人说:"真的很感谢你,我的马儿也渴了,能不能让我的马儿也喝点水?"男人说道:"水不够了,我今天没去后山打水。马喝得比较多,我瓮里就剩一点点水了。"女人说道:"那你能领我去后山吗?我拉着马喝些水,然后继续赶路。"

男人答应了,男人将大脚女人带到了后山。马儿在喝水,女人想解手,就找了一个地方,刚准备解手,就看见明晃晃的东西。女人仔细一看是金子,原来这个山上有金子呢,女人十分高兴。她找到男人说道:"你是不是一直没有娶媳妇?你愿不愿意娶我?我虽然结过一次婚被休了,但是我有能力让你变富裕。"老实人说道:"只要你不嫌弃我家里穷,我愿意娶你过日子。"女人说道:"咱俩今天先回去,过几天成亲以后,咱俩再上山来吧!"老实人不懂女人话的含义,但还是点头答应了。两人牵着马回家了。

没几天,老实人和女人结婚了,母亲十分高兴,儿子终于娶媳妇了。女人告诉母亲说:"我长得丑,脚还比较大,脚心有个痣,可能配不上你儿子。但是你放心,我以后一定好好孝顺您,并且让咱家的日子过得好起来。"老母亲高兴地说:"我相信,老人们都说,脚心有痣的人,都是有福气的人,你肯定会把福气带给我们家的。"

女人带着老实人上山了。女人让老实人挖,老实人不明白为什么,还是照做了,一会儿的工夫就挖出来几块金子,老实人高兴坏了,说道:"你真厉害,我在这山上走了多少年,都不知道有金子,你一来金子就出来了,你真像我娘说的,脚心有痣,是有福气的人。"女人说道:"有没有福气我不知道,不过我答应你,让家里富起来,很快就可以做到了。"女人心想,金子虽然够他们吃喝了,但是不能坐吃山空,必须钱生钱。女人觉得老实人不是做生意的料,就让老实人养了很多的牛羊马驴这些牲畜,没两年家里通过卖这些牲畜,变得越来越有钱了。女人害怕老实人又和她的前任丈夫一样,问道:"家里现在有钱了,你不会休了我吧?"老实人说道:"这些钱都是你教我挣的,我怎么能那么没有良心呢。"听了丈夫的话,女人心安了。

没两年,女人怀孕了,老实人和婆婆高兴坏了。这天女人在家晒太阳,门口来了一个乞丐。女人心想老天爷都赐给我一个孩子了,我赶紧去给乞丐给些吃的吧!走过去一看,原来是自己的前夫,女人大吃一惊:"你怎么会沦落成乞丐呢?"男人说道:"自从你走后,我不会做生意,被一个奸商给骗了,家里的钱都被骗走了。"女人觉得他也是可怜,说道:"你等一等,我去拿些馒头给你吧!"女人进了屋子,给袋下面装了一些银子,上面装了一些馒头,拿出来说道:"毕竟我们夫妻一场,我给你装了些馒头,你会吃的话能吃一年,不会吃的话就只能吃一顿。"男人也没听明白,就走了。走到路上,就吃了两个馒头,心想馒头怎么这么重,看见路上的几个人说:"我这有些馒头卖给你们,你们给我几文钱就可以了。"路人就买了他剩下的馒头。就像女人说的那样,这个愚蠢的人,真的就只吃了一顿。

搜集地点:泾源县黄花乡店堡村

搜集时间:2020 年 4 月 9 日

讲 述 人:马旦娃

采录人员:王文清　王　芳　咸永红　张　滢　陈翠英　冯丽琴

文字整理:泾源县文化馆

整理时间:2020 年 12 月 7 日

金豆豆银豆豆

从前,有个孝顺媳妇儿叫惜玉,和她婆婆相依为命。家里穷苦,没有吃的,饥一顿,饱一顿,冬天的日子就更难过了,媳妇儿年轻,还能扛一扛,但是婆婆瘦骨嶙峋,身体欠佳,恐怕是快扛不住了。儿媳妇无可奈何,看到婆婆这个样子,心里很着急。于是,她出去在富人家找了个做饭的活,生活总算稍微能维持一下了。

刚开始打工,干满一个月才结算工资,婆婆一个人在家里又无人照顾,她很是担心婆婆的身体,再这样下去,婆婆恐怕要被饿死了。她必须要想出一个办法,不能再这样拖下去了,可是又无计可施,陷入了两难的抉择。

这时,富太太走过来说:"今天给我们做白面面条儿,今儿个是我娃儿的生日,这是半斤肉,下到面条里。必须做好吃点儿,要色香味俱全,包孩子满意。"惜玉连连点头,她手脚麻利地把面揉好,手上沾了很多的面糊糊。心想:这富人家也不缺吃的,我必须回家一趟把这个面糊糊烧汤给婆婆喝,婆婆已经两天没吃一口吃的了。她趁富人家不注意,立即跑回去,到家气喘吁吁地赶紧烧好汤,把面糊糊汤端到婆婆跟前,婆婆诧异地看着惜玉,说:"这是哪儿来的面糊糊?"惜玉也来不及向婆婆解释,赶紧说:"妈你趁热赶紧喝吧,我现在来不及向你解释,我赶时间,回来慢慢给你说。"说着便跑出去了。婆婆有点儿担心惜玉,害怕她做傻事,心里乱晃晃的。惜玉已经到富人家了,做好牛肉臊子面,香气扑鼻,自己也很饿,偷偷流着口水。她把饭端到大家跟前,富人三下五除二把饭席卷光了,都对惜玉做的饭赞不绝口。锅里还有一点儿油水汤,趁他们不注意,她赶紧倒在碗里喝了几口,冲一下饥。打扫完锅灶,回去已经七点半了,天微微黑了,婆婆迫不及待地想知道这面糊糊是从哪里来的,惜玉把经过一五一十地告诉了婆婆,婆婆这才松了一口气。

惜玉和婆婆睡在一个炕上,和婆婆聊了很久,不知不觉就睡着了。第二天一大早,天还没亮,公鸡就开始啼叫了,惜玉赶紧穿好衣服,简单地洗漱后,就奔向富人家做事去了,又留下孤单的婆婆一个人在家。

自从惜玉做了一回面条后,富人家的孩子就天天嚷嚷着要吃面条。一天做两次面条,每次和好面,惜玉都急速跑回家把手上沾的面糊糊烧汤给婆婆喝。

每次给富人做好饭,他们吃剩的残汤剩饭就是惜玉的了。富人家看得紧,惜玉家里穷，就害怕惜玉偷走吃的东西。每次走的时候都要搜身，给婆婆也带不了剩饭，只能带唯一的面糊糊。

惜玉和往常一样，一天三次把搓下的一小疙瘩面团给婆婆烧汤喝。过了一个月后，婆婆的气色有所好转，不像之前那么瘦骨嶙峋了，整个人也精神了，是惜玉挽救了快奄奄一息婆婆的生命。婆婆深知惜玉在外面所受的苦，是自己连累了惜玉，陷入了深深的自责中。

纸是包不住火的，惜玉一天往返跑六趟，引起了富人太太的怀疑。惜玉知道撒谎不对，便诚恳地说道，家里实在太穷了，婆婆再不吃口饭，就会被活活饿死，我实在不忍心看到婆婆这样。求你们原谅我，我就是做牛做马都会报答太太您的，希望您不要赶我走。做什么我都愿意，只要让婆婆能喝口面汤，赴汤蹈火我也在所不惜。惜玉说完，见富人太太没有挽留自己的意思，眼泪像洪水一样，再也掩饰不住内心的委屈。富人太太厉声责骂惜玉是小偷，旁边的孩子都被吓哭了，最后克扣了惜玉一个月的工钱。

雨越下越大，惜玉被赶了出来，她已经一无所有，她没脸回家见婆婆了。在大雨中，她浑身被雨淋湿，脸上的泪水混合着雨水，不停地往下掉水滴。想想在富人家做了一个月的活，说的是只做饭，但她过去之后，最苦最脏最累的活都是她的，就连小孩儿都拿她开玩笑。雨还在不停地下，丝毫没有停的意思，她不知往哪里去。村里有个人正好经过惜玉身边，看她浑身都湿透了，便载她回去了。

回到家里，婆婆看到惜玉浑身都湿透了，怜惜地看着她哭肿的眼睛，婆婆把自己身上的衣服脱下来给惜玉穿。惜玉浑身都凉透了，婆婆抱着惜玉安慰她："我的傻孩子，你怎么了？能给妈说说到底发生了什么事情啊？"惜玉缓了缓说："妈，我对不起您，我被人家发现了，她们竟然说我偷东西，我这哪里是偷东西啊，我干了一个月的工钱也没有了，现在我们该怎么生活啊？"惜玉嚎啕大哭起来，她已经撑不住了，在这一刻全爆发了。婆婆始终安慰着惜玉，她已经没有任何办法能让惜玉安静下来，就一直抱着惜玉。爱的力量是伟大的，不一会儿，惜玉身上暖和起来了，她也不再哭了，总要想办法来维持这艰难的生活。

雨自始至终一直下着，越下越大，天空乌云密布，突然一道雷电闪过，雷电交加。惜玉害怕极了。"婆婆，是不是让你喝了粘在我手上的面糊糊，我的手也不知道干净不干净，是不是上天要惩罚我，让你喝了面疙瘩水。"婆婆说："是你延续了我的生命，我应该感谢你，我现在能喝上白面汤，多亏有你啊。"突然，又有一道闪电划过天空，婆婆突然感觉到了什么，她赶紧说："娃儿啊，你手伸出去，看手上是雨还是什么。"惜玉手伸出去的时刻，又有一道闪电划过夜空，吓得惜玉把双手赶紧缩回来了，她感觉手里有东西。打开一看，是一把银色的豆豆，她赶紧让婆婆看这是什么，婆婆说："娃儿啊,这是银豆豆啊!"惜玉不敢相信自己的眼睛,一定是上天在帮我们,我们要一直善良下去。

第二天,阳光明媚,被雨水冲刷得街道焕然一新。惜玉和婆婆上街买了米面油,惜玉给婆婆买了件棉大衣。顺便叫人把家里的屋顶收拾了,昨晚下大雨时屋顶一直在漏雨,屋里又潮又湿,现在终于不再漏雨了。婆婆和惜玉从来没有这么开心过,久违的笑容在这一刻已经开出花儿来了。

天气越来越凉了,马上要入冬了,婆婆腿脚也不方便,惜玉早上吃饱后,一大清早便去山上砍柴,准备一些入冬要用的东西。中午时刻,微风拂来,天气不是很冷,惜玉已经砍了一小捆柴,准备歇会儿,再砍一捆柴回家。她坐在草地上,休息了一会儿。大雁从头顶掠过,树上的鸟儿叽叽喳喳好不热闹,不知道在讨论什么,蝴蝶翩翩起舞,泉水淙淙流淌,一派鸟语花香的奇景。她从来没有感觉到大自然会如此和谐美丽。等她再站起来的时候,阳光非常刺眼,什么东西反射的光线使她的眼睛都睁不开了。等到阳光被云朵遮住,惜玉看到满山遍野的金豆豆。她刚开始还不相信,肯定是眼睛花了或是在做白日梦。但她实实在在地看到了山上遍地都是金豆豆,怪不得会这么刺眼呢。她用砍柴的袋子装了半袋子金豆豆,看天色不早了,便赶紧回了家。

到家后,婆婆说:"你不是砍柴去了嘛?怎么没有装满便回来了?"惜玉欣喜地把婆婆叫到跟前说:"婆婆你看这是什么东西?"婆婆看到半袋子的金豆豆,惜玉就把经过一五一十地告诉了婆婆。婆婆说:"都是我娃儿孝顺,积的善德,这是给我娃儿的奖励啊。好人有好报啊,不是不报,是时候未到啊。"

从此,惜玉更加疼惜婆婆了,茅草屋几经修缮,变得更加温馨。村子里的穷苦人家还很多,惜玉就把钱拿出来资助大家。村里的路通了,交通也方便了,所有的一切都向好的方向发展。而那个富人家的太太现在正在路上乞讨,她嚣张跋扈的性格和不懂得节俭,让生活陷入了一潭死水,丈夫接受不了这样的生活,疯了。

搜集地点:泾源县泾河源镇涝池村

搜集时间:2017 年 11 月 17 日

讲 述 人:赫先叶

采录人员:王文清　王　芳　咸永红　张　滢　陈翠英　冯丽琴

文字整理:泾源县文化馆

整理时间:2020 年 12 月 2 日

苦尽甘来

传说古时候,某个村子里有个叫马文的人,他本来有一个幸福的家庭,一家三口小日子过得还算滋润。但是好景不长,马文的妻子却得了不治之症,这场噩梦打破了所有的幸福。不久,马文的妻子就去世了,就剩马文父女两个人了,父女俩沉浸在悲痛之中。但是生活还得继续,很快马文在邻居的介绍下就和别村丧夫的吴氏相识了。吴氏带着一个儿子,两个人很是合得来,于是两个人重新组成了新的家庭。

都说知人知面不知心,吴氏就是这一类型人物的典型代表。吴氏在马文面前可谓是温柔之至,但是对待马文的女儿又是另一副面孔。有一天,吴氏想到一计,便是在饭碗上动手脚。这天吴氏做了一桌丰盛可口的饭菜,饭快熟的时候,吴氏便把碗放在火红的火上烤得发烫,然后把饭盛在这个被她"加工"过的碗中,让马文的女儿马小英端着吃。小英接过碗很快就撒手了,眼看着碗掉在了地上砸碎了,小英的手被烫得发红还起了好多泡。这时吴氏故意大声地嚷道:"小英,你怎么回事? 连一碗饭都端不住吗?"小英委屈得没说话,只是掉眼泪。马文回来时看到满地的碗渣渣,吴氏对马文诉说着小英的种种不是。马文便说道:"不就是打碎了个碗,多大点事,再买几个就是了。"吴氏见状也就不再说,便让马文和儿子入座用餐。第二天,吴氏还是用同样的方法让昨日的事再次重演,小英只有满腹的委屈。吴氏这次对马文说:"相公,不是我针对小英,真的是小英老闯祸,这碗砸得没剩几个了,不行就让小英用狗的盆子吃饭。"马文也不好再多说什么,于是吴氏将饭盛在了狗盆之中,小英看到父亲也不再帮她,她就用狗盆吃了起来,边吃眼泪边流了下来,只是她低着头所以父亲并没看到她的委屈。但是吴氏变得越来越过分,总是让小英吃不饱饭,小英终于忍受不了这样的生活,决定出去讨饭吃。但是小英出去一天都没有任何结果,她只能回到这个让她害怕的家庭,回到这个家中就意味着她的噩梦又开始了。

吴氏看到小英那乞丐样,讽刺道:"小英啊,你不是很有志气吗? 咋舍得回来了?"小英看到吴氏那副让人作呕的嘴脸就很无语,便转身回到了自己房子中。小英有气无力地躺在床上,想起了自己的母亲,不由得哭了起来,没一会就睡着了。马文听说女儿回来了,便让吴氏给准备些吃的。这时吴氏心生一计,出去抓了几条蛇,做成了蛇羹汤,然后假装很关心小英似的,端给小英吃,并且对小英说:"小英,看你最近瘦的,我特地去捕获了几条蛇,给你做的蛇羹汤,这个可补身子了。你多吃点,要不然你爹又该怪我虐待你了。"小英虚弱地爬了起来,这时也顾不得便大口吃了起来,吃了满满一碗蛇羹汤,小英就又躺下睡着了。

过了几个月后,小英的肚子莫名地大了起来。这时吴氏把这一事情告诉了马文,并且在一旁煽风点火地说道:"小英肯定是上次离家出走发生的事。"马文怒气冲冲地来到了小英的房间,质问道:"小英,你给我说实话,你是不是怀孕了?"小英哭着说道:"爹,我没有干任何伤风败俗的事情。"马文更生气了,一气之下将小英赶了出去。

过了段时间,马文还是不忍心女儿流落在外,于是去寻找小英。小英被村里的李大婶收留了,马文去李大婶家接小英,看到小英那越来越大的肚子,脸色却异常憔悴苍白,马文心里也很自责。这时李大婶把马文狠狠教训了一顿,李大婶本来就心直嘴快,说道:"小英他爹,你是个睁眼瞎子,小英一直在受委屈,你却视而不见。只听吴氏的一面之词,我听小英给我说了,她受了多少委屈,为了不让你为难,她独自承受了这些委屈。肚子大这件事我也了解了缘由,是小英吃了吴氏给做的蛇羹汤,从那以后肚子越来越大。前几天有一个道人路过看到小英,帮小英诊断了病症,说是小英肚子里有几条蛇在生长。"马文听完后一顿蒙,然后头都不回地冲向家中,向吴氏吼道:"吴氏,你这个蛇蝎心肠的女人,这些年你对小英做了什么?"马文狠狠地向吴氏扇了一嘴巴子,但是这都难解马文心头之恨!便向吴氏吼道:"马上收拾东西从这个家给我滚出去,我们从此恩断义绝,别让我再见到你们母子俩,要不然我杀了你们!"吴氏知道事情已经到了不可挽回的地步,便不再乞求什么,收拾行李就离开了。吴氏的儿子本来就游手好闲,啥本事都没有,现在娘俩被赶了出来,他们只能以乞讨为生。后来,吴氏的儿子因为偷盗被人活活打死,吴氏因丧子之痛最后郁郁寡欢而死。

马文将小英接回了家中,寻访很多名医给女儿治病。也许是上天眷顾,有一个游历四方、以悬壶济世著称的名医路过,他用高超的医术救治了小英。这位大夫通过剖腹的方式取出了这些蛇,并且给小英开了药方,按此药方服药七七四十九天,小英的病会有所好转。只是要让身体完全恢复,再需要三年慢慢休养,在此期间马文也是细心地照顾着小英。小英的身体也渐渐好转,而他们的生活又回归了之前的幸福。

三年后,马文为女儿寻了一户好人家,让小英组成了自己的小家,小英从此过上了幸福简单的生活。

搜集地点:泾源县黄花乡店堡村

搜集时间:2020 年 12 月 19 日

讲 述 人:马秀芳

采录人员:王文清　王　芳　咸永红　张　滢　陈翠英　冯丽琴

文字整理:泾源县文化馆

整理时间:2020 年 12 月 16 日

老大和老二

　　古时候,一老地主生有五个儿子。儿子们长大成人后,地主为他们娶妻、分家,各自过着自己的生活。但是老大横行乡里,蛮狠无理、霸道,六亲不认,欺压百姓,强行霸占村民的土地。老大家有金银财宝万贯,良田百亩,百姓对他恨之入骨,敢怒却不敢言。而老二忠厚老实,为人友善、勤快,仅仅依靠父亲留下的二亩地生活,家里一贫如洗,生活过得紧紧巴巴,过的是吃了上顿没下顿的生活。老三、老四娶妻生子后不久,因病相继去世。老五与地主生活在一起,整天是成天好吃懒做,游手好闲,过着浪荡公子的生活。

　　有一年秋季,老二不小心把老大地里的西瓜给撞烂了。老大家的长工就跑回去告诉老大说:"老二在地里撞破了几个西瓜。"老大听后,大发雷霆,火冒三丈,直冲老二家,边走边骂道:"还敢在老子头上动土,一定要让老二知道我的厉害,给我赔西瓜!"

　　到了老二家,老二一边给老大赔礼道歉,一边说要赔老大的西瓜。老大可不依不饶了,他不要西瓜,也不要银钱,他要用坏西瓜换老二家的二亩地。这那叫换呀,分明是直接霸占。老二家只有二亩地,也是老二家唯一能生活的命根子,老二不给,老大叫人强行霸占了老二家的土地,并让老二给他家当长工。

　　无能为力的老二,只好找父亲给他主持公道。父亲对老大也是一点办法都没有,对老大都不敢高声说话,看见老大就害怕。父亲无奈地说:"唉!老大是啥人你不知道吗?他横行霸道,谁能惹得起?把你家二亩地占了,那你就给老大家当长工吧,最起码还能养活家人。"老二听父亲无能为力的话,自己也只好认命了。

　　老大的恶行,老天爷看在眼里。老二经历了兄弟间为了利益毫无人性的感情纠缠后,已是疲惫不堪,回家后一言不发就睡着了。睡梦中老天爷开眼了,就对老二说:"娃呀,人有鬼鬼心,人有盼盼路;人有宽路,人有窄路。善有善报,恶有恶报,不是不报,时候未到。只要坚强地活下去,一定会有好报的。"在老天爷的激励下,老二重新振作起来,每天好好干活,养家糊口,虽然家里贫穷,生活还算过得幸福美满。而老大的举动,惊动了上天,上天给老大定了罪行。过了一年半载,老大因突发疾病,暴死于田间地头。老大妻子也因老大暴死而发疯了,只留下了一个未满十岁的孩子。

后来,老二继承了老大的家业。老二将老大强行霸占村民的土地分给了村民。

采录地点:泾源县六盘山镇五里村

采录时间:2017 年 10 月 27 日

讲 述 人:雍丙荣

采录人员:王文清 陈翠英 王 芳 咸永红 冯丽琴

文字整理:泾源县文化馆

整理时间:2020 年 12 月 30 日

雍丙荣 1944 年 7 月出生于六盘山镇五里村。

老人心在儿女上

从前有一老汉，养了几个儿女，老伴去世得早，就剩下老汉一人。老汉辛辛苦苦将儿女拉扯长大，看着儿女们一个个成家，老头的心也放下了，觉得自己终于可以过几天好日子了。但是随着老头的年龄越来越大，儿女们不愿意养活老人。没办法，儿女们不能让父亲流落街头，也害怕街坊四邻笑话，只能一家一个月地排着养活老人。但是一个月到 29 天的时候，儿女们都不愿意给老汉饭吃，想着到下家了再吃，可以为他们家省点粮食。慢慢地，老汉因为吃不饱，身体也越来越不行了。

村东头的一个老头看不下去了，说道："你辛辛苦苦将他们养大，他们却这样对你，真是太没良心了。你这样下去迟早会被饿死的。"老汉听了只能无奈叹气。村东头的老头从年轻就和他一起干活种庄稼，实在不忍心看着老汉这么受苦，说道："你别在家里待了吧，我一个亲戚家，有个赶马车的活，你看你去不去，能让你吃饱，有地方住，还能一个月给你几两银子呢！"老头一听很高兴，赶紧说道："你赶紧帮我问问，问好之后，我明天就出发。"

第二天老汉就出发了，几个儿女也都没有来送老人，心里都盘算着终于送走了这个吃白饭的了。老头到了主人家，很勤快，每天都会多赶几趟马车。不赶马车的时候老人也不闲着，帮助东家喂牛喂羊，收拾院子，东家也很喜欢这个老汉。不知不觉过去三年了，老汉的年龄越来越大，也渐渐地赶不动马车了。老汉就告诉东家："我想回家了。"东家知道老汉觉得自己年龄大了，不好意思再待了，但是这几年老头付出了很多，干了很多活，东家不让老汉走，老汉很倔强，必须要回去。没办法，东家只能答应了。临走这天，东家给老头给了十几两银子，说道："你拿着，这是你应该得到的，并且我也听说你儿女不孝顺，我帮你想了个办法，这次回去你就好好享清福吧！"老汉说道："你想的什么办法啊？"东家说："您回去就赶着我的这个马车，我这个马车里装了两箱石头，你回去就对儿女说，你在外地发了财，挣了两箱银子。并且我还给你买了几身新衣裳，你回去换上，如果他们不信，你就将我给你的银子拿出来给他们看。但是要告诉他们箱子必须在你死后再打开。"老汉听了东家的话，点了点头说自己知道了，然后就赶着马车回家了。

刚到村头,村里的人看见老汉穿得体面,还有马车,问道:"您是不是发财了?"老汉说道:"在外地做了点生意,挣了点钱。"听了老汉的话,村里的人赶紧去给他们儿女说了。儿女一听老汉坐的马车,车里有两个大箱子,穿得很体面,又听说老汉做生意赚了钱,一个个急忙跑去迎接老汉。老汉刚到家门口,所有的儿女都在门口迎接。一个个喜笑颜开,老汉却笑不出来,想到走时没有一个人送,这会儿听说他赚钱了,都抢着来接。老汉心里不是滋味,只能默默叹气。儿女们都抢着要将老汉接去他们家里住,老汉说道:"那就和以前一样吧,一家一个月。我也活不了几年了,箱子里全是我这三年做生意挣的钱,到时间我看你们谁孝顺,就把箱子的钥匙给谁吧。"几个儿女一听,这会咋不给我们,该不会想骗我们吧!这时老头从衣服里掏出十几两银子说道:"你们先把这点平分了,日后待我死了,孝顺的人分一箱银子,其他的人将另一箱平分。"一听这话,儿女们心里都开始打起了算盘,想着要如何孝顺老人,如何分得一整箱银子。

之后,几个儿女一个比一个孝顺,家里做了什么好吃的都先端来给老汉,以前只养29天,现在31天都不让接走,老汉就这样被儿女们孝顺了几年就去世了。儿女们为老汉办完葬礼,准备分银子了,问把钥匙给谁了,几个都摇头说没有给。没有办法,没钥匙,只能砸开了。砸开之后,没有什么所谓的银子,只有一颗颗石头,上面还刻了字:"老人心在儿女上,儿女心在石头上。"看了石头上的字,儿女们想起以前对老人做的事,流下了悔恨的泪水。

搜集地点:泾源县黄花乡庙湾村

搜集时间:2018 年 3 月 27 日

讲 述 人:咸耀林

采录人员:王文清 陈翠英 王 芳 咸永红 冯丽琴

文字整理:泾源县文化馆

整理时间:2021 年 1 月 16 日

粮食的珍贵

有一个地方的人心淳朴,心晶莹透亮,没有任何杂质,左邻右舍互帮互助,尊老爱幼。在慢节奏的生活下,大家没有攀比,没有焦虑和压力,只要能吃饱穿暖,家人身体健康就是满满的幸福感。上天在这个小村庄里,撒下了爱的果实。

其他地方下雨不是蒙蒙细雨,就是瓢泼大雨,而这个小村庄里,到下雨天下的是食油。大家没油吃了,可以接上几盆备用。到了冬天,其他地方下的是雪,路面积压的厚雪结冰导致人们出行极为不便。而这个神奇的地方,下雪天下的是面粉,只要面粉吃完了,大家就出去接面粉。这为这个村子里贫困的人减轻了不少负担,有些人甚至不用去地里冒着烈日去干农活了。老人在院子里晒晒太阳,唱唱小曲儿。

物以稀为贵,免费的东西就显得太廉价了。因为太容易得到的东西不被珍视,久而久之,一部分人开始滥用油和面粉,用不完的油就倒进下水道里。不仅让下水道堵塞,污水没办法从管子里排下去,而且还发出阵阵恶臭味儿。甚至有油的地方到处都是蟑螂在活动,人们消灭蟑螂的速度赶不上蟑螂繁殖的速度。一时间,美丽的小村庄,变成了蟑螂村。

有一户人家,小孩儿拉屎了,大人眼见没个卫生纸,随即把案板上刚和好的面撕了一团直接给孩子擦屁股。孩子屁股擦干净之后,把屎面团扔到垃圾桶里。

第二天, 小孩儿和同村的伙伴一起玩耍, 炫耀着说:"我妈妈拿面团给我擦屁股了,那柔软的,比卫生纸好用多了。你们回家拉屎了,可以试一下哦!"

就这样,这件事情在整个村子里散播开了。但凡有点良知的人都知道这样做是不对的,竟然这样浪费粮食,对粮食没有一点儿敬畏之心。一些人没有意识到这件事情有多糟糕,还有些人觉得反正免费的东西不用白不用。他们只在意自己的一寸小天地利益的得与失。

这种浪费的风气极度上涨,大家都已经麻木了。整个村子的空气大不如以前,空气中都弥漫着油腻腻的味道和蟑螂活动的气息。

天气阴沉沉的,大雾笼罩着整个村子,这样的天气已经持续了一个月的时间了。石阶上的苔藓在阴潮的空气中快速生长,有些建筑物也锈迹斑斑,空气中到处都是腐朽发霉的恶臭味儿。

终于,有些人的恶劣行为影响到了所有人的生计问题。就在天气阴沉了一个多月的时间,早上五点半鸡鸣声响彻了整个夜空,梦中醒来的人睁着惺忪的睡眼,揉了揉眼睛,拉开窗帘,一看窗玻璃上有很多雨水往下流淌。外面下雨了,这件事惊动了所有的村民。呀!坏了,我家的油已经没了,我还没来得及接在盆里,怎么下雨了呢?我家的面粉也快没有了,这可怎么办呀?群众都开始七嘴八舌地议论纷纷。

现在,有些人后悔了,早知有今日的下场,我就不该浪费一滴油和一丁点儿面粉。说着,几声巨雷划过天空,下起了疾风暴雨,一场滂沱大雨把油迹斑斑的路面冲刷得很干净,空气不再油腻了,倒是有几分清新。天气异常,变化多端,气温骤降。没过几天下起了鹅毛大雪,雪落在脸上,像银针一样扎进人脆弱的皮肤中,刺得生疼。

很多人开始不适应这样的生活,便唉声叹气,呼号声一片。自己做的恶,最终由自己来偿还。

现在人们只能靠劳动、靠体力来赚取米面油,再也没有免费的午餐供大家享受了。拿钱换取的东西,每一滴油和每一粒米都显得弥足珍贵。

搜集地点:泾源县泾河源镇涝池村
搜集时间:2017 年 11 月 17 日
讲　述　人:赫先叶
采录人员:王文清　王　芳　咸永红　张　滢　陈翠英　冯丽琴
文字整理:泾源县文化馆
整理时间:2020 年 12 月 1 日

2017 年 11 月 17 日,文化馆非遗中心工作人员在泾河源镇涝池村
赫先叶家中搜集采录泾源县民间故事工作照片。

两"桃"的命运

从前有一个农户，家里生了一个女儿，女儿长得很漂亮。因为女儿的脸型长得很好看，就像桃子一样，夫妇两人就给女儿取名大桃。大桃很乖巧，夫妇两人也很爱自己的女儿，刚到大桃三岁的时候，大桃的母亲就得了重病，没几天就去世了。

母亲刚去世一年，父亲就给大桃找了一个后娘，后娘刚来时没有孩子，对大桃还算不错。可是一年之后，后娘就生了一个女儿，觉得自己的女儿长得比大桃漂亮多了，她心想我的女儿比大桃漂亮，我的女儿就叫水蜜桃。自从后娘的女儿出生以后，后娘就开始让年幼的大桃干活，五岁的大桃，踩着板凳做饭，给后娘洗衣服等。大桃的爹看见女儿那么小，干那么多活，心里很不好受，但一说自己的媳妇，就会被媳妇骂一顿，慢慢地也就敢怒不敢言了。年幼的大桃干各种家务，稍微干不好还会被后娘一顿毒打。后娘的女儿也一天一天长大，后娘让她的女儿什么都不做，只要有什么活，就全部交给大桃。这也将大桃培养得什么都会干，什么都难不住大桃。

一转眼，十几年过去了，大桃长得越来越好看，又做得一手好的针线活，家里的活都能做下来，街坊四邻都夸赞大桃，大桃的好名声也就传了出去。这天王员外的大儿子要娶妻，拜托媒婆给自己儿子找媳妇，媒婆听见了大桃的好名声，就去给大桃的后娘和爹说了这桩好事。后娘听了是王员外的儿子，心想王员外家里那么有钱，大桃嫁过去不是就享福了吗？我为啥不让我的水蜜桃嫁过去享福呢？因为媒人和王员外也没见过大桃，这位后娘就准备让自己的女儿顶替，大桃的爹不同意，但是又对这个后娘没办法，只能默许了她的做法。没几天，后娘将自己的水蜜桃欢欢喜喜地送出嫁了。村里人都很疑惑，不是王员外的大儿子要娶的是大桃吗？怎么嫁的是水蜜桃呢？

水蜜桃自从嫁过去以后，婆婆听闻媒婆说大桃心灵手巧，什么都会干，就将一些好的布交给水蜜桃，让水蜜桃帮忙做一些好看的衣服。水蜜桃哪里会呀，一会儿就将好看的花布剪得不成样子了，根本就不会做衣服。婆婆又让水蜜桃去做饭，水蜜桃将厨房弄得一团糟，婆婆大发雷霆。水蜜桃没办法，承认了自己不是大桃，王员外一家知道了，但是也没办法。自己家的儿子已经将水蜜桃娶回来了，就让慢慢过去吧。但是王员外一家对水蜜桃怎么都看不上眼，水蜜桃什么事都干不了，下人都觉得水蜜桃一无是处。慢慢地，水蜜桃在王员外家怎么都抬不起头，连丈夫都对水蜜桃不是打就是骂，水蜜桃只能每天在痛苦中过日子。

没过两年，王员外的二儿子要娶妻。王员外知道大桃还没有嫁人，就让老二娶了大桃。大桃娶过来以后，家里什么活都能干，还经常给王员外和婆婆做衣裳，做的衣裳让婆婆赞不绝口。大桃还经常给家里人做饭，做的饭菜就和美味佳肴一样，家里人对大桃异常喜爱。大桃还经常帮助丈夫解决一些生意上的难题，和丈夫的日子过得恩爱和睦。因为大桃心地善良，下人们也喜欢自家的二少奶奶。水蜜桃心里就特别嫉妒，但是因为自己没本事，所以一直讨不了家里人喜欢，生活过得一天不如一天，后来水蜜桃想不开就离家出走了。

离家出走前，水蜜桃给她的母亲留了一封信，信中写道：母亲，女儿不孝，实在受不了这样的日子了。我什么都不会做，丈夫和婆婆都不待见我。小时候，你什么都不让我做，导致我什么都不会做，你觉得是为了我，可确实是把我给害苦了啊！您虽然让大桃干活，大桃小时候很辛苦，但却让大桃学了一身本事，大桃深得婆婆丈夫的喜欢，人家过得很好，我却怎么都过得不如意。母亲，女儿走了，我恨你对我小时候的宠爱。

看完信，后娘嚎啕大哭，觉得是自己害了女儿，一下子老了好多岁。后娘给大桃说："大桃，后娘对不起你，我偏爱自己的女儿，小时候让你受了不少苦。"大桃并没有怪罪她的后娘，之后大桃经常来看自己的后娘和爹，对后娘就像亲娘一样，照顾他们度过了晚年。

搜集地点：泾源县黄花乡店堡村

搜集时间：2020 年 4 月 9 日

讲 述 人：杨彩兰

采录人员：王文清　王　芳　咸永红　张　昕　张　滢　陈翠英　冯丽琴

文字整理：王文清

整理时间：2020 年 11 月 28 日

梦 先 生

很久以前,有一对夫妻,家里很穷,过着男耕女织的日子。这家的女人私心重,只为自己打算,只顾自己利益,干活是怕苦怕累、挑肥拣瘦、拈轻怕重,只贪图享受,好吃懒做。这家男人为人老实厚道,每天以务农为主,薄田细耕,天天在庄稼地里干活。

有一天,男人在地里耕地,汗流浃背,累得上气不接下气,浑身无力。牛也累得卧在地里,男人用鞭子怎么抽打,牛都不起来耕地了。男人就把犁卸掉了,自己躺在地埂缓着,缓着缓着就想着:我这女人太不像话了,我整天受苦受累地干活,她在家里享受清闲。家里的生活也可以,麦也有,米也有,油盐酱醋也不缺,怎么每天就给我吃的麸子馍馍、黑面饼子,叫我吃了无力气干活。想到这里,男人决定今天的地不耕了,他把牛拴在树上,让牛吃草,自己就跑回家去了。他家崖背上有棵大树,爬到树上能看见他家灶房,男人就爬到树上看着灶房女人在干啥。

这家女人比较刻薄,不知道疼爱自己男人。经常是男人出去干活,她就在家给自己做些好吃的,独自享受,然后再给男人做些猪都不吃的饭菜。今天,她给自己做的荷包蛋,炒的韭菜鸡蛋吃了,烙了三个油锅盔。把三个油锅盔用毛巾包住,放在笤面笤里挂在墙上。给男人烙了几个麸子饼饼,烧了一些黑面糊糊汤,准备给男人送到地里去。男人把女人的一举一动都看在眼里,就跑回地里,躺在地埂上假装睡觉。

女人提着饭来到地头,看见男人在地埂上睡大觉,就很生气,走到男人跟前,用脚踢了男人两脚,说:"把你打发来叫你犁地,你还背过我在地里睡大觉!"男人睁开眼睛说:"我饿得受不了了,又乏又晕,晕倒在这里,迷迷糊糊缓了一阵。"女人生气地说:"你没干上活,今天的饭就不要吃!"男人笑着说:"饭吃不吃都闲着哩,我觉得刚才做的睡梦有些奇怪!"女人说:"叫你犁地,你睡到这白日做梦!梦到啥咧?"男人说:"你看古怪吗,我一天干的苦力活,吃的不好,乏得不得动弹,把我晕倒了,我做了一个睡梦,梦见你做的荷包蛋,炒的韭菜鸡蛋吃了,烙了三个油锅盔。把三个油锅盔用毛巾包住,放在笤面笤里挂在墙上。给我烙了几个麸子饼饼,烧了一些黑面糊糊汤,你说我这睡梦是真的吗?"女人听了,吓了一大跳,心里暗暗说:哎呀,确实是这样,他咋梦得这么清楚?我以后所作所为,他都会一清二楚。女人就给男人承认了自己的错误,把以前自己偷偷吃,给娘家偷偷拿,一五一十地给男人说了。男人偷笑着,心想今天这事办得美,就问女人:"我哪里对不起你了?我在外出力下苦,累死累活,为了这个家,为了就是让你吃好点,穿暖点,可你还背着我吃独食,真是越想越叫我寒心!"女人急忙赔情说:"从今往后不虐待你,给你吃好点,喝好点。"从此,女人对男人好了,不管是吃饭还是穿衣,都非常关心男人。

过了几天,女人娘家的一头老母猪丢了,托亲戚朋友到处寻找,都没有找到。女人娘家的大来对女儿说:"家里的老母猪丢了,眼看就要下猪崽了,找了几天都没找到,你两口子也帮忙去找一找。"女人听了她大的话说:"大,不用去找了,你女婿能得很,人家能梦见,我在家做的啥事人家都能梦见。你把你女婿叫去,让在家里给你梦一下。"女人大高兴地问:"你说这话是真的?"女人说:"真的,我哄别人,还能哄自己老子吗?"

老丈人高兴地把女婿就请到家里,好饭好菜,好烟好酒招待了女婿。男人真是赶着鸭子上架,他心里非常清楚自己半斤八两,他能梦见啥?自己看见女人在灶房做饭说梦见,这老丈人家的猪丢咧,自己又没看见,明天给人家咋说哩?想到这里,男人就对老丈人说:"姨夫,我吃饱喝好了。晚上,你们都不要来打搅我,让我好好做个梦。"老丈人说:"好好好,我给你安顿个僻静房间,你安心睡觉。"

男人把自己关在房间,睡觉睡不着,急得在屋里乱转。夜深人静了,男人看老丈人家都睡熟了,男人提着清油灯,找了一根木棒拿在手里,偷偷溜出老丈人家。满河滩、满山坡、满沟洼里寻找母猪。天快亮时,男人在河滩里一条被水冲成的沟沟里寻找到老母猪了。老母猪下了十二只猪娃子,男人就上前用木棒拨开猪娃子,仔细把猪娃子看了一遍,几个白顶冠,几个白蹄蹄,几个白肚肚,几个黑的,几个麻的,几个公的,几个母的,男人心里记得一清二楚,这下就放心了,男人就回到老丈人家呼呼大睡。

第二天,太阳都多高了,男人还在屋里睡觉。老丈人、丈母娘急得在院子里乱转,叫吧怕把女婿的梦惊了,不叫吧这咋还睡得不得醒来。丈母娘实在等不及了,就把女婿叫醒问:"你梦见猪了没有?"男人说:"我刚睡下就梦见了。"丈母娘听了高兴地问:"真的?"男人说:"真的,老母猪在河滩里一条被水冲成的沟沟里,下了十二只猪娃子。"他还几个白顶冠,几个白蹄蹄,几个白肚肚,几个黑的,几个麻的,几个公的,几个母的说得一清二楚。老丈人叫了庄子上几个年轻人,就按照女婿说的地方去找。到地方一看果然是真的,老母猪下了十二只猪娃子,几个白顶冠,几个白蹄蹄,几个白肚肚,几个黑的,几个麻的,几个公的,几个母的,和女婿说得一模一样。庄子人都夸奖女婿不是一般人,真是个梦先生。从此,男人得了一个"梦先生"的美名,人们就到处在传扬,一传十十传百,一直传到皇上耳里。

皇上最近正在为一件事烦心,每天睡不好觉,吃不好饭,精神恍惚,心神不定,在金銮殿上如坐针毡,看见大臣们心烦意乱。听说这位梦先生,就吩咐太监,速将这位梦先生请到皇宫来。

太监派兵马去请梦先生。梦先生请来后,皇上亲自设宴招待,酒过三巡后,命太监、宫女们都退下。皇上悄悄地给梦先生说:"梦先生,听说你的睡梦神得很,啥事都能梦到?"男人说:"皇上,平民没有皇上说得这么神,不知皇上传唤小人何事?"皇上说:"前几天,我的玉玺突然丢失,皇宫内所有地方都找了,就是没有找到玉玺,害得我每天不能批奏折,不能下圣旨。只要你帮我找到玉玺,高马任你骑,高官任你做。"男人听了皇上的话,吓得跪在地上,心想着:老婆偷吃是我亲眼看见的,老母猪是我亲自找见的,这皇上的玉玺我去哪里找呀,看来我这小命保不住了。男人正想着,皇上把他扶起说:"梦先生,不必多礼,玉玺的事就委托你去办。"梦先生忙说:"皇上,请给小人安排一个清静房间,小人三天内梦出玉玺。"皇上听后非常高兴,就命张老三和李小四两个人伺候梦先生,听从梦先生调遣。

梦先生被安排在皇宫一个偏僻清闲的地方住下,这是男人要求,为的是寻找机会逃出皇宫。可皇上派来的两个人对他非常热情,伺候得非常周到。男人对张老三和李小四两个人说:"从现在开始,你们二人回去休息,我不叫你们,你们就不要来打扰我。我要安心养神,皇上的玉玺可是国家的重器,我要早日为皇上找回来。"这张老三和李小四两个人满口答应,就是不离开男人,好像是监督他,寸步不离。男人总感觉这两个人有什么不对劲,再一次对这二人说:"你两个回去休息吧,我还有事要办。"张老三说:"梦先生,皇上命我二人伺候你,我二人怎敢离开你半步?"男人说:"我让你们休息的,皇上不会怪罪你们的。"李小四试探地说:"梦先生,皇上的玉玺丢了,我们二人也很着急,不知梦先生寻找皇上玉玺,梦里能有几成把握?"男人想用大话吓唬一下,就说:"我梦里有十成把握,不过你二人不要担心,我心里明白你们的意思。"张老三和李小四听了男人的话,更是丈二和尚摸不着头脑,仔细琢磨,梦先生话里有话。二人叽叽咕咕说了半天,又来试探着问:"听梦先生的话,这偷盗皇上玉玺的人,你已经知道了?"男人就随便说了一句:"我早就知道了。"张老三和李小四又问:"梦先生知道是何人所为?"梦先生说:"不是张三就是李四。"张老三和李小四听了吓得差点尿裤子上,两个跪在男人面前,磕头求饶说:"哎呀!梦先生,你真是神仙。皇上玉玺丢失是我二人所为,恳求梦先生留我二人一命。"男人心里暗笑,不急不慢地说:"你二人快快起来,你二人的命我肯定要给你们保下。其实我早就知道,看你二人伺候我,我不忍心说出来。"张老三和李小四听男人的话,又跪下磕头道谢:"谢谢!谢谢梦先生!谢谢梦先生救命之恩!"男人又把二人扶起来:"你二人不必多谢,放心吧,我不会告诉皇上实情。不过……不过,你二人必须把详细经过告诉我,看和我做的梦相投吗?"二人就把偷盗皇上玉玺的经过,从头到尾给男人说了一遍。

原来，张老三和李小四把皇上的玉玺偷了，在皇宫的御膳房旁边大槐树下，挖了二尺深的坑埋了。二人想借机逃出皇宫，把皇上的玉玺卖了，发一笔横财。没想到皇上请来了梦先生，这梦先生在民间传扬和神仙一样，没有他梦不见的事。皇上刚好让张老三和李小四伺候梦先生，这二人是做贼心虚，担心梦先生把自己偷皇上玉玺事情梦见，就一直想在梦先生嘴里套出些消息，没想到掏雀不成反掏出了蛇，让梦先生把他们给忽悠地说出了实情。

第三天，皇上命太监把梦先生传上宫殿，皇上问男人："梦先生，今天是第三天了，我的玉玺你梦见了吗？"男人跪下说："回禀皇上，其实小人第一天就梦见了，为了确保万无一失，小人又连续梦了两个黑夜。"皇上惊喜地扶起男人说："这么说你梦到我的玉玺了？"男人说："梦见了。"皇上着急地问："我的玉玺在何处？快快讲来。"男人说："皇上的玉玺在御膳房旁边大槐树下，深挖二尺就能挖出玉玺来。"

皇上听后，马上命太监带人去御膳房大槐树下挖玉玺。不一会工夫，太监抱着玉玺来到宫殿。太监惊喜地说："皇上，玉玺找到了，梦先生真乃神人也。"皇上接过玉玺仔细观看了一会，问男人："梦先生，这玉玺是何人所盗？"男人说："皇上的玉玺是恶神所为，皇上就不必再追究此事。"皇上高兴地说："好，只要找回玉玺，梦先生说不追究就不追究了。梦先生，我曾给你承诺：只要你帮我找到玉玺，高马任你骑，高官任你做。梦先生，你说，你想要个啥官？"男人吓得连忙跪地，给皇上磕头说："哎呀，皇上，小人啥官都不要。"皇上问："你为啥不要官？你可是国家栋梁之才！"男人说："哎呀，皇上，小人是一介农夫，斗大字不识一升，只会耕地种田，不会骑大马做高官。"皇上说："世人都可以做官，你要为官，天下就没有断不了的案。"男人说："皇上，小人真不想当官。"皇上说："你不想当官，想干啥？"男人说："回禀皇上，小人只想回家种地，吃饱肚子，自自在在过一辈子。"皇上说："既然你不想当官，我也就不勉强你了。你寻找玉玺有功，赏你良田百亩，黄金百两。"男人听了忙跪地叩谢皇上："谢主隆恩！"

男人得到皇上的赏赐，回家去和女人过上了和谐富裕幸福的日子。

搜集地点：泾源县六盘山镇刘沟村

搜集时间：2017 年 11 月 30 日

讲 述 人：李凤鸣

采录人员：王文清　王　芳　咸永红　张　昕　张　滢　陈翠英　冯丽琴

文字整理：王文清

整理时间：2020 年 2 月 5 日

公冶长的故事

很久很久以前，有个人因懂百鸟言，人们都叫他"公冶长"。

民间是这样传说的：有两口子和一个儿子，因家里穷，儿子又小，一家三口靠给别人家放羊和打猎为生，生活简朴，但能维持。

有一天，公冶长去放羊，路过一个大涝坝旁边，看见一条蛇和一只蛤蟆在一起窃窃私语，交头接耳。公冶长看不惯，心想："这不应该啊，怎么会有这样的事儿？"就多管闲事用放羊的鞭杆把蛇和蛤蟆分开，硬是把蛇挑进大涝坝里了。

晚上回到家，他思前想后，越想越觉得不对劲，就把今天遇到的事一五一十地告诉老婆，为啥蛇和蛤蟆会在一起，是不是我做错了，闯祸了，心里过意不去。老婆说："没事，早点睡吧。"公冶长睡下，一个长虫给他托梦："今天你犯忌讳错杀人了，我给你一包药，你放在你的耳朵里，你就能听懂百鸟言，临刑时听那些鸟鸟的话可保你不死。"说完，长虫就不见了。

第二天早上，公冶长醒来，看见枕边果然有一纸包，打开一看是药，他就急忙把药放进耳朵里。不一会儿，他就听到门前的大树上有雀雀在说："公冶长，公冶长，南山背后虎伤羊，你吃肉来我吃肠。"他就跑到南山背后一看，果然有一只绵羊已经死去，脖子上鲜血直流，分明是被锋利的器皿所伤。他想："羊皮可以卖钱补贴家用，肉可以让我们一家三口享用一段时间。"不大一会儿工夫，他就剥掉了羊皮，把羊皮和肉背回家，把那些肠肠肚肚挂在了树上供鸟鸟们享用。从此，公冶长就懂百鸟的语言，和鸟鸟们互相言传，有着共同语言。

过了一些日子，公冶长又得知鸟鸟在叫："公冶长，公冶长，南山地里虎伤羊，你吃肉来我吃肠。"公冶长照着鸟鸟说的又去南山地里一看，鸟鸟说得果然不假，确实有一只羊倒在血泊中。这次他将整个羊背回家里，剥了羊皮卖了钱，吃了肉，骨煲汤，肠肠肚肚都吃了，给鸟鸟们一点都没留下。这下，鸟鸟们一看，这个公冶长独吞了整个羊，它们没啥吃的，就想害他。于是，又叽叽喳喳地叫个不停，山上土匪被人杀了。公冶长听到鸟鸟叫："公冶长，公冶长，背后地里虎伤羊，我吃肉来你吃肠。"公冶长心想："这好事都给我遇上了。"二话不说，就赶去南山背后，刚到山背后的地边，就让人给抓住了。原来这里有人被杀了，正抓凶手呢，公冶长一再辩解有些说不清楚，被当成人犯给抓了起来。

公堂上，县令官审道："你到山背后干什么？为啥要伤人？"公冶长说："我是打猎的，能听得懂鸟的语言，是鸟鸟们为了照顾我才说南山背后虎伤羊，我来山上看没有虎伤羊，而是有个人死了。我并没杀人，这人不是我杀的，我不知道人是咋死的。"县令当然不相信他所说，公冶长急得没办法，就把前两次都去南山地里的事情一五一十地讲给县令听。他说："第一次他按鸟鸟说的做了，第二次怪自己贪婪，把整个羊全给家人吃了，给鸟鸟一点都没留。想着下次有这档子好事再给鸟鸟吃，这次来被你的人抓了，我还冤枉呢。看来这次鸟鸟们生气了，让我碰上了这档子事。"县令官说："还真不相信有懂百鸟言这样的人。既然你懂百鸟言，通鸟语，那你再听一个试试，验证一下真正的杀人凶手在哪。如果你所言是真，就无罪放了你。"

过了几天，二次审问公冶长的时候，一群鸟鸟在头顶乱叫。县令说："既然公冶长能听懂鸟的语言，那你听一下，鸟鸟都说的啥？如果验证是真，就放了你，若要能抓到真凶，那就更好不过了。"公冶长说："能行。"于是，公冶长竖起耳朵仔细听鸟鸟们说道："东面有一粮仓围墙破损了，得维修了，好多难民都去抢粮食了，粮袋子破了，撒了好多米，雀雀们都飞去啄食了，再不去治理，就出大事了。"县官立即派人前往查看，让衙役押着公冶长前往鸟鸟们所说的地方去验证。

到了地方一看，果然是真，粮仓已破，正在维修。县令得知公冶长说的事情都是真的，半信半疑，为了确认他能听懂百鸟的语言，就再次审问公冶长说："既然你懂得鸟鸟的话，那就让鸟鸟帮着翻案，若能抓到真正的凶犯，就赦你无罪。"

又过了近半月，公冶长听见鸟鸟在叽叽喳喳乱叫："公冶长，公冶长，山头背后人伤人，不是虎来是土匪。"公冶长听见了，知道鸟鸟要帮他了，就大声喊道："冤枉，我要见县老爷有重要事情报告。"县令官听到又有人被杀，立即派人去现场调查，就在公冶长说的南山背后发现死了一人，凶犯已逃离现场。经调查，有人发现是土匪所为，图财害命。这次，县官很惭愧，就立即释放公冶长，下令公冶长协助捉拿凶手。

等抓到真正的凶手一审问，果真是冤枉了公冶长。土匪第一次杀了人，神不知鬼不觉蒙过去了，见没有啥事，就二次作案，没想到破案了。

从此，公冶长为了感谢百鸟的救命之情，就约束自己再也不违背鸟言，从善行事，把鸟语当一门学问去研究。

搜集地点：泾源县六盘山镇东山坡村

搜集时间：2020 年 12 月 16 日

讲　述　人：何生莲

搜集人员：王文清　冯丽琴　咸永红　陈翠英　张　昕　张　滢

文字整理：冯丽琴

整理时间：2021 年 3 月 6 日

溺爱成祸

从前，有一个贫穷的村落，这里的人们生活困难，大多数家庭都是食不果腹。其中有一户姓于的人家，生了一个儿子叫于洋。因为是一脉单传，所以全家人很是溺爱，尤其是其母亲，这就造成了于洋悲惨的一生。

在这个村落中，于家是活得最困难的一家。于洋的父亲有病英年早逝了，只剩于洋母子俩艰难度日。于洋从小衣不蔽体，于洋的母亲马氏一天早出晚归，种着几亩贫瘠的土地。由于这里气候干旱，四季雨水稀少，所以一年的庄稼也收不了多少。马氏经常去挖野菜，于洋还是骨瘦如柴，看起来真的很可怜。而同村的其他人家男人都去外面打工，所以渐渐地生活都有了起色。马氏很羡慕他们，但是她却不能离开儿子去外面挣钱，由于生活所迫，马氏开始做一些偷鸡摸狗的事，比如偷摘一些邻居的蔬菜水果，或者偷一些麦子。同村的人见她可怜也就不计较，这样的生活一直维持了很长时间。

有一天，村子里来了一个卖东西的人，他用车拉着一些小玩意儿，还有一些针线等，可以用麦子、大豆这些换取自己需要的东西。由于村子里的人都没见过，便有些好奇都围上来看这个卖东西的人，并观看卖的那些东西，于洋也跑去凑热闹。渐渐地人家都知道了卖东西的人的套路，所以只要自己需要啥东西都会去换。过了一段时间，又来了一个卖针、纽扣这些小东西的人，村里的女人围着挑来挑去。这时于洋趁机把一盒针顺手牵羊了，为了不让卖东西的人发现，他悄悄地将针藏在了身上。于洋赶紧往回走，这时卖东西的人发现缺一盒针，突然就想起那个鬼鬼祟祟的男孩子，问了那些正在挑东西的女人，然后来到了于洋家，对马氏说道："他婶子，你家娃偷拿了我的针，让他给我还回来。"马氏立马发怒地说道："你这人胡说八道，我儿子咋可能偷你的针，你搜他的身。"卖东西的人没有搜到，被马氏骂得狗血喷头，于是就自认倒霉，然后拉着东西离开了。这时于洋给马氏炫耀道："娘，我今天干了一件好事，我把卖东西的人的针偷来了，那个人没有发现，我很聪明吧？"马氏溺爱地说道："我儿真聪明，从小有本事，还知道藏在别人想不到的地方。"就这样，于洋从小就开始了偷鸡摸狗的生活,每次都会受到母亲的表扬。随着年龄的增长,于洋已经改不掉这种毛病了,他每天不偷一些东西自己心里都觉得不舒服。

直到有一次,他和别人合伙去偷村里老财主家的东西,被财主家的管家逮个正着。于洋被送进了监狱,官差一查于洋的生活背景,发现于洋从小偷鸡摸狗,小偷小摸惯了,这次终于摊上了大事。财主绝不原谅,要求官差公正处理这件事,将小偷绳之以法,切不可徇私枉法。于洋在监狱的时候,就很后悔自己这样做。思来想去,他觉得自己变成今天这样都是母亲的过错,每次干了坏事母亲都不会骂他,还会鼓励他这样做,这不是教他犯罪吗?马氏通过求情才获得了一次探视机会,马氏来到监狱,对儿子关切地问道:"儿子,你在监狱怎样?"于洋有点生气地说道:"娘,就是你看到的这样,你觉得我过得好吗?"面对儿子的指责,母亲心里全是悔恨,但是却无济于事,双方沉默了一会儿,于洋又说道:"都怪你,我做错事你都不知道纠正我,还顺着我的心意,这不是爱我而是害我,以至于让我变成这样。"过了一段时间,于洋就被判处死刑。

爱不是一味地宠爱,而是讲究对错、分清是非、事事有度的宠爱,不要让溺爱误导了孩子的一生。

搜集地点:泾源县黄花乡店堡村

搜集时间:2017 年 12 月 19 日

讲 述 人:马　目

采录人员:王文清　王　芳　咸永红　张　昕　张　滢　陈翠英　冯丽琴

文字整理:泾源县文化馆

整理时间:2020 年 12 月 28 日

孟二的故事

从前有个孟家庄,孟家庄里有两个姓孟的兄弟,父母早早去世了,剩下哥俩相依为命。孟老大忠厚老实,一直干庄稼活,打柴维持家里生计,并且还挣钱让弟弟孟二上学堂。孟二上了几年学堂,就不上了,每天就知道偷懒耍小聪明。

孟老大因为勤劳肯干,没几年给自己娶了一个媳妇。这个媳妇可是一个厉害的人,经常把孟老大管得服服贴贴的。因为孟二和哥嫂两人一起生活,孟二又不爱干活,这就惹得孟老大的媳妇特别不满。这天下午,孟老大的媳妇给她和孟老大做了面条,准备吃饭,孟老大要去叫弟弟孟二,孟老大的媳妇说道:"你赶紧给我坐下吃饭,孟二每天就知道睡觉,好吃懒做的,让他饿着去。"孟老大不敢不听媳妇的话,就乖乖坐下吃起饭来。晚上孟二醒了,问:"嫂嫂,你下午做饭了吗?怎么没叫醒我呀?"嫂子有些心虚说道:"快没粮食了,我就没做饭。"孟二相信了,就又饿着肚子去睡觉了。一连几天,嫂子下午都不做饭,这让孟二心里有些怀疑。这天下午他就装睡起来,看见嫂子给她和大哥做的鸡蛋面。孟二心里的气不打一处来,还骗我说没粮食了,就是不想让我吃饭么。得赶紧想个办法,爱耍小聪明的孟二一下子就想到了。晚上孟二又问:"嫂嫂今天又没做饭吗?"嫂嫂回答道:"没做,没粮食做。"孟二说道:"嫂嫂,我下午睡觉咋梦见你和我哥做的鸡蛋面吃呢!"嫂嫂赶紧说道:"你可能是太饿了,赶紧去睡吧!"孟二去睡觉了,嫂嫂嘀咕道,还梦得挺准的。

第二天,孟二又开始装睡,又偷偷去看他嫂子包的饺子。晚上孟二问嫂子:"嫂嫂下午又没做饭吗?我那会睡觉梦见你做的饺子。"他嫂子一下子有些心虚,心想这人怎么梦得这么准呀。第三天下午,孟老大的媳妇赶紧给孟二把饭做上了。

孟老大的媳妇感觉有些蹊跷,就将这事告诉了邻居庄大娘。庄大娘心想这孟二既然这么会做梦,我家的老母猪都不见好几天了,让他给我梦一梦猪跑哪里去了。孟二知道庄大娘要他做梦,心想这下完了,他是为了骗嫂嫂的,但是如果说自己不会梦,不就露馅了吗?孟二只能硬着头皮答应了下来。到了晚上,孟二看见哥嫂睡着了,就赶紧去帮庄大娘找猪了,一直找到三更的时候,在村东头大树下的草丛里找到了,还下了6只猪仔,一只黑的,五只白的。孟二高兴得回去睡觉了。第二天,庄大娘来了,问孟二昨晚梦见了没,孟二说道:"村东头的大树下,有草丛,你家的老母猪在那里,而且还下了一窝猪仔,有五只白的一只黑的。"庄大娘一听高兴坏了,赶紧和孟二的嫂子去村东头找。果不其然,和孟二说得一模一样。孟二的嫂嫂对孟二更是深信不疑,而庄大娘本就是村里的快嘴,一下子就传开了,孟二也就被村里的人叫"梦先生"了。

孟二的名声很快传到了知府那里,知府听了,世上还有这么厉害的人啊,有些不相信,让府衙请来了孟二。孟二说:"府尹大人,你请我来做什么?"知府说:"听说你很会做梦,我几年前得了一件宝贝玉观音,被人偷走了,我现在想让你帮我梦一下看宝贝在谁手里。"孟二心想,这如果不答应,肯定会得罪知府,但是答应自己万一找不回来,那肯定得砍头呀。没办法,先答应下来吧。晚上知府让孟二睡到了他的府衙里。孟二睡在床上,心想这下完了,我又出不去,明天只能等着砍头了。越想越睡不着,就出去走动,走到了知府的门外,突然就听到知府对他媳妇说:"娘子,你把我的玉观音给我藏好,我倒要看看这个孟二有多大本事。"孟二听了,原来是这知府故意说被偷走了,其实是让他媳妇藏起来了。这下我不用死了,孟二开心地去睡觉了。第二天知府问孟二:"昨晚你可梦到了?"孟二说:"我梦到了,但是恕我直言,我梦见玉观音是被你妻子藏起来了,并没有被偷走。"知府一听,这人果然是个神人呀,赶紧将孟二夸奖了一番,还奖赏一些银子。

孟二很高兴,将银子拿回家给了嫂嫂,嫂嫂想起她不给孟二做饭的事,心里顿生惭愧之意。之后嫂嫂对孟二也越来越好,还张罗着给孟二娶媳妇。慢慢地,梦先生的事迹轰动了朝廷,众臣交口称赞。但是皇后依然不信,一天清晨,皇后手中握着一枚刚从树上采来的青枣,派人叫来梦先生,考问道:"你能梦出我手中握的什么吗?"梦先生心中惶恐不安,出了一身冷汗,但他马上灵机一动说:"我孟二大清早(青枣)不完梦,完了梦坏了我梦先生的名。"皇后一听,"大青枣(清早),真让他猜中了,看来这小事一猜就中,不需要梦呀。于是,皇后也深信梦先生的功力,向皇上举荐了梦先生。

之后的梦先生成了皇上的宠臣,让哥哥嫂嫂过上了好的生活,自己也享起了荣华富贵,真的过起梦一般的生活。

搜集地点:泾源县黄花乡店堡村

搜集时间:2020 年 4 月 9 日

讲 述 人:海尚云

采录人员:王文清　王　芳　咸永红　张　昕　张　滢　陈翠英　冯丽琴

文字整理:泾源县文化馆

整理时间:2020 年 11 月 30 日

弃 儿

有一户人家生了七个孩子,家里本来就很穷,已经到了窘迫的阶段。实在无法养育这么多的孩子,父亲和母亲眼看着孩子就要饿死,在夜里偷偷地抹眼泪。等到所有孩子都入睡了,父亲告诉妻子,我们已经无能为力养育这么多的孩子了,接受现实吧!把体弱多病的多多遗弃吧。饭都吃不饱了,根本就没钱给孩子看病。妻子听到丈夫这么说,失控地大骂着丈夫无情、无能。孩子被吵醒,以为父母吵架呢,害怕得哭了起来。妻子安慰道,没事,爹和娘没有吵架,只是商量事情意见不合罢了。安抚好孩子,孩子渐渐都睡着后,妻子偷偷地哭泣,一想到孩子被遗弃以后的生活,妻子整个人都崩溃了,悄悄地哭了一夜,不敢出声,害怕又吵醒孩子。

第二天,妻子想通了。同意丈夫这么做了,遗弃孩子,就看他的造化了,家境贫寒,实属无奈。

父亲强装欢笑,给多多带了一双鞋和干粮,借上山砍柴为由,把多多带到深山上,多多才九岁的孩子,看到瘦骨嶙峋的儿子,父亲在这一刻,鼻头一酸,止不住的眼泪往下流淌。多多问爸爸怎么哭了,爸爸说风吹得眼睛进了沙子,眼睛泛酸就流泪了。父亲说:"你走了这么长时间的路,小腿都累了吧?你在这里休息一下,爸爸要去这附近的山上砍柴,斧头砍树的声音会很大,你如果听不到响声了,就下山我们一起回家。"在这一刻,爸爸干脆地转过身,迈着大步往前走。没有再看孩子最后一眼,他怕自己心软又抱着孩子回家。孩子听话地坐在那里,安安静静地等待着下山。

父亲走到离孩子不远处的地方,随即掏出一张干羊皮挂在树上,风一吹,干羊皮哗哗哗地响。声音连续不断地从中午响到下午。已近天黑,孩子等了足足四个小时,越等越急,父亲怎么还没砍完柴啊!多多试图下山找父亲,在这深山中,一个九岁的孩子害怕极了。他只要听见飞禽走兽的叫声,心就扑通扑通直跳,紧张得额头和手心里都冒着冷汗。他边走边呼喊着父亲,边走边哭。突然遇到一个岔路口,不知道该往哪个方向走去,现在天已经漆黑,路就更难辨认了。多多走了差不多两个小时,已经迷路了。哭红双眼的多多走累了,一个人孤独地坐在草丛中,不料有一条绿色的毒蛇,从草丛中穿过,咬伤了他的脚踝。疼得他哇哇大哭,他把嘴巴使劲地够到脚踝处,把毒液吸了出来吐掉,没有包扎伤口的棉布,伤口只能在外面裸露着。他已疼麻木了,只有小鸟儿和各种虫子与他为伴。

休息了一晚后,早上多多被饿醒了,他看到树上有新鲜的野果,身高够不着大树上的野果,他就拿地上捡的木杆拍打着上面的树叶子,上面摇摇晃晃,掉下来很多野果,足够他吃一天了。

在这个神奇的大森林中,不知不觉多多已经生存了一个月了。饿了有野果吃,困了在草坪上躺着。正值夏天,天长夜短,天气不冷,不用为取暖而发愁。白天晒晒太阳,追着蝴蝶跑到很远的地方。走到哪里,哪里就是他的家。晚上就观察着狼群的活动轨迹。他已经适应大自然了,在森林里逍遥自在。渐渐地,他已经忘了自己从哪里来。他开始想明白了,可能是自己与父亲走散了,也许父亲没找到自己,也许是家里太穷了,养不起"我"这个多余的孩子。可能有种种原因,但是自己很幸运,没有被狼叼走,至今还活着,那我就有机会创造属于自己的奇迹。

岁月匆匆,七年的时间过去了,初来这里,稚嫩的脸庞总是带着忧郁与泪水。现在的他,眼神异常坚定,岁月磨炼了他的心智,让他在成熟中透着锐气。他学会了自制工具套野兔和野鸡,会自己烤肉吃,会搭建茅草屋,会生火,了解各类动物的生活习性,会看天象及天气变化,及时做好应对措施。

又过了两年,多多练就了一身本领。此时他已经 18 岁了,英俊的面庞下坚毅的眼神总是会看到奇迹的出现。

这一天他依旧早起去捕捉食物。他去河边洗把脸,走到岸边听见不远处有呼喊声,难道这是人类的叫声?在这里生活了九年,没见过一个人影。深山野林中怎么会有人的呼叫声呢,他感到百思不得其解,便朝呼喊声那边走去,原来是一个女孩儿。脚被捉野生动物的工具钳子给套住了,这工具正是男孩多多的杰作。多多羞愧地赶紧上前帮助女孩儿把钳子解下来。女孩说:"谢谢你,没有你我都不知道该怎么办。谁这么缺德,还猎捕小动物,这手段极其残忍呢。"多多不好意思地低下了头,因为这是在野外谋生的不二法宝啊。女孩儿见多多羞涩得低下了头,自己也不好意思地羞红了脸。女孩儿说道,自己和朋友来山上玩儿,走失了,问多多回家的路,多多吞吞吐吐地说,自己从九岁就在这里迷失了方向,在这里已经生活了 9 年,并不知道回家的路。女孩儿倒是很乐观,看来我也得在这里生活一段时间了。我叫小婉,今天我们就是好朋友了,你可得保护好我哦。

多多带小婉去河边玩耍,一起去捕捉动物,一起烤肉吃。他们两个已经都融入了神奇的大自然,并在这里快乐地过着与世无争的生活。

小婉喜欢收集色彩斑斓的石头,他们约好第二天去捡五彩石,顺便了解一下其他地方的地理结构。带好干粮和水,第二天一大早他们就出发了。中午时分,他们在山上找到了紫色的和赤红色的石头,其中赤红色的石头形状像一个桃心,女孩儿无比兴奋,手舞足蹈,这块石头见证了他们的爱情。他们带着两块"宝石"继续前行。发现前面没有路了,有一个深沟,深沟下面有一潭清澈的湖水,还有一堆金色的闪闪发光的东西,特别耀眼。难道是金色的透明石头?两个人为了一探究竟,准备去沟里。通向深沟有一条道路,虽然陡峭,但是不足以难倒多多。两个人半个小时后,到了深沟。沿着发光的地方越走越近,刺眼的光线越睁不开眼睛了。他们蹲下把东西小心翼翼地捡起来,小婉一看是金条,并不是金色的石头,这儿四周鸟语花香,仿佛是鸟儿的国度。各种各类的鸟儿都有,陆地上的孔雀、丹顶鹤在觅食,树上花团锦簇,仿佛人间仙境。他们被这里的美景给吸引住了,决定今晚就住这里。

月色皎洁,正所谓人有悲欢离合,月有阴晴圆缺。小婉突然大声哭了起来。我很久没有见到父母亲了,好想念他们。你娶我,我们回家吧,过正常人的生活。多多说:"尊重你的意见。"你想去哪儿我们就一起去哪里。小婉笑得很甜。

第二天他们决定回家,赶了两天的路,小婉终于回到了自己的家。小婉把自己去山上走失和遇到了多多救了她一命的事情都告诉了父母。父母很开心女儿还能回来,父母为他们举办了盛大的婚礼。

两年后,多多的两个双胞胎孩子出生了,多多和小婉做起了小生意,生活越来越好。

而多多的父母和兄弟姐妹,已经搬离了原来的小镇,多多也一直没有找到他们。这是他这辈子的遗憾,他从来没有恨过父母。他知道对任何事都要抱有感恩之心,生活的路才会越走越宽。

搜集地点:泾源县泾河源镇涝池村
搜集时间:2017 年 11 月 17 日
讲　述　人:赫先叶
采录人员:王文清　王　芳　咸永红　张　滢　陈翠英　冯丽琴
文字整理:泾源县文化馆
整理时间:2020 年 12 月 11 日

石 头 人

六盘山偏南十五里,有一座不高的山,叫清凉山。在这座山的半山腰,有一块大石头,当地人叫它寡妇石。这寡妇石是怎样形成的呢?

很早以前,在清凉山里有一家人姓秦,弟兄三个。老大娶了女人,名叫郭氏,所生一男孩,取名丑蛋。老二也娶了女人,名唤马氏,结婚快五年了,未生一男半女。老三呢,还是个瓜娃娃,只有十二岁。弟兄三人,妯娌二人,加上丑蛋,一家六口人,继承父母"不要分居"的遗言,还捏合在一块儿过活,薄田瘦地,生活倒也可过。

不幸的是,秦老大的儿子丑蛋在年前突然失踪了。哪里去了呢?谁也说不上。有人说叫山里的野虫吃了,有人说叫人骗子拐去了,反正没个实信。二月二晚上,秦老大叫过老二老三,安顿了家事,说要出远门去寻找丑蛋,明早动身。兄弟二人点头允许了。第二天,鸡刚叫头遍,郭氏和老三陪他走出大门,送了一程,郭氏含泪说:"找见我的丑蛋可别忘了给他那包炒豆子呀!"

茫茫天地到哪里去寻找呢?占卜的先生说丑蛋流落在东南方向。太阳一杆子高的时候,秦老大已经爬上六盘山顶。他站在山尖远望着那重叠起伏的山峦,看着这脚下的羊肠小道,下狠心说:"走,凭着这双脚板,我要走遍天南海北,对着神山发誓,找不见儿子我决不活着进家门。"

就这样,一步一步,走了多半年,可是还没找到儿子丑蛋。

树叶黄了又绿,绿了又黄,转眼已经三年半了,连丑蛋的影影也没打听到。这一天,秦老大来到延安府,他在街上闲逛了一阵,在北城门外一个转角处钻进了茅厕,发现墙根有一条棉线褡裢,上面还用红毛线绣着个大梅花。秦老大到褡裢跟前,提了一把,觉得很重,打开一看,哎呀!里面装着白花花的银子,足有五百两。他想,反正放在这里没人看见,我不如背到街上亮出来,看谁来找。于是,他背着银子,上上下下过了几回街,口里还不时地喊:"认褡裢。"整整一下午,没人认领。晚上,他随便找了个店歇脚,糊里糊涂地滚了一夜。第二天一早,出了延安府,又向西面找去。他钻密林,翻高山,走平原,涉大河,又找寻了一个多月,还是没有见到儿子的影影。一日黄昏时分,他来到长安城一家店铺里住下,啃了几口干馍,就来到上房里。到上房里干什么去呢?原来他心里早有打算,能不能在这店铺里找个差事做做,这个店铺里南来北往、东去西归的人多，或许能从脚户客口里得知丑蛋一二。

走进主人的上房，看见和自己年龄相当的一个人，长展着身子，眼睛死盯着椽头，一口长气，一口短气，像有什么心事。秦老大开口便问："掌柜的，你的心事像有千斤银两重啊！长吁短叹的，惜爱身体要紧。"这一问，惊着了店掌柜，他翻起身来忙跳下炕，推推搡搡把秦老大让在炕上坐下，两个人你一言我一语拉起闲话来。

这掌柜的是啥心事呢？一说才明白，原来，一个月之前，他背着五百两银子去延安府做生意，不料丢了个一干二净。这延安府人山人海，到哪里去找？无奈，就往家里跑。回到家里像得了一场重病再也没有翻起来。

秦老大听到这里高兴了，拾到的银子碰到主啦。忙问："你的褡裢有啥记号吗？"掌柜说："有啊，老婆子亲手用红毛线绣下朵大梅花。""嗨，保准是你的银子。"秦老大说。接着他把在延安府拾银子的事讲述了一遍。他提来那个褡裢，放在掌柜眼前。掌柜看着丢了的银子原封没动地回来了，热泪扑簌簌地流出眼眶。他激动地握着秦老大的手说："好人啊！常言道'拾财分一半'，我就把这一半分给你好了。""不不不！这是你的财，我咋能分呢？我不过把它拾到就是了，这万万使不得。"两人推来让去，争得两张脸像个大红纸。

争争嚷嚷，掌柜还不知道秦老大尊名贵姓，是什么地方人，前来陕西地界有何干。于是，转了话头，问起秦老大的事儿来。

秦老大把前因后果一一道给掌柜，掌柜脸上这时也堆起笑说："不瞒客人，大概也在大前年，我从静宁州做生意路过贵地，一个中年汉子，手拉着一个七八岁的男孩，言说自家拉了人的很多烂账，年年不得过去，要把亲生儿子卖掉，换来几个钱，偿还欠账，糊口度年。我是个心软人，觉得这个人说得怪可怜的，又加我身边没个男娃子，拿定主意，当下付给他一百两银子，骡背上驮着这个圆溜溜大眼睛的男娃子，起身回家了。俗话说，好事碰哩，你认认，说不定还是你的儿子哩。"掌柜话刚说完，他老婆引进一个十二三岁的男娃子，长得又白又胖，书生打扮，站到了秦老大眼前。秦老大一眼认出是丑蛋，双手抱起来，紧紧搂在怀里。丑蛋也认出是自己的爹，不住地用袖头擦着爹脸上一股股的热泪。秦老大放下丑蛋，从褡裢里掏出老婆三年前给儿子装的炒豆子，问道："丑蛋，还记得是谁把你卖给这个干爹的么？"丑蛋说是他二爹。秦老大当时气了个黄脸势，跺着脚骂道："天下竟有这么心毒的弟弟！"

长安这家掌柜，姓王叫积善，开着十间大铺面，生意兴隆，财源茂盛，且走南闯北，见多识广。他当下议定，把丑蛋还给秦老大，并说："愚下身边虽然无有男嗣，但有一女，年龄和丑蛋相当，若秦大哥不嫌弃的话，咱俩就碰一头。"秦老大自然乐在心怀。王积善备了香案，叩头盟誓结束，又续起闲话直到三更已过。

秦老大在亲家家里一住十个日子，心闲下来，就惦念着老婆小弟。这日，心里慌得要命,便要告辞王亲家,亲家挽留不下,便拿出三十两银子打发他爷俩上路。秦老大被王亲家的这种热情款待感动了,他是个知道多少的人,觉得太有些过意不去。这三十两银子的盘费他干脆不拿。王积善生气地说:"儿女亲家了,还见外啥嘛!就当我给丑蛋女婿娃的。"推脱不过,就装进麻线褡裢里,领着儿,辞别了亲家赶路回家了。

再说,自从秦老大寻儿子出走后,秦老二在家里掌事,一年还没掌下来,弄了个一塌糊涂。赌钱卖了六亩薄田,家里财产输了个精光,一头黄犍牛也叫赌客牵走了,还欠了一身债。讨债的人天天跑进家里,不是捉鸡拉狗,就是拆房揭瓦。家里没个翻着看的钱,天天撵上郭氏和三弟进关山打柴,十天八天卖上一个钱。怎么办?这逼债如逼命呀!一天晚上,他翻来覆去睡不着,忽然生出一个恶念头:大哥出门三年多了连音信都没有,肯定死在了外边,嫂子活受寡,我不如把她替了账去。他乐滋滋地笑了,心里说:我便是这个主意。

山里人有句俗话说,若要人不知,除非己莫为。这句话一点不假。秦老二要卖活寡妇的事儿,传进了秦老三的耳朵里。他恨老二恨得要命,可有啥法子?头天引上大嫂子逃走去寻大哥,还没跑出十里远,就被人家两口子追了回来,挨了一顿毒打。可他往外逃的心并没有死。一个风雨交加的夜里,秦老三独自一人逃走了。

秦老大离开亲家以后,爷俩昼夜赶路。这一日午后,来到一条大河边,等着对岸一只渡河的木船。木船载着三十几个旅客,行将河中,突然一股黑风卷起,连天的巨浪袭来,船身摇摆了几下,一下子翻在河里。这时在岸上等着搭船过河的几十个客商吓呆了,只是抖着衣裳襟子瞅着冒泡的河水。秦老大疯了似的大声呼喊,只见十几个健壮结实的小伙,跳进河里去捞人。

秦老大正忙着为这伙落难的人擦脸拧水,听见身后一个喊"哥哥"的微弱声音。好熟的声音啊!他转过身子仔细寻找着这个叫"哥哥"的人。

"丑蛋,来!"秦老大提起的心在胸腔里乱跳,这不是三弟躺在那里叫他的侄子吗?他急忙跑过去,一把抱住三弟湿漉漉的身子,大声哭起来,一边哭一边擦着兄弟脸上的泥土。他从丑蛋手里拿来包裹,取出一套新衣服给三弟换上。丑蛋呢,这时紧紧地抓着秦老三的手,含着眼泪亲切地一口一声"三爹"。

太阳快落山了,人们扶着这船落难的人,走进前面那个庄子。秦老大扶着三弟向庄子里走去。这天晚上,三弟死里逃生,河滩巧遇大哥,说啥也睡不着,直到天明,才把心里的话全部倒完。

秦老大从三弟口里得知老二这个心毒鬼,要把丑蛋娘当活寡妇卖掉,又把三弟害得如此下场,心里怒火万丈,恨不得一脚踏进家门宰了这个毒心鬼。

自秦老三逃走后,秦老二像拔了眼中钉,做事越加胆大、放肆。他持着皮鞭子,老婆捏着火钳子,逼迫郭氏改嫁。这男家是个什么人呢?是秦老二的债主,绰号叫"狗食",光棍一条,吃喝嫖赌样样干,之前的老婆,叫他活活气死。秦老二与"狗食"日前暗里私议说:"明天黑夜抢人,家里只有两个女人,人手冲进去后,见顶白头巾的你就抓。我远躲十里,全凭你的本事了。"

第二天夜里,郭氏一个人孤零零地坐在那间能照见星星的屋子里,白头巾蒙着头,想着失踪的丑蛋、出走未归的男人、风雨里逃命的三弟,越想越伤心。她觉得这样活下去没有一点意思了。她解下裤带,挽了个圈,一头拴在断椽上,上吊了。当她身子悬空之后,什么也不知道了。就在她胡摸乱抓的时候,裤带被挣断了,把她摔到门槛底下,白头巾飘在了门槛上。

秦老二的女人马氏,在屋里等了很久,还不见抢寡妇的人来。她心里着急,怕她的嫂子郭氏想不开,寻了短见,给人家咋交代呀!她溜到嫂子的房门口,里面黑乎乎的,心里咯噔一下,不由害怕了。门槛上搭着的嫂子的白头巾,她顺手抓起来,随便顶在了头上,忙冲进屋子摸起来。正在这当儿,大门敲响了,她知道是抢寡妇的人来了。她还没有回转身,大门咣当一声开了,五六个黑麻大汉冲进来,看见面前站着一个顶白头巾的,只听"妈呀"一声,便塞进轿里就抬跑了。

这几个黑麻大汉到底抢了个谁,他们都不晓得,黑天瞎路的只知道跑。跑呀跑,越跑越紧,越紧轿子越重,抬到清凉山的半腰,实在抬不动了,想歇口气,就落下了轿。"狗食"心里非常害怕,催促轿夫要走。四个力大无穷的轿夫,用尽吃奶的劲,怎么也抬不起来。"狗食"急了,打着火一看,妈呀!原来轿里抬着一块石头。吓得他抱头滚下了沟底。

打那以后,清凉山腰多了个半跪着的石头人,人们管它叫"寡妇石"。

那秦老大领着秦老三和丑蛋,奔了几个透夜,在"狗食"抢走人的这天夜里赶回了家,救起了丑蛋娘,一家人高高兴兴地团圆了。秦老大重整家业,后来日子也红火了。而那秦老二却落了个自己日鬼自己的孤独下场……

搜集地点:泾源县黄花乡店堡村

搜集时间:2020 年 3 月 27 日

讲 述 人:海尚云

采录人员:王文清 王 芳 咸永红 张 滢 陈翠英 冯丽琴 张 昕

文字整理:张 昕

整理时间:2021 年 3 月 16 日

三个儿子

　　有老两口儿生了三个儿子,老人家就给三个儿子说,你们三个出去看学点手艺,看看咋样能挣些钱嘛。就这样老大老二老三同时出门学艺去了。

　　三个儿子出去之后,走到了一个三岔路口。三兄弟就在这个山岔路口告别,每个人走了一条路。老大选了木匠,一年以后学成了一个木匠,就回到老家里面来了。老二学了铁匠,一直学了两年才学成,第三年出师才回去。老三花了三年时间,啥也没学成,三年了还流浪着呢。老三心想:我出来学了三年了么,还没有学个啥好手艺么,我没有挣到钱,哪有脸回去见自己的父母和两个哥哥,咋给人家说呢?算了,我学不到大本事就不回家。老三一边想一边走,就不敢回家,到了下午时候就想着先找个旅店住下再说。老三一直走,走到一个村庄里面。

　　一进这个村老三就发现,这个村的男女老少都拼命往外跑呢!老三就非常奇怪,心想:这都后晌时候了,这个村里的人咋都往出跑呢?这天黑了,牛羊都进圈鸡上架,这个庄子里面的人怎么都急着往外面跑呢?他就问对面跑过来的一个人说:"你们这庄子里面的人,天黑了都跑出去干啥呢?"这个被他问的人就说:"你要想活命就赶紧跑,不要问闲话啦,我要逃命去呢!"老三说:"这到底是怎么一回事儿呢?"被问的这个人就说:"你再不要问了,快把路让开!"说话的那个人就拼命跑了。老三跑进一个院子里去,跑到院子里的一个羊圈里面,钻在了羊圈里的桓子里面,藏起来了。他心想,我要看一下这个庄子里面到底发生了什么事儿。天黑了,怎么都往外头跑呢。老三人刚藏好之后,就看见对面的高山上,灯光明烛,一道火箭"嗖"地一下伴随着一道亮光就从山上下来了,直接向他藏的这边进来了!老三仔细一看,是像水缸一样粗的一个大蟒蛇!把犄角都长上了!把老三差点吓死,缩在桓子里面不敢动,一直在桓子里面缩到天亮。

　　天刚一亮,这大蟒蛇就走了。人都回来之后看见了老三就十分惊讶地说:"你咋没死?你咋还活着呢?"老三说:"哎呀,我活着呢!"老三就去把全村的人招呼到一起,给全村的人说:"你们打上七十二把刀,今天下午就要做成。"庄子里一个人就说,他能办到这事。这人就问:"你这是怎么个来历?你打这些刀子干啥呢?"老三说:"你不要问了,你就给我打上七十二把刀就行了。"七十二把刀打好之后,老三就让村民,把这些刀都拿出去刀尖向上埋在蟒蛇从村口通往羊圈路上的土里面。天快黑了的时候,其他人都跑了，老三又像上次一样，一个人藏在那个柜子里面，不敢出来。大蟒蛇来了，它刚到村口的时候，就看见一个陡坡一直延伸到羊圈门口。天黑了，老三就在上次藏过的那个柜子里面等着呢。突然，就听见外面"嘶——"的一声，一霎时便鸦雀无声了。老三蹑手蹑脚、小心翼翼地出去一看——大蟒蛇一动不动！老三就赶紧出去拿了一把斧头进来，把大蟒蛇的两个犄角打断了，大蟒蛇彻底死掉了。

第二天天亮了，村子里面的人都回来了，老三对村人说："我把大蟒蛇收拾了，你们从此以后就安全了，你们就啥事也没有了！安心过日子，啥都不用怕了。"为了感谢老三，人们就给这个老三一些银两。老三就心想：唉，我三年了没有回家，就这一点银两我没脸面对父母亲，我要是在世上混不出个人样儿，我绝不回去！这个老三呢，就告别村人继续往前赶路。

走着走着，就走到了江边上。老三就想已经到水边来了，不如问问河神，自己这三年了么，手艺手艺没学哈，钱钱也没挣哈，哪有脸面回家呢？心里面就很惆怅，说我三年光景了，我啥都没有，家没家，钱没钱，我还是光杆司令一个，自己哄自己一个人呐！到底咋办呢？这到底是啥原因？老三心里面十分地不好受，感到身心疲惫的老三，就把蛇犄角拿出来玩耍，无意间搭在嘴上一吹，发现这个蛇犄角吹出的声音还真好听。老三以前学过乐器，这蛇犄角还挺像笛子这类乐器呢，吹奏的音乐还真是好听，吹起来别有一番情调。老三闲着没事儿干，就继续坐在岸边吹啊吹，越吹越好听，越吹越爱吹。声音悠扬动听，正好让龙宫里的龙王给听见了。龙王就问："谁在水边吹奏啊？这人吹奏的音乐还真好听。"龙王越听越爱听，龙王就打发了一些水鬼海怪出去寻找，说："你们出去，给咱们看看啥情况，看这么好听的音乐用的是啥乐器，本王有好一段时间都没有听过音乐了。"一阵子，水鬼海怪回来报告说："大王，在江边吹奏的是一个人。他吹奏的乐器我们都没有见过。"龙王说："在咱们这里，我没有听过这么好听的声音。你们去把那个人给本王请过来，本王要亲自听他吹奏。然后就轰轰隆隆地十分隆重地把老三请到龙宫里面去吹奏乐器。

老三待在龙宫里好吃好喝地和龙王一起吃了三天三夜，一吹吹了三天三夜。在龙宫里三天在人间就是三年。这在龙宫又逍遥了三天三夜，在人间一晃六年就过去了。欢欢闹闹的六年已经过去了，老三还不知道呢。龙王就说："娃娃呀，这吹了这些天了，你这个娃娃想要啥呢？想要啥但说无妨。"老三就指着龙王墙上的贴花说："大王，我只想要你墙上贴的第三朵花。"龙王说："哎呀，这个啊，你这可把我给难住了！今天不给嘛你要着呢，给你吧你可要的是我的第三个女儿啊！她可是我的三公主啊！唉，既然你要呢，就给你吧。"老三谢过龙王，就把这朵贴花戴在自己的衣服上，带着和他一同回家了。

老三回到家一看，两个哥哥都把媳妇娶上了，房子也盖好了，都过上了好日子。就他一个光杆司令，要媳妇没媳妇，要钱没钱，要房没房，两个老人和哥哥嫂子们一商量。就说:"老三出去这么多年了,空手空脚地回来了,连一分钱都没挣,两个肩膀一个头就回来了,要他干啥呢,轰出家门算了!"老三就问家人:"那你们把我轰到哪里去呢?给我指个地方。"

家里人就说:"咱们家对面有个麦场呢,你去住那里去。"三儿子就说:"那能成,我就去住那里。"三儿子就出了门到麦场里去了。老三伤心地一个人坐在空空的麦场里哭呢。结果哭着哭着一个人给睡着了。半夜里惊醒来,房子里暖和的,明光闪闪的,家里面富得气囊囊的,发现还有一个姑娘在家里呢。老三就问:"咦,你家在哪里呢?你怎么会在这里?"年轻美貌的姑娘说:"是你把我带回来的啊,我就是龙王的三女儿。"

老三他大他妈他两个哥天亮了就跑过去看老三,人家住那金光闪闪的像金殿一样,家里面富得气囊囊的。他们见都没见过,走进屋里一看么,要啥有啥,家里面还有一个貌若天仙的美娘子呢,人家老三现在富得流油呢!家里人这就又细算得不行,又叫人家说:"老三,咱们回家走。"老三说:"我不回去了,掰烂的馍馍能合住吗?合不好了!我再不会回去了!"老三的大哥说:"走回,你看在大和妈的脸上,你跟我们回家吧!"老三说:"我不回去,谁叫我都不回去!"老三的二哥说:"回吧,把你现在的幸福让我们也享一回!"老三说:"我不回去,你们两个哥哥回去好好孝顺父母。掰烂的馍馍已经合不住了。我已经是忤逆子,不孝了,你们好好过你们的日子吧。"老三的父母说:"儿有福了,就应该让老人也享福么,你就让我老两口跟你享上一晚上福。咱们换了,我们住你的房,你两口子住我们的房。"老三说:"能成能成!"当天就让父母老两口住了他们小两口的房,他们小两口住进了老人的旧房子里。两个老人住在金碧辉煌的新房子里,别提有多得意了!

第二天天刚亮,老大老二出来一看,他大他妈在光场里趴着呢,老三两口子又住那么好的房。弟兄两个就说:"看来这福是自己的,干脆叫人家享人家的福去,咱们就不强求咧!咱们还是住咱们的旧茅庵踏实!不属于咱们的强求不来,强求来还是没有咧!"老两口只好回他们自己的烂茅庵了。

从此,三儿子继续住着自己的金殿,夫妻和睦恩爱,勤劳善良,经常帮助当地有困难的人们。

搜集地点:泾源县六盘山镇东山坡村

搜集时间:2017 年 11 月 28 日

讲 述 人:姚慧琴

采录人员:王文清　陈翠英　王　芳　咸永红　冯丽琴

文字整理:泾源县文化馆

整理时间:2021 年 1 月 29 日

三颗糖果

从前,在东山坡村里生活着四兄弟,他们的父母在很久以前的一场大火中离开了人世,他们四兄弟聪明能干,相依为命,能说会道。曾有风水大师说:"此地为鱼儿背子,由于水土问题、地理问题,这儿光棍汉较多,好多是找不上媳妇的。但能出人才,个个都能孝敬老人,尊老爱幼。"四兄弟能够相依相靠,相互关照。自父母亲去世后,老大担负起了照顾三个小弟的责任。

一日,哥哥从城里回来,给三个弟弟带了三块糖。对于这三个不幸的孩子,这已经是很好的礼物了。看着弟弟们津津有味地吃着糖,哥哥忽然想到了个好主意。他唤来了三个弟弟,和蔼地对他们说:"糖果甜吧?"弟弟们都不停地点头,对哥哥说:"哥哥,你什么时候再给我们带糖呀?"哥哥说:"只要你们天天都快乐,哥哥每天都给你们带糖吃。"可是,这些没爹没妈的孩子怎么才能天天都快乐呢?

哥哥每天在县城里帮城里的小商搬运东西,虽然城里的人都没给他什么好脸色,但他总是笑脸相迎,他不只是为了自己有碗饭吃。每当他想起家里的三个弟弟正在快乐地嬉戏,他就露出甜蜜的微笑。他们的父母在很久以前的一场大火中离开了人世,现在他们四兄弟相依为命。

三个弟弟虽然成天见不了哥哥,但无论是在河边嬉戏,还是在林间打闹,他们都时刻想念着哥哥,不只是想着哥哥带给他们糖吃,他们想着的是哥哥在城里的安危。

一日,哥哥从城里回来,弟弟们跟往常一样围到哥哥身边。但这次,哥哥并没有像往常一样给弟弟们每人一颗糖,弟弟们看着哥哥的颓废,仿佛都明白了什么。哥哥的眼神仿佛也黯淡了很多。片刻沉静后,一个弟弟把拳头递给了哥哥,张开拳头,里面是六颗保存完好的糖果。接着,一个个小拳头伸向了哥哥,一颗颗糖果轻轻地落在了哥哥的手中。哥哥顿时惊呆了,哥哥搂住了三个弟弟,因为感动,哥哥不禁流下了热泪。

此后,哥哥跟往常一样每天给弟弟们带回三颗糖,但每天总有一个弟弟没有吃糖,哥哥每天都能吃上弟弟给他的一颗糖。三个弟弟虽然每天都有一个没有糖吃,但他们比以前更加快乐。哥哥说了一段让他终生难忘的话："关照别人就是关照自己。那些总想在竞争中出人头地的人如果知道，关照别人需要的只是一点点的理解和大度，却能赢来意想不到的收获，那他一定会后悔不迭。关照别人是一种最有力量的方式，也是一条最好的路。"

搜集地点：泾源县六盘山镇东山坡村
搜集时间：2017 年 10 月 25 日
讲 述 人：王治义
采录人员：王文清　陈翠英　王　芳　咸永红　冯丽琴
文字整理：泾源县文化馆
整理时间：2021 年 1 月 13 日

王治义　1946 年 5 月出生于六盘山镇东山坡村。

三人同一心

从前有一户人家，丈夫和妻子以种地务农为生，妻子三十多岁了，生下了一个儿子，夫妻两人很开心，给儿子取名大壮。自从有了大壮，夫妻两个人种起庄稼来也更得劲了。孩子长到七八岁的时候，妻子得了重病，家里的钱都拿来给妻子买药看病了。可是就算花了很多钱，妻子的病没有治好，妻子还是去世了，剩下了大壮和父亲两个人相依为命。因为给妻子看病花了很多钱，还欠下了一些账，家里更加贫穷了，大壮和父亲就算很拼命地种庄稼，家里的生活还是很贫苦。

大壮一天一天长大，因为家里太穷了，也没有哪家的姑娘愿意嫁给他，也没有哪个媒人愿意给说媒，就这样耽搁了下来，老头一直愁儿子大壮娶不到媳妇，儿子一眨眼已经三十多岁了，这可把老头给愁坏了。

庄子东头有一个地主，地主有一个女儿，叫杏花。一直没出过门，旁人也不知道，为什么别人都不知道地主有女儿呢？原因是这个地主的女儿长得特别丑，小时候因为长相还吓哭过小孩。从那以后地主的这个女儿杏花就一直不出门，也不让别人看她。杏花也27岁了，地主和老婆对女儿也发起了愁，心想孩子都27岁了，都成一个老姑娘了，再不嫁人真的就嫁不出去了。杏花看着父母为自己这么发愁，觉得心里很过意不去。

到了晚上，杏花因为嫁不出去的事情头疼，看见家里人都睡下了，就偷偷跑了出来。因为天黑，杏花就随便走，走着走着，就走到了大壮家门口，她一听这么晚了怎么还有动静，仔细一听，原来是在锄地。杏花心想，这个人可真勤快，这么晚了还锄地，如果以后能嫁给这样的人，我也就安心了。杏花听了一会儿大壮锄地，因为天黑看不见人脸，杏花就壮起胆子问道："你是什么人呀，怎么这么晚了还在锄地呀？"大壮说道："这是我家的院子，我想院子闲着也是闲着，就想把院子开垦出来，种一些菜"。杏花说："那你为啥白天不干，晚上干呢？"大壮说道："白天太忙了，要在地里去干呢，晚上闲着呢，就干一干。"杏花说："那你可真勤快啊！"大壮被夸得有些不好意思。大壮问道："姑娘，你咋晚上一个人乱跑呢？外面这么黑，很危险的。"杏花说："没事，我家就在村东头，我一会儿就回去。"大壮哦了几声。杏花问道："你没娶妻吗？怎么不和你妻子一起干？"大壮有些不好意思，挠挠头说道："因为家里穷，都三十岁了，还没娶上媳妇，也没人愿意嫁。"杏花听了心里很高兴，说道："你先干吧，我要回去了，回去太晚了，我父母会担心的。"杏花开心地回去了。

第二天，杏花问家里的人，知不知道有一个三十多岁没娶妻的人。家里的人说不知道,杏花就赶紧拜托家里的家丁帮她打听。不一会儿的工夫,家丁就打听到了。回来对杏花说道:"那人叫大壮,人很勤快也很老实,从小死了娘,和他爹一起长大。因为家里穷,一直没有娶到媳妇。"杏花知道了之后,很高兴,当即决定要嫁给大壮。杏花心想,我该怎么做,才能让大壮和他爹来提亲呢?聪明的杏花,一会儿就想到了。她拿出自己的手绢写道:"你三十,我二十七,我不嫌你年龄大,你别嫌我长得丑。三人同一心,黄土变成金。"杏花将手绢交给家丁,让家丁拿去交给大壮。家丁来到大壮家,大壮去地里干活了,老爹在家,家丁就交到了老爹手里,等大壮回来,交给大壮。老头看见有字,自己也不认识,就好好保存了起来。心想得亏儿子上过几天学堂,他兴许认识,让他回来看吧!

下午,大壮从地里回来,老爹赶紧把手绢拿出来。大壮一看上面的字,笑了。老爹问道:"怎么回事,你笑什么呀?"大壮说道:"有一个女子,她在手绢上说她不嫌弃我年龄大,让我别嫌弃她丑,她说日后我们三个人一条心的话,日子会过得越来越好的。"老爹高兴地说道:"那女子是谁呀?咱们赶紧去提亲吧。"大壮说:"我不知道啊,她就说她27岁了,长得比较丑,今天送手绢的人来,你没问他是谁吗?"老爹摇摇头说道:"我都老糊涂了,忘记问了。"大壮说:"没事,我们到处打听打听,看看有没有这个人。"

第二天老爹和大壮就托人不断地打听。打听来打听去,说村东头有个地主,生了个女子,27岁了没嫁人,长得很丑,但是不知道真假。大壮和老爹有些胆怯了,人家是地主,家里有钱,怎么会看上咱们这种小老百姓呢!大壮说算了,不问了,也不娶了。老爹没听大壮的,心想总要试一试,就提了一点薄礼来地主家提亲了。地主和媳妇很高兴,虽然这是个农民,总归有人娶了,大不了以后他们扶持着女儿过日子。地主和老婆害怕女儿不同意,结果女儿先跑来,告诉父母她要嫁呢。地主高兴地答应了,大壮的爹连跑带喘地回到家,将这个喜事告诉了大壮,大壮也十分高兴。

没过几天,大壮就迎娶了杏花,大壮家里没花一分钱彩礼,反而是杏花带来了很多陪嫁的东西和钱。结婚后,大壮没有嫌弃杏花的样貌,而杏花也没嫌弃大壮家里穷。就像杏花说的一样,"三人同一心,黄土变成金"。杏花很聪明,教大壮做生意,教大壮钱生钱,并且让公公和大壮一起做生意赚钱,而自己在家里种庄稼、织布。没两年,经过三个人的辛苦努力,家里的生活一下子就变得好了起来。大壮和他爹都十分佩服杏花的聪明能干,村里的人也都夸奖杏花有过人之处。

搜集地点:泾源县黄花乡店堡村
搜集时间:2020 年 4 月 9 日
讲 述 人:杨德山
采录人员:王文清　王　芳　咸永红　张　滢　陈翠英　冯丽琴
文字整理:泾源县文化馆
整理时间:2020 年 12 月 2 日

善 者 好

传说很久以前,这里有一道沟,沟里有两户人家。沟前的这家两口人为人较恶,沟后的这家两口人与人为善。沟前为恶的人日子越过越好,两口子生了两个儿子白白胖胖肥头大耳,见风就长,身体也很是魁梧,走在村庄也是横行乡里、扬武耀威的。沟后为善的这家人不说是非,不占别人的便宜,见人说好话,说些劝善的话。庄里人有个大小事情这两口人都会去帮一把忙,庄里谁家有困难他们也能力所能及地提供帮助,可是日子越过越烂包。行善的这家人与人为善,可是两口子成亲好久了没生个一儿半女。

行善的这家人一边行善,一边求神问卦,皇天不负有心人,终于在这两口子四十岁时生了对双胞胎,是两个儿子,家庭美满得很。但生活上越来越拮据,行善的老婆子给出了个主意:"你看沟前的那户人家,人家偷鸡盗狗,天天作恶,你看人家那两个儿子长得五大三粗,身体也是魁梧得很,见风就长。老头子,你看人家的日子过得洋洋得意,红红火火。你再看看咱们的日子,过得越来越烂包,娃娃们也长得黄皮烂瘦的,不行了咱们还是作恶吧,管他三七二十一呢。"

两口子决定弃善从恶,可是没有过多久,其中一个儿子出了麻疹,麻疹是能传染的,这一对儿子全得了麻疹。古时候的医学也不是很先进,结果两个儿子全不治而亡。庄里也有人来劝这家人:"你们行善要坚持呢,上苍的神灵看着你们呢,看到你们的善心善举正想成全你们的意愿时,你们弃善从恶,上苍的神灵也不会再成全你们了。"

丧子之后,夫妻两人抱头痛哭,痛定思痛,夫妻两人决定弃恶从善,还是从善千般好,万不可从恶。行善的老汉主意正,抹了把眼泪说:"咱别再哭了,还是继续行善。"于是行善这家人回到了以前的状态,与人为善,给庄里的人帮忙。到了两口子五十岁时,又生了两个儿子。生活的拮据又让他们产生了作恶的念头。夫妻两人经过争论后,生活压力压得老两口喘不过气来,不作恶日子拉扯不到前去,又开始弃善从恶。刚从业前几年,夫妻两人的日子倒也过得顺畅,可是没有多久,两个儿子一前一后离他们而去。夫妻两个又是抱头痛哭,村庄里一个年长的老人劝说:"你们为善要到底呢,不要为善的时候得到点好处,又开始作恶了,要行善到底呢。"

想着夫妻两人年纪已经不小了，五十多岁了死了四个儿子，还是要继续行善。行善没几年，这家人又养了一儿一女。随着儿女年龄的增长，生活上又开始拮据起来，行善的老婆子又开始劝老汉弃善从恶，没想到这次老汉直接给老婆子一个响亮的耳光，打得老婆子满嘴流血，骂着："你这个妇人真是头发长见识短，你怎么那么多的主意，怎么那么多的烂话，俗话说害人害到头，为人为到底，坚持行善，咱们一直行善，行善行到头，哪怕咱们两个以后没有人养老送终，自然还会有庄里的左邻右舍，还是村庄里的人么，你这走哩走哩折道回，如果再起从恶的心，我就用刀子把你砍了。"一听这话，行善的老婆子就吓得不敢再言喘了。两夫妻这下一直行善，行善的老汉不但自己行善，还监督老婆子行善。

行恶的这家人无恶不作，转眼间两个儿子到了谈婚论嫁的年纪。可是总是找不到媳妇，问了一家的姑娘，姑娘家里人一打听，"这一家人都是无恶不作的人，是个土匪家，你咋能把女儿给那家人做媳妇子呢？"问了张家，张家不给，问了王家，王家不给。这眼看同龄的儿子娃娃们都娶了媳妇成了家，生下的娃娃都慢慢长大了，行恶这家的两个儿子三四十岁了还是问不上媳妇。

行善的老汉看到行恶的这家儿子找不上媳妇，对着自己的老婆子说："这就是作恶的下场。"

老婆子问："你和我这辈子行善呢，我咋没有见有善报呢？"

老汉说："恶有恶报，善有善报，不是不报，时候未到，咱们行善行了这么多年了，你就等着，总有一天会有善报的。头顶有青天，脚踩有大地，不管出现什么状况，咱们还是要坚持与人为善，咱们还是要行善到底。"

行善两夫妻坚持行善，日子也好过起来，两夫妻生的一儿一女长得眉清目秀，成长也快，他们花了些钱给娃娃们请了个教书先生，供养两个后辈们读书。那时候女娃娃不能进学堂读书，老两口常给女儿剃个光头，女扮男装地进学堂。后辈们读书很是认真，教书先生教啥会啥，学问也长了不少。这一年，两个后辈们一同进京考试，儿子中了个头名状元。

到了夸官的时候，文武大臣都到村庄祝贺，地方官员更是多得数不清。从村头到他们家的道路两旁，张灯结彩，村民们高兴地敲锣打鼓，欢天喜地。一路的花毡从村外十里八乡铺到沟后行善这家的庭院里。看到行善这家人的善举得到了回报，行恶这家的老汉感叹着说："唉，看来咱们那时候是闹错了，咱们一直作恶，娃娃们娶不上媳妇，即便是现在行善也来不及了，咱们年纪一大把了，行善行不了三五年，还没有行多久就没了命了。咱们这一辈子与人为恶，不但害了咱们老两口，还害得两个后辈娃娃打光棍娶不上媳妇。这就是人们常说的后继无人啊！"

行善的这家儿子入朝当了官,把行善的老两口接到官府里享着清福。当然,在官府里享福的行善的老两口,还是决不忘本,坚持行善。

搜集地点:泾源县六盘山镇东山坡村

搜集时间:2017 年 11 月 16 日

讲 述 人:姚治富

采录人员:王文清 咸永红 陈翠英 王 芳 冯丽琴 张 滢

文字整理:泾源县文化馆

整理时间:2021 年 1 月 28 日

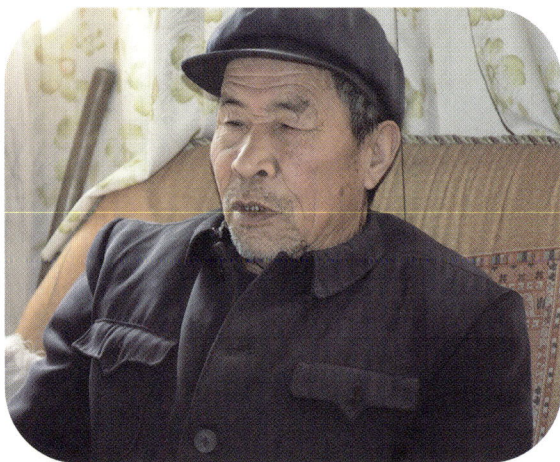

姚治富 1942 年出生,泾源县六盘山镇东山坡村人。宁夏第五批非物质文化遗产代表性项目泾源民间故事传承人;固原市第三批非物质文化遗产代表性项目剪纸传承人;固原市第四批、泾源县第二批非物质文化遗产代表性项目民间故事传承人。

深山老林

　　从前有一个老地主,他有两个儿子。老大叫大武,但因为他为人忠厚老实,脑子不会转弯,说话又有些结巴,家里人和下人都经常叫他大愣,他也喜欢别人叫他大愣。老二聪明,好耍心眼,叫做二愣。老地主很有钱,想将财产平分给两个儿子。二儿子不服气,觉得老大那么笨,给他那么多钱,也没用,他又不会花,应该将钱全部分给自己。因为老二争家产的事情,以及老二一点不顾念兄弟感情,将老地主活活给气死了。

　　老地主去世以后,老二就开始当家做主了,他没有分给老大一点财产,就让老大在家和下人们干一些活,天天对老大吆五喝六的。没两年,老二就娶了一个媳妇,这个媳妇和老二一样,都喜欢耍心眼。经常看老大不顺眼,让老大干很多活,而老大人如其名,也没有一点怨言。这天,老二的媳妇听下人们讨论,说老地主去世之前留下了遗嘱,要让兄弟两个平分家产。老二媳妇听完之后赶紧和老二商量怎么办。老二说:"我不知道我爹给没给过我哥什么东西,也没听过我爹说立遗嘱的事情,但我爹生前确实想将他的这些家产给我们兄弟两个平分"。老二媳妇赶紧说道:"咱俩先去问问你哥有没有遗嘱,看看他有没有藏起来,如果有的话,咱俩先烧毁。如果没有的话,咱俩就将你哥赶出去吧。你想想,只要你哥在一天,他都有可能和你争家产呀!"二愣说道:"他毕竟是我哥,而且脑子还不好使,如果赶出去,他估计活不了吧。"老二媳妇说道:"你管他死活干嘛,日后他如果拿着遗嘱报官,你可能少分些钱。"老二一听,觉得媳妇说得有道理,赶紧和媳妇去找大哥要遗嘱,大哥结结巴巴的,根本不知道遗嘱是什么,也说不清楚。老二和媳妇到处找了,也没找到。就叫来家丁,将大哥赶出门外,将门给关上了。大愣怎么敲门都敲不开,没办法,大愣知道他弟弟不要他了,眼泪湿了眼眶,就走了。

　　大愣也不知道自己要去哪里,一直走一直走,饿得也快不行了,就坐到路边休息。这时一个上山打柴的老人也坐在路边休息,打柴的老人拿出两个馒头,准备吃。饿得不行的大愣,一直盯着打柴老人手里的馒头。这个打柴老人盯着大愣一直看,觉得大愣也是可怜人,肯定是饿了,就拿出来一个给了大愣,大愣刚拿到手里,一下子就吃光了。打柴人觉得这人也真是饿坏了,就又将手里的一个馒头给了大愣。大愣吃了,说道:"我——替——您——背——柴。"打柴人看大愣是个老实人,就是有些结巴,就答应了,大愣背着柴,跟着打柴人一起来到了打柴老人的家里。打柴老人有个女儿,正在家里给老人做饭,老人给女儿介绍了大愣。老人也给大愣介绍了女儿,女儿叫菊香。菊香聪明伶俐,一会儿的时间就把饭做好了。大愣留在了老人家里吃饭。老人问了大愣的经历,才知道大愣是被自己的弟弟给赶了出来。老人觉得大愣是个可怜人,觉得大愣也没有地方可去,就留下了大愣。大愣虽然结巴,脑子不聪明,但大愣特别能干活,也有一身劲,经常能背很多柴回家,而且在山上也特别能打柴。老人觉得大愣踏实肯干,而且忠厚老实,想把女儿许配给大愣。大愣经常干活卖力,也被菊香看上了。没两年,老人就给女儿菊香和大愣操办了婚事。

结婚的当晚,菊香看见丈夫背上刻着字。问丈夫是什么字,大愣也不知道,说道:"就记得是我爹当时刻的,让我轻易不让别人看。"菊香觉得奇怪,但是自己也不认识字。第二天菊香就对他爹说了这事。他爹让菊香抄下来,去县城里打听问一下。菊香到了县城,找了一个测字的,才知道是:"遗嘱,家产平分"几个大字。菊香回去,赶紧告诉了老爹,老爹说:"你们不要声张,就好好过日子吧!"菊香和大愣答应了老爹的话。可是这个测字的赶紧跑去二愣的府邸,将此事告诉了二愣和他媳妇。

二愣和他媳妇一听,马上坐不住了,赶紧派了一些人去杀大愣。那些人来到了菊香家,要杀大愣,老人为了保护女儿和大愣被那些人给杀害了,菊香和大愣逃跑了。那些坏人将房子烧掉,一路追赶菊香和大愣,大愣和菊香没办法就逃进了深山老林里。

坏人在深山老林里迷了路,没有找到大愣和菊香就摸索着离开了。大愣和菊香来到了一个山洞,在山洞里面,大愣和菊香看见一个小狼,菊香吓坏了,但是看见小狼受伤了,身上一直流血,菊香和大愣于心不忍,就撕下衣服帮小狼包扎了。大愣看见小狼特别冷,就将衣服脱下,给小狼取暖。菊香猜测,老狼生下小狼以后,觉得小狼活不久,就扔下小狼走了。大愣和菊香知道他们如果出去肯定会被弟弟给杀害的,就只能在这深山老林里生活了。大愣以前跟着老人学会了很多本事,会打野鸡野兔,而菊香也认识一些野菜,两人就在山洞里住了下来,还养活着小狼。小狼很聪明,和夫妻两人的关系很好。夫妻两个人一直没有孩子,就将小狼当成了他们的孩子。

慢慢地小狼长大了,还经常跟着大愣出去抓野鸡野兔。这天菊香对大愣说:"大愣,我想让你做一件事情,我不能让我爹就那样死了,你弟弟那么坏,他应该得到惩罚。"大愣说:"那该怎么——办——呢?"妻子说:"我们现在不用怕他们了,外面的人都怕狼,只要我们拉着我们的狼,他们不敢怎么样的,我们和狼一起去县衙告状,让你那可恶的弟弟得到应有的惩罚。"

大愣答应了妻子的请求。第二天两个人牵着狼出发了。他们来到了县城,因为人看见狼都害怕,都躲了起来。到了县衙,衙役看见大愣和菊香牵着狼,赶紧去报告知府,知府吓得不知道怎么办了。这时菊香在外面喊道:"我们的狼不会轻易伤人的,您只要帮我们断一个案子，我们就带着狼走了。"知府赶紧将大愣和菊香请了进去，案子断得很快。知府让衙役押来二愣和他媳妇，给他俩断了死罪。第二日，二愣和妻子被斩首示众了，财产全分给了大愣。

菊香和大愣经过商量，将家里的家产全部变卖换成了钱，分给了以前菊香庄子上的人。大愣和菊香带着他们养大的狼，又一起回到了深山老林里，开始了平静的生活。

搜集地点:泾源县黄花乡店堡村

搜集时间:2020 年 4 月 9 日

讲 述 人:杨彩兰

采录人员:王文清　王　芳　咸永红　张　昕　张　滢　陈翠英　冯丽琴

文字整理:泾源县文化馆

整理时间:2020 年 12 月 1 日

2018 年 3 月 25 日，文化馆非遗中心工作人员在六盘山镇什子村村委会搜集采录泾源县民间故事工作照片。

泾源民间故事·生活故事篇

双胞胎兄弟

在古时候，有一对平凡的夫妻生了一对双胞胎，两个都是儿子。两个儿子慢慢长大，却有明显的不同，大儿子比较聪明，反应也快一些，二儿子就比较迟钝，说话也慢慢吞吞的，夫妻两人也没办法，心想明明就差了几分钟生的，怎么差别就这么大呢？哎，慢慢地夫妻俩也就认命了，因为老二脑子不聪明，夫妻两人就对老二比较关注，也比较偏爱。这让老大觉得父母不爱自己。

后来老大娶了媳妇，搬出去住了。老大比较聪明，偶尔做个小生意，日子过得也算不错。老二也娶了媳妇，因为脑子比较笨，就只能上山打柴养活家里的媳妇和父母。家里生活也过得比较辛苦，经常会吃不饱饭，但老大从不接济他的这位弟弟，老两口对大儿子很寒心，虽然二儿子脑子不聪明，但是对于老两口很孝顺，有一口吃的先给老人吃。

一天，老二像往常一样去山上打柴，刚打了一些柴，就听见一群人说话的声音，他偷偷地看着，有一个人将一块石头移了移出现了一个门，那群人从门里走进去了。他感到十分好奇，然后他也走过去，将那块石头移了移，出现一个门，他刚从门里走进去，突然出现了一个人，这个人问道："你是什么人，怎么从这里进来的？"老二吞吞吐吐地说道："我刚才打柴，看见有人进来，就跟着进来了。"老二一边说一边比划。这人看老二也是个老实人，说道："我们是一群土匪，专门抢那些贪官的钱来生活，我看你也是一个老实人，我就不杀你了，我们今天刚好抢了一个贪官的钱财，我给你一块金元宝，你拿着出去过个好日子，但是你千万不能告诉任何人我们这个地方，不然会害了我们。"这个土匪将老二给放了出来。

老二回到家中，没有向任何人提起此事，就算妻子和父母盘问，老二也没有说。老二用金元宝换了很多钱，给家里重新盖了房子，而且也给家里养了牲畜，家里的生活也渐渐过得好了起来。老大看老二家里有钱了，以为是父母将钱财全部给了老二，让老二的生活过得好起来，来到老二家里，盘问父母："爹，娘，你们是不是攒了钱，然后全部给了老二？"老两口说道："我们一辈子种地，哪里能攒下钱呀，前两年我们连一顿饱饭都没有的呀？"老大一听觉得也是，他父母根本就没有钱，但是老二哪来的钱呢？老大说："那老二哪来的钱盖房子？"老两口说："老二从山上回来，不知道从哪里弄来一个金元宝，然后才有钱盖了房子的呀。"老大去找老二，问老二哪里来的金元宝，老二不说，老大说："如果你不说，我就去报官，说是你偷来的。"老二没办法，就将事情前前后后告诉了老大。老二说："哥，你千万不能再去山上找他们了，他们说如果再有人知道，就要杀人的。"老大心想，都给了你金元宝，为啥就不能给我给呢，我偏要去。

到了山上，老大苦苦寻找，终于找到了那个石头，将石头移了移，门果然开了。老大走进去，那个土匪看见了说道："我不是告诉你，让你不要再来了吗？你怎么又来了，这次我可不能放过你了。"老大见状赶紧说道："我是他哥，我俩长得像，但不是一个人啊！"土匪没有听老大的解释，将老大给杀了，扔在了山上。

老大的媳妇见自己丈夫几天都没有回来，赶紧去山上寻找，可是当她找到的时候，就看见自己丈夫一具冰冷的尸体。妻子大声哭喊。最后找来人将尸体给搬了回去。老二和父母听说了，十分伤心。父母说道："是他自己的贪心害了他呀！千叮咛万嘱咐不让他去，他偏要去，现在赔上了自己的命。"老二花钱将自己的哥哥给葬了。从那以后，再也没有人提起过山里土匪的事情。

搜集地点：泾源县黄花乡店堡村
搜集时间：2017 年 11 月 6 日
讲　述　人：杨德山
采录人员：王文清　陈翠英　王　芳　咸永红　冯丽琴
文字整理：泾源县文化馆
整理时间：2020 年 11 月 15 日

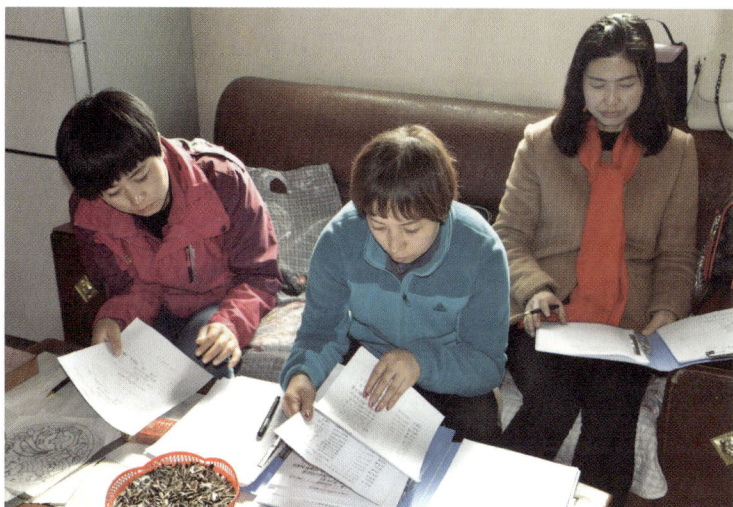

2017 年 11 月 26 日，文化馆非遗中心工作人员在黄花乡店堡村杨德山家中搜集采录泾源县民间故事工作照片。

四贤才的来由

在很早很早的时候,有个地方三年大旱,突遭灾荒,饿死了不少老百姓。在逃荒的途中,这一家爷父俩遇见了另一家娘母俩,沿途讨饭,互相帮助,相依为命,总算活了下来。

这一路走来,他们四人遇到了冷眼辱骂,也遇到过好心人的施舍,只要有一口吃的他们四人每人分一小口充饥,互相帮助,不离不弃,都有了感情,像一家人一样亲。终于走到一条小河边的村庄旁,他们又饿又乏,走进一家院子,叫人没人应,空荡荡无一人,他们坐下来歇了歇,过了几个时辰也不见主人回来。

天快要黑了,他们分了工,出去打探消息。这父子俩去河边打水,那母女俩去村里人家讨点饭,不一会儿他们分别都回来了,满载而归,水打回来了,吃的也拿回来了。打听到的消息是这家主人不在世了,留下这土坯房没人住,逃荒走村的人可以在这里安身,不嫌弃的话可以常住。他们两家人非常高兴,决定合为一家在这里生活下去,两个大人同意了,连连点头,两个娃娃也很高兴。这个儿子对女子说:"我的亲妈已经去世多年,你的亲大也过世了,没有人照顾咱们,以后你的妈就是我妈,我的父亲就是你的父亲,咱两是兄妹,咱们是一家人。"四个人重新都有家了,开心地笑了。

第二天,他们全家总动员,把房子加固一番,收拾好住下来,商量看以后怎么生活下去。两个老人想来想去,犹豫不定。父亲说:"不然把我儿子卖给富人家去干活,还能给家里节省点口粮。"母亲说:"不行,不行,儿子才是咱家顶梁柱,还是把我闺女卖了,终究女儿大了是要出嫁离开娘的。""那也不行,要不问问看两个娃娃啥想法?"结果,儿子说:"我的力气大,把我卖了,出去开荒种田干活你们放心,卖我,小妹留在家里,她还要跟着母亲学绣花织布。"然后女儿却说:"哥留下,卖我,我可以绣花挣钱,不是太辛苦。"最后,四个人意见不统一,干脆不卖了。众人拾柴火焰高,靠勤劳的双手会渡过难关的,生活会好起来的。

说着话儿,四个人各自忙活起来。父亲带儿子上山打柴打猎,母亲带女儿挖野菜充饥,自食其力。等收获好点了就可以换点米面油吃饱,再后面开荒种地,织布绣花挣钱补添家用,就再也饿不着了。

果然,不到三个月,他们一家的生活比村里大多数人家都好,别人羡慕地说:"他们家四口人真是四贤才,不但自己有本事,样样都会,还教会了村子里的好多人,平时敬老爱幼,肯出力帮助人,好像没有难不倒他们一家的事儿,和他们在一起感觉很舒服很开心。"

后来,儿子成家立业了,女儿也出嫁到本村殷实的好心人家,日子越过越红火了。

"四贤才"的故事就这样流传开了。

搜集地点:泾源县六盘山镇东山坡村

搜集时间:2020 年 12 月 16 日

讲 述 人:杨治业

搜集人员:王文清　冯丽琴　咸永红　陈翠英　张　滢　张　昕

文字整理:泾源县文化馆

整理时间:2021 年 3 月 20 日

杨治业　1939 年7 月出生于六盘山镇东山坡村。

四子孝父

从前有个老汉，养了四个儿子，这四个儿子都不供养他。说起老汉的这四个儿子，老大在县衙当差，老二在集市上开了个店铺；老三学会屠宰，开了个肉铺子。只有老四在家里务农，天天起早贪黑在地里刨食吃。村里的里正看不过去，这家四个娃娃除了老四以外，其他的生活都不差。平日里也不回庄里看一下老汉，给老汉带一点生活必需品。里正把老汉的四个儿子叫到一起，共同商议供养老汉的事情。老大听了里正的批评之后开始发话，说道："父亲是咱们四个共同的父亲，也不能让哪一个儿子去养活么，具体要咋么个养活，咱们兄弟四个还是好好地议上一议。"老四木讷，本就不会说话，说道："大家的驴儿大家骑，咱们的父亲，咱们都应该养活。"在里正的见证下，四个儿子决定每个儿子轮流着养活老汉。一个儿子跟前呆上一个月，老大养活一个月后，老汉回到老汉自己的家里。老二从老汉家把老汉接着过去养活一个月，再由老三把老汉从老汉家里接过去养一个月。每个儿子轮流着养活，老四养活完一个月后，老大再从老汉家把老汉接过去养活。定了之后，老大就把老汉接到他们家养活去了。

一轮子轮流完之后，老汉回到家里正好是大年三十。这本是个家人团聚的日子，可是没有一个儿子来接老汉。过了三十，还是没有一个儿子来接老汉。老汉想了又想，不能再这么下去了，还是要想个自力更生的办法才对。老汉老了，其他的活他干不动，只能以捡垃圾为生，把捡到的垃圾分成烂纸、废铁，然后交到收烂纸废铁的地方换些钱，再用这些钱买上些生活用的米面油盐。

有一天，老汉在捡垃圾的时候捡到了一块用纸包着的硬铁块块，这个硬铁块块和其他的铁不一样，铜不像个铜，铁不像个铁，老汉不认识是啥东西。庄里有个教书的夫子平时对老汉很是关心，为人和蔼可亲不嫌老汉是个穷苦的人。有时还接济老汉几个钱财，是老汉比较信得过的人。老汉把这个硬铁块块，拿到夫子跟前让夫子替他认一下，这个铜不像铜，铁不像铁的东西到底是个啥物件。夫子看了半天也没有看出个究竟，夫子带着老汉到集市的当铺子里。当铺子的掌柜见多识广，夫子想着这个物件当铺的掌柜肯定是认得的。当铺的掌柜果真见多识广，看了又看，说道："老先生拿的这块东西，是块宝石，我出二十两黄金买，老先生卖不卖？"老汉一听捡到这块物件能卖二十两黄金，十分高兴，一点头就给卖了。

回到村子里，老汉不再去捡垃圾，开始过着和之前不一样的生活了。到了集市上买了些米面油盐醋，又给自己置办了一套像样的被褥、新衣服、新鞋子。这事儿让四个儿子很是惊奇，这个老汉也不捡垃圾了，生活也跟之前不一样了，是不是这个老汉发了一笔横财。他们四处打探老汉的财路，可是无功而返。老大想起了老汉和村子里的教书先生关系不一般，老汉发家的原因，这个教书先生肯定知道。老大老二提着两坛酒，老三提着两斤肉，老四家里没有啥拿的，提着两袋花生。兄弟四人来到教书先生家，不一会儿兄弟四人就把教书先生给灌醉了。在兄弟四人的诱导下，教书先生给他们透露了，老汉捡垃圾时捡到宝石的事情，教书先生说："你们四个以后就不用再管你父亲的事了，他的那些个宝石让他下辈子都花不完。别说是下辈子了，就是这辈子他把你们的店铺全买了，让你们兄弟四人不用挣钱，你们四大家子人，下辈子的钱都够了。"兄弟四个人一合计，照教书先生这么说，那老汉可是白银万两啊。

　　心里盘算着老汉的万两白银，兄弟四个人人眼馋，开始争着接老汉到他们家里吃住。今天是老大，接过去好吃好喝地伺候。明天一大早老二来把老汉接着过去，好吃好喝地伺候。后天是老三来把老汉接去，好吃好喝地伺候。就这样三个儿子，争着抢着把老汉往他们家里接。只要是老汉想吃想喝的，兄弟三个人千方百计地让老汉满足。老大老二老三抢着把老汉往他们家里接，就不见老四来。老四家里过得也不是富有，在地里刨食的日子很苦。他自知没有办法和三个哥哥，去争着养活老汉，只是有时候把地里种的菜和粮食给老汉送上一些。

　　一天一家子争着养活老汉，三个儿子想着这么抢来抢去，老汉的宝石也是会给他们平分的，只有让老汉固定到他们一家里，这样老汉的宝石就会留给谁。老大说："我是长子，理应要好好照顾父亲，你看我最近对你的吃喝供应得也不错，到了我家之后，我会更加孝顺你老人家，你走我们家吧？"老二说："虽然我不是长子，但我的店铺开得大，在镇上谁家的铺子有我开得大呢？你老人家过去之后，吃香的喝辣的。你老人家想要啥我给你买，你想去哪里我们陪着你去浪去么。"老三说："我家的肉铺在集市上开得最大，一天能卖两头牛，你过去了之后，顿顿吃牛肉喝牛骨汤，生活上你老人家不要担心。大哥二哥能做到的，我肯定做得比他们更好。"

　　看着老汉不表态，可把老大老二老三给急坏了。他们使了媳妇们开始轮番上阵，又给老汉一通又一通的承诺，老汉还是不表态。老汉看着蹲在门口的老四，老大明白了老汉的意思，问老四："四弟你是啥意见？"老四蹲在门口，抬头望了一眼老汉，又看了看盯着他的哥哥和嫂嫂们，说："我也有心好好地伺候老人家呢，可是我们光阴你们也是看到了，我实在没有这个能力，我无能为力。哥哥嫂嫂们说得个个都好听，我不会说话，我把父亲老人家接到我们家里去，对待他老人家，我儿子吃啥我给他老人家吃啥，尽我最大的能力伺候他老人家。"听着老四这么说，三个哥哥开始骂开了："你把父亲老人家,像孝敬你儿子一样地孝敬他老人家,你真是没有天伦的东西!"

老汉心里开始琢磨开了,老四说的话虽然粗糙,但话说得有理。要是他把对待父亲的供养能和对待儿子的供养一样,那也是不错啊。老汉嘿嘿地对四个儿子说:"你们四个定下的,我决定走你四个其中的一家,不管我选择谁家,你们都没有意见对吗?"四个儿子儿媳妇说:"对着的,我们四家定下的,不管你走谁家,其他的三家都没有啥意见,只要你老人家决定,我们绝不反对。"

老汉说:"既然你们这么定了,那我就选择一个,我就去老四家里吧。"老大老二老三开始反对了,说:"老四家里啥都没有,你去他们家不是去吃苦吗?"老汉说:"在物质上老四不如你们过得好,可是老四的孝心是真的,我是冲着他的真心去的。"

于是,老汉带着剩余的钱财去了老四家,在老汉的帮助下,老四把日子过得越来越好了。

搜集地点:泾源县六盘山镇和尚铺村
搜集时间:2017 年 11 月 8 日
讲 述 人:漆效文
采录人员:王文清　陈翠英　王　芳　咸永红　冯丽琴
文字整理:泾源县文化馆
整理时间:2021 年 4 月 8 日

漆效文　1945 年 8 月出生于六盘山镇和尚铺村,自治区第五批非物质文化遗产代表性项目民间故事传承人。

贪财的命运

从前，一个村子里有一大户人家，家财万贯，良田百亩，牲畜成群，长工众多、爱财如命、吝啬，是当地出了名的守财奴，他姓张，百姓们都叫他张财主。张财主家雇佣了一个没娘没爹娃，十三出头，个头不高，瘦瘦的、光头圆脸，看上去傻乎乎的，村民们都叫他傻蛋。张财主家上百只羊就由傻蛋一个人放，傻蛋一天是起早贪黑地放羊，张财主仅仅给他一口吃不饱饿不死的两顿饭。不管是寒冬腊月还是酷暑炎日夏天，中午饿了啃着一点玉米面馍，口渴了喝点山泉水，也不给他增添一件衣服，他总是穿着一件黑不溜秋、满身补了补丁的烂棉袄，还让他睡到羊圈与羊生活在一起。在傻蛋看来，这也幸好张财主收留了他，不然他会活活饿死街头，傻蛋是感激在心里，每天将羊放好，吃上两顿不算好但也能填饱肚子的饭，是他一天最好的愿望。

那年初秋的一天，天还没亮，傻蛋早早地起来赶着放羊。谁知"天有不测风云，人有旦夕祸福"！下午五点多突然狂风四起，乌云密布，倾盆大雨下个不停。傻蛋怕羊被水冲走，就不顾生命安全将羊往家里赶。当羊赶到家里时，已是晚上七点多，傻蛋浑身湿透，头上的水珠成串地往下流，狼狈得像个落汤鸡似的。张财主见到傻蛋就问："羊都赶回来了吗？"傻蛋冻得哆嗦着身子说："还没，没有数呢？"张财主大怒道："还愣着干什么？还不赶快去数。"傻蛋到了羊圈就像是进了暖气房，羊圈里暖乎乎的，傻蛋舒展了一下身体，就一只，两只的，数呀数……但是数来数去就是少一只小羊羔。傻蛋将羊羔丢失的事告诉了张财主，张财主就像是五雷轰顶大骂道："赶快上山找羊去，找不到你就不要回来了。"傻蛋穿着湿透了的衣服，拖着破旧的草鞋，两个脚指头露在外面。雨还在下个不停，一个人走在泥泞不堪的山间小路上到处找羊。走在半山腰时，雨越来越大，傻蛋又饿又冷冻得实在不行了，想找个地方避一下雨。谁知走着走着山间一个洞里出现一道亮光，傻蛋走近一看，洞里住着一个老婆婆，小桌子上放着一个圆圆的球发着亮光，照得满洞里像是白天一样。桌子旁边有个小火炉，老婆婆笑着对傻蛋说："孩子，快进来，快来，取取暖。"傻蛋坐到火炉旁边烤火，老婆婆给端了一碗热乎乎的粥，傻蛋边吃边就将事情告诉了老婆婆，若他找不到羊羔，张财主就不要他了，他一定要把羊羔找到。老婆婆就帮助傻蛋在一个山崖底下找到了羊羔。傻蛋将羊羔抱到山洞，老婆婆边和傻蛋说话边就在洞里的一个角落里磨黄豆，傻蛋走到旁边看的时候

109

不小心将黄豆粉粘到了衣服上。

三更时雨已经停了,老婆婆对傻蛋说:"雨停了,你现在抱着羊羔快回去吧。"傻蛋嗯了一声就抱着羊羔回去了。

傻蛋到了张财主家,将羊羔放在羊圈,走到张财主房门口,对张财主说:"羊羔找到了。"张财主听了后,就说:"去羊圈,天亮了还要放羊呢。"傻蛋一走开,傻蛋身上的黄豆粉发出了亮光,变成了黄金豆,张财主看见了匆忙跑出来,看着傻蛋身上的黄金豆,欣喜若狂拽下傻蛋身上的黄金豆,寻问黄金豆的由来,傻蛋一五一十地将事情告诉了张财主,张财主给傻蛋换了新衣服,又给了吃的。之后,就让傻蛋带他到山上找老婆婆。

傻蛋吃后就带着张财主找到了老婆婆住的山洞,洞里亮光四射,老婆婆不在洞里。张财主让傻蛋在洞外面等着,自己进洞了。过了一会儿,山洞塌了,张财主被埋到了山洞里。

搜集地点:泾源县六盘山镇东山坡村

搜集时间:2018 年 3 月 30 日

讲 述 人:柳金花

采录人员:王文清　咸永红　冯丽琴　陈翠英　王　芳　张　昕

文字整理:泾源县文化馆

整理时间:2021 年 2 月 5 日

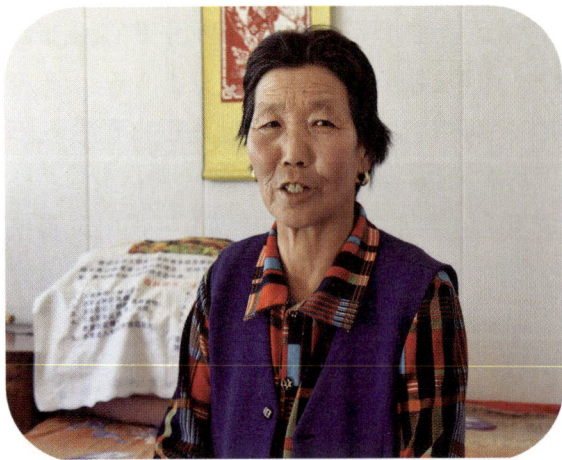

柳金花　1944 年 5 月出生于六盘山镇东山坡村,固原市第四批非物质文化遗产代表性项目民间故事传承人。

贪 心

从前，有一对夫妇年过半百，未得子。老两口终日走街串巷，寻方问医，终感天动地，喜从天降，得一子。

三口之家其乐融融，然而好景不长。拜医寻方，积蓄耗尽，又遇百年未遇灾荒，百姓背井离乡逃荒。夫妇二人也不例外，无法糊口养活其子，为保独苗将其子送于附近邻乡一地主家。地主有良田百亩，育有四女，未有儿子，得到孩子后高兴万分，收留此夫妇俩在其家打工，并安排食宿。老两口就住在离地主家不远处，夫妇俩在地主帮助下，生活过得很幸福，但幸福中流露着遗憾和痛苦。骨肉相见却不能相认，那是何等痛苦。夫妇二人看在眼里痛在心里，看着地主家富贵的生活，被贪欲冲昏了头脑，夫妇二人发现地主家一仓库内存有很多胡麻油，就起贼心了。夫妇二人一合计三更半夜，就在地主家仓库后墙存放油缸处挖了一个小洞，只能伸进去一个小油葫芦瓢，夫妇二人每天晚上待人都睡了就用一个油葫芦和一个油罐罐去偷地主家的油，将偷回来的油再拿到附近村上卖掉。就这样夫妇二人日复一日地去偷油，偷着偷着他们的贪心也越来越大，从以前的一晚上偷一次到后来偷两三次。地主家油缸里的油也越来越少，被地主发现了。地主安排人在仓库内墙上挖的小洞处放了一个马镫和一把大钢刀，安排人夜间守株待兔。夫妇二人还是照常来此，伸手将油葫芦瓢放进去偷油时，地主家的人用大钢刀砍断了油葫芦，夫妇被抓住狠打一顿。

常言道："人心不足蛇吞象，君子眼小就是贼。"由于夫妇二人贪心被赶出家门。老两口偷油换取的钱已花完，无法为生，只好四处流浪乞讨，过着吃了上顿没下顿的生活，受尽了人间痛苦。一晃二十年过去了，自己送给地主的孩子已长大，成家立户，考取了功名。地主临死前告诉了孩子的身世，将所有家产留给了男孩，男孩四处打探寻找其亲生父母亲下落。而夫妇二人已古稀之年，穿着破烂不堪衣服，手拄拐杖，臂搭袋囊，相互搀扶，迈着沉重的步伐在大街上乞讨。

正好老两口乞讨到亲生孩子家，亲生孩子没在家，管家没有给老两口吃的，还将老两口赶出了家门。老两口饿得肚子咕咕叫，实在走不动了就坐到门口休息，丈夫识字不多，就在地上写下了一首打油诗，说道："人生痛苦几十载，别人好心相收留。贪心惹得祸根来，二十年前去偷油。钢刀砍断葫芦头，儿女自有儿女福，谁给儿女做牛马。"

写后一摇一摆走了。

孩子回到家门口看到此诗,四处打听着亲生父母亲的下落,后在一寺庙的茅草屋内找到了老两口,将老两口接回了家,一家人团圆,过上了好日子。

搜集地点:泾源县六盘山镇东山坡村
搜集时间:2017 年 10 月 24 日
讲 述 人:郑　旺
采录人员:王文清　陈翠英　王　芳　咸永红　冯丽琴
文字整理:泾源县文化馆
整理时间:2020 年 12 月 26 日

郑　旺　1955 年
12 月出生于六盘山镇东
山坡村。

田广行善

　　从前有一个年轻人,因为从小父母双亡,为了能活命就干起了盗贼的营生。他叫田广,虽然他经常偷盗,但是他却将偷来的钱帮助一些穷人,只给自己留一部分吃饭。

　　这天田广偷了一个贪官的钱财,走到一个庄子上,看见这个村庄的农民都用身体拉犁耕地,十分辛苦。田广问农民:"你们为什么不买牛来耕地呀?"农民一个个说道:"没钱买不起耕牛啊!"田广看见这些人这么可怜,说道:"一头耕牛得几两银子呀?"农民说:"怎么也得五六两呢!"田广说:"我给你们一人十两银子,你们拿去买耕牛吧,日后就不用这么辛苦。"田广将从贪官那儿偷来的钱,给农民分了起来。农民一个个感激涕零。问道:"你是什么人呀?为什么要帮助我们呀?"田广说道:"我是大盗田广,希望你们明年有个好收成。"说完就走了。

　　到了一个小县城,他又看见一群叫花子,他问这群乞丐:"这个县城怎么这么多乞丐呢?你们为什么都跑来要饭啊!"乞丐说道:"因为我们庄里的粮食都被官兵抢走了,我们没什么吃的,就只能出来要饭了。"田广觉得这些人也甚是可怜,就将剩下的钱财给这些乞丐分了,乞丐们一个个都跪下感谢田广。

　　晚上田广因为把钱全部行善了,自己没钱吃饭住宿,就只能找了一个破烂房子凑合一宿,想着明天估计又要找一个贪官,偷一些钱财了。

　　第二天,他看见官府下榜,要捉拿他。他也不害怕,因为他知道没有人去告发他,他虽然是大盗,但是人人都知道他将所有的钱财都拿来积德行善了。他还是一如既往地干着自己的盗贼营生,帮助着那些需要帮助的人。他虽是盗贼,却被老百姓口口相传,说着他的好,赞扬着他的行善事迹。

搜集地点:泾源县黄花乡店堡村

搜集时间:2017 年 11 月 6 日

讲 述 人:杨德山

采录人员:王文清　陈翠英　王　芳　咸永红　冯丽琴

文字整理:泾源县文化馆

整理时间:2020 年 11 月 18 日

田老汉藏宝

很久以前,有个姓田的老汉,半辈子才存了三个银锭子。这田老汉存这些钱可真不容易,一个麻钱一个麻钱地攒起来的,今天攒一个子儿明天再攒一个,一点一点从牙缝里一点一点挤出来的。几十年了田老汉才存了三个银锭子。存银锭子的时候偷偷地存的,没有让任何人知道。要把这三个银锭子藏在啥地方,田老汉犯了愁了。他挖了一个坑想把银锭子埋到地里,于是找了个小瓷罐子,把三个银锭子放进小瓷罐子里,用布把罐口封上,趁家里人睡着了以后在院子的梨树下挖了一个坑把装了银锭子的小瓷罐轻轻地放在坑里,用手轻轻地把土埋上了,用脚踩平,又在上面撒了些早已准备好的干土,还撒了一些梨树掉落下来的花瓣。

天还没有亮,田老汉坐在炕上透过窗子盯着昨天他埋银子的地方,儿媳妇起得最早,从灶房挑着空桶到泉边挑水去了,再起来的是他儿子,他儿子一边系上衣扣子一边出了门,站在梨树下抬头望一望梨树,回头看了一眼田老汉的房,低着头用脚在地上踩了踩。"是不是这小子知道自己昨天夜里埋银锭子的事儿了?"老汉心里犯起了嘀咕。这时,田老汉的老婆子也起床了,说她昨天夜里梦到两三个穿白衣服脸很白的小伙子在咱们院落里闲转,她还上前问那几个人转啥呢,那几个人啥话也没有说,光是在梨树底下转磨磨呢。

田老汉说:"做了一个梦么,有啥好担心的呢,你梦的怕是梨树上掉下来的梨花,你看那梨树开的花不是白色的么。"田老婆子推开门,看到梨树下掉落了一地的梨花,说:"原来是这么个啊。"

之前就听人说穿白衣的那是银子的财气,村子的老人之前也给他讲过银子化成白老汉或者是白小伙子的故事,今天听老婆子这么一说,看来这财气招人呢,怪不得儿子也围着梨树转悠,老婆子也做白衣小伙子的好梦呢。

吃完早饭,田老汉把一家人支到田里,自己偷偷地把银锭子挖出来,可放到哪儿啊,田老汉又犯愁了。在家里转了几圈,一个藏银锭子的地方也没有。这下可把田老汉给愁坏了。不经意间走到灶房,灶房里放着两袋子糜子,又看到了老婆腌大蒜的腌蒜罐,腌蒜已经吃完,罐空着,田老汉走过去,一股腌蒜的味道扑鼻而来。田老汉把腌蒜罐洗了又洗,没有腌蒜味儿在太阳下晒着,顺手把三个银锭子塞进了一个装着糜子的袋子里,然后去田里干活。

　　快要收工时,田老汉一个人急急忙忙地回到家里,在灶房的袋子里摸到银锭子,心里特别高兴,他把银锭子摸出来,放在洗好晒干的腌蒜罐底下,又提出糜子袋子,用糜子填满了腌蒜罐。这时他的儿子、儿媳妇和老婆子走到院子里,看到田老汉往罐里装糜子,问田老汉干啥呢。

　　田老汉得意地说:"听说今年的收成不太好,这一罐糜子可以做咱们的种子,万一今年的收成不好了,咱还有这罐糜种呢。"儿子、儿媳妇、老婆子说:"今年天气也好呢,龙王的雨水也足,庄稼肯定成着呢。"

　　"你保证了今年能保证明年吗?反正不管咋么个,这罐糜子就是咱们留下的糜种,你们都不要动。"田老汉在家里有威信,他这样说了,没有人怀疑他,只能由他去碰这个罐,也只有他能去伸手去摸罐里的糜子。糜子罐放在田老汉两口子的房间里,儿子、儿媳妇很少到田老汉两口子的房间里来。田老汉的孙子到田老汉的房间里,他很好奇为啥爷爷的房间里放罐糜子,他爷爷每次出门前和回到家里第一件事就是手伸进去摸一下罐里的糜子。他孙子走到糜子罐跟前,还没有用手摸,就让田老婆子喝住了:"别乱动,那可是咱们一家人救命的糜子籽,你爷爷当命看着哩,你们千万可不敢动。"

　　田老汉每次出门前,伸手摸到银锭子心里就放心了,回来后第一件事就是手伸进糜子罐里摸到银锭子心里更舒畅了。当然时间长了,就有人开始留意田老汉了。村子里一个姓李叫大壮的人看田老汉每次出门和进门都要把手伸进糜子罐里不知摸啥东西,也是好奇。这天李大壮在门口喊田老汉:"老田,后山里有很多干柴,你剁柴去不去?"

　　"去呢么。"

　　"走么?"

　　"走。"应了一声,田老汉取了绳和斧头,当然他也没有忘记出门前关上门在糜子罐里摸一下银锭子。这一切都让李大壮透过没有贴严实的窗户纸看到了。柴砍到一半,李大壮说:"老田,我的柴剁好了,走的时候没有拿绳,我回去拿一下绳。"田老汉也没有多想,应了一声:"你去吧,我这儿再剁一会儿。"李大壮出了后山到田老汉家,田老汉的儿子、儿媳妇还有孙子都在庭院里,李大壮不好进门,只能回到自己家里取了绳走到后山把自己和田老汉剁的柴一起背回来了。

　　李大壮打田老汉糜子罐的主意很久了,一直没有机会。这一天,田老汉一家人全部出动上地里锄地。田老汉最后一个出的门,在糜子罐里摸了一下,银锭子依然还在,安心地关上房门。田老汉的房门锁子坏了,锁不了门,只假挂在上面,外人不知道,只有田老汉两口子知道。他出了院门,给院门上了锁,背着锄头上地里去了。

机会终于来了,李大壮不会放过这样的机会。见田老汉走得没有踪影了,一个蹦子就跳进了田老汉的院子,看到田老汉房门上了锁,他正想咋么把锁能打开,手刚扶到锁子上,锁子就开了。李大壮进了田老汉的房间,走到糜子罐跟前,挽起袖子像田老汉一样伸手在糜子罐里摸着。果然糜子罐里有货呢,摸到一个硬一点的东西,拿出来一看原来是一个银锭子,又摸了一个,李大壮高兴得差点大叫起来。三个银锭子全让李大壮摸了出来,把银锭子揣进怀里,出了田老汉的房间,轻轻地闭上门,把门锁轻轻地关好,像上了锁一样。在院子里把进来时的脚印用扫帚轻轻地扫了扫,恢复了正常的样子后,找了一处低矮的院墙翻墙而去。

田老汉回到家第一件事还是到自己的房间里,他把手伸进糜子罐里,摸了又摸,把糜子罐摸了个遍也没有摸到银锭子。田老汉急了,找来一个袋子,把糜子倒在袋子里,糜子罐倒空了,还是没有发现银锭子。看来银锭子被人拿了,田老汉像是瘫了一样坐在地上。老婆子见状,问:"糜种子不是都在吗?你这是咋了吗?"

"你见罐里的银锭子了吗?"

"银锭子?哪来的银锭子?"老婆子反问道。

"我把三个银锭子藏在罐里了,今天咋就不见了?"

"你问我,我咋么知道?"老婆子骂着,"你把糜子罐当个宝一样,原来里面真是藏了宝贝了。你走的时候摸,回来的时候摸,不让其他人动你的罐子,你今天不说,我都不知道你罐子里藏下东西着哩。"

看见儿子走进来:"你动我的糜子罐了没有?"

"没有?怎么了?"儿子问。

儿子肯定没有动他的糜子罐,从田老汉到地里锄地的时候,儿子和儿媳妇已经在地里锄了一大块地了。说到儿媳妇,田老汉这才想起,地锄到一半的时候儿媳妇说娘家有啥急事,说啥都要回去一趟,她离开得最早,到现在还没有回来,肯定是儿媳妇把银锭子摸着去了。

不多时,儿媳妇从娘家回来了。田老汉急忙走上前去问:"你去哪儿了?"

"回娘家啊,我的大啊,你知道的,我在地里给你说了的。"

"回娘家干啥?"

"我娘家大病了,我回去看一趟。"

"还干啥了?"

"没干啥,咋了?"

"咋了?你把我糜子罐里的银锭子摸去了!"

"你可冤枉我了,我都没有回来过,啥时候把你的银锭子摸了,再说了,你那房间我都不去,咋知道你罐子里藏下东西呢?"

田老汉不信,一口咬定就是儿媳妇把银锭子摸着去了。

这事儿闹腾得挺大,听说老公公把儿媳妇冤枉了,儿媳妇寻死觅活的,李大壮心里实在不是滋味。他到田老汉家,给田老汉点上一根烟,说:"大大,你看你这事闹腾的,说来讲去都是我的错,你的那三个银锭子是我拿了的,我知道你是个守财奴,守着钱也干不了啥事。我正好做生意要用钱周转呢,我想到你跟前借一点,但一想到你是个守财奴,也就不张这个嘴了。事到这儿了,千错万错都是我的错,你再不要寻人家儿媳妇的事儿了。"

田老汉一想到他的三个银锭子被李大壮一声不吭摸了去,气不打一处来,要李大壮还他的银锭子。李大壮说:"大大啊,这三个银锭子就算是我借你的,将来一定会还给你。"

"还?现在就还!"

"现在真还不了,我把你的三个银锭子给别人当了订金了,过几天货就到了,等我的生意周转开了,你的那三个银锭子我一定给你还上,除了你的三个银锭子,我还多给你还一个。"

田老汉一听能要回来他的三个银锭子之处,还能多得一个银锭子,当下就高兴了,这比他一个麻钱一个麻钱攒还快。当下当着李大壮的面给儿子和儿媳妇道歉,一家人又恢复了往日的幸福。

搜集地点:泾源县大湾乡瓦亭村

搜集时间:2017 年 11 月 16 日

讲　述　人:姚治富

采录人员:王文清　陈翠英　王　芳　咸永红　冯丽琴

文字整理:泾源县文化馆

整理时间:2021 年 1 月 29 日

舅舅害外甥

　　从前,有娘母两个,穷得过不到人前去。母亲七十多岁,儿子都三十多岁了,也没个女人。娘母两个相依为命,儿子靠打柴为生,每天砍上一捆柴,背着去卖咧,买些米面回来吃。

　　有一年冬天,雪下得很大,地上落了一尺多厚,人都走不出家门。儿子忍着寒冷,拿着斧头和麻绳,去上山砍柴。儿子走到一座山崖下,山崖上一只雀雀花得很。儿子心里想:这天寒地冻的,哪来这么漂亮的雀雀哩?雀雀站在山崖上对着儿子叫个不停,儿子绕到后山爬到山崖顶,想把这花雀雀捉住。花雀雀见他来就飞走咧,满山遍地的雪有一尺多厚,花雀雀站的地方,有一大片地,没有一点点雪,地也没有冻。儿子就用斧头刨了刨没有雪的地方,刨出来一个葫芦宝,他还不识货就揣在怀里,麻利地砍了一捆柴就背回家咧。

　　回到家,儿子把葫芦宝拿出来给他妈,他妈说:"这是个宝,我听庄里人说,皇上在到处寻宝哩,谁把宝献给皇上,皇上就把他的女儿嫁给谁。"儿子听了,用白洋布把宝包好背在身上,就要去京城给皇上献宝。走了一天,肚子又饿人又乏,刚好到他舅舅家门口了,他就想着晚上住在舅舅家。舅舅见外甥多少年也没来,就让他舅母做了饭菜让外甥吃咧。天黑,舅舅和外甥喝酒,外甥酒量不大,喝了一阵酒感觉有些醉。舅舅问外甥去京城干啥去?外甥就把给皇上献宝的事说了,舅舅听了就把外甥灌醉,自己背着葫芦宝去京城给皇上献宝去了。

　　第二天,外甥还是昏迷不醒地睡着。他舅母是个心地善良的人,见外甥酒醉得睡不醒。就去灶房,给外甥做了一碗浆水,给外甥一口一口地灌了。外甥喝了几碗浆水后,慢慢醒来咧。他舅母给外甥说:"你舅舅见你的葫芦宝,起了贪心,把你灌醉,他背着葫芦宝去京城给皇上献宝,你赶紧起来去追你舅舅。"外甥听了舅母的话,就去追他舅舅。

　　外甥追舅舅追在半路上,天上黑云翻滚,电闪雷吼,黄风土雾吹个不停,一阵阵就下起了恶白雨。外甥来到河边,发了洪水挡住了他的去路。外甥站在河边,干着急没办法过去。看着洪水冲下来一条黄狗,外甥就把黄狗从洪水中捞出来放在河边。过一阵洪水又冲下来一条蛇,外甥又把蛇从洪水中捞出来放在河边。洪水中又冲下来一只蜜蜂,外甥又把蜜蜂从洪水中捞出来放在河边。洪水中又冲下来一只雀雀,外甥又把雀雀从洪水中捞出来放在河边。外甥看着洪水埋怨着："唉！我咋这么命苦，眼看着就能追上我舅舅，叫这场洪水把去路拦住，这叫我啥时候才能过这河去？"大白雨下了一天一夜，第二天雨停咧，洪水也慢慢小咧。外甥就冒险过了河，没日没夜地去往京城。

外甥到了京城，他舅舅已经把宝献给皇上咧，还当上了大官。外甥找到他舅舅论理说："舅舅，你不仁也不义，把我用酒灌醉，偷了我的葫芦宝献给皇上，你当官享荣华富贵，心里就不愧吗？"他舅舅怕被别人听见他偷了外甥的葫芦宝，就命手下人把他外甥关进牢房。

外甥被舅舅关进牢房，不给吃不给喝，想把外甥饿死。外甥在牢房关了三天三夜，没吃没喝，饿得是有气无力。这时，一只黄狗嘴里叼着一块肉，跑进牢房给外甥吃了。过一阵工夫，蛇来从嘴里给外甥吐出一些吃的；再过一阵工夫，蜜蜂飞来给外甥吐出些蜂蜜。就这样过了十几天，外甥不但没有饿死，反而活得身强力壮，红光满面。

有一天，蛇来给外甥说："恩人呀，你在洪水中救了我的命，为了报答你救命之恩，我想救你出牢房。"外甥不相信地说："这牢房结实坚固，你小小一条蛇，咋能救我出去？"蛇对外甥说："恩人，皇上的公主经常喜欢在后宫的花园里游耍，我用毒牙把她咬一口，任何郎中都医治不好。皇上就会张榜寻找良医救治公主，你到时候就说你能医治好公主的病。"外甥说："我不是郎中，咋能医治好公主的病？"蛇对外甥说："恩人放心，我现在给你吐出一颗丹，你让公主吃了，公主的病一个时辰就能好。"蛇说完话，给外甥吐出一颗丹，就溜着走咧。

过了几天，公主在后宫的花园里游耍，果然被毒蛇咬了一口，整天昏迷不醒，几十个朝廷的御医都没有办法医治好。皇上心疼女儿，整天愁眉苦脸，吃饭饭不香，睡觉睡不着，想不出医治女儿的办法。舅舅向皇上献策说："启禀皇上，天下名医万万千，皇上何不在全国张榜，寻找名医来救治公主？"皇上听舅舅的话，喜上眉梢，吩咐大臣们张榜纳贤，说谁能医治好公主的病，高官任做，骏马任骑，还要招为驸马，把公主嫁给他。

这一天，看管牢房的几个士兵，一边吃饭喝酒一边在议论，说皇上的女儿得了怪病，全国来了千千万万个郎中，没有一个能医治好公主的病。这外甥听见了，大喊大叫地说："公主的病，我能医治好，你们快告诉皇上，让我去给公主看病。"牢房的士兵听了，不敢不信，也不敢全信，还怕耽误医治公主的大事，就把外甥带到皇宫。皇上见了外甥问："你能医治好公主的疾病？"外甥说："小人能行。"皇上说："朝廷的太医说，公主得的是怪病，天下无人能治，那你何时能医治好公主的病？"外甥说："小人只需一个时辰，公主就能康复。"皇上听了外甥的话，心又凉了半截，知道这又是一个胡吹的骗子。没办法，为给公主治病，死马当活马医，就对外甥说："好！你若一个时辰能医治好公主的病，我就好好奖赏你。一个时辰若医治不好公主的病，我要杀了你全家！"外甥说："皇上放心，一个时辰见分晓。"

皇上命人带外甥去后宫给公主治病。外甥来到公主住的房间,院子里十几个太医在忙前忙后,看见外甥这个山里人,没有一个人搭理外甥。外甥走近公主床前,一不问病情二不把脉搏,只让丫鬟端来一杯水,外甥把蛇吐出的丹给公主喂在嘴里,又灌了几口水。一会儿工夫,公主慢慢睁开了眼睛,胳膊腿都能动了,话也能说了。不到一个时辰,公主的病果然好了,因为是蛇吐出的丹,解蛇毒很快,公主吃了丹身体恢复也很快,行走如常人一样。皇上见公主被外甥医治好了,心里非常高兴,知道这外甥有能耐,他还想考验一下外甥的能耐,就对外甥说:"你是公主的救命恩人,驸马爷你可想当?"外甥说:"皇上呀,天下有多少人都想攀龙附凤,我当然也想当驸马爷。"皇上说:"好,我明天要给公主挑选驸马,用十二顶一模一样的八抬大轿,你要能选中公主的轿子,你就是驸马。"外甥听了皇上的话犯了愁,心想着:这要十二顶一模一样的八抬大轿,我咋能猜中公主在哪个轿子哩?后晌的饭也吃不下,天黑了觉也睡不着,把外甥难为得不知如何是好。这时蜜蜂"嗡嗡嗡"飞来说:"恩人呀,你不要发愁,十二顶一模一样的八抬大轿,你是不好猜公主在哪顶轿子里,你只要看见我在哪顶轿子上飞,你就拦住这顶轿子,把这顶轿帘子揭开,公主一定坐在这顶轿子里。"外甥说:"好,我知道咧,蜜蜂,谢谢你!"蜜蜂"嗡嗡嗡"飞走了。

第二天,皇上招选驸马,成千上万公子,把一条大街拥挤得水泄不通。

十二顶一模一样的八抬大轿,一个一个从大街上走过,有几个官宦人家的公子,上去拦轿揭轿帘,都没选中,被士兵拉下去砍了头。这一杀头,人们都站在远处看,没人敢上前去拦轿揭轿帘。外甥被人挤得很远,眼睛睁得很大,看着每一顶轿顶子。一只蜜蜂在一个轿子顶顶悬着,然而外甥离得远就是看不见,急得蜜蜂"嗡嗡"乱叫,外甥也听不见。忽然,从远处飞来一只花雀雀,在一顶轿子上飞上飞下,外甥看见了花雀雀。就挤出人群,站在前面,拦下这顶轿,慢慢把轿帘子揭开。他选中了公主的轿子,在成千上万人的欢呼声中,外甥坐着另外一顶八抬大轿进了皇宫。

外甥当了驸马,向皇上奏了一本,说他舅舅如何把他灌醉,拿走他的宝贝,献给皇上当上大官,怎样怎样陷害他。皇上听了大怒,命人要杀了他舅舅。外甥求皇上不要杀舅舅,让皇上把他舅舅削官为民,回到老家种地。外甥骑着高头大马,把他舅舅送回老家,把他妈接到驸马府里,过上了幸福的日子。

搜集地点:泾源县六盘山镇马西坡村

搜集时间:2020 年 12 月 15 日

讲 述 人:党月娥

采录人员:王文清　咸永红　张　滢　陈翠英　冯丽琴

文字整理:王文清

整理时间:2021 年 10 月 15 日

一饭之情

从前,有个镇子上有个武姓的人家,虽然过得不算殷实,但也算过得去。家里养有一儿一女,女儿较大,到了婚配的年龄,儿子才八九岁。这时武老汉两口子的年纪有点大了,打算给女儿招个女婿,好在镇上开个店铺,让女婿和儿子两个人共同经营。

不远的苏州城里有个陈姓的青年,村庄里的人都叫他"陈大郎"。他听说武家人要招女婿,偷偷地到武家看了一眼武家的女儿,这一看就看上了。想想自己的父母,有弟妹们照看。自己无牵无挂,非常符合武家招亲的条件。到了武家,武家人见到陈大郎一表人才,也很是喜欢,问了家里的情况,也符合他们的要求。武老汉说:"你要是到了我家以后,家里的情况就是这样,我的儿子还小,女儿更是掌上明珠,你定要好好地对待他们。至于我们二老,有吃有喝能过就行。"

陈大郎连口答应,过了三天,礼仪顺当,给陈大郎和武家的大女儿,举办了隆重的婚礼。婚礼后没过多久,武老汉在镇上给陈大郎和儿子,开了一间杂货铺。陈大郎说:"铺子由我经营,平日里进货这些小弟还小,就由我先担待着。店铺里平日的出货由小弟盯着,账目方面还得凭老父做主。"武老汉不推辞,就答应了。

店铺很快经营起来,陈大郎进货选货总是比其他的店铺里的进价便宜一成,品质也比其他店铺好多了。镇上的人买东西,都喜欢到武家杂货铺来。不过陈大郎从不私自从店铺里拿一文钱,就是用一文钱,陈大郎都要到武老汉的账上去支,武老汉对陈大郎很是赞赏,说自己找到个好女婿。

过了两三年,武老汉老婆的母亲生了病,家里无人照顾。她娘家离镇子不远,百十里路程,过一个河渡口,再走几十里地就到。她娘家的庄里,有个同样做生意的朱进桥。让朱进桥给武老汉带个话,让武老汉家的老婆子过去伺候几天。家里的生意越来越大,武老婆子一时半会儿走不开。武老汉和家里人商量了一会儿,决定由武家大女儿和小儿子两个先去伺候,病情没有好转的话,再让武老婆子过去。

诸事议定,打发武家大女儿和小儿子两个,一同前往武老婆子的娘家。陈大郎不放心,亲自给媳妇和小舅子雇了一条船,并亲自把他们送上船,给了一些盘缠,几经交代,看着他们上了船才转身离去。过了河的渡口常年劫匪横行,这对姐弟刚出渡口,就被两个流寇盯上了,其中一个手指放在嘴里吹了个口哨,一众劫匪跳出来,把姐弟两人五花大绑,抢了钱财,把他们拉上了山寨。

说到此处,暂不再表。单就说这一年,寒冬腊月的一天,北风呼呼地吹着,鹅毛般的大雪飘着,路上厚厚的一层雪。陈大郎收完账往回家走的路上,感觉身后有一个似人非人的东西跟着他。平日里收账订货的事,是陈大郎独自完成的,碰到流寇劫匪陈大郎应对十分顺当,山里的大虫老虎他更不害怕。走了几步,陈大郎停下脚步,回头一望。这个野人一样东西更像是一个黑脸大汉,穿着一件破旧的衣服,脸上全是毛发。胡子和脸上的毛分不清,他把胆子放大,走上前恭恭敬敬道了一句:"兄长去往哪个地方?不知能与兄长同路走一段吗?"那个人虽然比正常人高大威猛,说话却有气无力,说:"渡口山寨。"陈大郎说:"我也去渡口那边,不如咱们两个一同前往,在路上也有个说话的,也就不会无聊无趣了。"那个毛野人"嗯"了一声,两个人一同上路,东一沟西一洼地聊了一路。碰到一个饭店,陈大郎请毛野人吃饭,毛野人应了一声。

走进饭店,陈大郎看了一眼高大的毛野人,心想这人块头大饭量估计也不少,干脆多点些菜,免得被毛野人笑话他小气。当即点了十个人的量的饭菜,又要了两瓶好酒。酒菜端上,毛野人拿出两个钩子,把左右两边的长毛挂起来,这才露出嘴巴来。毛野人进了店,其他的顾客看到他不敢进店吃饭。毛野人才不管那么多,大块吃肉大口喝酒。酒足饭饱,两人又上了路,到了渡口,毛野人作揖道:"感谢兄长的一饭之恩,我视兄长如恩人。在渡口这一带,兄长如果遇到啥困难,只要说我毛野人的名号,没有几个人不敢给兄长薄面的。"陈大郎请毛野人吃饭并没有想着毛野人回报啥,勉强地笑了笑,准备作揖道别。毛野人拉着陈大郎的胳膊说:"一路上东一沟西一洼地说着,也没有请教兄长的高姓大名,做啥营生。"陈大郎说:"免贵姓陈,人称陈大郎,原本苏州人士,现招到镇上的武家,没有其他的营生,开了个杂货铺糊口度日。"毛野人又作揖道:"以后有机会定会相报。"说完扭头就走了。

回到镇上以后,陈大郎与人闲聊时,谈到他碰到毛野人的事情,有的人当个古今听了哈哈大笑。认为陈大郎胡编乱造,有的人信以为真,认为陈大郎见过的趣事多不足奇,此事也暂不再表。

话说朱进桥又一次到镇上,传武老婆子娘家的话,说信也送了好长时间了,这东西不见东西,人不见人。连个回信也没有,是不是武老婆子不认她的母亲了。这话传得武老汉一家人一头雾水,掐指一算,大女儿和小儿子已到她娘家,没有十日也得有八九日了,咋么还没有见到人呢?武老汉派了陈大郎到他外婆家里一探究竟。上了船,船还是他那天给媳妇和小舅子雇的那条船,问了问船主,船主说他顺利送到渡口的。在渡口等了好久,没有人坐船回镇上,还是他空船回去的。陈大郎到了他外婆家里,已是他媳妇和小舅子离开家的第十二天,那时他外婆的病已痊愈,精神大为好转。村庄里的人,也没有见到陈大郎的媳妇和小舅子走进村子里,他媳妇的舅舅骂骂咧咧,说带了信让回家照顾老妈,也没有一个人过来。武家的确是派人了,但人也没有到过武家岳母家里。这下可着急了,武家到处寻人,寻了十天半个月,连点音信也没有,看来武家姐弟两个是遇害了。武老汉报了官,官府捉拿了船家和送信的朱进桥,又是张贴告示,又是寻人,转眼间又是十天半个月时间过去了。

话说这姐弟两个被劫匪绑了之后,被押送到山寨里,身上钱财多的人,劫匪不仅抢了钱财,还会被要了性命。碰到女流之辈或者身上钱财较少的,绑了会押到山大王那里,由山大王处置。这姐弟两个带的钱财不多,又是女流家眷,很快就被带到了山大王的大殿里。山大王问:"家住哪哒?"武家女儿说:"家住在镇子上。"山大王又问:"婚嫁了没有?夫家在哪儿?"武家女儿回答:"已婚家,夫家原是苏州人士,到了我家当了个上门的女婿。"山大王接着问:"夫家姓啥?"武家女儿说:"姓陈。"山大王接着问了很多,武家女儿不再言喘了,心想着这些土匪打听这么清楚,会不会是想到他们家里抢钱财,说得太清楚会不会伤害到她的家人。横竖进了这个山寨,没有几个活着出去了,自己死就死了,不要再连累家里的人了吧。见问不出其他的话,山大王下令把姐弟拉下去,交代手下把他们两个关在清静之所,山里的兄弟不得靠近骚扰。有了大王的命令,山寨里的小喽啰把姐弟俩儿照看得不错,好吃好喝地款待,也没有一个小喽啰上前冲撞他们。

杂货铺的生意还得照常,武老汉给陈大郎说:"一切皆是命数,你到了武家也有几年了,这几年里我家女儿,没有给你生个一儿半女,之前到过河对面的寺庙里求子拜佛,现在女儿寻不到了。你到寺庙里还个愿,也算是了结了个心事,也求神仙保佑他们两个。若是活着,保他们平安无事,若是不在人世,保他们无难无忧。"陈大郎照着武老汉的意愿,到了寺庙的山门,跪在地上,一步一步地跪着进了观音大殿。双手合十开始念叨开了:"救苦救难观世音菩萨,我今日前来,第一来是给你还个愿。第二来是求你给我拨摆一下,我陈大郎的命运,我的命咋这么多难。我的小舅子没有了,我媳妇也没有了,之前还来这里求个一儿半女呢,结果一儿半女没有,连个媳妇也找不到了。求救苦救难观世音菩萨,救救苦命的陈大郎吧。"他起身一边念着"南无救苦救难观世音菩萨"边上了香离开了观音大殿。

同去烧香还愿的人很多,二十来号人雇了一条大船。船行了几米,突然狂风四起,把大船冲到一个不知名的河湾里。船家被弄得昏头昏脑,辨不清方向。黄沙土雾的也不敢行船,磨蹭了一会儿。天黑了,虽然没有黄沙土雾,但天黑更不能行船。于是船家安排这几十来号人在船里休息,等到天亮再出发。

　　天亮起锚行船，没行几米，远处看到一处平地上，有一群人在舞枪弄棒，船上的人都围观看热闹。远处的人也看到这条大船，手里提着银枪，跳上小船。不一会儿，十几条小船就冲了过来，把大船围住，让船家把船停了岸。把船上的香客们五花大绑，搜金搜银全抢了去。船上的人原本是去观音大殿里上香的，身上带的钱财除了盘缠以外所剩无几，搜了又搜，没有搜出多少钱财。在香客里找了两个体肥身壮的要了性命。陈大郎一想到自己的媳妇和小舅子已不在人世，自己活着也没有啥意思，跪倒在土匪面前说："你们把苦命的陈大郎杀了吧，我的媳妇已不在人世，你们早了结我的性命，我好早点去与他们团聚。"一个脸上有刀疤的土匪冲过来，骂着："还有你这样找死的，我来让你如个愿吧！"正要动手，另一个土匪冲上来，说："先不要动手，之前大王交代过，姓陈的和苏州人不能杀。"脸上有刀疤的土匪笑着问："你姓陈，不会他娘的还是苏州人吧？"陈大郎吓得说："我的确是苏州人士。"脸上有刀疤的土匪下了令，把他们押到了山寨里。

　　山寨里有一个议事大厅，是山大王平日议事的地方。大厅里有一把大椅，椅子上铺着老虎皮，脚踩的地方摆着一只大老虎，看来这是山大王坐的位子。陈大郎被押在最前面，到了大厅，脸上有刀疤的土匪让他们全跪倒在地。山大王听了小喽啰的通报，慢悠悠地上了大殿，问："今天咋捆来这么多人？"脸上有刀疤的土匪说："有个姓陈的，他自己还说他是苏州人士，小的们不敢再动，押上来全听大王发落。"跪在最前面的陈大郎闭着眼睛，一声又一声地念叨着："救苦救难观世音菩萨……"山大王走下台阶，让陈大郎抬起头。陈大郎一边念叨着一边抬起头，山大王大叫一声："快，快给恩人松绑。"小喽啰们赶紧跑过来，给陈大郎松了绑，陈大郎说："也请大王给他们这些人松了绑吧，他们都是无辜的香客，身上的钱财也不多。"山大王说："恩人说了放咱们就放，咱们还把他们身上的东西还给他们。"说完吩咐手下把刚抢来的钱财全拿出来，说："你们各自取了各自的东西，等下我们的兄弟们会护送大家回去。"说完，山大王对着陈大郎说："我与恩人好久没见了，上次我们聊得很开心，接着我们聊上几天，不知道恩人意下如何？"

　　陈大郎心事已了，也答应了山大王。一众香客下了山，山大王把陈大郎好吃好喝天天招待着，山大王想起当初见到陈大郎的情形，说："多亏当时是恩人所救，如果不是恩人的一顿饭，我也不会再有后来的所有。碰到你是我的大幸，你是我最大的恩人。"劝陈大郎喝了一碗酒，山大王又说："听说恩人刚丢了媳妇和小舅子，我这山里有一个妇人，恩人去会会她，如果恩人满意，就在这里与她拜了花堂，如果恩人不如意，我这手下几十号兄弟里我随便赏给他，要是她不从，我就取了她的小命。"陈大郎心地善良，听说山大王要杀人，不管自己看上看不上，先答应和那个妇人成了婚，好在自己还能保她一条性命。答应了山大王，一个小喽啰带着陈大郎，到了山寨的一处清静之地。与他相见的不是别人，正是他失踪了一个多月的媳妇。

历经此难，夫妻这个话语里，西一沟里东一洼里地拉着话。山大王安排手下给陈大郎夫妻两个腾了个空房，家具物件摆放齐全。又给小舅子安排了一间，吩咐手下不得打扰小两口。如此过了两天，陈大郎携带媳妇和小舅子跟山大王告别。山大王说："恩人啊，你在这里好吃好喝，再多玩两天，两天后我亲自送你下山，给你们雇一条船，派两个兄弟护送你们回去。"陈大郎执拗不过，只得答应在山寨里再待两天。

两天后，还没有等陈大郎开口，一大早，山大王就派了小喽啰到两个人住处接陈大郎。在山寨大厅门口，山大王拿着两千两白银，要送给陈大郎，陈大郎坚持不收，山大王说："恩人怕我这钱是抢别人的钱财，来路不正吗？"陈大郎说："小弟不是这个意思，我只求能平安回家，钱财你还是留着给弟兄们用吧，他们跟着你也挺不容易的。"山大王说："他们也是我的兄弟，我有一口吃的，就有他们一口，这个恩人尽可放心。这些钱财是清白的，虽然也是抢的，可抢的并不是一般的普通老百姓，抢的是恶霸财主的。"山大王说着脸都急红了，再推下去，山大王一不高兴要了他们的性命也不一定，陈大郎不再推辞。抱着两千两白银，带着妻子和小舅子回到了镇子。

从此以后，凡是镇上人经过渡口，山大王定会派人保护他们平安通过。陈大郎为了感谢山大王不再加害于民，时常把苏州的奇玩古珍给山大王送过去，山大王在山上猎取的野味，也不忘给陈大郎送上几只。长此下去，镇子周围再也没有抢钱财的事情发生，山大王与陈大郎成了两个很好的兄弟。

搜集地点：泾源县六盘山镇东山坡村

搜集时间：2021 年 3 月 30 日

讲 述 人：姚致富

采录人员：王文清　陈翠英　张　滢　咸永红　冯丽琴

文字整理：泾源县文化馆

整理时间：2021 年 4 月 19 日

戏 班 长

从前有个戏班长,带着一个唱戏的班子,走南闯北到处去唱戏。渐渐地,他们唱的戏不被人们喜欢,看戏的人越来越少,戏团也就解散了。戏班长因为这些年一直走南闯北地唱戏,也没有结婚。父母早已去世,就没有地方可去。想找个工作干,但是自己除了唱戏啥都不会干,慢慢地,为了活命,戏班长沦为了乞丐。

这一天,戏班长来到一户人家乞讨。到了这户人家,主人生气地赶他走,说很晦气。戏班长很失落,一直要不到饭,还被人说晦气。戏班长听到这户人家的下人说,这户人家的老太太生病了,谁能治好老太太的病,就让谁以后在府上吃喝不愁。

乞丐戏班长听后十分心动,心想自己已经好几天没吃饱饭了,要不要试一试呢?反正郎中也没办法,自己就试一试。戏班长给这户人家的主人说道:"我能治好老太太的病。"主人不相信,戏班长说:"你就让我试一试,我免费给老太太治病,我不用药,我有办法将老太太的病给彻底治好。"主人一听觉得郎中一直也治不好,倒不如让这乞丐试一试。

晚上戏班长开始给老太太治病。等众人退去之后,戏班长觉得没事干,又对着老太太唱起了他爱唱的戏,唱了一晚上,老太太还是没好起来。乞丐戏班长被赶了出来,又开始流落街头了。戏班长又累又饿,走到一个破庙里忍着饿,睡了一觉。

戏班长走后,老太太第二天晚上,又想听戏,十分着急,结果一着急反倒把病给急好了。老太太觉得是昨晚那个乞丐唱的戏有用,才让她的病好了,连忙让下人到处去寻找戏班长。下人们通过多番打听,终于在破庙找到了奄奄一息的乞丐戏班长。

下人将戏班长带回来以后,好吃好喝地伺候。戏班长知道自己误打误撞地治好了老太太以后,十分惊喜。自那以后,戏班长每天晚上都会给老太太唱戏解闷,老太太慢慢地也离不开听戏了。老太太经常也会叫一些富家太太来家里听戏,因为有些戏他一个人有时唱不了,老太太又给他给了一些钱财,让他又重新组建了一群人,开始了唱戏。他又做回了那个风光无限的戏班长,做起了自己喜欢唱戏的事。人的命运多舛,永远不知道自己以后会发生什么。戏班长可能觉得:"自己没有手艺,不会干活,要不到吃的,可能会被饿死。结果结局来了个大反转,自己不但没有被饿死,反而又唱起了戏,吃喝不愁。所以我们每一个人,无论在哪种情况下,都不要轻易放弃自己的生命,可能在最后关头就会迎来转机。"

搜集地点:泾源县六盘山镇太阳洼村

搜集时间:2018 年 3 月 20 日

讲 述 人:安志勤

采录人员:王文清　咸永红　冯丽琴　陈翠英　王　芳

文字整理:泾源县文化馆

整理时间:2021 年 4 月 16 日

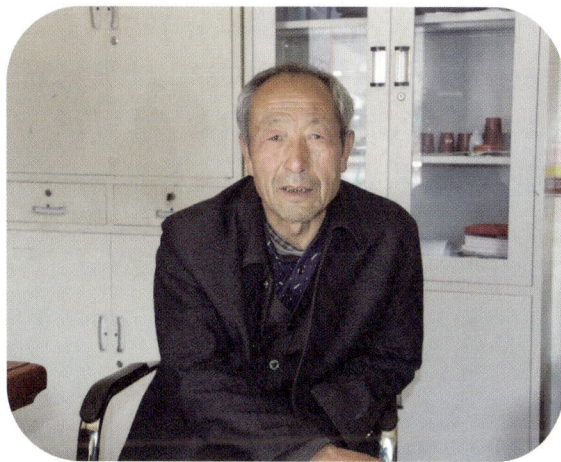

安志勤　1954 年 8 月出生于六盘山镇太阳洼村。

先小成大事

很久很久以前,有一对老两口,所生一子,长得秀气俊美,聪明伶俐,从小就送到学堂识字读书。在学堂刻苦好学,成绩优异。他喜欢吹笛子,把吹笛子练得很娴熟,技巧很丰富,音色很清亮。他吹奏的笛子声,清脆悦耳、清远悠扬,就像天籁之音。

他去学堂的路上,要路过王家庄。这王家庄有个王员外,王员外家有个很高的绣楼。他天天去学堂,天天回家都是吹着笛子,从王员外家的绣楼下经过。这绣楼住着王员外的千金小姐,经常能听到这娃吹来缥缈的笛声,总会有一种不知名的情愫。笛音袅袅,这是谁家玉笛暗飞声?小姐一听到笛声,就把窗帘拉开偷看着,看到这少年英俊潇洒,心里就暗暗喜欢上了。

过了几年,这两个都长大了。有一天,小姐让丫鬟准备半盆水,把房里尘土扫一点。小姐就把尘土倒在脸盆里搅拌均匀,就站在绣楼窗台边等着小伙子路过。这小伙吹着笛子过来了,笛声荡气回肠,让小姐听了很喜欢。小伙到了绣楼窗下,小姐就将一盆脏水倒了下去,把小伙子浇成落汤鸡了。小伙子抬头望着绣楼的窗子问:"是谁把这脏水倒下来的?"小姐探出头微笑着说:"对不起,是我把洗脸水倒下去了。"小伙子一看,这小姐美貌漂亮,本来是想破口大骂,这么漂亮的小姐,小伙子气也消了说:"一个大小姐,洗脸水有这么脏吗?你看把我的白衣服都变成黑衣服了。"小姐说:"你把衣服脱下来,我给你洗干净。"小伙子说:"我把衣服脱下来,我穿啥哩?"小姐说:"你如果不嫌弃,就上我的绣楼来,我给你把衣服换了洗一洗。"小伙子说:"我怎么上来?"小姐说:"你只要有心上来,我给你想办法。"小伙子说:"你有啥办法?"小姐把箱子打开,拿出一卷布匹,一头拴在柱子上,把布匹扔在地上,对小伙说:"你拉着这布上来。"小伙子上到绣楼,小伙子问:"莫非小姐是有意给我泼的水?"小姐含羞地说:"是你的笛声让我感觉仿佛置身于美丽的梦境,让我陶醉;是你的笛声让我感觉仿佛霎时间鲜花开遍我整个心田,让人兴奋;是你的笛声让我感觉仿佛整个世界都在聆听,让人沉迷。"小姐说得情深意长,小伙子也明白了小姐的用心良苦。

待了一会儿小伙子要走了,小姐把她亲手缝的一身衣服也送给小伙说:"你回家让家人来我家提亲。"小伙子说:"哎呀,你是员外家的千金小姐,我是贫寒家中的穷小子。咱两家门不当户不对,我怕高攀不上。"小姐说:"只要你我真心相爱,其他你都不要管，回去让你家托媒人先来提亲。"小伙子就答应小姐回家给父母说了，父母也担心高攀不上，儿子就说先托媒人去提亲，看人家王员外怎么回答。

父母就托媒人去王员外家提亲。王员外说："穷富我不嫌，只要这娃长相端正，勤学上进，我愿意。"媒人说："男方家，比较贫寒，还望把彩礼少要些。"王员外说："彩礼我不要，只要娃们两个愿意。我只有两个要求，娶亲时红毡从男方家门口铺到我们家门口，接新媳妇的驴脖子上挂个夜明宝珠。只要能答应这两件事，就选黄道吉日娶亲。"

媒人回来就给小伙子一家人把经过说了。小伙子父母听了就犯愁了，父亲对儿子说："看不得了，人家说的这，咱见都没见过，咋能实现哩？这红毡从咱家铺到员外家，这就需要多少红毡哩？夜明宝珠咱更是没见过。这亲事说的是一两纹银不要，可不知要花多少银两才能娶进家门？看来这亲事不得成。"儿子也很无奈，第二天去学堂路上，来到绣楼下。小姐问："你家托媒人说亲了吗？"小伙子不高兴地说："媒人去了，你老爸的条件太高，我家贫寒办不到。"小姐说："不要紧，你放学了，我给你说办法。"

小伙子放了学就早早跑到绣楼下，小姐给他把两条大红毡从绣楼上吊下来。小伙子说："从我家到你家这两条毡够吗？"小姐笑着说："够了，你可以换着向前移，驴走过一个你把走过的再铺到前面不是够了吗？"小伙子这才开窍。小姐又把一颗夜明宝珠从绣楼上吊下来，对小伙子说："这下就让你家父母商量，选个黄道吉日来迎娶我。"

过了一段时间，双方选了个黄道吉日，小伙子吆着毛驴子，驴脖子上挂了一颗夜明宝珠，铺着红毡来迎娶小姐。王员外一看，高兴地给老婆说："这女婿聪明，把这事办得漂亮，这是个富家人，以后比我富。"小伙子就这样把千金小姐娶回了家，小伙子把小姐爱得寸步不离。小姐说："你还是好好读书，以后也好考个功名。"小伙子说："好，我明天就去学堂读书。"

小伙子还没走到学堂就想媳妇了，又折回来看媳妇。连续几天小伙子都是还没走到学堂就想媳妇了，一想就要跑回来。小姐说："你这样咋能把书读好哩？"小伙子说："我见不到你心里发慌哩，我不想读书了。"小姐说："咱家贫寒，你不读书，就要下地耕田。你要愿意？我给你买头牛，你去地里干活。"小伙子就答应了，干活时还是想媳妇得很，刚到地里就想得不行了，跑回家里来。小姐说："你这样不行，整天跑了趟子了，就没有干活的心思。"小伙子说："你漂亮的，让我想得实在没有办法。"小姐说："我给你画一张和我一样的像，你每天拿上，想我了看看。"小伙子说："这样好，这样好。"小姐就连夜画了一张自己的画像，小伙子就把小姐的画像带着去犁地。他把小姐画像插到这边地头，吆着牛犁地到地那头，就想媳妇了，把牛放下跑来把媳妇画像拿来插到地这头；就这样，把地犁过来把画像拿来插到这边地头，犁过去把画像拿来插到那边地头。就这么折腾地干了几天活。有一天，起了一股风，把这个画像给刮走了。小伙子就没心思干活,跑回家去给小姐说了。小姐说:"唉!你惹下这麻烦,以后恐怕你再也见不到我了。"小伙子说:"为啥见不到你咧?"小姐说:"有此画像就有此人,不管你多爱我,多想我,我们在一起的时间越来越少。"小姐是大家闺秀,懂得道理多,把事情也看得远,说了半天,小伙子还是没有辨来小姐说话的意思。

小姐的画像被风刮了三天,你说怪不怪,不偏不正落在皇上面前。皇上一看:"哎呀,这是天下绝代佳人,有此画像就有此佳人。"皇上就命令太监们拿着画像,天下寻找绝代佳人。太监来到小姐居住的村庄寻找,碰见一个放羊娃,就问见到画像中的人吗?放羊娃一看就说见过,这是我庄子谁家的媳妇,放羊娃就带着太监们来到小伙子家。太监见了小姐二话不说,就要带人走。小姐说:"公公,我有几句话给我夫君说一下,说完就随你走。"太监允许了,小姐给小伙子说:"我这次走了就回不来了,你如果想我,想见到我。你就多打些麻雀,用麻雀皮缝个袍子。你再多打些驹狸猫,缝一个驹狸猫皮的裤子。几月几日京城开科,皇上要和举人们见面讲话。你到时把麻雀皮袍子穿上,再把驹狸猫皮裤子套在外面,你挤进来见皇上,我说这些你可记下?"小伙子说:"我记下了。"小姐就被太监们带进皇宫了。

小姐从带进皇宫,一直是哭丧着脸,从来就没有笑过。过了几个月,皇上要开科考试了。皇上要面见天下来参加考试的众举人,成千上万人聚集在皇宫外等候。小伙子穿着麻雀皮袍子,驹狸猫皮裤子,在人群中一直往前挤着。有好多好心的举人就对小伙子说:"你不敢挤到前面去,这是众举人考试的地方,你一个叫花子还敢往前挤,你挤到前头就没有命咧,当心皇上把你的头砍了!"小伙子不管别人说啥,就是一个劲往前挤,最后挤着站到了最前面。小姐看见了,偷偷地噗嗤笑出了声。皇上看见大吃一惊,就问小姐:"你来到宫里整天愁眉不展,我就没见过你的笑脸。今天你看见一个叫花子,咋还笑出了声?你这一笑人是更美了,更可爱了,我心里也痛快了。你笑的是啥原因?"小姐说:"原因是有哩。皇上,你看你穿的龙袍,还没有叫花子穿的衣服值钱,人家穿的是宝衣。"皇上说:"我不相信。"小姐说:"皇上,你刚才也看见了,人家身穿宝衣,下面成千上万人都给让路让他站在最前面,他要是叫花子能进来吗?"皇上说:"真的是宝衣?"小姐说:"千真万确。"皇上说:"真的是宝衣,咱把他传进殿来,把头一割,宝衣就是我的。"小姐说:"那皇上就把他传进殿来。"皇上就命太监把叫花子传进殿来,小伙子进殿,皇上就命其他人退下。皇上问:"你这是啥衣服?"小伙子说:"我这是宝衣。"小姐接着说:"皇上如若不信,你两个把衣服换一下,让叫花子穿你的衣服,你穿上他这宝衣,整个宫殿就会金光灿烂。"皇上说:"是吗?"小姐说:"皇上不信,就换了试一下。"

皇上就把自己的龙袍、龙帽给小伙子穿,他穿上麻雀皮袍子、驹狸猫皮裤子,连鞋袜都换了。小伙子就把皇上的衣服和鞋从头到脚穿上了,小姐看着两个人,又开怀大笑了。皇上说："你笑得真美，为何发笑？"小姐说："皇上穿这宝衣，太好看了。"皇上说："真的吗？"小姐说："皇上，你若不信，咱们走出大殿，让天下众举人都看看，是不是皇上今天穿的宝衣最好看。"皇上一高兴说："好，咱让天下众举人都看看。"三个人走出大殿，下面有好多劝过小伙子的举人，就说话了："看看看，我说让他不要挤到前头去，这叫花子死活不听劝，这下头保不住了。"

三个人来到大殿外，小姐给小伙子使了一个眼色，小伙子就说："来人呀，把这叫花子斩了！"太监和护卫都不知道情况，皇上一声令下，太监和护卫就把真皇上斩了。

从此，小伙子做了皇上，小姐当了皇后。

搜集地点：泾源县六盘山镇刘沟村
搜集时间：2017 年 11 月 30 日
讲 述 人：李凤鸣
采录人员：王文清　王　芳　咸永红　张　昕　张　滢　陈翠英　冯丽琴
文字整理：王文清
整理时间：2020 年 2 月 19 日

李凤鸣　1941 年出生，泾源县六盘山镇刘沟村人。泾源县第二批非物质文化遗产代表性项目民间故事传承人。

小 公 主

　　从前有一个国王,生了十个儿子,这十个儿子都不争气,每天无所事事。国王很是头疼,特别想要一个女儿,因为国王觉得儿子没有女儿贴心,如果有个女儿他就幸福美满了。但是国王也知道自己和王后的年龄大了,可能没有机会了。

　　有一天,王后身边的丫鬟急急忙忙赶来,说王后晕倒了,经过御医检查,说王后怀孕了。国王和王后都高兴坏了,两个人一起祈求上苍降给他们一个女儿。

　　十个月后,王后生了一个女儿,普天同庆。国王对他的小公主爱不释手,每天有事没事就去看她的小公主。这让十个儿子十分不满,觉得他们的父王不爱他们,只爱女儿。他们十分嫉妒,就一起想办法准备将他们的妹妹给弄走。他们走到一棵大树跟前,一起商量怎么弄走自己的妹妹,被树上的孔雀听见了。孔雀说:"王子们,你们好。我是一只有灵性的孔雀,我可以帮你们的忙,将你们的妹妹给弄走。"王子们一听高兴坏了,说道:"孔雀仙子,那你帮了我们的忙,需要我们做什么呢?"孔雀说:"我看上你们母亲身上的一件宝贝了,需要你们拿给我。"王子听了赶忙答应了。王子们不费吹灰之力,将母亲身上的玉佩偷偷交给了孔雀。孔雀在照看小公主的丫鬟睡着的时候,将小公主给叼走了。当国王和王后来看小公主的时候,自己的女儿已经不见踪迹了。王后因为女儿不见生了一场大病,国王也是身体一天不如一天。

　　孔雀将公主带到海边,准备丢进海里,可是看见小公主对它笑,孔雀又不忍心,就将公主带到了一个小岛和小公主一起生活。因为小公主十分善良可爱,岛上的其它动物也对小公主十分友好。小公主将孔雀当成了她的妈妈。渐渐地,小公主也慢慢长大,看见其它的动物和它的妈妈长得都一样,而自己却和孔雀长得不一样,就问孔雀妈妈为什么。孔雀告诉公主:"你的父母是人类,不是我。"公主告诉孔雀妈妈说道:"孔雀妈妈,对不起,我想去找我的人类父母,想看看它们长什么样子,可以吗?"孔雀答应了小公主的请求。

　　动物们纷纷来帮助小公主做成了一艘小船,公主乘船出发了。走了很久,公主看见水上飘着一个东西,划过去一看,是一个人。公主赶紧捞了起来,将这个人给救了过来。这人醒来看见公主,一下子被公主的美貌给吸引了,问道:"你一个弱女子怎么会在海上呢?"公主说道:"我准备划船去找我的父母。""那你知道你的父母长什么样子吗?"公主摇了摇头。"我是这附近王国的王子,被人陷害,扔到了海上,得亏你出手相救,你和我先去我们的王国,我也帮你找你的父母吧!"公主答应了。

来到了这位王子的国度，看见了熙熙攘攘的人群，公主对什么都很好奇，而王子也给公主一一讲解，慢慢地两个人产生了爱意。经过一段时间的相处，王子和公主成亲了。婚后两人过得很幸福，而公主也一直在寻找自己的父母。

这天两个王国要开战了，公主因为不放心自己的夫君，和她丈夫一同前往，到了正要打仗的时候，对方的王子看见了小公主身上戴的玉佩，心想这不是当时他们偷母亲的玉佩吗？问道："你是什么人，怎么会有我母亲的玉佩呢？"公主听了说道："这是我的孔雀妈妈给我的东西，它说可以凭这个玉佩找到父母。"王子一听，这肯定就是我们的小妹妹。赶紧说道："我们是你的哥哥，当时我们年幼无知，害怕你夺走父王的爱，就让孔雀将你给叼走了，我们十个哥哥对不起你呀！"小公主听了高兴地喊着哥哥，说道："我不怪你们，你们是我的哥哥呀！"两国也不打仗了，放弃开战。小公主回到王宫，和自己的父王母后相认了。王后因为找到女儿病也好了起来，国王身体也变好了。一家人幸福地团聚了。

搜集地点：泾源县黄花乡店堡村
搜集时间：2017 年 11 月 6 日
讲　述　人：杨德山
采录人员：王文清　咸永红　冯丽琴　陈翠英　王　芳
文字整理：泾源县文化馆
整理时间：2020 年 11 月 18 日

2017 年 11 月 6 日，文化馆非遗中心工作人员在黄花乡店堡村杨德山家中搜集采录泾源县民间故事工作照片。

秀才还账

从前,有一个穷秀才,家里非常困难,吃了上顿没下顿,经常靠借债过日子。每年一到腊月三十,财主都要带人上门讨债,穷秀才总是找理由延期,或借新账还旧账。今年腊月三十到了,借财主家的钱,还是还不上,这该咋办哩?穷秀才想出了一副对联,把欠债再往后推迟。在自家门口上联写的是:"拆东墙补西墙拆墙补墙",下联写的是:"借新债还旧债借债还债",横联写了一个"耂"字。

财主带着人来要债,到穷秀才家门前一看,心想着:"这穷秀才看来今年不穷了,往年连一副对联都没钱买纸写,今年早早就把对联写好贴上了。"财主看完对联,对横联疑惑不解,让人叫出来穷秀才问:"秀才新年新气象,今年借的钱能还清了吧?"穷秀才叹了一口气说:"唉!财主呀,你不看我这对联写的是,借新债还旧债借债还债,拆东墙补西墙拆墙补墙。这意思你还看不明白吗?"财主说:"意思我明白,可你这横联咋是一个字,耂是啥字?"穷秀才说:"是老字。"财主说:"老字咋缺少匕字呢?"穷秀才说:"匕字像汤匙形。古人把匕字当吃饭勺子,取食的器具。我今方食,失匕箸,写它还有何意?"财主翻着白眼看着秀才问:"你的意思是没有吃饭用的勺子和筷子?"穷秀才说:"财主呀,明天就是大年初一,我今天要给你还了欠债,明天就没啥吃了,也没办法生活了。你如同用匕首逼迫我,把我吃饭的勺子和筷子交给你。"财主说:"听你之意,我反而成了恶人?"穷秀才说:"此话我可没说,你看我这对联就知我借债是真,还债也是心诚。"

财主想了想,穷秀才说的话也很有道理,就带领伙计回去了。

搜集地点:泾源县六盘山镇和尚铺村

搜集时间:2017 年 11 月 8 日

讲 述 人:李 华

采录人员:王文清 王 芳 咸永红 张 滢 陈翠英 冯丽琴

文字整理:王文清

整理时间:2020 年 3 月 12 日

秀才娶亲

很早以前,有一个穷秀才,娶了一个美貌的妻子,几年后生下一儿一女,妻子因病不幸去世了。

两个活泼可爱的儿女,一时间失去了母亲,让秀才又当大又当妈。管了做饭就误了读书作画,顾了读书作画管不了两个娃娃。正在发愁时,有人给秀才介绍了个邻村的女人,那个女人嫁到婆家后,没过多久丈夫就过世了。她没有生下一儿半女,婆家同意让她另嫁他人。那人说:"你这么忙,再娶上一房妻室,也能帮你带带孩子,帮忙照料一下家务。"

妻子刚过世不久,娶与不娶可让秀才纠结开了。

秀才来到前妻家,见了老丈人说:"姨夫,两个娃年龄小,让我一个秀才抓养娃,顾了照管娃,顾不上读书作画。有人给我介绍一女子,让我续弦,不知姨夫啥意见?"老丈人心疼两个孩子没人照顾,但又想到自己的女儿去世不久,这个小子就想另娶妻,想想我那苦命的女儿,他还想再娶,想得倒挺美。老丈人说:"依我看,娃还是亲生的带着疼,后妈待娃不知饥不知冷,没有几个后妈,把娃当亲生的一样对待。"老丈人意思是不让他结婚娶妻,秀才又确定了一下:"姨夫,那是让我续弦还是……"老丈人给秀才回了三个字:"不能娶!"

秀才又去找舅父说了情况。秀才的辛苦,舅舅是看在眼里疼在心里,之前就想给秀才提提,再娶妻室的事,又担心秀才对前妻感情深厚,自己提出来秀才不同意,还会让秀才一顿数落,更是自讨没趣。听秀才说出他要再娶妻的想法后,舅舅拍掌叫好,说:"早该娶了,早该娶了,拉扯娃娃的事男人更是没有办法。两个娃还小,你要娶一个女人照管娃,也是人之常理。"舅父同意秀才娶亲。

老丈人不让娶,舅舅让娶,让秀才为难了。于是找到自己父亲,父亲听了之后说:"办与不办,你自己看着办吧,结婚娶妻是你的事,为父没啥意见,也不参言。"这找个女人的事,还把秀才难住了,问老丈人,老丈人不同意;问舅父,舅父说能娶;问父亲,父亲让我自己看着办。这该如何是好?

介绍人又来催促成婚之事,秀才无奈,写了一句上联:"岳父舅父亲生父三心二意。"对介绍人说:"你把这句话拿去,让女方看一下。"介绍人说:"家里人都三心二意,把这拿去,女方看来肯定不能成。"秀才说:"这事把我也难住了,你拿去看女方啥意见。"

介绍人拿着秀才写的话给女方,那个女人曾经读过书,肚子里还有几分墨水,她看了后就觉得这秀才,给她出了一个难题,也明白秀才的意思。女人提笔写了一句下联:"义子继子亲生子一视同仁"。女方给介绍人说:"烦劳你把这下联拿去,看我两个能成婚吗?"

介绍人把下联拿给秀才看了,秀才看到对联,觉得这个女人还是个明白人。不但有几分才气,而且还有别人没有的气魄。秀才把这副对联,拿去找了老丈人看,老丈人看了说,自己同意成婚;秀才又把这副对联,拿去找了亲生父亲看,亲生父亲看了说,自己同意成婚。

大家都同意成婚,秀才择了个良辰吉日,把邻村的女人娶了过来。

果然,这个女人没负秀才,把前妻留给他的一对儿女,像自己的儿女一样照顾着,供养他们吃穿、上学。

搜集地点: 泾源县六盘山镇和尚铺村

搜集时间: 2017 年 11 月 8 日

讲　述　人: 赵登选

采录人员: 王文清　王　芳　咸永红　张　滢　陈翠英　冯丽琴

文字整理: 王文清

整理时间: 2020 年 3 月 15 日

赵登选　1962 年 2 月出生于大湾乡苏堡村。

烟没根话没把

从前,在六盘山下有一个村子叫刘家庄,刘家庄有一个农户,主人名叫刘四宝。刘四宝为人忠厚老实,很是勤劳,但家境十分贫寒,自家没有耕地。就靠常年给村上的富户刘财打长工维持生计。村上的富户刘财是个十分狡诈的人,经常利用各种手段,克扣长工的工钱。每到年关的时候,刘财就千方百计使手段出阴招,扣掉长工的工钱。很多长工因为惹不起他,所以往往辛辛苦苦干一年下来,也领不到工钱。

这一年,眼看到了年关,地里的庄稼活也干完了,刘财就把所有的长工打发回家,可是他给所有的长工都没有结工钱,说是地里的庄稼还没有变成钱,等变成钱了再给大家伙发工钱。大家无奈,只好先回家。

刘四宝也两手空空地回到家。到了家里一看,家里连一颗下锅的米都没有,媳妇在家里苦苦等着刘四宝拿工钱回家买粮食,孩子都饿得哇哇叫。

刘四宝看着家里的情况,实在没有办法,就硬着头皮找刘财去要工钱。

到了刘财家里,就看见刘财和一帮子富人在喝酒。刘四宝看见他们喝得正欢,不敢打搅,就悄悄地在一旁等候。可是谁知他们喝得非常高兴,越喝越起劲儿,一直喝了几个时辰,却根本没有停下来的意思。

眼看天色渐渐晚了下来,刘四宝想着家里的媳妇孩子还饿着,就硬着头皮上前说:"东家好,您看,这都快年关了,家里没有一粒下锅的米,老婆孩子都饿坏了,你老人家行行好,把今年的工钱给结了吧。"

刘财是个心眼很坏的家伙,其实他刚才在喝酒的时候,早就看见了等在一旁的刘四宝,他心里也十分清楚刘四宝的来意,但是就是不想给工钱。所以他刚才一边喝酒,一边在想着对付刘四保的办法,计划着如何赖掉工钱。这会他见刘四宝开口要钱,一条坏主意涌上心头。他恶狠狠地对刘四保说:"看见我们在喝酒聊天儿吗?我们在计划一件很重要的事情,说着很重要的话,你刚才太不识相了,竟然打断了我们的话把,你知道我们这个话把是不能打断的,一旦打断了,就接不上了,然后也就把我们明年的计划打乱了,你知道打乱了的后果吗?告诉你,后果很严重,我们明年就要损失好多钱,损失的钱随便一算,都比你的工钱多。"

刘四宝是个老实人,听到刘财这么说,并不知道话把是啥东西,只是感觉到东家很生气,于是心里很是紧张。他战战兢兢地问:"东家,那你说咋办呀。"

刘财见吓住了刘四宝，就假装十分生气地说，看在你常年辛苦给我干活的份上，我就不跟你计较了，那些损失就拿你今年的工钱顶上，不够的，就给你免了，你赶紧回家去吧。"

老实巴交的刘四宝听了刘财的话，根本就没有辨清楚刘财是在耍弄他，反而有些感激东家的好心，于是就回家去了。

到了家里，老婆看见刘四宝两手空空地回来了，忙问原因。刘四宝就把找东家要钱的经过一五一十地告诉了老婆。

老婆听了，知道丈夫被刘财耍弄了。看着老实的丈夫，伤心得大哭一场，带着孩子回了娘家。

老婆回到娘家后，就把事情向娘家老父亲原原本本地说了。老父亲听了，嘿嘿一笑，就悄悄给女儿出了个主意。女儿第二天就回了家，到家后，她就把父亲说给她的主意告诉了刘四宝。刘四宝听了老婆的主意，默记在心，就等着要钱的机会。

机会说到就到，过了几天，富户刘财要给自己的老母亲过七十大寿。过寿那天，十里八乡的亲朋好友都来了，刘财家人来客聚，好不热闹。

正午时分，祝寿宴席开始了，整个院子气氛十分热闹。就在这个时候，就看见长工刘四宝扛着锄头，走到灶房旁边，狠命地挖起墙来。

大家伙正在忙着给老寿星祝寿，忽然看见刘四宝狠命地挖墙，都十分惊奇。刘财见状，急忙上前问原因。

刘四宝一边挖一边说："东家呀，你看老寿星过寿这么大的喜事，我作为咱家的长工，没有什么礼物相送，身上只有一把力气，所以只能干些力气活，给老寿星祝寿了。"

大家伙听了，都十分不解，就问："出力气祝寿，你可以劈柴挑水端菜呀，你挖墙干什么呀。"

只见刘四宝指着墙顶的烟囱说："大家伙看见了吗，那烟囱是不是黑烟直冒呀。"

大家伙抬头看见，墙头的大烟囱正在冒着浓浓的黑烟。因为厨师正在灶房忙着烧火做菜，那烟冒得特别浓。

大家伙说："烟囱冒烟怎么了？"

刘四宝说："老寿星过寿这么要紧的喜事，怎么能让烟囱冒黑烟，这太不吉利了，所以我要把这墙挖开，把烟的根挖断，这样一来，黑烟没有了根，就不冒了，不是就给老寿星添寿了吗。"

大家伙听了，哄笑起来，都说这刘四宝太老实了，想让烟囱不冒黑烟，只要灭了灶台的火就行了，哪里用得上挖烟囱呀。再说了，烟哪有根呀。

于是有人就笑着问："刘四宝，你个瓜娃，谁听说过烟有根呀。"

刘四宝听了，挖得更起劲了，一边挖，一边在嘴里念叨着："烟没根，话没把，谁把我工钱欠不下，烟没根，话没把，谁把我工钱欠不下……"

大家伙听了刘四宝的话，都莫名其妙，一头雾水。只有刘财听出了意思。看着满院子的客人都在看热闹，在大喜的日子，刘四宝却在一个劲地挖墙，心里开始着急起来，急忙上前对着刘四宝的耳朵悄悄说了几句话，刘四宝立即就停止了挖墙。

　　刘财急急忙忙进了屋子，不一会儿就拿来了一个包裹，塞在刘四宝手里，对着刘四宝的耳朵说："这是工钱，赶紧拿着走人。"

　　刘四宝拿过包裹，高高兴兴地走了。

　　后来，大家伙知道了事情的原委，都夸刘四宝要工钱计谋巧妙。

　　再后来，长工们再讨要工钱时，都会在东家的门外提前念叨一句话，烟没根，话没把，谁把我工钱欠不下，烟没根，话没把，谁把我工钱欠不下……

　　据说，凡是念叨了这句话的，工钱都要得十分顺利。

搜集地点：泾源县黄花乡下胭村

搜集时间：2017 年 11 月 13 日

讲 述 人：马玉兰

采录人员：王文清　陈翠英　咸永红　王　芳　冯丽琴

文字整理：陈翠英

整理时间：2019 年 3 月 20 日

2017 年 11 月 13 日，文化馆非遗中心工作人员在泾源县大湾乡武坪村黄国俊家中搜集采录泾源县民间故事工作照片。

妖 婆 子

有一个地主,一直没有孩子,地主很是忧愁。没想到妻子都快四十岁了,竟然怀孕生了一个儿子,地主十分开心,觉得后继有人了,之后大摆宴席,请了很多人来吃饭,让人都知道他有儿子了,后继有人了。因为地主和妻子对这个儿子特别的宠爱,十分宝贝,就给儿子取名宝儿。宝儿很聪明,一眨眼长到了十岁,经常跟着地主出门学做生意,很有生意头脑,地主对他的这个宝贝儿子给予厚望。

地主的妻子因为体弱多病,身体一天不如一天,在宝儿十一岁的时候就去世了。地主因为自己经常出门做生意,害怕下人管不好自己的儿子。就又娶了一个老婆,这个老婆真是一个确确实实的妖婆子,为什么这么说呢?地主刚把她娶回家没几天,她觉得地主家钱比较多,为了让自己的儿子享福,就将自己的儿子给接了过来。每天让自己的儿子吃香的喝辣的,每次地主出门回来给宝儿买的东西,她都会抢走,给自己的儿子,还不让下人管宝儿。宝儿只要敢给地主说她的不好,她等地主一出门,就会将宝儿一顿教训,连下人们都看不下去,都觉得宝儿可怜,这个妖婆子是太狠毒了,太坏了。但下人们都一个个不敢吭声,只能在背地里帮助宝儿。

慢慢地宝儿长到十五岁了,地主经常教宝儿一些经商之道。这个妖婆子心里很不高兴,觉得只要宝儿在一天,自己的儿子就始终被地主看不上眼。心里想到,只要宝儿不在了,那日后这地主家的财产不都是她和她的儿子的吗?必须赶紧让宝儿消失,好让自己的儿子以后继承家产。有了这想法以后,这个妖婆子就准备下手害宝儿。

宝儿在井边和下人玩耍,妖婆子觉得是一个好时机,走到井边准备推宝儿,没想到宝儿走开了,而她自己却不小心掉了下去,得亏宝儿和下人拼尽全身力气将这妖婆子给救了上来,妖婆子被救了上来,一句感谢的话都没有说,反而气冲冲地走了。下人十分生气地说道:"这个老妖婆子经常打你骂你,你干嘛要救她呀?我们刚才应该不管她"。宝儿说道:"她虽然一直对我不好,可是也不能见死不救啊!"下人没办法,就觉得他家的少爷太善良了。

虽然宝儿救了她,但妖婆子的心里一点也没感激,反而觉得只要宝儿在一天,都会影响她的地位,影响她儿子的地位。这天地主出门做生意了,妖婆子觉得这是一个好时机。到了晚上,她买了毒药,准备让宝儿喝下。她对宝儿说:"宝儿,后娘一直对你不好,可是那天我掉下井,你还拼命救我,我心里十分感激。我给你端来了一壶上好的酒,就当做我的感谢吧!"因为宝儿正在看书,就让妖婆子放下了。妖婆子走后,她的儿子来找宝儿,虽然他们不是亲兄弟,但是关系一直不错。看见宝儿桌子上的好酒,就喝了下去。过了一会儿,口吐白沫给死掉了。下人赶紧去请来妖婆子,妖婆子看见自己端来的毒酒被自己的亲生儿子喝掉了,心如刀绞。但是她还不能说是她弄的毒酒,一口咬定是宝儿害死了她的儿子。

妖婆子让下人通知了官府,官府的人来将宝儿给抓走了。宝儿拒不承认是他杀死了妖婆子的儿子。但是县官说道:"人是在你房间死的,喝了你房间的酒,不是你还会是谁。"一口断定是宝儿干的。宝儿百口莫辩。地主听说家里出了事情,赶紧赶了回来。知道了事情来龙去脉,赶紧到大牢里探望自己的儿子。地主说:"宝儿,无论花多少钱,爹一定要救你出去。"宝儿说道:"爹,这个县官不是个清官,你要救我出去,就去找包拯,包青天,他一定能证明我的清白,救我一命。"地主听了,出了大牢之后,就一路快马加鞭赶到京城,见到了包拯。包拯答应了地主的请求,第二天,包拯来到了地主家,询问了事情,再问妖婆子话的时候,妖婆子含糊其词,包拯再通过询问家丁和丫鬟,很快查明了事情的真相。

第三天,衙役来到地主家,将妖婆子给抓走了,放了宝儿。地主觉得不可思议,她怎么会将自己的儿子给杀死了呢?通过包拯断案,地主才知道,这个妖婆子是为了害他的宝儿,没想到却害死了她的亲生儿子。

搜集地点:泾源县黄花乡店堡村

搜集时间:2020 年 4 月 9 日

讲 述 人:海尚云

采录人员:王文清 咸永红 张 滢 陈翠英 冯丽琴

文字整理:泾源县文化馆

整理时间:2020 年 12 月 4 日

长工阿米

　　从前，有一家大富汉，家里很富有，雇了很多长工干活，人们都叫他富掌柜。有一次在干活的时候，一个长工不小心把富掌柜家里很值钱的花盆打碎了，这下怎么办呢？我一个穷长工咋能赔得起呢。心想："要是富掌柜问起，打死我都不敢承认花盆是我打碎的，赔不起的。"就悄悄地把打碎的花盆收拾好藏了起来。"一起干活的有个叫阿米的长工，因为憨厚老实，平常都干一些别人不喜欢干的脏活累活，不与别人争先论后，先人后己，吃了不少亏。阿米看见了，就说："别怕，有我呢。"没有了花盆，阿米就把花栽到院子里的土里，至少这花还活着，富掌柜看见也不会太生气。

　　这天，富掌柜发现他的花盆少了一个，院子里却多了一束花，谁种的呐，长势还不错。一问长工，先是大家都没有人承认花盆被谁打碎了，只有阿米说："是我把花盆不小心打破了，就把花儿栽到院子里了，要罚就罚我好了。"福掌柜见花还活着，长势又不错，见这个憨厚的老实人承认了，罚他干啥他都没怨言，就再没追究。

　　这事儿就算过去了。又过了几天，一个长工又把富掌柜收藏的花瓶打碎了。这可咋办呀？这个花瓶比花盆值钱多了，我做一辈子长工都赔不上啊。这次，富掌柜大怒："是谁把我的花瓶打了，我就要辞退谁，要么就不给饭吃。"这个常工吓得发抖，就是不敢承认。又是阿米站出来说："花瓶是我不小心打了，我没有钱赔，但我有力气，你罚我做啥苦活累活我都愿意，不吃不喝不睡觉地按期完成，就是不要把我辞退了。"富掌柜见阿米老实又能干，说到做到，还敢于承认错误，就没有重罚他。众长工见此，这个倒霉蛋还不是那么倒霉，以后只要有啥难办的事或者不敢承担的事就都推给阿米去做，把啥弄坏了都是阿米出来承担，而且掌柜的还不怎么重罚他，就是让他没完没了地干活。

　　时间长了，这摔摔打打的事多了，全都是阿米干的，别人一点事都没有。富掌柜有些纳闷，就暗地观察，同样的活，就阿米能又快又好地干完，别人好多天都干不完。他开始对阿米刮目相看。

　　这天，富掌柜自己偷偷把铡草刀刀刃崩了两个豁豁，铡草不快了。他就问众长工，谁把铡草刀崩了。长工们都说不知道是谁，也不是自己。倒好，又是阿米承认说："是我铡草不小心把铡刀崩了两个豁豁，求富掌柜不要生气，我尽快把铡刀豁豁修补好。"说完,一会儿工夫,铡刀就修补好了。富掌柜很高兴,心想:"我以后还真的要对他好些,是自己理亏,再不能亏待他,吃饭也要给吃些好的,因为家里还真的离不开这个阿米。"

阿米做错事了敢于承认,勇于面对,不怕困苦,诚实做人,日子慢慢过得越来越好了。再后来,阿米和富掌柜帮助穷人们摆脱贫困,都过上了好日子。

搜集地点:泾源县大湾乡牛营村

搜集时间:2020 年 3 月 24 日

讲 述 人:杨生忠

搜集人员:王文清　冯丽琴　咸永红　陈翠英　张　滢

文字整理:冯丽琴

整理时间:2020 年 10 月 21 日

杨生忠　1973 年 4 月出生于大湾乡牛营村。

招　亲

在古代，有这样一个男的，因为家里比较贫穷，所以一直也没有哪家的女子愿意嫁给他，他就一直没有娶到媳妇。

这天，他正好上街去办事，听见前方吵吵闹闹的，抬头一看惊呼道：怎么这么多人围在一起，在干什么？他急忙向前走去，费劲地挤在人群中，这才看见四个醒目大字"比才招亲"，并且这户人家的女儿好生漂亮，心里立马想到，哎，我要是能有这样一位美貌如仙的夫人该多好啊，想到此处心里不由得偷笑起来。

哎哟喂，这不是王大公子吗！瞧你这个熊样，怎么也要比试比试？一时，周围的人起哄道。他不由得低下头来，虽然他没有上过几天的学堂，但是想到自己这么大了也没娶到媳妇，想到这里他非常气愤，咬着牙，在人们的嘲笑中，快速地挤出人群。他想立马离开这个地方，永远不要再看见这些人的嘴脸。走着走着，忽然他的胳膊被一只手快速地拉住了，转过头去，这才发现，是他最好的朋友乔二，这时他的内心才逐渐地平静了下来。他将整个事情的来龙去脉一五一十地告诉了乔二，在乔二的好生说道下，他终于鼓起了勇气，就上去试了一试。可是好巧不巧，这个对联就让他给对上了，他成功地入赘了。他也很开心，虽然是入赘，但是他媳妇家里条件不错，所以他也就安心地生活了起来。

可是他媳妇的父亲母亲始终瞧不上他，觉得他没上过学，没有本事，家里也穷，成不了什么大的气候。整天嘟嘟囔囔的，这也使得他心理产生了很多怨气，一直闷闷不乐的，渐渐地，时间也过去三年了，他媳妇生了孩子。他自己也觉得离开父母这么久了，也想自己的家了，是时候回去了。虽然他的媳妇对他很好，但他媳妇的父亲和母亲始终看不上他，甚至都不愿意正眼看他一下，他实在不想再这么低三下四地生活下去了。他过够了，实在是受不了了，想立马离开这里。所以他就将自己的想法告诉了自己媳妇，自己想回家了，不愿意再受这些气了。而且也给自己媳妇说了自己这三年来心中的不快和忍让，问媳妇愿不愿意带着孩子和他一起回去。媳妇心里想着，他们已经有孩子了，虽然他家里比较穷，但是他也确实是个过日子的，同时对自己也非常好，想想这些年，也确实委屈他了。就答应了丈夫的要求，然后在一天夜晚就跟着丈夫回了丈夫的家。媳妇的父母第二天看见人都走了，以及女儿留下的信，气得生了一场大病，这时方才恍然大悟,非常悔恨自己当时的做法和想法。

所谓好事不出门,坏事传千里。这件事情还被县城里的人知道了,然后就四处传播了。

搜集地点:泾源县黄花乡庙湾村

搜集时间:2018 年 3 月 26 日

讲 述 人:海存莲

采录人员:王文清　陈翠英　王　芳　咸永红　冯丽琴

文字整理:泾源县文化馆

整理时间:2021 年 1 月 10 日

2019 年 12 月 16 日,文化馆非遗中心工作人员在泾源县六盘山镇五里村雍丙荣家中,搜集采录泾源县民间故事工作照片。

真儿与干儿

以前，有老两口儿，生有一儿一女。他们把娃娃的教育看得特别重要，只要一挣到钱，就让娃上私学。儿子聪明伶俐，考上了进士。女儿贪玩，读书不行，但是做的一手好针线。他们那里的一家财主的儿子看上了这个女儿，这个女儿就被嫁到了这家有钱的财主家。女儿婆家人，人好又有钱，家庭富裕，对这个女儿也特别好。儿子呢，做了官之后家里也给娶了个媳妇，这个媳妇子心肠歹毒，对人冷漠无情，尤其与婆婆不和，因此这一家人婆媳关系不好。老奶奶很少到儿子的官府去，老爷爷到官府去看儿子，儿媳也不怎么待见。后来老爷爷得了重病，不治而亡，去世之后剩下老奶奶一个人。

女儿的婆家离老人家近，经常回娘家照看自己的老妈。女儿的公公就说："你看咱们家里条件好，你每次看你妈的时候，不要只拿一点吃的东西，冬天吃的东西能放住，可是到了夏天，你妈吃不完拿过去的食物放上一两天就不能吃了。咱们家有的是钱，你给你妈把上好的东西买上。你看啥好你就给你妈买，咱们家里有用的好东西你也给你妈多拿些。"这个女儿从此走娘家时就会大包小包地给老妈拿很多好东西。老奶奶特别的细详，好东西能攒的就都攒了起来。

老人的儿子呢，也特别孝顺老奶奶，只是他家婆媳之间特别的生分，每次儿子都想给老妈多给一些好东西。可是不管是给钱还是给东西，他的媳妇就是不愿意么！儿子每孝顺一次老妈，就难免跟媳妇吵架、淘气。后来儿子想天天淘气也不是个办法，就偷着给他老妈给东西给钱，想着只要媳妇不知道就好。结果时间长了，让媳妇发现了闹腾得不行。儿子就说："你看，我是个当官的人，父母官要为老百姓做主呢，我连自己的父母都不想管，让老百姓咋看待我呢？我咋能为老百姓做表率呢？不行那就让我写上一个材料给朝廷，申请一下把我这个官职免了。我把官辞了回老家去伺候我老妈，再写个休书把你休了，你重新找人家过好日子去吧。"儿子的媳妇一听这话，说："哼！那不行，我就再不管你了！不过你给你老妈给钱给东西能行，但是家里绝对不让你老妈进来！你老妈不讲卫生，衣服脏了舍不得洗，身上有味儿，我这家里没有她坐的地方。"

儿女非常地孝顺。老奶奶确实非常地细详，舍不得花钱，儿子女子经常给她给钱，老奶奶就把儿女孝顺她的钱都塞到一个枕头芯里面，年代久了时间长了，一个枕头芯塞满了,就又塞到另外一个枕头芯里面。

过了几年,老奶奶的儿子被调到河南那边当官去了。后来呢,朝廷又把她儿子调到兰州当官去了。时间长了,老奶奶只知道儿子在兰州当官,至于儿子在兰州官做得究竟怎么样,老人一概不知道。时间长了就想到兰州去看儿子。一是想儿子;二是儿子三五年才能回来看她一次,每次看她的时候,老人都说自己好着呢,不用担心,也没有和儿子仔细谈过关于儿子的任何事。所以儿子在外面究竟做了多大的官?具体啥情况?儿子有钱没钱?老人不知道,心里一直担心儿子呢。女儿呢,财主家家境好,没有啥担心的。自己年龄也不饶人了,再不抓紧时间,老人怕自己以后想看儿子都走不动了。老奶奶一心只想着去看儿子,心想自己只要见着儿子,到了兰州不去儿子家住,在外面单独弄一个房子,住在外面自己单独生活。只要能坐在儿子跟前能经常见到儿子就行。于是老奶奶就把自己的两个枕头带上,再啥都没拿,就出发去找儿子了。

上兰州找儿子,抱的两个枕头鼓鼓囊囊地塞满了钱,晚上睡觉的时候,一个枕头枕着,一个枕头抱着。通过一番打听,一番周折,一番辛苦跋涉,老人终于打听到儿子的消息。当老人给当地人报上自己儿子的名字的时候,当地人说,你儿子那官做得大,我们这里人都晓得呢。一个当地人把老人儿子的具体家庭住址给老奶奶说了,老奶奶找到地方一看院子有人呢,一打听,结果儿子没在儿媳妇在。媳妇把自己的婆婆打量了一下就说,"这不是!你走吧!"老奶奶返回的途中,这条街上的人就对她说:"你儿子就在这个街上住着呢。你回去再问问吧。"老奶奶又回去再问,结果老奶奶的媳妇说:"给你说不是的!你咋又来了?你儿子在那头子住着呢,你到那头去找吧!"这个歹毒的媳妇给自己的婆婆指了一条相反的路,心想把这个人支得远远的,再也走不回来!老奶奶出来往对面走的时候又碰见她第一次打听过的路人问她:"你咋又出来了?"老奶奶说人家说我找错地方了。路人说你儿子那个人我们都认得呢,千真万确,你回去你再问去。老奶奶第三次跑到儿子家里去问她的儿子在吗,儿子当时确实也不在家里,儿媳妇就狠狠地把老奶奶骂了一顿,把老奶奶赶出了家门。老奶奶不死心,就想见儿子一面,于是就住在这个街道,心想,如果见到儿子,儿子让她走她就走了。

老奶奶问她的街坊邻居:"我儿子回家的时候走的是哪条路?"一个街坊邻居就给她介绍,说:"你儿子一般走的是靠东边这条路。"老奶奶就一直坐在东边这条路边上等儿子。今天,儿子回来的时候恰好走的是西边的路,老奶奶自然就没有见到儿子。老奶奶做官的儿子回到家里之后,妻子说:"今天家里来了一个老奶奶,胡搅蛮缠,说是你妈!三番五次要在咱们家来住呢,我又认不得她,把她赶走了。"儿子说让我出去看一看,说不上还真是咱妈呢!媳妇说:"你今天要是敢走出去看你妈,我就自杀!跟你势不两立!"当官的儿子一看媳妇以死相逼,也不是个办法。就说:"行行行,我今天不去看还不行吗?"两口子都没有出去。一个好心的街坊邻居看老奶奶实在太可怜,就把老

147

奶奶背到她这个当官的儿子家的大门口,恰好老人的儿子和媳妇一同出来了。儿子正要上前认他妈的时候。媳妇一把捂住老公的嘴巴,恶狠狠地瞪着他,凶恶的眼光恨不得把自己的男人杀了。儿子一看,左右为难,就只好对自己的老妈说:"你是哪儿来的老人家,你赶紧回家去吧,不要在这里纠缠。"老奶奶一听儿子这话,把心伤了,看到这么个情况,就把认儿子的心收了。老奶奶转过身老泪纵横,一句话也没有说独自一人走了。

老人家就一直往前走。走到黄河边,老人家伤心到了极点。跪在黄河边哭天喊地发泄自己内心的痛苦。她抬起头看着一望无际的天空绝望地哭喊:"苍天呀,你太高亮!土地呀,你也聋哑!我把我的苦楚给老龙王诉说一下,我这辈子啥念想也没有了,我跳了黄河,就权当为黄河的鱼虾河鳖作了贡献了……"

"咦,前面那边咋有人在哭啊?"不远处路过的一个媳妇听见了哭声就对旁边的一个小伙子说了。小伙子说:"不知道是咋回事,我过去看一下是咋回事。"

小伙子跑过来一看,只见一个老奶奶趴在黄河边哭天喊地,悲伤至极。小伙子扶住老人说:"老人家,您有啥冤屈趴在这里哭天喊地呢?"老奶奶抬头看了一眼这个陌生的小伙子,见不是自己的儿子,又趴下继续哭。小伙子也是个读过书的人,通情达理,想了解一下情由。就说,"老妈妈,您有啥伤心想不开的事情,您跟我说或许我还能够帮助您。"小伙子心想,我一片孝心却没有老人可以孝顺,我把这位老人叫一声"妈",我哄着她先把自己的冤屈说出来,于是小伙子就跪在老人面前一声接一声地喊"妈"。老人心头一惊抬头一看,面前这不是自己的儿子呀?老人伤心地说:"我自己的亲儿,辛辛苦苦地抓养大不容易,这些天来,把我一声妈都没有叫过,你一个陌生的小伙子把我叫妈。"于是,老奶奶就把自己如何养大儿子,如何千里迢迢奔往儿子的过程给小伙子说了一遍,并说自己现在无依无靠地活着也没有啥意思,离家远儿子又不认,不如跳到黄河,无牵无挂,落得干净!"小伙子一听,"扑通"一声又跪在地上,说:"唉呀,老妈呀!你不能死啊!你要是不嫌弃我的话,我没有父母,你给我当妈,我把你养活上!我家离黄河很近,你要是觉着我对你不好你过得不顺心了,你再跳黄河都能成!"老奶奶说:"真的啊?"小伙子说:"真的啊,妈!儿现在就背你回家。"老奶奶高兴地说:"我现在就权当你是我儿,我给你当妈!"小伙子一看老奶奶怀里抱着两个又脏又油的枕头,就说:"妈,你赶紧把那两个烂枕头撇到黄河里去,儿回家给你买新的。"老人脸色一沉说:"娃娃呀,你能要我这两个烂枕头,你就能要我!你不能要我这两个烂枕头,你就不能要我啊!你要我无处用,不如不要我。"这个老奶奶呢,是个聪明有才智的人。她说:"我这两个枕头是我年轻的时候跟我男人结婚时枕过的枕头,是个念想,你看我一直舍不得丢,又黑又脏的,我从来舍不得撇,也舍不得洗,怕洗烂了,一直随身带着。两个枕头伴随我一生。"小伙子说:"哦,原来是这样,那没问题,我把枕头抱上。"这个麻利小伙子一把把两个枕头拿过来抱在怀里,又蹲下身子说:"妈,我把你背上!咱回家!"

小伙子把老奶奶背到他们家门口就喊:"哎!当家的,我给咱们背了个妈回来了!"媳妇心想:咦!还能得很,在哪里背了一个妈?他们家男人一个独苗,婆婆早殁了呀!这是个聪明媳妇,不管当时心里咋想,到底要不要老人,不在人面上黑男人。急忙迎出来,笑道:"哎呀,你还真给咱们背了一个妈回来了,快让妈进来!"看见了两个大枕头,媳妇就说:"你把妈背回来就行了,拿上两个烂枕头干啥呢?"小伙子说:"这是妈的命根子,闲了我给你细说。"媳妇赶紧把两个枕头抱着放在地上。老奶奶一看一下子就生气了。说:"我走了,我不坐了!"这个聪明的媳妇一看就辨来意思了,赶紧说:"把妈的枕头给放到高处就不生气了。"赶紧就把两个枕头给放着架起来。这就妈长妈短的,做啥说啥句句说话不离妈。说得老奶奶心花怒放,心里面还高兴起来了。小伙子一看老人家高兴了,媳妇正在做饭,小伙子对媳妇说:"你就先不做饭了,妈走了一天路了,赶紧烧些热水给妈先洗洗。"媳妇子就赶紧给老奶奶烧了热水端来了,说:"妈,我给你洗。"帮着给老奶奶把头洗了脸洗了,又说:"妈,我给你把这衣服换下来洗了,明天给你买上一身新衣服穿上。"老奶奶一听一下生气了,说:"你嫌我又脏又穷,衣服烂得很。"媳妇给男人说:"你赶紧出去给妈买上一身新衣服。"老奶奶说:"娃娃你不要折腾了!你就叫我这么个先坐下,你嫌我衣服又脏又旧的话我走!"媳妇子说:"妈,你不要说了。你就好好坐下休息,不着急。你今天不想换了,改日给你再换衣服。"老婆子说:"这样能行,我这衣服洗干净还能穿,你们不要乱花钱。"傍晚时分,媳妇子就烧好热水,端过来要给老人家洗脚,老奶奶说:"哎呀,我自己洗。"媳妇子说:"我有亲妈的时候给我亲妈也没洗过脚,现在没有亲妈了,我就想给老妈洗个脚呢。我孝顺你老人家跟孝顺我自己的亲妈一样,你就让我给你把脚洗了。"这个媳妇子就给老奶奶把脚洗了,看着睡好之后,就把老奶奶的旧鞋偷偷拿到外面去,把鞋的大小量好,让男人去给老人家买一双新鞋。这个媳妇每天操心吃操心喝,把老人照顾得非常周到。吃饭的时候先给老人端先让老人家吃,饭烫了先给老人晾一会,小两口对老人特别的孝顺。老奶奶自个寻思:嗯,好么,这儿子媳妇真是孝顺,看来自己没做亏心事,真正遇到善良的人了。老奶奶也把小两口的娃娃特别惯,每天两口子出门干营生的时候连门都不锁,非常的放心。媳妇子给男人说,你给咱背个好妈,咱们的日子越过越好!老奶奶听到了,说:"好是好,你两个人好得很,你这房不行么。"儿子说:"妈,没钱!你给咱们把娃娃好好看着。我两个给咱们把钱挣上,盖一院子房,你老人家好好地享受上几年!"老奶奶说:"娃娃你盖房别愁,你就找人盖吧。"儿子说:"妈,咱们院子这么大,就在咱们院子里面盖就行。"老人说:"那你就叫匠人,妈给你安顿。"

儿子说:"老妈你把你自己照顾好,你能想个啥办法呢?"老奶奶说:"娃娃,实不相瞒妈有钱呢,妈的两个枕头,一个里头是荞皮,一个枕头里面全是钱。妈现在就把这一枕头钱都给你。"说话间就把枕头拿过来一剪子把新枕套剪开,说:"你俩看这是啥东西?"只见烂枕头里面塞满了钱,硬的软的都有。老奶奶说:"我把这钱都给你们,你们两个放心盖房吧!"小两口儿激动得不行了,都不知道该咋样孝顺了,捧在手心里怕吓着,咬在嘴里怕牙齿挂着。高兴得不行,心想原来把老人背回来是把宝背回来了。然后就连忙叫上匠人大兴土木盖房,一下盖了两层楼,两层楼盖完之后,一枕头钱还没有花完。这家子的名声就一下子出去了。左邻右舍议论纷纷:"哎呀,这两口子也不知道咋弄着呢?怕挖了一罐罐银子金子!"

"这家自从有了这个老奶奶以后,老奶奶是个福神么,他家的日子越过越好了。"

"你看这小伙子在黄河边背了个老奶奶,你看人家两口子,背着回去把老人当亲妈孝顺,家里越来越好了。"

这还了得!左邻右舍把这个事情越传越神!一下就远近闻名,很快就传到附近老奶奶的亲生儿子家里面了。老奶奶的亲生儿子听到这个消息后,就给自己的妇人说,听说两口子在黄河边背了个老妈是福神,越孝顺越好,家里还盖了两层楼,日子越过越红火了,名气大得很!咱们去看到底是咋回事儿。有一天,亲生儿子在外面看见老奶奶在院子里面走动呢。在门缝偷着看,一看是自己的亲妈。亲儿子回到家里面去,跟媳妇一商量说:"告!咱们的妈被打劫了!咱们上法庭告他,给他闹个打劫的罪名!"亲生儿子告到官府之后,官府就升堂提审。在升堂提审的时候知府问:"你把人家妈咋给抢劫了?"小伙子跟媳妇子也都在法庭上实话实说:"我们也没抢,也没偷,也没有干坏事啊!"就把事情的原委、事情的经过,给知府说了。知府把这个过程听完之后就说,既然是这么个,你们就都回去,把你老妈叫着过来,咱们问一下。老奶奶一上公堂就大发脾气。问:"你们为啥把我儿子给我抓到公堂上了?我儿究竟犯了何罪?我儿究竟犯了啥罪犯了啥法了?"知府问:"你在黄河边哭是怎么回事儿?"

老人说:"我多年找不到我的儿子,就准备跳黄河呢,我儿听着了就跑过来把我背着回来。"知府把原告叫着来再审一下。亲儿子一上堂就喊:"妈!"老奶奶一转身没回应。知府就问:"你到底几个儿?这一个也说是你儿子。"老奶奶说:"我的儿在这儿,我只有小伙子这一个儿。没有这个儿子,我认不得这个人!"这场官司没办法再审了,知府对两个儿子说:"你两个今天谁把你妈叫回去,你妈就是谁的。"第一个上来叫的就是自己的亲儿子。亲儿子说:"妈,我错咧,千错万错都是我的错,你再不要生气了,你跟儿回家吧。"老奶奶转身说:"你滚远!谁是你的妈?我不认识你!"自己的亲儿媳妇一看儿子把老妈妈没叫动,就赶紧当面对老奶奶说:"妈,千错万错都是我的错,你回家来几次我没有招呼你,我把你赶了,我无理取闹,都是我的错。"老奶奶说:"我在你门上没去过,我没见过你,我也不知道你是个弄啥的。"然后老奶奶两眼一闭好像睡着了一样,不看自己的亲儿子和亲儿媳妇。这个认下的儿子进来走上来了也没跪,直接说:"哎呀妈呀,你坐在这里干啥呢?咱们这就回家!"老奶奶赶紧说:"走走走,赶紧回。"原来这个老奶奶的亲儿子还在官府里做官着呢,因为此事被官府把官职抹了。亲儿媳妇干的工作也被闹着没有了。由于小伙子两口子孝顺,后来官府还给小伙子两口子弄了个一官半职。

这个故事呢,亲儿是忤逆贼不认娘,伤了老人的心,认养老人的假儿子孝顺,老人当亲儿子对待,把她辛辛苦苦攒了大半辈子的一枕头钱都给了孝顺自己的假儿子。这就是真儿与假儿,不在是否亲生,只在是否孝顺,是否有真善心。

搜集地点:泾源县六盘山镇东山坡村

搜集时间:2019 年 12 月 24 日

讲 述 人:姚治富

采录人员:王文清　陈翠英　王　芳　咸永红　冯丽琴　张　昕

文字整理:泾源县文化馆

整理时间:2020 年 12 月 25 日

2019 年 12 月 24 日,姚治富(左三)在六盘山镇东山坡村家中讲述泾源民间故事。

智斗恶匪

早年，癞头山下有个田家村，村里有一个老李头，老李头家有个女儿长得十分漂亮，名叫杏花，是村里的一枝花。村里有个年轻人叫二牛，二牛喜欢老李头的女儿，经常有事没事地来帮助老李头干活，老李头也因为二牛家的光景好，准备将女儿嫁给二牛。

这天山上下来几个土匪，来到了田家村，在村子里挨家挨户找粮食和钱。到了老李头家，老李头一直向土匪求饶，土匪根本不管，还将老李头给踹倒了。老李头的女儿杏花赶紧跑出来准备扶老李头，土匪一看杏花的美貌，当即决定掳上山。老李头磕头求饶："我就只有这么一个闺女，求求你们放过她吧，我家里的粮食你全部带走，好不好？"正好二牛来到老李头家门口，听到土匪要将自己未过门的媳妇带走，急中生智想了一个办法。二牛趴在老李头家的墙上大声喊道："李叔，这几个人是你家亲戚吗？他们怎么这会来了。李叔你赶紧将家里的粮食藏好，官府的人来了，他们要收粮食，你赶快将粮食藏起来，他们都到村口了，我先回去了。"说完从墙上下来藏了起来。土匪一听官府的人来了，几个土匪赶紧从老李家跑了。

二牛看见土匪走了，赶紧进去，问老李头有没有事。老李头问二牛："官府的人是不是真的来了？"二牛说："我是听见他们要抢杏花，骗他们的。"老李头说："杏花现在被他们看上了，他们迟早还会来的，这可怎么办呢？"二牛说道："李叔，您先别着急，我想想办法。"二牛说："李叔，我准备和杏花过几天成亲，咱们把消息放出去，土匪知道了肯定会来的，我让我爹早早把官府的人都请来，等他们抢亲的时候，让官府的人将他们一锅端了。"老李头听了连忙叫好，"把这群害人的土匪给除了，日后咱们也能过个好日子了。"

大婚将至，官府的人都已经埋伏好。土匪头子带着山上所有的土匪准备抢亲。正当杏花和二牛要拜堂的时候，土匪来了，掏出枪威胁二牛，可是一看，身边全是官府的人，他们已经全被包围了，土匪头子知道自己中了圈套，没办法只能认命，官府的人带着一群土匪回去受审了。

二牛和杏花继续拜堂成亲,婚后过得十分幸福,村子里的人还经常说起他们智斗土匪的勇敢事迹呢。

搜集地点:泾源县黄花乡店堡村

搜集时间:2017 年 11 月 6 日

讲　述　人:杨彩兰

采录人员:王文清　咸永红　冯丽琴　陈翠英　王　芳

文字整理:泾源县文化馆

整理时间:2020 年 11 月 16 日

杨彩兰　1944 年12 月出生于黄花乡店堡村,自治区第五批非物质文化遗产代表性项目泾源民间故事传承人。

八子报恩

在很久以前,有一家人生了八个儿子。这家的日子并不好过,穷得实在可怜。八个儿子也不好养活,没有个啥吃穿。这天,这家父亲看到家里缺衣少食,坐在地上越想越吃力。这一天天的,大人都没有啥吃喝,更别说还有这八个碎儿子哩。父亲心一狠,对着孩子的母亲说:"你在家里待着么,我把咱们这八个儿子,带到外面的山上打些核桃回来。西山里有个叫神仙湾的地方,有很多核桃,我给咱们去多打一点回来。"

走了好几十个山峁,寻到一个山洞,父亲对八个儿子说:"你们八个在这个洞里等着,我爬到树上给咱们打核桃去。等你们听不到打核桃的声音了,你们几个就赶紧出来,把我打下的核桃拾上,咱们背着回。"八个儿子满口答应。

父亲出了山洞上了树,边上树边用棍敲打着树干,发出"砰砰砰"的声音。声音有时大,有时小,有时密,有时疏,一直快到天黑了,"砰砰砰"的声音一直没有停息。八个儿子一个看一个,一个说:"都这么长时间了么,咱大咋还打着哩,我在这儿都等饿了,不知咱大饿不饿?"一个说:"咱们问问,都打这么多了,再打咱们背不回去了。"八个儿子一商量,一同跑出洞口,对着发出声音的地方喊着"大——大——。"

喊了好几声,一点回音也没有。八个儿子循着声音找过去,原来这一片地方根本就没有核桃树,那"砰砰砰"的声音,也是挂在一棵高大的桦树上的干羊皮发出的。干羊皮在风的吹动下,发出"砰砰砰"的声音。

八个儿子也不记得回家的路,不知如何是好。老大说:"天色已晚,看来咱们今晚只能在山洞里过夜了。在外面也不知道,有没有狼虫虎豹,要是碰上狼虫虎豹,咱们几个还不让给吃了,到了山洞里还能遮个风挡个雨。"他带着几个兄弟进了山洞,在山洞里蹲了一会儿,饿得实在有些受不了。

天慢慢地黑了下来,一个儿子突然叫了一声,这可把大家给吓着了。只见洞子深处有一点光亮在闪动,吓得几个人大气都不敢出一声。光亮一直在山洞的深处闪动,也不过来伤害他们,更不像是山洞里的狼虫虎豹。老大胆子大一点,慢慢地靠近光亮处,几个兄弟在他的身后跟着。走近光亮处,原来并不是他们想象中的猛兽,而是从另一个地方发出来的亮光。

这个山洞与那个亮光，仅有一个身子刚能过去的小洞，通过小洞，就能看到亮点的像个大房子一样的地方。老大看老碎的身体较小，叫老碎钻过去看看，老碎吓得不敢去。老大让老二照顾其他兄弟，自己慢慢地钻到了另一头，果真是个大房子。这个大房子里点着八盏夜明灯，把房子照得跟白天一样。房子的一角是个大灶房，锅里满是热腾腾的馒头，在房子的另一角存放着一个大箱子，箱子里有各种衣服和布匹，还有三箱子的金银和珠宝。

老大从锅里取了八个馒头，让兄弟们从洞里爬过来吃。

这下可把兄弟八个人高兴坏了，美美吃了一顿。老二在灶房的一角还找到了几坛美酒。以前他们只能眼睁睁地看着别人吃白面馒头，大碗喝酒。这会儿他们也能如愿了，老二提了酒要让大家喝，老大阻止说："咱还不知道这些都是谁家的，要是这里的主家找上门，咱们怎么办哩。"老二说："我们不多喝，一人尝一口，就尝试一下。"老大同意了，兄弟每人喝了一口，辣得个个吐舌头。

兄弟八个在山洞里过了一段幸福日子，这天，老大说："咱们在这儿有吃有喝，吃穿不愁，不知道家里的大、妈过得怎么样？"老二说："大把咱们狠心地扔到这里了，我才不想管他们呢？"老大说："那也是他们逼不得已的事情么，要是家里能过活，大也不会背着妈，把咱们扔到这里。咱们把锅里的吃食都背上，再拿几件衣服，咱们回家去看看大和妈。"

老二有点不愿意，但其他的兄弟们都同意了，也只能跟着一起出了山洞。兄弟八人寻了很久，才寻到了回家的路。老二说："咱们先不要大摇大摆地回家，咱们偷偷地回去，爬上房顶，看看咱大咱妈到底是啥想法。"老大还想劝老二，其他的兄弟都说"行"。老大就不好再劝了，兄弟八个悄悄地爬上房顶，透过草屋顶，看到父亲饿得躺在炕上，母亲饿得没有力气，坐在灶房前的小凳子上。灶台上没有生火，一丝烟火气也没有。母亲叹了一口气，说："也不知道咱们那八个儿子怎样了，有吃的没有，有喝的没有，在那个大山里受冻挨饿的……"母亲说到这里，抱头痛哭开了。父亲也"嘿"了一声，说："我也是没有办法，可把他们丢在山里，我心里也过不去。要是现在能有点吃食，我去把他们几个接回来。"老二悄悄地扔了两个馒头下去，正好丢在父亲的身边。父亲捡起馒头，说："天会下雨，咋还会下白面馍馍呢？让我好好吃饱了，去找咱们那八个儿子。"

母亲抬头一看，房顶是好的。跑到院子里，啥也没有看到。又回到房子里，炕上多了几件衣服。父亲和母亲四处找，也找不到是谁在给他们扔馒头和衣服。父亲和母亲跑出跑进，寻得火急火燎的，看着两个人急急忙忙慌慌张张的样子，老碎憋不住了，"噗嗤——"笑了一声，父亲听到屋顶的声音，把八个儿子接到院子里。

　　父亲询问八个儿子的经过,对自己把儿子们丢到山里的事悔恨不已。听老二说山洞那还有很多吃食、衣服和珠宝时,父亲让老二带着他去寻找。父亲心想,要真的有这样好的地方,一家人吃穿不愁,还能得到很多金银珠宝,从此,一家人就能过上好日子。

　　可是,父亲带着几个儿子,寻了很久也没有寻到那个山洞,就连父亲当初走过的路,父亲也寻不到了。

搜集地点: 泾源县大湾乡苏堡村

搜集时间: 2017 年 11 月 15 日

讲 述 人: 刘焕章

采录人员: 王文清　咸永红　陈翠英　王　芳　冯丽琴

文字整理: 泾源县文化馆

整理时间: 2021 年 9 月 2 日

2017 年 11 月 15 日,刘焕章(右一)在泾源县大湾乡苏堡村魏国斌家中讲述泾源民间故事。

不孝之子

　　相传有一位考取了举人的秀才,名叫张顺。张顺家境贫寒,从小丧父,和瞎眼的母亲相依为命。张顺从小刻苦学习,因为他想要通过考取功名,来改变自己的命运,以此跃出农门。成年后张顺在邻居的帮助下娶妻。其妻一直陪伴他,从无怨言,并且支持张顺考取功名。而在当时要想生活有点起色,就必须通过考取功名,改变当前的处境。张顺的努力得到了回报,他考取了举人。当他接到圣旨的那一刻,他知道他的生活就要不一样了。皇帝下旨让他尽快到南阳上任,这样他成了南阳知府。而这时的他在河北老家和妻子忙着收拾行李。张顺就对瞎眼的老母亲,假装惆怅地说道:"娘啊,咱们的银两,不够我们三个上路,再说这一路上,路途艰难,你年龄大走不了远路。我先和媳妇去南阳上任,等我啥都安顿好,再派人用马车来接你。"老婆子应允了,张顺又对母亲说道:"娘,我们走了,你不方便,我在镇子上,给你租了间房子,你就安心住下,我也交了一年的房费。等我一切顺利了,就接你到南阳府邸同住,到时我好好孝敬你。"其实张顺借着知府的名头,给旅店的人打了招呼,并未交房费。旅店老板为了巴结示好,让店小二照顾好张大娘的生活起居。

　　就这样,张顺和妻子踏上了上任征途,他带着行李和一个大箱子来到码头,坐船去往南阳。船上的人也是很多,途经一个地方的时候。他们远远看到这儿热闹非凡,船上的人想去凑热闹。船上的人提议上岸去逛逛,找饭馆填饱肚子。等船靠岸后,张顺和妻子没有一同前往,坐在船上静静地待着。张顺希望所有人上岸去游玩,这样就没有人觊觎他的那个大箱子。他那个大箱子里,装着皇帝奖赏的银两,就连他的妻子都不知道。而这时的船夫已经盯上了他的箱子,并且密谋着怎么得到。等所有人都下船后,船上只剩船夫的人和张顺两口子,船夫和手下悄悄地钻进张顺房间,以迅雷不及掩耳之势,杀害了张顺两口子,把尸体扔进了水里,船夫赶紧开船逃走了。当其他人玩尽兴后,回来时发现船不见了,这些人气得直骂娘,但又无可奈何。

　　过了半个月,张顺娘所住旅店的老板,听说了一个消息,民间传言说,南阳知府一直没到任。说张顺在上任途中,遭遇不幸已身亡了。旅店老板立马变脸不认人,对老婆子说道:"你那知府儿子早死了,你也没必要赖在我店里。"老婆子声音哽咽了,并且哭着说道:"你这老板咋能过河拆桥了,我儿已经交了一年的房费,为啥我不能住了?"店老板嘲笑道:"你以为你儿子有多孝顺吗?你真以为给你交房费?那是嫌你累赘,用来骗你的借口。我让你住店里,是给他知府面子。现在他都已经不在人世了,我为啥还要替他养着老娘哩?"老婆子哭得悲痛欲绝,没想到自己儿子这样对他!奈何她含辛茹苦把他拉扯大,对她一个瞎眼的人来说,把儿拉扯大真是太不容易了。儿子做的事真的让她寒心了,被赶出旅店后,老婆子无处可去。为了活下去,只能沿街乞讨。

搜集地点:泾源县六盘山镇和尚铺村

搜集时间:2020 年 12 月 30 日

讲 述 人:李　强

采录人员:王文清　陈翠英　咸永红　冯丽琴

文字整理:泾源县文化馆

整理时间:2021 年 12 月 25 日

李　强　1957 年 9 月出生于六盘山镇和尚铺村,泾源县第四批非物质文化遗产代表性项目民间故事传承人。

丑　娘

从前，有一对老两口，老汉在那个时候，还算是有家世的，老汉活人也好。对富汉和穷人一样地看待，没有对富人就去巴结他，也没有对穷人看不起人。这对两口子到了四十多岁，才生了一个儿子。儿子长得俊俏得很，人见人爱。

四十岁了得了个儿子，老汉高兴得很，是个喜事，他把存下的钱取了些，买了些喜糖给村子里人，挨家挨户发了一遍。买了些核桃、大枣给各庄里的亲戚友人们送了又送。转眼到了儿子过百天的日子，老汉突然得了个急病去世了。老汉殁了以后，剩下刚过百天的儿子和老婆子，两个人相依为命。老婆子的茶饭做得好得很，就给庄里的有钱人家上锅做饭。老婆子家里慢慢也不好过了，日子操劳着越来越老。看起来也丑得很，庄子里的人都叫她"丑娘"。别看丑娘人长得丑，可做的饭是庄里人当中，做得最香的人。凡是庄里人家过个宴席小事的，都会把丑娘请过去做饭，不管是本家亲戚，还是村里的友人。尝过丑娘手艺的人，都夸丑娘做得好吃，久而久之，丑娘还成了十里八乡的"名厨"。

眨眼的时间，就到了老汉过世三周年的时候了。丑娘烩了一锅她拿手的大锅烩菜，又煎了些油饼，把亲戚朋友和庄里大小亲人，请到家里来吃席。丑娘说："是我老汉三周年的日子，你们都来。"庄里和亲戚朋友们客气得很，一是老汉活着的时间活人好，庄里庄外人常怀念和老汉一起共事的时候。来得早的人在院子里，三人一堆五人一群，开始说着老汉生前的趣事，时常从院子里能传来朗朗的笑声。但凡是吃了丑娘宴席的人，个个夸赞丑娘的手艺好，丑娘的厨艺又一次在十里八乡传播开来。

丑娘开始常年在外，给别人做饭。就这样日复一日，月复一月，年复一年。儿子从慢慢学会行走，到上了私学，再到长大成人。儿子长相很英俊，说媳妇的时候，别人一听是丑娘给儿子说媳妇。十里八乡的媒人们都想当这个媒人，个个要把认识的妙龄少女给丑娘儿子介绍。"丑娘做饭可好吃了，县里的县太爷也经常让丑娘给他们家做饭哩。你们家的女子嫁过去以后，那好吃的天天有。丑娘也就这么一个儿子，她存下的那些家产，迟早还不是你们小两口的？"媒婆们说得口水乱飞，丑娘儿子选了一个称心的姑娘。

泾源民间故事·生活故事篇

丑娘儿子读书也争气,考中了状元。他在京城当官时,他把丑娘接到了京城里,有一次他请同僚在家里吃饭,依旧是他的丑老娘做的宴席。那些官员没有吃过这么好吃的饭菜,鸡肉不烂不腻,入口即化。骨和肉通过牙齿,轻轻一咬分离开来,一点也不老,一点也不柴。萝卜的香味扑鼻而来,萦绕在食客们的周围,久久不能散去。这种感觉像是喝了甘露,飘飘欲仙。官员们回过神来问:"这宴席是谁做的?"问了两遍,状元儿支支吾吾地不说,官员们又问了一遍。状元儿这才说了一句:"丑娘烩的菜。"状元郎长得一表人才,然而随着岁月的变迁,她娘长相越来越丑。在这种场面上,他不想让别人知道,他的娘长相是这般的丑。官员们说:"你去把丑娘叫出来,我们要亲自感谢一下她。丑娘做的这个菜确实是人间佳肴,佳肴里的极品。"这时的丑娘在灶房里烟熏火燎,忙得不可开交,听说官员们要叫她。忙扔下手里的活,到了大厅。官员们对着丑娘说:"老人家啊,你今天做的这个菜,真是人间极品,普普通通的萝卜、普普通通的鸡肉,到了你这里咋就变得这么美味呢?"丑娘说:"我也没有啥方法,就像平时做饭那样做的,也没有特别的,就是平常的手艺。你们要是吃得不太好,也别笑话我老婆子了。这一把年纪了,手来了脚不来,脚来了手不来的,放盐放调料也没有一个把握,做得不好你们也别责怪。"

这个时候的状元儿,也不想官员们和丑娘说这些闲话,越看自己的娘越丑。心里想着:"我这么一表人才的状元郎,咋么会有这么丑的老娘?人家叫你就说在灶房里忙着么,急急忙忙地跑出来,在这儿给我丢人哩。"好不容易等到官员们离去。收拾结束以后,状元儿又把丑娘数落了一顿。吩咐丑娘:"下次再有人想要见你,不管是天王老子还是啥的,你都不要再露面了。"丑娘含笑点头答应。

自从上次的宴席之后,丑娘的厨艺又在京城里广为传扬。一人传一人,越传越神奇,这事儿竟然让皇上给听到了。皇上传了状元儿:"京城大小官员和普通老百姓,都在传给你家做饭的一个丑娘,厨艺高超。朕想让她给朕做一顿饭,我倒要品尝品尝,那个做饭的丑娘,到底做的饭是不是像他们嘴里说的那么好吃。"状元儿说:"我府上原来是有他们说的那个做饭好吃的丑娘,不过前段时间,丑娘说啥也不在我府上待了,我给了些盘缠让回去了。走的时候也没有说她的老家在哪儿,我问了人家也没有给我说。如果皇上特别想要吃丑娘做的一顿饭,那就要好好地寻一下这个丑娘了。"皇上很失望地瞪了一眼状元,下了个皇榜,寻天下的名厨进宫,到御膳房给皇上做宴席。

状元回到家里,跟媳妇一起商量:"这娘也长得实在是太丑了,我这么一个状元郎,家里却有这么丑的一个老娘。这要是让别人知道了,他们会咋么看我?我都想到了那些个官员们看不起的眼神了。"媳妇说:"那有啥办法,谁让她是你的娘呢?"状元儿想了很久,说:"不行了,我明天找个时常不去人的瓦窑里把老娘给撇了算了。要是有人来问咱娘的事儿,你就说老娘早就去世了。"儿媳妇说:"那倒也是个办法。"

第二天,状元一切都准备好了,到了丑娘的门口,叫着:"娘,娘,你起床了吗?起床了咱们吃完早饭,我把你背到街道浪走。"丑娘好久都没有听到状元叫"娘"了,听到状元叫她"娘",心里自然十分欢喜。吃完饭,状元背着丑娘出门,状元说:"娘,咱们这儿离街道还远着哩,你趴在我的背上,先睡一会儿,到了我叫你。"丑娘也就应了一声,不多时就在状元的背上睡着了。状元把丑娘背到深山老林,找到一个前不着村,后不着店的烂窑里。也不知道是状元两口子在饭菜里下了药还是咋回事,自从丑娘在状元的背上睡着以后,就没有醒来过。状元把她扔到烂窑里的时候,丑娘还呼呼地睡着。

丑娘眼睛花了,看不清路,醒来之后眼前一片花。幸好她之前养了条狗,狗的名字叫大黄。大黄一路跟着状元过来,状元扔下丑娘回去了。大黄没有跟着状元回去,蹲在丑娘的跟前陪着丑娘。到了快吃饭的时候,大黄跑到村子里,偷着给丑娘叼个馒头,给丑娘充充饥。

山下有个小伙子,这天媳妇给他的口袋里装了三个馒头。小伙子提着口袋牵着牛到田里,他把口袋挂在树梢上后,套着牛开始耕地。大黄闻到了馒头的香味,偷偷地溜过去,叼了两个馒头就跑。到了吃饭的时候,小伙子打开口袋后。看到口袋里只有一个馒头,吃了之后不压饿气。回到家里对着媳妇一顿大骂:"我天天到地里干活,下那么大的苦,你这一天才给我给一个馒头。咱们家里是没面了?还是揭不开锅了?"媳妇被骂了个丈二和尚摸不着头脑,说:"你看你骂得怪不怪? 我明明给你装了三个馒头,你咋么胡说,我才给你装了一个?"媳妇看小伙子下了苦还有气,也不再跟小伙子争吵。

第二天早上,小伙子上地的时候,媳妇给装了四个馒头。小伙子照例把口袋挂在前一天挂的那个树上,大黄趁小伙子不注意,又叼走了两个馒头。吃饭的点上,小伙子看到口袋里的两个馒头,心里又埋怨起媳妇来。回到家里与媳妇理论,媳妇说:"我明明给你装了四个馒头,咋么又少了两个。"

第三天,小伙子自己往口袋里装了四个馒头,有了前两次的经验。小伙子边耕地,边留意挂在树梢上的馒头口袋。过了很长时间,只见一只大黄狗,遛到树梢子底下,跳了一下把口袋从树上蹬下来。用嘴把口袋解开,叼了两个馒头扭头就跑。小伙子喝住耕牛,提着鞭子边跑边喊,追着大黄狗过去。心想:"我要是追到它,非要了它的命不可。"

追着大黄狗进了深山老林,又追着大黄狗进了破窑里。小伙子在破窑出口,等了很久也没有等到大黄狗出来。把头探进去一看,把他自己都吓了:破窑里躺着一个老大娘,大黄狗把叼来的馒头给老大娘,老大娘吃的那个馒头,正是他装在口袋里的馒头。小伙子忘记了他是来打大黄狗的,走进破窑里问:"老人家,你咋在这儿呢?你没有家没有舍吗?咋么一个人在这儿待着呢?"听到有人问话,丑娘哭了起来说:"都是我那个不孝的儿郎,他考中了状元,就嫌我又丑又老丢了他的人了。就把我扔到了这深山老林,多亏是有这条大黄狗。要不是它,我早就饿死在这深山里了。"小伙子心一下子软了,抓着丑娘的手说:"大娘啊,你看这样吧,我家虽然是穷,你要是不嫌弃的话,我把你背到我们家里。我从小无老人看管,你到了我家,我把你当亲娘一样地看待。只要有我们一口吃的,我们绝不会饿着你的。"丑娘说:"我只要能有人养活就行,我这丑老婆,咋还能挑三拣四?你要收留着,是我的福分,我感谢你们都来不及呢。"小伙子说:"你到了我的家,我把你当亲娘一样对待。你啥活都不要干,田里的活有我干着哩。家里的家务有我媳妇干着哩,你就在家里帮我看看院子就行了。"丑娘说:"我的亲儿都嫌我丑,我没有养你的手,没有养你的脚,你把我背回去养着那是不行。我能做饭,也能给你们家里打打杂儿。"小伙子说:"随你都行,只要你能跟我回去,给我当个亲娘就行。"小伙子把丑娘背回家,丑娘的一手好厨艺,让小伙子两口子都羡慕。小伙子让丑娘在家里,好好休息不用干活。丑娘嫌她自己在别人家里,白吃白喝白住也不好意思,坚持要给他们家做饭。两个小两口执拗不过,就让丑娘开始给他两个做饭了。

且说皇上招御厨的皇榜告知天下,为皇上寻找御厨的官吏,到了小伙子家,吃了丑娘的一顿饭后,要把丑娘带到皇宫里给皇上做饭。丑娘说:"我长得丑得很,我的亲儿嫌我丑,都不要我了,皇宫怕是更不敢进了。"官吏们看丑娘不想进宫,也不再坚持了。官吏们回到皇宫,给皇上把这个事禀报了。皇上说:"她不想来,咱们就去找她去么。"皇上穿了个老百姓的布衣,按着官吏们说的地方,到了小伙子的家里,丑娘正好把饭做好了。皇上说:"正好我也饿了,能让我也吃一口饭吗?"小伙子为人也是热情,招呼皇上坐下一起来。皇上吃了一嘴饭,没有吃到过这么香的饭。忙问:"这饭是谁做的?"小伙子说:"家里的老娘做的。"皇上见到丑娘,亮出了皇上的身份,说:"我发皇榜就是为了寻你这个做饭特别好吃的丑娘。现在我找到了,你跟着我到皇宫里,专门做饭给我吃吧?"丑娘说:"年纪大了,眼睛也不行了,怕是给皇上做不了饭。"皇上说:"这没啥难的,你不用动手,你只管指挥厨房里的那些厨子们做。"丑娘说:"我舍不得我的儿、儿媳妇,还有那条跟了我多年的大黄狗。"皇上说:"都带到皇宫里,一同带走。"丑娘跑到厨房里,拿了菜刀和擀面杖,皇上问:"你拿这些干啥?"丑娘说:"我好拿去给你做饭。"皇上笑了,说:"不用拿,啥都不用拿,皇宫里你想要的都有。"

到了皇宫,皇上感念小伙子的孝心,封了小伙子四品大官。可以随意出入皇宫,给小伙子的媳妇封了个四品夫人,专门伺候丑娘。这事儿皇上昭告天下,众人皆知。丑娘的状元儿的日子并不好过,先是被封了个京官。官场经验不足,站在了老丞相的老阵营里。革新派上了台,把老丞相这一派人杀的杀,贬官的贬官。状元儿被贬成了平民百姓,过惯了别人伺候的日子,成了平民百姓后,啥都不会做,只能沦落到街道上当了一个乞丐。

状元不是一般的乞丐,会识字,有时会在城墙根下,给别人读读榜文。这天他读到了丑娘进宫,当了御厨的榜文。直奔到了皇宫门口,一声又一声地喊:"娘啊,你出来管管你的亲儿子啊。"门卫把这事禀报给了皇上,皇上把丑娘、四品大官、四品夫人还有乞丐叫到一起,皇上问:"谁是亲儿,你又是谁的亲娘?"四品大官说:"她是我的亲娘,我是她的亲儿。"乞丐说:"她是我的亲娘,我是她的亲儿。"两个相争不下,皇上难断家务事,问丑娘:"你来说说,这到底是怎么一回事儿?"丑娘哭了起来,边哭边讲她的过去。讲了她含辛茹苦地将儿子养育成人了,供养儿子考了状元。只因自己长得丑,如何被儿子扔进深山里的破窑里。大黄狗如何救她的命,耕地的小伙子两口子,如何对她,一五一十地讲给了皇上听。

皇上越听越生气,大声喊着:"忤逆才,你的亲娘你都嫌弃她!还不如一个外人呢,真是个忤逆才!"当即下令把乞丐拉出去,活埋到十字路口。把他的头留到外面,好让其他的不肖子孙看看,看看这个忤逆才的下场!官吏们找了一个十字路口,挖了个大坑。把乞丐推到大坑里,用土埋了,只留下头露在外面。

搜集地点:泾源县黄花乡店堡村

搜集时间:2021 年 3 月 29 日

讲　述　人:杨彩兰

采录人员:王文清　陈翠英　咸永红　冯丽琴

文字整理:泾源县文化馆

整理时间:2021 年 9 月 16 日

穿上龙袍变皇上

很久以前,有一家人特别穷。村子里来了一个耍魔术的,就把这个耍魔术的给儿子拜了个师傅。儿子就让这个耍魔术的带走,学习魔术了。

过了几年,这个娃娃回来一看,家里依然一贫如洗,还是和他走的时候一样穷。这个娃娃学会变戏法,他就每天变成一匹红鬃马,让他爹牵到集市上去卖,已经卖成功了好多次。有一天,这个娃娃,给他爹说:"你把我给谁卖都行,有一个穿红马甲甲的人,你可千万不敢给卖。"因为他变马骗的人太多了,人们都不去集市买马了。他师傅听到这个消息以后,就来到这个村子的集市上,转着看着呢。他师傅来了几回,这个娃娃他爹就是不给他卖这匹马。转了七八回之后,他师傅突然醒悟过来了。这个娃娃他师傅,就在身上套了个袍子,把红马甲在里面穿着。就这样,他师傅把这个娃娃变成的马买走了。付了钱之后,他师傅把外面的袍子一脱搭在马背上,牵着马就走。这个娃娃他爹一看,追上去拉住马就要退钱不卖了。但是他师傅说啥也不能成,说啥也不行,就是不退钱,硬是把这个娃娃变成的红鬃马强行拉走了!

师傅把这匹红鬃马,拉着回来拴在马槽边。拴得特别高,给草也不吃,流眼泪直哭。他师傅家有一个丫头在绣楼上,奇怪地说:"这匹马不吃草,咋一直这样叫唤呢?"师傅家的丫头就从绣楼上走下来看。这个女子很好奇,拿了一颗白菜让马吃,马也不吃,前蹄直刨地,还是淌眼泪。这个丫头就比较聪明,她说:"原来你是想喝水了!"这个丫头就端来一盆水饮马。这个马把头钻在水里两摆,变了一只麻雀飞了。丫头就急得大喊,他爹闻声赶来问:"咋了?发生什么事了?"丫头说:"爹,我听见马一直哭,来看它也不吃草,我给拿了一颗白菜它也不吃。我问他是不是想喝水了,人家给我点了三下头。我把水端来饮马,没想到马把头放在水里,两摆就变成一只麻雀飞走了。"

他爹问:"向哪里飞了?"丫头边指边说:"向东南方向飞了。"

这个娃娃他师傅立刻把头也塞进盆子里,两摆变成一只鹞子追去了。

麻雀飞不过鹞子,飞呀飞呀,眼看鹞子要追上来了。麻雀看到下面有个小姐的绣楼,就一头趴在小姐房子的窗户上。正好官宦家的小姐在绣楼上,看见一只麻雀飞过来,头已经穿破窗户纸伸进窗户,身子却一点力气都没有了。小姐把这只麻雀刚捉在手里，只见一只鹞子飞过来，也趴在了窗子上。这个小姐就说："你这个青鹞，不要脸！呸！"小姐直接对着追来的这只鹞子，唾了一口唾沫，气得鹞子飞走了。窗子外面的这只青鹞子，是小姐手里的这只麻雀的师傅。这只麻雀就是学了魔术，一直帮父亲变红鬃马卖钱的娃娃。这个小姐就非常好奇，手捧着这只小麻雀仔细看。发现它累得不行了，嘴张得多大呼气呢。小姐见它这个样子十分怜悯，就对它吹了几口气。小姐吹了几口气以后，麻雀突然变成了一个英俊少年。小姐非常惊讶，一下子都不知道该说什么。这个英俊少年说："小姐你救了我一命，我会报答你的。你不要害怕了，我也是一个人，我不是怪物。"于是两人待在一起，两个人一天要吃要喝的，小姐就给她的丫鬟吩咐说："我吃饭的时候你准备两份饭菜。"小姐这就算是把这个小伙子收留下来了。

到了吃饭的时候，丫鬟把饭端上来后，小姐一看只有一份饭，就问丫鬟说："让你备两份饭，你为啥只备了一份？"丫鬟说："我端饭上楼有响声，端两份饭会引起老爷太太的疑心，虽然我端了一份饭，但加量了。"小姐这才高兴了，丫鬟就叫小伙子下来吃饭，这个小伙子平时依然变作一只麻雀，在绣楼里待着呢。麻雀从椽上飞下来，头埋在水里两摆就又变成了英俊少年，坐下来边吃边喝。英俊少年和美丽小姐偷偷生活在一起，没人了就偷偷拉家常，说说心里话。

后来，小姐的父亲就起了疑心，他心想自己的女儿好歹也是个大家闺秀，怎么每天要吃那么多饭。于是，小姐的父亲就每天留意小姐房间里的情况，经常偷着观察。有一次老爷看到小姐下楼去了，就在窗子旁边偷看，发现小姐下去了，丫鬟叫出了一个英俊小伙儿，在女儿房子里又吃又喝。小姐的父亲一下子冲进去堵住了小伙子。丫鬟赶紧叫回小姐，小姐就跪在地上给父亲下话。说："我现在已经和他在一起两年多了，求父亲把他留下来。"小姐的父亲气得差点晕了过去，等到小姐的父亲缓过气来，他无奈地说："难道要让我养活一个白吃白喝的人吗？"小姐说："爹，那怎么办呢？"小姐的父亲说："让他给咱们家干活去！种地去！"小姐说："不知道他会种地吗？"小伙子说："我会种地！"小伙子见老爷的情绪有了缓解的余地，赶紧跪在小姐旁边，把他和小姐在一起的原因，原原本本说了一遍。老爷气得说不出话来，事已至此，老爷心想赶走了小伙子，自己的宝贝女儿也会很孤单。老爷最后只好假装恶狠狠地对小伙子说："至于老夫以后留不留你，就全看你今后的表现了！"

等父亲摇头叹气地走了之后，小伙说："我不舍得离开你。"小姐说："那怎么办？"小伙说："你跟着，给我做伴。"这个小伙子非常疼爱小姐，他在地里锄谷子呢，还把小姐背着呢。压得小伙子也不行，也不方便干活。这个小姐也有才智，就用绣花针绣了两张自己的画像，一张挂在地头，一张挂在地尾。小伙子锄草锄到地的这一头，看见了小姐；转过回头一看小姐又站在地的那一头，就抓紧干活，又赶到小姐跟前。就这样，他为了每次能尽快看见美丽善良的小姐,活干得又快又好。小姐的父亲一看,这个小伙子还真能干活。各方面的表现也非常不错,看得出他和女儿是真心对待彼此,就慢慢接纳了这个女婿。

有一天,小伙子正在地里干活,突然一阵狂风把小姐的绣像吹走了。小伙子就早早回到了绣楼,小姐见他闷闷不乐,就问:"你今天为何闷闷不乐?"小伙子说:"娘子你有所不知,今天我在地里干活时,突然一阵狂风把你的绣像卷走了,唉!"小姐说:"那不怕,我给咱们再绣两张。"

小姐正在家里绣像,狂风却把她之前的一张绣像,吹到了皇宫里。皇宫里的卫士捡起绣像,一看绣像上的女子貌若天仙,想要讨好皇上的卫士,就把这张绣像呈给了皇上。皇上一看:"呀!这正宫、西宫、东宫,三宫六院七十二妃,都胜不过这一位啊。世间竟有这么美丽的女子!你们去给朕找去!"卫士就带着这张绣像在全国各地私查暗访,终于找到了这位小姐。卫士就说皇上传她入宫呢。一听皇上传小姐进宫呢,小伙子悲伤地说:"娘子你要离开了,我舍不得你啊!"小姐说:"你莫怕,你到某月某日那天,绣楼里的箱子里有一件衣服,你到那一天把那件衣服穿上来找我。"女人给男人仔细叮嘱了一番,男人就记下了。

自从小姐被皇上传入宫中之后,每天闷闷不乐,吊命的饭只吃几口,拉命的水就抿几口。皇上十分宠爱这位小姐,可是她连笑都不笑。皇上担心着急,就问小姐:"什么能逗你一笑?"小姐说:"门外有个耍魔术的,皇上把他招进来,看他能惹我一笑吗?"皇上说:"真的吗?"小姐说:"真的!"皇上就传下去说:"你们出去找找,看有没有这样一个耍魔术的人,把他请进宫来。"卫士到皇宫外找寻,在热闹的大街上就看到有一个穿着奇装异服的人在耍魔术,卫士就把他带到了金殿上。皇上让这个男人现场表演魔术,男人衣服两摆,小姐就哈哈大笑。皇上惊讶道:"还有让你这么好笑的人呢!你笑得这么好看,你再给朕笑一下。"小姐说:"你将那件衣服穿上,我可以给你笑。"皇上一听,就赶紧走下龙椅,脱下龙袍,换着穿耍魔术的男人的衣服。小姐趁机跑下来把龙袍穿在了他男人的身上,把皇冠戴在自己男人头上,拉着他坐到金殿的龙椅上。吓得男人浑身发抖不敢坐,小姐就说:"你别怕,坐下!"男人还是不敢坐,小姐拉着男人把他压住坐在了龙椅上。皇上把耍魔术的男人的衣服穿上摆了摆,小姐一声也没笑。皇上问:"你为啥不笑?"小姐说:"你这个江湖骗子,你不务正业,黎民百姓特别痛恨你,要你这样无用的人有何用?武士,快把他拉下去斩了!"皇上说:"你敢,我是皇上!"小姐说:"真正的皇上在龙位上坐着呢,哪里来这么多的皇上呢!"就这样,小姐命令武士把这个昏庸无度的皇上拉下去斩了。

这位漂亮又聪明的小姐,让她的男人也就是那个会耍魔术的小伙子做了皇上,她自己做了皇后娘娘。这是一位非常有才智的娘娘,在她的辅佐下,男人把国家治理得非常好,黎民百姓的日子都越过越好了。

搜集地点:泾源县大湾乡牛营村
搜集时间:2020 年 11 月 19 日
讲　述　人:柳碧元
采录人员:王文清　陈翠英　咸永红　冯丽琴
文字整理:泾源县文化馆
整理时间:2022 年 6 月 7 日

2018 年 3 月 29 日,文化馆非遗中心工作人员在泾源县六盘山镇半个山村陈富财家中,搜集采录泾源县民间故事工作照片。

打柴劝弟

　　从前有兄弟两个,大的十五六岁,碎的也就是五六岁,他们正在这个年龄时,父母双亡,家里穷得叮当响,就靠老哥每天打柴养活兄弟。

　　第二年,庄子里办了学堂,老大就把兄弟领到学堂里安顿好,说:"弟弟,你上学去。"给弟弟报名,让在学堂读书。过了两年,弟弟一看哥哥每天砍柴实在是太辛苦了,既要给他交学费,还要照顾他的生活和衣食起居。就对哥哥说:"哥哥我不上学了,哥哥你一天太辛苦了!你既要供养我,还要给老师交学费,还要管我的吃穿用。"哥哥说:"弟弟你休得胡言!你看咱们家祖上,爷爷手里砍柴、担柴,到了父亲手里,还是砍柴、担柴。现在父亲去世了,留下咱们兄弟二人,你要是不好好念书,咱们祖宗三代,都要过着打柴卖柴日子。咱们的门庭咋改换呢?只要你好好地念书,当老哥的我苦死,都心甘情愿!只要你能虚心读书、考上一官半职。将来能把咱们的这个门庭改换一下,光宗耀祖,咱们家老祖辈就把打柴的皮脱了。现在只有这一条门路,你要好好念书呢。"这兄弟就说:"哥哥我听下了。"他哥哥就接着说:"像咱们弟兄这样担柴卖草,将来恐怕连媳妇都娶不下,连香火都就断了,你还说担柴卖草呢。就算咱们后头寻上个妇人,生个娃娃还是担柴卖草的。"兄弟把哥哥的话记下了,就用心读书,一直读到十八岁那年。朝廷开科,就准备上京赴考去。老哥很高兴,就给兄弟缝了一身新衣服,那时候的秀才缝的是长衫。哥哥担柴卖草攒了十两银子,给弟弟准备好了盘缠,弟弟穿上长衫,就打发弟弟上京赶考去了。

　　兄弟通过考试,考上了进士。

　　这一天,他老哥砍柴回来,把柴担到大门上一看:这门道里人多很? 走进门一看,原来是报录的人来了。报录的人说他兄弟考上进士了。他老哥高兴地说,他兄弟总算是听了他的话了。这娃娃上学虚心,总算是考上了。报录的人给把衣服拿来了,轿子也抬来了,把官服给换上,准备抬着去夸官去呢。兄弟就给哥哥说:"哥哥等我夸官回来,你明天再不打柴去了,把你收在我的衙门里值班。"哥哥说:"唉,我刚能打柴担柴,啥也不会,我能值班吗?"弟弟说:"唉,哥哥你能! 从我小的时候,你就安顿我要好好念书,将来改换咱们的门庭。你再打柴,咱们人老祖辈都打柴着呢。你一直打柴,辈辈打柴,人都打了柴了,那还能光宗耀祖吗? 你有远见卓识,你来衙门里给我当差,给为弟助一臂之力。"弟弟夸官回来，就给他老哥一个武都头。他老哥在衙门里帮个忙，支个差，办个事，监督下面的人，真的是尽心尽责，成了兄弟的左臂右膀。

采录地点：泾源县六盘山镇和尚铺村
采录时间：2020 年 12 月 14 日
讲　述　人：漆效文
采录人员：王文清　咸永红　冯丽琴　陈翠英
文字整理：泾源县文化馆
整理时间：2021 年 8 月 22 日

漆效文　1945 年 8 月出生于六盘山镇和尚铺村，自治区第五批非物质文化遗产代表性项目民间故事传承人。

儿子争母

从前,有一个叫路不平的小伙子,和爹娘一起生活。他爹过世了,给过三周年时,请庄里人到家来过事。古代时,男人都在外面干活抛头露面,女人们在家干家务活,不出门不见人,很少接触外面的生人,所以那时候人们一般也就是认识别人家男人,不认识别人家女人。眼看小伙子家过事的日子到跟前了,这个小伙子就犯愁了,心想:我妈太丑了么,过事时别人要到家里来要拜见我的丑妈妈,这可咋办? 我妈平时不出门,别人没见过也不认识,不行让我把我丑妈先藏到别的地方,等过完事再接回来。路不平就想把他妈打发到亲戚家去,等把他爹三周年过了再接回来。路不平把这事给他妈一说,他妈是个明白人,一听就心里啥都知道了,就说:"能成,亲戚家就算了,你把我拉到后山,不管哪里先安顿下来,过几天我就回来了。"路不平一听他妈这样说,就把他妈领上走了。

他们走的时候,家里的一只白狗娃就在后面跟上了。路不平把他妈一直领到后山里。对他妈说:"我把你领到哪里,你就坐到哪里吧。"走着走着,看到了一个窑洞,路不平就把他妈放进去,说:"你就在这儿先坐着,等我回去把事过了,就来接你回家。"他妈说:"行,你记着接我。"

路不平回去,忙忙活活地把家里的事过了,事过了之后,就把接他妈的事忘了。丑妈妈和那只白狗娃,在窑洞里住了一两天,实在饿得撑不住了,白狗就跑出去,四处转着找吃的。过来过去围着窑洞,找寻吃食也不走太远。

山下不远处,有一个男人套着一对牛正在耕地,地两头特别长,来回犁地,地这头看不见地那头的犁沟。女人来送饭,男人刚好走远了,女人心急担心家里的碎娃娃。就把给男人拿来吃的东西放在地头上,自己就回家照管碎娃。食物的香味让白狗娃闻到了,她跑过来叼起馍馍袋子赶紧跑。跑到窑洞里,把馍馍袋子放在丑妈妈怀里。丑妈妈给白狗娃给了些馍馍,他们一起把馍馍吃了。耕地的男人没有看到女人送饭来,也没有看到吃的,他耕了一早上地,又累又饿。回到家里骂着女人说:"你看你这个人么,我干了一早上活,又累又饿,你也不给我拿些吃的,送到地里来? "女人说:"咦,我给你送馍馍了,看你在地的那一头子,我把吃的给你放地头,家里娃娃没人管,我着急地回来了。"男人在家把午饭吃了,也再啥话都没说。

第二天，男人照旧去地里犁地。女人来送饭，男人又走到了地那头子。女人心急，担心家里的碎娃娃没人管，等不到男人犁地过来。就把吃的东西，原放在地这头上，急匆匆就回家去了。早在不远处等候的白狗，见没有人，跑过来叼起馍馍袋子就跑了。它跑到窑洞里把馍馍袋子送给了丑妈妈。丑妈妈自己吃了馍馍，也给白狗娃分了些馍馍。耕地的男人没有看到女人送饭，也没有看到吃的，他耕了一早上地，又累又饿，气得不行了！男人一回到家里就对女人说："你看你这个人么，我干了一早上活，又累又饿，你昨天没给我拿吃的就不说了，今天也不给我拿些吃的！"女人说："咦，这真是奇怪了，我明明给你送馍馍了。我看你在地的那一头子犁地呢，心想你一阵就折回来了，就把吃的给你放在地头，家里娃娃没人管，我着急地回来看娃娃了。"男人也心里感到奇怪。

第三天，女人给男人送饭时，就在心里盘算：这回我躲在旁边，好好看一下到底咋回事，我送的馍馍，咋能天天不见了呢？女人来到地头，放下吃的就躲在旁边偷偷看着。只见不一会儿，地坎子下面就跑上来一只白狗娃，把馍馍袋子叼在嘴里就跑了！女人赶紧跟在后面，看狗娃把馍馍叼到哪里去。这时候男人已经在地那头，回过犁头耕地呢。他一抬头正好看见自己的女人，在前面不远处跑着呢，再仔细一看前面还跑着一只狗！男人赶紧把牛歇在犁沟里，拿着赶牛的鞭子跑上前来追女人。

不一会儿，白狗娃跑进了窑洞，女人害怕不敢进去，就在洞口观看，啥也看不见。男人这时候也追到了窑洞口，对女人说："狗护食呢，你就不怕被咬？"女人给男人说："不怕，狗不大。原来是一只白狗娃，把我送的馍馍叼到这个窑窑里面去了！不知道里面啥情况，我不敢进去么。"男人说："你在外面等着，我进去看看是咋回事。"

男人进了洞一看，一个老婆婆，一只狗娃，两个正吃馍馍呢！男人仔细一看，哎哟！这个老婆子咋这么丑，太难看了！就问："哎，我耕地吃的馍馍么，你咋在这里吃着呢？"丑妈妈就急忙赔情说："唉，我不知道我狗娃，把谁的馍馍拿来了。我当是我儿子给我拿的馍馍，原来是我狗娃把你的馍馍衔来了。实在对不起啊，我饿得不行已经吃咧。"男人把他的女人叫进窑洞里来看看，丑妈妈说："我儿子给他爹过三周年呢，嫌我丑得很，就把我背到这里放着，说过完事来接我。我还当是我的儿子给我送的吃的，原来是把你耕地吃的馍馍吃了，这可咋办呢？我已经吃咧。"女人一看心想：我一天给男人送吃的时候，没人看娃娃，急得我不行了，就把娃娃在炕上绑着呢。要是把这个老人领回去，给我看娃娃多好。男人正好和自己的女人想到一起去了。男人说："唉，命苦的老人家。你看我家的老人殁得早，我在地里干活时，给我送吃的时候，家里没人看娃娃，把女人逼得没办法。急得把娃娃在炕上拴着呢。吃的东西拿到地头，顾不上和我打个招呼，就往回跑。"男人就转过头给自己的女人说："这老人家除了有点丑，眼不花耳不聋，不行咱们领回家，给咱们当个妈，还能给咱看门照管娃娃，咱两个在地里一起干活,你看好不好？"女人说:"我也正这样想着呢! 好得很,咱们把丑妈领上回!"于是男人就给丑妈妈说:"老人家,你儿子还来吗？"丑妈擦着眼泪说:"唉,人家说接我来呢,把我扔这里四五天了也没管,连饭都不送,还能再来接我吗？"男人说:"那就这样,我把你接到我家里,你给我看门看娃娃,我们两口子放心干活,我管你吃管你喝,你看能行吗？"丑妈妈说:"行,能行! 儿不嫌娘丑,狗不嫌家穷。不是狗娃子给我把你的馍馍衔着来,我早都饿死在这里了! 走,我跟你走。"这两口子高兴地把丑妈妈从窑洞里领出来,到地里把犁从牛背上卸了。领着丑妈妈,拉着牛就回家了。

这两口子家里的日子,一直都过得非常穷。但是,自从这位丑妈妈来到这个家里,他们家的日子是一年比一年好,啥都是越来越好。不管是庄稼、粮食、金钱上都好起来了。日子慢慢富裕起来后,这个男人就说:"唉,我妈殁了家里穷着没钱,可怜的连个三周年都没过! 人家过三周年时,还嫌老妈丑得很不要了。我家自从这个丑妈进了门,家里的日子是一天比一天好,不管是庄稼还是金钱上都好起来了。我家里现在是牛羊满圈,粮食万担,家富了手里有钱了,我想给我妈过个十年的祭日。"

有了这个想法后,男人就把他家的庄里人都请了,说是家里要给他去世的老妈过个十年的祭日。过十年祭日之前,男人家在左邻右舍的帮助下宰牛,筹办得非常隆重。到了他亲妈十年祭日这一天,路不平听说了,这个男人给他亲妈过十年祭日的事,而且也听说人家还拾了个老妈。这时候,路不平就想起了他的丑妈妈,心想:唉,我给爹过三周年时,把我老妈打发出去,等到想起来的时候再没找见。当年我丑妈在家时,我家的日子过得红红火火,样样都好。自从没了我丑妈妈,家里的光景是一天不如一天啊。日子越过越穷,越过越困难,我穷得过不下去了。想起我的丑妈妈来了,却再也找不见我丑妈了。我去看看,这家拾了咋样的一个老人。

路不平一路打听,没费多大事就来到了,给亲妈过十周年的男人家里。这时在场的众人夸男人说:"你有孝心,给你亲妈过十周年,真是个好儿子。我们听说你亲妈殁了以后,你还拾了个老妈,现在赶紧请出来让我们拜见。"男人高兴地跑进屋给丑妈妈说:"妈,妈,大家伙要拜见您老人家!"男人说着就把丑妈妈扶着出来坐好,大家一起拜见了他的丑妈妈。路不平一看,咦! 这是我妈呀,咋在你家呢? 路不平扑上去叫道:"妈,这是我妈!"男人站在老人身前摊开两个胳膊堵住,说:"唉,这是我妈,不是你妈!"这两个男人争得放不下,一个说是"我妈",另一个也说是"我妈"。丑妈妈一直不说话,最后见两人争得不可开交,对路不平说:"我在别人家坐着呢,咋成你妈了? 我不是你妈!"路不平不能成,说就是他亲妈要带回家呢。大家伙一看这两人,一直这样争吵也没个结果,有人就说:"哎呀,你说是你的妈,他说是他的妈,这老人只有一个。现在咱们在路上挖一个土坑,你两个谁跳过去了,谁说的就是真话。"在场的人就三下五除二,在大门口的路上,很快给挖了一个大土坑。谁跳过去了谁说的是真话,大家作证。路不平狡猾地想:让拾他妈的人先跳,要是跳不过去,我看他咋办? 结果男人跑得快快的,一跳就跳过去了! 路不平心想:只要他能跳过去,那我也能跳过去。路不平跑得欢欢地往过跳,结果没跳过去,掉到土坑里了!

路不平刚一掉进土坑,土坑里的土就呼噜噜往上涨,大家伙着急地把他往上吊,说来也怪,众人就是吊不上来路不平! 眼看着土呼噜噜地涨满坑,把路不平夹在了土坑里,外面只剩下他的人头! 有人急得大喊:"赶紧,赶紧,用铁锨把这个人给掏出来!"好多男人用铁锨往出掏人,结果掏着掏着,土面呼噜噜地直接涨成了一个大土堆! 把路不平全埋在土里了。大家不管咋铲,土堆的土一直铲不完,还是一个大土堆。过了一会儿,大家挖土坑的地方平整了,路面瞬间恢复了原样,路不平也不见了。

采录地点:泾源县六盘山镇和尚铺村

采录时间:2020 年 12 月 14 日

讲 述 人:司玉霞

采录人员:王文清 咸永红 冯丽琴 陈翠英

文字整理:泾源县文化馆

整理时间:2021 年 8 月 11 日

司玉霞 1958 年 3 月出生于六盘山镇和尚铺村,泾源县第三批非物质文化遗产代表性项目泾源民间故事传承人。

房淌锅儿漏

从前，有个老头子，耳朵听不见，人也瓜着呢，四五十岁了才找了个老婆子。以前他一直是一个光棍汉，一直生活很困难。在外要着吃饭勉强生活，最后慢慢地四五十岁了，才找的这个老婆。

老头子虽然瓜着呢，但是手会比划动作，也能比划着和老婆子聊天。老婆子是个聪明人，她一看家里困难着，日子没有盼头。老婆子就比划着给老汉说："咱俩孤苦伶仃，啥都没有，咱们买上一个驴。咱们一天割草喂养一个牲口，有个啥做。"老婆不停地一遍又一遍地给老汉比划着，比划的时间长了这个老汉就看懂了。老两口就一天一天地要饭要钱攒钱，老两口要饭攒了很长时间钱，终于攒够了二百块钱。老两口高兴地买了一头很大的驴。

老汉一天把驴拉上出去放驴，老婆子一天出去要钱要饭。老汉放驴的山上水草茂盛，没过多长时间，老汉就把这头驴放着吃得越来越肥，长得越来越大。一两年以后，这头驴长得又肥又大，皮毛油光闪亮，这头驴看起来又健壮又漂亮。

有一天，老两口村子里的一个贼娃子，走在路上无意间看见了老汉牵的这头驴，又大又肥，非常惹眼。这个贼娃子一天就偷偷看着老汉把驴拉出去放着吃草，到了下午太阳快要落山时就拉回家。贼娃子就惦记上这头驴，准备找机会偷这头驴，他心想这么大的一头肥驴，能卖个好价钱。恰巧老汉在山上放驴的时候，被一只老虎盯上了。老虎一看，哎呀，这一头驴又肥又大的，我把这个驴吃了，美美的一顿大餐，能饱上几天几个晚上！这个贼娃子么也就想象着：哎呀，这个驴要是能卖的话，能卖好几百块钱呢，比我一天小偷小摸来钱多得多呀。贼娃子白天晚上心里就盘算着：哎呀，这我咋从老汉家里进去呢？贼娃子寻思了三四十天，思量怎么把这个驴能偷出来。

这一天，老汉出去放驴，贼娃子走在老汉家外面悄悄一看，这老婆子一个人在家里做饭着呢。贼娃子觉得机会来啦，就趁着老婆子洗菜做饭的时间，蹑手蹑脚地进了老两口家的大门，溜进房子里钻进一个倒扣的大水缸底下，准备晚上老两口睡着了再偷驴。

那时候人困难,老两口家里只有两间碎房房。一间老两口住,里面盘下一个碎炕,炕头上连着盘了一头驴槽,平时就把驴拉回来拴在这个驴槽边上,这个驴就给老两口做伴儿着呢。另外一间碎房房,就是他们的伙房,是老婆子一天做饭的地方。恰好这一天,这个老虎也就寻思着说:天一黑,她这个老婆子只要把门一开,我就悄悄地溜进去,趴在驴槽跟前等着。等着他老两口睡着了,那我就把他的驴叼出来吃了。

晚上老婆子出去解手去了,老虎乘机从门缝里钻进来,趴在驴槽根底下了。等着老两口睡着了吃驴呢。夜里,老两口就点了一盏煤油灯,煤油灯捻子也小。灯光微弱看不清楚房子里的角角落落。那个贼娃子就从大水缸下面爬出来,悄悄爬到了房梁上,等着老两口睡着了,他就要偷驴。

老婆子解手回来,就睡不着了。老婆子睡不着觉,就跟老汉两个拉话,老汉虽然听不见,但是能看懂。老汉一看老婆子坐在炕边上不睡觉,就比划着喊着让老婆子快睡觉:老婆子,你赶紧睡觉。老婆子爬到炕上躺下了,边比划边说:"哎哟,我睡不着!"老汉说:"老婆子你为啥睡不着?"老婆子边比划边说:"哎,我愁得睡不着?"老汉比划着问老婆子愁啥呢? 老婆子边比划边说:"唉,老汉呀,我啥都不愁,我不怕杀人放火,我就怕房淌锅儿漏啊!"老两口住的这两间碎房房,年久失修,都是别人不敢住的烂房子,破旧不堪。尤其是做饭的那间碎房房,吃饭的时候呀,房顶上漏得不行。刮风漏土,下雨漏雨,就是不刮风不下雨,也会淌下来虫虫牛牛。家里的那口锅烂着,锅底有一条缝。老婆子做饭的时候锅漏着不行,经常要拿面糊住,糊不好,很快就又漏了。老婆子就盘算着,说看啥时候能把这个驴卖咧,多卖上点钱,看能再盖上一间新房子嘛,看能再买上一个新锅嘛。老汉一着急,一激动把心里的话给说出来了:唉,我啥都不愁,我就怕贼娃子,把咱们的驴偷走了!趴在房梁上的贼娃子一听,心里说:这两口子在说我,也不知那房淌锅儿漏是个啥东西?听起来可怕得很。老两口拉着拉着话给睡着了,贼娃子就顺着房梁的柱子爬着下来,刚好给骑着那只老虎背子上了,黑灯瞎火的,热乎乎软绵绵的,一下把贼娃子吓得"妈呀!"这房淌锅儿漏还这么厉害呀?贼娃子一紧张,腿一蹬踢到了老虎的脸上,把老虎吓了个半死,站起来就跑么!老虎心想:哎呦,我把这个房淌锅儿漏给碰上了么,难怪老婆子怕得不行,这个东西厉害得还了得么。你看我还没反应过来,这个房淌锅儿漏就已经骑在了我的身上!老虎和贼娃子两个都害怕了。贼娃子心想:这把老子害死了么,今晚上驴没偷上,还把房淌锅儿漏给遇上了。把老虎吓得就驮着贼娃子跑了整整一个晚上,一直往它的老虎洞的方向跑去。天刚亮的时候,贼娃子才看清楚自己骑着那么大的一个大老虎么!把这个贼娃子的魂都吓飞了。贼娃子心想,自己再不逃命,怕是必死无疑了。正好他看见前面路边的一棵大杨树,树枝条非常长。老虎往过跑时,贼娃子一把抓住树枝条,

175

才被杨树枝条从老虎身上拉了下来,贼娃子一把抱住大杨树树干就往上爬,坐在树上才缓了一口气。

大老虎呀,感觉身上猛地一轻松,被它认为的房淌锅儿漏突然不见咧。老虎心想我终于把房淌锅儿漏甩开了!然后头都没有敢回,老虎就没敢停地跑。

老虎跑一直跑到下午碰到猴子了,猴子看见老虎跑得上气不接下气。猴子就喊:"虎大哥,虎大哥,你跑着啥事啊?"老虎说:"猴老弟啊,再不提了,再不提了!虎哥昨天晚上把房淌锅儿漏,背了一晚上么!虎哥的命差点让房淌锅儿漏要了!"猴子说:"虎大哥,房淌锅儿漏是个啥东西?长啥样子?"老虎说:"唉,再不提了,房淌锅儿漏那家伙长得像人,还比人厉害得多么!人家能上房还能上树么。"猴子说:"虎大哥,房淌锅儿漏现在哪里去了?"老虎说:"房淌锅儿漏上树了!"猴子狡猾得很,聪明得很,一听就知道是个人。却想利用老虎吃到人肉,猴子就说:"虎大哥,你把我领上去看去。"老虎的胆子早都吓破了,老虎说:"房淌锅儿漏,厉害得很,不去了,我不敢去。要是让房淌锅儿漏再把我骑上吃了呢!"猴子说:"虎大哥,哪里来的这个房淌锅儿漏呢?"老虎说:"猴老弟呀,你不知道,我昨天晚上去偷瓜老汉的那个驴去了,晚上人家老两口拉闲话着呢,人家的老婆子说,她啥都不害怕,不害怕杀人放火,就害怕房淌锅儿漏,这个房淌锅儿漏啊,把我整整骑了一个晚上么。"猴子就说:"虎大哥,我给你给一根绳子,到了地方上,你用这根绳子的一头绑在我的身上,另一头你拉着。我爬到树上去么,这房淌锅儿漏要是准备吃我,我就会挤眼睛,你就一把把我拉下来咱俩跑。要是房淌锅儿漏不敢吃我,我就不会眨眼,咱两个把这个房淌锅儿漏给拉下来,咱俩当晚餐吃。"老虎一听就记下了。

这个贼娃子,自从爬着大杨树上,就吓得不敢动弹,他往四周一看,这地方自己从来都没过,路上不见人,吓死人了。过了一会儿,贼娃子就看见远远的路那边,老虎和猴子来了!贼娃子心想:唉,老天啊!这回不得活咧,猴和老虎来了,我还是不得活命。今晚是死定了!我一天偷个鸡,偷个猫儿狗儿的,天天害人。这些年我害了半辈子的人,这回害人没害着,还把自己害了,把命搭上了,落着房淌锅儿漏的手里了。眼看着猴子和老虎过来咧,贼娃子就吓得不行了,猴子往树上一爬,贼娃子吓得很。猴子在上树之前就给老虎安顿说:"虎大哥,你眼睛再啥都不要看,你就看我的眼睛啊,你看到我给你挤眼睛,你就赶紧把我拉上就跑!"老虎就说:"对,知道了猴老弟。"老虎就一动不动地抬着头,一直看着这个猴子。猴子的爪子往上一拽,这个贼娃子往上一爬,猴子往上移一移,这个贼娃子往上爬一爬,三爬两爬。爬到了树尖尖子上,实在没地方去了,猴子就爬上去了。眼看着猴子就要把贼娃子抓住了,这个贼娃子吓破了胆,憋了一天一夜的大小便,吓得贼娃子大小便失禁了。贼娃子的小便大便一下子淌了这个猴子一脸,猴子的脸被屎尿糊了,尿流进猴子的眼睛,一下子蜇得猴子的眼睛不停地挤。猴子心想:哎哟哎哟,这真的是个房淌锅儿漏呀!你看我这爪子还没拉到人家呢,人家就呼风唤雨地开始了。猴子被贼娃子的屎尿弄了一脸,糊了一脸,没办法,直挤眼睛,臭烘烘的猴子也没法张嘴说不了话。下面的老虎一看,哎呀,不得了了,一下子就把猴子拉下去,立马背上就跑,头都没敢回地跑了几架沟几架洼!猴子在老虎背上颠得不行,对老虎喊着说:"哎哟,虎大哥呀,歇一歇,缓一缓!"老虎说:"今天都怪你,不是你我这阵子都已回到我的洞里了!"猴子说:"咱俩今天作贼没做成,差点把我这个猴命搭上了!"不管猴子给老虎咋打招呼,老虎就是不停,一直跑到老虎的洞门前。

这个贼娃子啊,一看老虎和猴子跑了,赶紧从树上爬下来,拼命地往回跑。贼娃子跑回家,一头栽倒在家门口,家人把他抬上炕。缓了三天了,还吓得提心吊胆的。

贼娃子回到家,睡了半个月,精神面貌特别的糟糕。他们家都被他偷得特别富有了,要啥有啥。他的女人就问这个贼娃子:"哎,你到底遇到啥事情了?不吃不喝的,你跟我说呀!不管啥事情,咱俩好商量,我能帮你我就帮你了。"贼娃子才给他的老婆子把实话说了。贼娃子说:"唉,我偷人偷了半辈子,这最后一次去偷人家老婆子老汉家的驴。驴没偷上,让房淌锅儿漏把我背上跑了一晚上,差点把我的命要了!从今以后,我要行善赎罪,我再也不能害人了!害人就是害自己!"

从此以后,这个贼娃子就变成了一个好人,再也不害人了,谁家有困难他就去帮助谁,谁家有活他去给帮着做,平时还给这个老婆子老汉两口子担水。贼娃子还做了这个老汉的干儿子,对老两口非常的孝顺,他帮老两口把驴卖了,给老两口盖了一院新房子,还给老两口买了一口新锅,把老两口照顾着一直养老送终了,这可真是浪子回头金不换呀!

采录地点:泾源县黄花乡店堡村

采录时间:2017 年 11 月 13 日

讲 述 人:杨彩兰

采录人员:王文清　陈翠英　王　芳　咸永红　冯丽琴

文字整理:泾源县文化馆

整理时间:2021 年 9 月 28 日

狠心的二爸

有一对老两口，家中有半亩川心地。家里有两个儿子，老大和老二不和睦，老二张郎一心想独霸这些川心地。老二家里经济情况比较好，就花钱贿赂了衙役，把自己的老爹整到了监牢里。借着喝酒的时候，老二下毒把老大毒死了。村里人帮忙把老大埋了，老大的妇人又得了病，家中还有两个娃娃，一个儿子一个女儿。村子里的人见这个女人太可怜了，大家凑了一些钱，给女人买了些药，让她赶紧吃药治好自己的病。

有一天，妇人的两个娃娃出去要饭，兄妹俩碰头见面时，哥哥问妹妹："妹妹，你要到东西了吗？"妹妹说："没有要到啥，还让东庄马员外家的狗，把我的腿咬了。"哥哥说："你快把我要的这些豆渣渣，拿回家给妈吃，你也回家缓着。哥哥再去转转，看还能再要点吃的东西吗。"

他们的妈妈给村里的酒先生说："你看能找到合适的人家，把我这个女儿卖出去吗，我想得了钱把我公公救回来。只要一千铜钱就够了，一千铜钱就能把我公公救回来了。"酒先生说："正好最近董庄有个员外，他的二婆子有病，现在正需要雇一个伺候的女娃娃，我去问问看。如果事情能成，我来告诉你。"酒先生说完就走了。

这时候，妇人的女儿回来了。女儿对她妈说："妈，这是我哥哥要的一碗豆渣，你先吃。"妇人说："唉，妈不吃。你过来，妈给你说句话你不要误会，也不要伤心。"女儿走到妇人跟前说："妈你说啥我都能接受，我不会误解妈妈的。"妇人就对女儿说："妈把你卖给董庄的员外家，去伺候员外的二老婆，等妈拿钱救回你爷爷，五年以后妈把你赎回来。"

过了不久，酒先生来了。酒先生把钱递给妇人，说："我把卖娃娃的钱交到你手里，你把钱收好，我这就带娃娃走了。"酒先生对小女娃说："快去给你娘磕个头，你娘是被逼无奈，你千万不要怪你娘，到了员外家至少你不会被饿死。"女儿跪在地上给她妈磕了个头，就被酒先生带走了。

酒先生刚走，老二买通的衙役就进来了，进门就要收一千铜钱的租子。妇人说："我又没有拿公家的钱，没有吃公家的饭，交啥租？"衙役说："你住的房不是在公家的地盘上吗？你种的地不是公家的吗？你的吃喝拉撒都要交租！"妇人说："我没钱！"衙役说："没钱？就把地卖了交租！"女人说："不行！这万万不行！为了这块地，我男人搭上了一条命,我公公还在监狱,把地卖了我对不起我男人,也对不起我公公!我是绝对不会把家里的地卖了的!"衙役说:"既然赖着不交钱,也不卖地,那就在这里按个指印吧!"女人不按,衙役强行拽着她,掰开她的手非让她按指印。在撕扯中女人衣服里,刚刚从酒先生那里接到的钱袋子,就掉在了地上,铜钱洒落在地上。衙役抢到铜钱一数,正好一千铜钱。衙役挖苦地说:"你不是说没钱吗?这是什么?正好够交租。"女人抓住钱不放,说:"这钱我不能给你,这是我刚才把女儿卖了,准备救她爷爷的钱。"横行霸道的衙役,根本不管妇人说什么,直接把铜钱抢走了!这个妇人连气带急,一口气没上来,当场就死了。

等妇人的儿子虎儿回到家中,他妈早都死了。庄户邻居看着可怜,就一起凑了点钱,看着帮着把虎儿他妈埋了。晚上虎儿一个人睡了,他家的邻居就心想着,这个娃娃真可怜,一个人睡着呢。这个邻居就担心虎儿,也没睡实,一直醒着。

半夜里,虎儿的二叔张郎,就派自己的家仆,去把虎儿家的房子点着。他心想:我把他爹毒死,把他妈害死,再把虎儿烧死,到时候他爷爷回来,你家没人了,啥用都不起!那地我就可以直接自己种了,我想咋用就咋用!

张郎的仆人,趁着夜色偷偷摸摸,把虎儿家的房子点着就跑了。虎儿家的邻居,很快就发现了虎儿家房顶的火焰,邻居赶忙大声呼叫人们救火。等大家七手八脚把虎儿从炕上抱出来时,虎儿已经被烟熏晕了。乡亲们把他救活了,邻居就私下里对虎儿说:"虎儿,你们这个家你是再不能住了,这是有人要存心害你们,让你家灭门啊,你快出去逃命去吧!"虎儿说:"我一个娃娃家么,我往哪里逃呢?"邻居说:"瓜娃娃呀,留得青山在不怕没柴烧!你再不逃,就没命了!"邻居就给虎儿安顿:"你去监牢见你爷爷一面,给你爷爷说一声再走吧。"

虎儿一个瓜娃娃,来到监牢大门口,由于没钱,衙役不让他进去见爷爷,虎儿一次又一次被监牢的衙役赶了出来。虎儿干着急没办法,急得直哭。后来邻里乡亲同情虎儿,就凑了一点钱送虎儿去探监。到了监狱门口,大伙也想进去看看虎儿的爷爷。衙役坚决不让进去,说:"只准这个小子进去看他爷爷,其他人一律不准进去!"虎儿进了牢房,一见到爷爷,爷爷就气愤地问:"爷爷在这里被关了五个月了,你们难道就没有一个人来看我一眼?"虎儿说:"不是这样的,爷爷!我来了好多次,但是我没有钱,衙役不让我进来!"爷爷又问:"你爹娘呢?"虎儿说:"我爹死了,我娘把我妹妹卖了准备救你呢,结果钱让官家的衙役抢走了,我娘也气死了。家里的房子被人烧了,要不是乡亲们救我,我早就见不到爷爷了!今天我看爷爷的钱是乡亲们给的,大伙都让我赶紧逃命。我不知道该去哪里?爷爷你说我该去哪里?"老人家一听,当时就急火攻心,一下子晕过去了。虎儿连喊带叫地惊动了衙役,衙役一把把虎儿提起来骂道:"该死的兔崽子,赶紧往出滚!老东西死了还要赖我们!"衙役不顾虎儿痛哭就把他赶了出去。

　　虎儿哭着说自己不知道该逃到哪里去。一个见过世面的老乡，就给虎儿指了指方向，说："你往北走，一直往北边走，北边有长城，你找到长城，就有希望了！那里有守卫边疆的军队，你参军以后奋勇杀敌，建功立业以后你有了你的晴天，你回来就能见上你爷爷。"虎儿听了，似懂非懂地点了点头，擦干眼泪就走了。

　　虎儿一边要饭一边走，一路北上，最后终于找到了守卫边疆的军队。虎儿参军以后奋勇杀敌，被封为将军。虎儿将军回到老家，为父母报了仇，并救出了自己的爷爷和妹妹。爷爷孙子历经生活的艰辛，总算得以团圆，过上了他们这辈子最好的生活。

搜集地点:泾源县六盘山镇和尚铺村

搜集时间:2020 年 11 月 17 日

讲　述　人:石海兰

采录人员:王文清　咸永红　冯丽琴　陈翠英

文字整理:泾源县文化馆

整理时间:2021 年 8 月 28 日

石海兰　1943 年 1 月出生于六盘山镇和尚铺村。

婚姻反悔

从前,有姓陈的一家人,生下一个儿子,名字叫个陈子龙。陈家的光阴过得还挺不错的,视陈子龙为掌上明珠。家里人对陈子龙的教育也很是上心,单独请了一个教书先生,给陈子龙教书。娃娃读起书来,聪明伶俐,学业一直也挺好的,十二岁就考上了秀才。可在这个娃娃考上秀才时间不长,他的父母双双亡故。留下了一份不小的家业,让孩子一个人独自承担。陈秀才之前的生活,都是父母给打理好的,然而随着父母的离世,他的生活过得越来越不好了。最终把个家败落了个精光,啥也没有了。院落没有了,田地没有了,家里值钱的物件,早让陈秀才给败光了,最后只剩下了一间破旧的茅草棚给他遮风挡雨。

平时在村子里,很少看到陈秀才的身影,刚开始他总是想着,自己还是个秀才的身份,拉不下面子给别人家里去打点零工干点零活。一个读过书的秀才,弯下腰给那些大字不识一个,土里土气的百姓打工。陈秀才越想,心里越不舒服。

在本村的日子,是过不下去了,陈秀才饿得双腿发软,拖着疲惫的身子,到了十几里外的一个村子。那个村子的人不认识陈秀才,有个好心人带着陈秀才到了他们家里,让陈秀才舒舒服服地大吃了一顿。好心人问起陈秀才的家世,陈秀才说:"家里的双亲前两年亡故,自己也没有可以维持生计的营生,无房无地,了无牵挂。好在儿时读了几年的私塾,大字倒是认识几个。"听陈秀才这么一说,可把好心人高兴坏了。详问之后才知道,这个村庄的娃娃们也多,大人们早想给这些娃娃们请个私塾先生。好让这些娃娃们认几个字,可就是找不到私塾先生。与其说找不到私塾先生,还不如说是私塾先生看这村子里的娃娃太多,要的工钱太高他们负担不起。

陈秀才的到来,让村子里的人看到了希望。这么一个无牵挂的人,愿意到村子里来,给娃娃们教书识字,而工钱要得很少。陈秀才住村庄里的一个破旧的院子里,那个院子原来是一个员外家的老宅。这个员外发达了以后,旧院子就闲置着,陈秀才来了之后,村庄里的人把院子收拾了一下。平日当成了娃娃们读书识字的地方,娃娃们放了学,院子就成了陈秀才独用的了。陈秀才的茶饭,就是娃娃们的家长轮流着给陈秀才送到学馆里来。陈秀才教书的工钱,一年一个娃娃也才三文钱。有几个家长背后地里还议论陈秀才,说这个陈秀才给娃娃们教书,我们可算是得了大便宜了。员外家里雇佣的放牛羊的,一年的工钱还有十贯钱呢,请了个教书的秀才,比给员外家里放牛羊的长工们还便宜。关键是家里农活忙,没有人看管小孩的时候,陈秀才还能无偿帮忙给照看孩子呢。

慢慢地,陈秀才成了这个村庄里的一份子,村庄里的人也没有把陈秀才当外人。陈秀才从十五六岁的少年,转眼间到了二十出头的小伙子。他的学生中有考了秀才的,更多的还是认了几天字,让家长带回去帮着家里在田地里干活了。陈秀才这样的日子看起来很充实,也很自在。一年除了吃饱饭饿不死,学生家长给的工钱,连个像样一点的衣服也置办不上。

这天夜里,陈秀才喝了一杯茶,望着天空里闪光的星辰和皎洁的月光,把茶杯敬向圆月。想起了李白的"举杯邀明月,对影成三人"的诗句,孤独感油然而生。他想想自己的半生,终日过得是浑浑噩噩、孤孤独独。难道还要凄凄惨惨下去吗?

陈秀才越想越不是滋味,他决定了要改变现状,至少要改变自己一个人生活的现状。而解决现状的重中之重,就是娶妻生子,过上有家庭的生活。有个常给人说媒的王婆,人们都叫他王妈妈。这个王妈妈能说会道,经过王妈妈说过的媒,就没有一对不成功的。说来巧了,王妈妈正好也是这个村庄里的人。

第二天,娃娃们放了学,陈秀才打扮一番,把存了几年的一两银子装进袖筒里,来到了王妈妈家门口。王妈妈见陈秀才站在她家院门口,看到陈秀才的寒酸样儿,对陈秀才爱答不理地问:"你是不是有啥事情啊?"陈秀才支支吾吾半天,说道:"是有件事情需要王妈妈帮忙。"

"啥事情?"王妈妈看着陈秀才。陈秀才还没有说话,王妈妈问道:"莫非你是来求姻缘来了?"

陈秀才高兴地说:"王妈妈可真是个活神仙,我还没有张口,你就知道我的来意了。"说完,陈秀才又不吭声了,过了很久,从袖筒里取出一两碎银子。说道:"王妈妈你不要笑话我,你看我的年纪也不小了,还请王妈妈给我托说个亲事。这是我这几年在学馆里攒的银子,你不要嫌少。给我说上个女子,也好让我过上有家庭的生活。"王妈妈死活不接陈秀才的银子,一旦她要是接了陈秀才的银子,这事情基本上就会定下来。以陈秀才目前的光景,谁愿意把女子嫁给他去过苦日子? 陈秀才的优势,就是读过书,找个能吃苦的女子,说不定以后的日子也会过得不错。王妈妈在脑子里把十里八乡的婚龄女子过了一遍,没有找到能与陈秀才配成一对的,当下就想把陈秀才的婚事给推了。

王妈妈死活不收陈秀才的银子,陈秀才急得快要哭起来,带着哭声说:"王妈妈,我知道你们都不看好我,我就是一个穷教书的先生。看着同龄的人,个个说了媳妇生了娃娃。可我还孤苦一个人,回到家里还要自己给自己做饭,我一边要挖光阴,一边要照顾学生。还要想办法给自己谋点出路,孤苦伶仃的,有时连个说话的人都没有。我现在年轻是没有啥察觉,年纪大了连个出路也没有。那下半辈子不又是一个人孤老终生了,说不定连个守墓戴孝的都没有。"王妈妈被陈秀才的一番话打动了。趁王妈妈不留神,陈秀才把一两银子,往王妈妈家的桌子上一放,跑到院子里对王妈妈说:"王妈妈,我一生的幸福,就托付给你了,你帮忙给我托说去。"

王妈妈笑着问:"那你想找个啥样子的?"

陈秀才说:"圣贤古人曾说,不孝有三,无后最大。你看着办吧,美丑我都不挑,只要不是瓜子愣子傻子,四肢健全的就行呢。"王妈妈说:"我不敢给你保证一下就能说到亲事,全靠运气,遇上了就有了,遇不上就要慢慢等呢,你也不要太着急。"

过了一个多月,这天学生放学后,陈秀才正在打扫私塾学堂,看见王妈妈眯着眼睛到了学馆门口。王妈妈本来眼睛就很小,这一碰到高兴的事情眼睛眯成一条线,不仔细看就根本找不到王妈妈的眼睛。村庄里的人把王妈妈叫"见钱眼",只要一见到钱,王妈妈笑得眼睛就找不到了。远远地看到王妈妈这个表情,陈秀才也高兴起来,心想王妈妈这么高兴,他托付的婚事儿看来有眉目了。陈秀才扔下扫帚跑到学馆门口,把王妈妈迎到学馆里,给王妈妈倒一杯茶,问道:"看王妈妈这么高兴,看来我婚配的事情有着落了。"

王妈妈喝一口茶,笑着说:"唉,你的这个婚事啊,可是我说媒这么多年以来,最难办的一件事,你都不知道我为了你的事,这鞋都跑烂了几双。你给的那点碎银子,还不够我买鞋穿哩。"王妈妈又喝了一口茶,陈秀才忙给王妈妈往杯子里添了水。陈秀才说:"这事儿还真是辛苦王妈妈了。"王妈妈笑着说:"不过,用你们秀才的话说,就是踏破铁鞋无觅处,总算让我找到了一家跟你门当户对的人家。这家的老人也曾是个秀才,跟你一样读过书的。可惜这个秀才家里没有儿子,只有一个女儿。更不巧的是,这个秀才前几年过世了,现在只有秀才的妇人和女儿两个人过日子。我把你的情况给那娘俩儿说了,娃他娘说了,官宦人家他们是高攀不起。这个秀才还算是门当户对,娃他大是个秀才,女子娃娃嫁给个秀才也是个好事。经我的托说,这门亲事基本上算是有戏了。"

"这可要好好谢谢王妈妈呢。"

"你先别急着谢我,我刚才说了基本上是有戏了,不过你也不要高兴得太早,人家娘俩儿还有条件哩,只要你答应了人家的条件,人家才能把女儿嫁给你。"

"啥条件?"

"你去应举,只要你中了举人,他们家马上把女儿嫁给你。"

王妈妈想着,这个条件对于穷酸的秀才来说,是件非常困难的事情,她更想以此为机会把陈秀才的婚事给推掉。只见陈秀才默默地点了点头说:"人家这样想也对着哩,毕竟我目前只是一个穷秀才,人家的女儿嫁过来是要过日子的。只要中了举,有了功名,日子肯定会越来越好过的。"陈秀才心里一下子有个新的奋斗目标,他答应了老秀才女儿的条件。下定决心好好读书,凭借自己的学识,中个举人应该不是问题。

从此之后,学生们放学回去,他再不会像以前一个傻坐在树下,等学生们给他送饭。他有了新的目标，夜半寒灯下，陈秀才独自勤奋地读书背诵。

很快到了考举人的时间，听说陈秀才要进城考举人，全村上下都特别高兴。送行的那天，有给陈秀才送衣服的、送干粮的，还有给陈秀才送纹银的。陈秀才感谢了乡亲们，就进城考试。

进了城之后，陈秀才在客栈里，听到其他秀才的谈话，这才知道想中举人，不是那么容易的。秀才中举不仅仅要学富五车，而且还要打通跟吴宗师的关系。吴宗师主管秀才应试，如果没有走通吴宗师的关系，就是笔试再好也一样不会中举。陈秀才就不信这个邪，心想只要自己的文章写得妙，就不怕吴宗师这一关过不了。

看榜的那天，陈秀才把榜单看了不下八遍，就是没有他的名字。然而邻村那个大字不识几个，千字文背得都不流利的李秀才却榜上有名。那个李秀才仗着家里有钱，给吴宗师送了厚礼。李秀才临考前和陈秀才住对门，他看到陈秀才半夜了还挑灯夜读。劝陈秀才不要那么用功，有用功的劲头还不如给吴宗师送上百两银子。李秀才看了看陈秀才破旧的衣服，想着也是没有银两去给吴宗师送的，又给陈秀才支了一招。让陈秀才拜倒在吴宗师的门下，说些好听的话，拍拍马屁，说不定也能行。陈秀才听着李秀才的话不屑一顾，还说李秀才不好好读书，却想着歪门邪道。可是考举的结果让陈秀才伤透了心，他看到正从客栈门口路过的吴宗师，上前就是一顿大骂。反正他对考举人这个事伤心透顶了，失望极了，他再也不想走仕途了，就把吴宗师骂了一个痛快。

放弃了走仕途，他只能回到村庄里的私塾里继续教书育人。之前村子里的人对他抱的希望很大，个个都认为依他的才学肯定能考中，可是连续三次，他都名落孙山。回到村里见到村里人，陈秀才红着脸，觉得没脸面见村里的人。村子里有个有威望的人对陈秀才说："没考上就没考上，闲着哩，你没考上，对于咱们庄的娃娃伙儿来说，也算是个好事儿。你回来了，这些娃娃们有先生给他们教书了，要不然我们还不知道到哪儿去再请个教书先生哩？"那个人对陈秀才又说："我们也听说了，那个主管秀才应试的是个贪官污吏，你没有给人家给点好处，没有送上银子。你性子直也不会拍马屁，就是笔试第一也没有用。回来也好，回来就安心给娃娃们教书识字。"那人给陈秀才宽了宽心，陈秀才心里明白，可是怎么也打不起精神来，给娃娃们布置了复习的功课，出了学馆到集市散心去了。刚到集市，一片乱哄哄的景象。陈秀才一打听才知道，原来老皇帝驾崩了，新登基的皇帝才十五岁，要在民间选秀女。选秀女是有标准的，凡不是寡妇或者有婚配的女子，才可以选入宫中。榜文下来之后，各地的官员们到处给皇帝搜罗秀女。按理说被选进宫中是件好事，可女子们的家长们可不这样想。一旦被选进宫里，有可能就与女儿一世两隔了，虽然活着，但见不到面。直到她们老死宫中，或者在后宫妃子们的争斗中，死于非命也是常有的。一时间，没有婚配的女子个个寻找没有婚娶的男子，写了婚约，嫁不嫁的先不说，只要有了婚约，就不会被选为秀女。

有个当金铺的老板,叫金朝凤。金朝凤原来是江浙一带的富商,在杭州城里开了个当铺子。后来听说这里的营生好做,就在这里开了个当金铺。他还有个亲戚叫陈朝凤,跟金朝凤一样,是在江浙一带开当铺子的。看金朝凤在这里的营生越做越大,在金朝凤的当铺子不远处,也开了一家当铺子。集市上娶亲的花轿一顶跟着一顶,热闹非凡。陈秀才看着来来往往的人们,心里不由得感叹起来。远处有一家娶亲的花轿,像是遇了贼一样地疯跑过来,更像是去抢亲的。正当陈秀才看得正兴时,突然有人从背后拍了陈秀才一把。转过身子,原来是当金铺的老板金朝凤。金朝凤嘿嘿一笑说:"陈秀才啊,过来,我有件事跟你商量一下。"陈秀才先是一惊,他一个穷酸落魄的秀才,平日里当金铺的下人们,都不会正眼看他一下,还能跟当金铺的老板说上话,真是让人意想不到。金朝凤看着丈二和尚摸不到头脑的陈秀才,说道:"当下的形势你也看到了,我有个女儿,我视她为掌上明珠。今年刚好是二八芳华,正是婚配的时间,你看我把女儿许配给你,把我的掌上明珠嫁给你。不要你出一文钱的彩礼,只要你把她娶了就行。"陈秀才听后哈哈大笑,笑得金朝凤倒摸不着头脑了,陈秀才说:"金老板,你这玩笑可开大了,我一个穷酸的书生,你要把你的千金明珠嫁给我,这玩笑开得让人不可思议啊。"

金朝凤说道:"我说的可不是笑话,我说的可是真心话。现在朝里选秀女呢,如果再不把女儿嫁出去,把她选成了秀女,朝廷离家那么远,而且不是想见就能见上的。你也没有婚配,我就把女儿许配给你么,这不是既成就了你的婚事,又让我的女儿留在我们的身边么,一举两得的事么。"陈秀才说:"婚配哪能这么草率,再说了还要写提贴呢么。"金朝凤笑着从袖筒里取出一张纸,说道:"提贴我拿着哩,你只管在上面按个手印画个大名就行。"这下更让陈秀才感到意外,万万没有想到,金朝凤还有这么一手,把女儿婚配的提贴都准备好了,他对女儿的婚事竟然如此儿戏。在集市上随便找个人,只要碰到没有婚配嫁娶的,就像捡到宝一样的,他那视为掌上明珠的女儿,随手就婚配了。但是陈秀才心里明白,不想让女儿远嫁到皇宫的唯一办法,就是赶紧把女儿嫁出去。这时候的陈秀才更像是个香饽饽,十里八乡的婚龄少女,可由着他自己选,丑的这个时候他或许看不上。更何况金朝凤的女儿,他一眼都没有瞧过,万一接了金朝凤的提贴,金朝凤的女儿是个傻子或是个愣子,那可是万万不行的。陈秀才一个劲儿地推脱,急得金朝凤扑通一下子跪在了陈秀才的面前。一个有钱的大老板,为了留住女儿,在集市上竟然给寒酸秀才跪下来。陈秀才转念一想,金朝凤是相当有钱的人,活在明面上哩,娶的老婆不会差到哪里去。那生出来的女儿肯定漂亮,当下就接了金朝凤的婚配提贴,把金朝凤扶了起来。

金朝凤出于私心,让女儿不要被选为秀女,才唱了这出当街向陈秀才下跪的事。陈秀才心想:这要是以后金朝凤反悔了,他的这个婚事不是就泡汤了,煮熟的鸭子可就会飞了。于是陈秀才说找两个证婚人,作为见证,让他们在婚约上签名字按手印。

"好女婿,你这下就把心放到肚子里吧,只要你不反悔,我们绝不反悔。"金朝凤接着说:"不过请证婚人,还是要请有威望的人,你看现在乱哄哄的,你把证婚人请好了,到我的家里,我好好招待一下他们。他们为你们两个证婚,也不能让人白忙乎么,至少像样的饭菜要好好地享受一顿。"陈秀才听着在理,当下同意了金朝凤的话,两人约好找到证婚人,到金朝凤的家里摆宴席签婚约。

张千和李万是陈秀才一起长大的两个伙伴,陈秀才把集市上的事情,给他们两个说了,这两个读过书,也能说会道,两人认为这是个好事。于是到了金朝凤的宅院里,写了婚约,签了见证,按了手印。酒足饭饱之后,都夸陈秀才是个好命,没想到误打误撞会遇到金朝凤女儿这样的好姻缘。不过陈秀才更是个细心之人,他拿着婚约看了又看,对金朝凤说:"婚约已成,不过为了保险起见,你去把你女儿的头发铰一绺给我,我把它包到婚约里,也算是人证物证都有了。"金朝凤到了女儿的房间,把女儿的头发铰了一绺,送给了陈秀才,让陈秀才包到婚约里。陈秀才把包了头发的婚约揣进怀里,这才放心里饮了一杯酒。

陈朝凤除了生意上和金朝凤相同之外,金朝凤也是陈朝凤的姐夫。这天,陈朝凤带着他的儿子陈拜寿来到金朝凤家里走亲戚。金朝凤与陈朝凤许久日子没有见面,两人一番寒暄后,金朝凤问起陈朝凤的营生,陈朝凤又是摇头又是叹气地说:"我那边的营生实为不好,之前看你这边的营生不错,我从江浙一带跟着你到了这里。可谁想到了这个地方后,营生还是不行,一点起色也没有。前不久我辞了伙计,自己和拜寿干起来了,还好拜寿这娃娃争气,账行上的事情他现在经营着。看货他经验有些不足,但随着在铺子里学习,迟早能接了我的营生。"说完又是叹了一口气,接着说:"我们爷俩经营店铺也是很累,我有个想法,就是想把我的铺子和你的铺子合并了,咱们两家合到一起经营,这样你我都能省些心。"

这事儿倒让金朝凤有些难为情了,两家子把店铺合在一起,和亲戚做营生好是好,可是谈到利益分配的事情上,往往以后连个亲戚也做不成了。再说了,陈秀才也是个可造之才,人也有学问,就是时运不济。等真正成了金家的女婿,把当金铺的营生交到他手里,他也会把营生做得有声有色。要是陈秀才的意愿不在当铺子上,找吴宗师走走关系,中个举人,也能安心地在仕途上混个一官半职。营生合起来,不定因素就变多了。他不知道要怎么去拒绝陈朝凤,这时听到女儿金小凤的声音:"舅舅你可来了,我时间长了没有见到你了,好想你们啊。"陈朝凤看见跳进门的金小凤,不但人长得标致漂亮,而且还伶俐可人。又望了一眼坐在身旁边的儿子拜寿,高兴地说:"小凤越长越漂亮了。"说完看着金朝凤说:"小凤年方二八了吧?"

"刚好二八。"

"可否婚配?"

说到这里,金朝凤又倒开了自己的苦处,急着把小凤许配给陈秀才的过程,给陈朝凤说了一遍。陈朝凤笑着说:"姐夫啊,你看咱们两家这么好的关系,拜寿和小凤是姑舅姊妹,表哥表妹成了姻缘,那不更是亲上加亲么。你这么大的产业,迟早是要交给小凤的,他们两个成了亲,咱们两家的店铺顺利合在一起,一起营生打理,不是更好吗?"

金朝凤心里自然十分喜欢,眼前的这个拜寿。越看越喜爱,女儿小凤嫁给同她从小一起长大的表哥,那是最好不过了。可前几天,还是他下跪求着陈秀才,立了与女儿的婚约,很难为情地说:"小女已经跟人立了婚约了,咱们这样不好办吧?"

陈朝凤问:"过门了没有?"金朝凤说:"没有。"

"那不更是好办,吴宗师这个人见钱眼开。咱们不是那种缺钱的人,姐夫你不用管,也不用你家的当铺子出钱。我自己就把这个事情给办妥了,他个陈秀才要是去官府告状,连门儿也没有。"

金朝凤总觉得自己这样做不厚道,当初女儿差点被点了秀女,还是陈秀才立了婚约才救下了女儿。这风头刚过,就把婚约给悔了,有点过河拆桥不讲道德啊。可再想到女儿和拜寿两个,金童玉女天生一对儿的时候。悔婚就悔婚吧,厚不厚道已无所谓了,可就是苦了陈秀才了。陈秀才缺钱,给陈秀才一笔钱,也算是给陈秀才一点补偿吧。

第二天一大早,金朝凤就让下人把陈秀才从私塾学馆里请到了家里,给陈秀才说了悔婚的请求。不管金朝凤怎么说,陈秀才就是不同意悔婚的事。陈秀才说:"既然已经立了婚约,我决不反悔,哪怕你们的女儿是个傻子瓜子愣子,我也会娶的。你们说啥也没有用,等过了秋考以后,我自会上门提亲娶你女儿的。"

金朝凤说:"你一分钱的聘礼也没有给,更何况以你现在的情况,婚娶的乐队、酒席都置办不起,你拿啥来娶我的女儿?"

"这事你不用管,我自有办法,你的女儿我是娶定了。"

商量不成,陈朝凤又出了一计,他到了陈秀才的学馆,找到陈秀才说:"这事情说来也全怪金朝凤,当初他的女儿出生前,我姐,也就是金朝凤的老婆,和我就商量好了。她要是生的女儿,就把女儿许配给我的儿子拜寿。说这话的时候,我姐夫并不在场,女儿出生以后,我姐夫就离开我姐,到了这个地方开了个当铺子,后来我姐竟然把这事儿忘记给我姐夫说了。前一段时候点秀女,我姐夫更是病急乱投医,在集市上找到了你,还让你跟他的女儿立了婚约。我们家与他们家里立婚约在先,你们的这纸婚约无效。"

"啥无效?"

"嗯,无效,你到官府上告状也无效,我们的婚约在先,你们是后来的,肯定你那个是无效的婚约。"

陈秀才坐在凳子上想了又想:看来跟有钱人的婚配,真成了个笑话,但自己也不能就这样算了,于是说道:"我知道这事儿,看来是成不了,我有个请求。"

一听陈秀才松了口,陈朝凤心里一下子高兴了起来:"啥条件?"

"我当初立婚约的时候,到亲戚友人跟前借了五十两银子,作为置办聘礼的费用。既然你们提出这事儿成不了,那把我的五十两银子退还给我。"

"这个没有问题,我们提出来的,给你加个倍,我给你一百两银子。"陈朝凤从袖筒里,取出一百两的银票给陈秀才。和陈秀才击掌为誓,这事儿就算定下了。拿着银票,陈秀才找到了他的玩伴张千和李万。张千和李万一听,跳起来大骂陈秀才:"这么好的一个姻缘,就让你用这一百两银子退婚了。你是不知道,金朝凤的女儿,像是天上下凡间的仙女,长得那叫个漂亮。你要是娶了她,那下半辈子就是一个活神仙啊。再说了,你已与金家女儿有了婚约,管他们有没有婚约,你这婚约也是真的,咱们不退就是了。"

张千问:"你把婚约毁了吗?"

"没有。"

"婚约给金家了吗?"

"没有。"

"婚约在哪儿?"李万问。

"在我这儿哩,保管得好好的。"

"那就行了,说明咱们还占着理呢。"

陈秀才说:"不过,我拿了陈朝凤的一百两银票呢。"

"立了字据收条没有?"

"没有,但是击掌为誓了。"

三个人叫了两斤烧酒,边喝边商量,想到了一个万全之策。第二天吃过早饭,陈秀才带着张千和李万敲开了官府的大门。吴宗师见是陈秀才,不管三七二十一,先把陈秀才打了十个板子。陈秀才骂吴宗师公报私仇,吴宗师说:"打你十个板子算是轻的了,你明知道金朝凤的女儿已有婚约?你还逼着金朝凤给你立了婚约,真是人心不古,良心坏透了。你赶紧回去好好教你的书,别再给娃娃们传授强买强卖的事情了。"

吴宗师先把他打了十个板子。这明摆着就是金家给吴宗师走了关系,但陈秀才不放弃,连续几天都到官府的大堂外击鼓。门口的官差见陈秀才来了,把大鼓抬进大堂里不让陈秀才敲鼓。陈秀才坐在大堂门口大声叫骂,也没有一个人出来理睬他。

吴宗师天天听到陈秀才的叫骂,气不打一处来,正想叫人给陈秀才再赏几十个板子。却被师爷给叫住了,师爷说:"咱们把这事给陈朝凤讲一下,让他自己想办法把这个穷秀才弄走。再说了,咱们天天在这里被骂,金家和陈家不得给咱们补偿一下么。"果不其然,不多时陈朝凤提着百两银子到了官府后院,把百两银子交到了吴宗师的手里。陈朝凤离开官府后,陈秀才还是一个劲地叫骂。他看到陈朝凤的马车从官府离开,已明白陈朝凤又来给吴宗师送银子来了。想了又想,回家跟张千李万一商量,这事儿还得到州府去告状。

一纸状纸送到州府,刘太守差人把吴宗师大训了一通。这么简单的案子都处理不好,让吴宗师好好地处理一下。陈朝凤又去官府给吴宗师送了几百两银子,吴宗师给陈朝凤出了个主意,让他赶紧立个儿子拜寿与金家女儿小凤的婚约。有高人指点,陈朝凤匆匆回到家里,就把这事给办了。师爷给陈朝凤还支了一招:让陈秀才中个举人。师爷说:"前几年陈秀才参加过举人应试,文章做得一个妙,那中个状元都有可能,就是家里境况不好。今秋让他再参加个应试,举人肯定是能中上。"陈朝凤问:"这事真能办?"师爷说:"怎么不能办,你想啊,陈秀才之所以咬着金家不放,那是他没有办法了。娶其他人家的女子,人家都嫌他没有中个举人,一个穷酸秀才连个种地的长工都不如,嫁过去还不是让自己的女儿活受罪。听说之前就有个女子,丑得不像样子,说是要陈秀才中了举人,才嫁给他。陈秀才三次应试没有中,结果那么丑的女子也没有嫁给他。咱们让他中了举人,他见识的人多了,自然就瞧不上金家的女儿,到时候你们既得了金家的女儿,又得了金家的家产,岂不是两全其美的事情。"

"那怎么办?"陈朝凤问道。

"这还不容易啊……"在师爷的引导下,陈朝凤又给吴宗师送来了两千两的银票,吴宗师拍着胸口说:"这事儿包在我的身上了,只要陈秀才今年来参加应试,我定叫他中个举人。"

陈秀才还在大堂外面叫骂,师爷蹲在陈秀才的身边,低声问:"真的想娶金家的女儿?"

"嗯,真的想娶。"

"那我给你说,你在这里叫骂是啥也不顶用。你回去好好地读书学习,到了秋季参加举人应试。今年好好考,咱就考上个举人,听说今年的举人全会到州府里上任,州府里可随时能见到太守。你把这事给太守再一说,把金家和陈家逼你毁约的事情再告上一告,那时就是吴宗师向着陈家,也于事无补了。"陈秀才听着有理,但转念一想,吴宗师是个出了名的贪官。没有钱财绝对不会给他办事的,正难为情时,师爷说:"往年啊,只要想中举人的,就给吴宗师呈上百两银子。百两银子就是中个举人,你要是没有钱,让陈家和金家给你出。要钱的办法多的是,你自己随便想一个就行,要他们一百两银子那轻轻松松。"

陈秀才早年就听说了,想要中举人,就要给吴宗师送百两银子,看来师爷也没有乱说。陈秀才找到吴宗师,吴宗师知道陈秀才的来意,故意问:"你这在大堂门口骂得不过瘾,来到后院里来骂我了?"

陈秀才笑着说:"我今年想参加举人应试呢?"

"行情你都知道吗?"吴宗师问。

"知道,知道。"陈秀才说着从袖筒里拿出百两银票,递给吴宗师。吴宗师说:"早这样不就更好了。书中自有颜如玉,书中自有黄金屋,得了,回去好好读书去,今年的举人里肯定有你。"

一切都已经安排好,陈秀才回到村庄,依旧是给娃娃们教书识字。跟之前一样的是,他继续每天挑灯夜读,因为他知道,虽然给吴宗师送了钱财,但自己一定要掌握真才实学报效国家。

秋试过后,陈秀才的名字,陈子龙果然榜上有名。这下陈秀才可高兴坏了,比陈秀才更高兴的,便是陈朝凤。陈朝凤张罗十里八镇的媒婆,给陈秀才说亲。那媒婆排着队,一个接一个地来,把陈秀才学馆的门都踏破了。无论是媒婆们说得天花乱坠,还是把妙龄少女带到学馆里让陈秀才先过眼,陈秀才总想着要去娶金家的女儿金小凤。

这天,学馆里来了一个媒婆,带着一个妙龄女子。这样的女子到学馆的次数太多了,陈秀才并没有在意。那女子自称名叫柳叶红,长得还有几分姿色,说话也是温柔可人。陈秀才听了柳叶红的介绍,说道:"姑娘还是请回吧。"又对着媒婆们说:"你们也不用再给我介绍女子了,我已经有了婚约了。"

"秀才可真是会说笑,哪个男人不是三妻四妾的?"柳叶红笑着说。

"我就喜欢金家女儿,她与我已经有了婚约,除她之外我不会再娶其他人的。"

"可我听说金家的女儿,是个傻子,啥也不会做。吃饭流鼻涕,半夜尿湿床,这样的一个女子,你也要娶?"柳叶红问道。

"娶啊,我已经与她有了婚约,不管她是啥样子,我都会娶她,我都会照顾她一生一世。她不能给我幸福,我会给她幸福,陪她一辈子。"

"她那个傻样子,连个孩子也不会生。常言道不孝有三无后为大,难道你就要做一个不孝之子吗?"柳叶红又问道。

"若真是那样,天意难违,天意如此,我只想陪她好好过日子。"

"要是太守看上了你,或许是哪个达官贵人看好你,让你退了金家的婚约,要把他们的女儿嫁给你,你会怎么办?"柳叶红又问了一个问题。

"达官贵人的女儿,爱谁娶谁娶去,我是不会去娶的。就我的穷酸样儿,不会有达官贵人把女儿嫁给我的。不管怎么说,你们回去吧,我已经有了婚约了,大丈夫一言既出,驷马都难追。"陈秀才不耐烦起来,把媒婆和柳叶红一起推到了门外,关了大门。

柳叶红生气地骂着:"跟你的傻子愣子瓜子媳妇过一辈子吧。"

这样的媒婆和少女来得太多了,陈秀才早习以为常了。

陈秀才还沉浸在中举的喜悦当中,陈朝凤一纸状子,把陈秀才告到了州府。州府派人拿了陈秀才。陈秀才站在大堂上,才知道陈朝凤告他强与民女金小凤立下婚约之事。陈秀才心里暗想,这事儿本来等他到州府上任后,去告陈朝凤与金朝凤的,没想到陈朝凤恶人先告上状了。刘太守一听陈朝凤的诉状,心里已然明白了。他把陈朝凤叫到大堂后面,问道:"你家儿子与金家女儿是否有婚约,何人做的婚媒,何时立的婚约,又是何人签的见证。是否有金家女儿的身上之物为证?"陈朝凤一一作答,所说的跟他给太守的婚约都能对得上。刘太守让陈朝凤回府堂,又叫了金朝凤到了大堂后面,问了和陈朝凤一样的问题。这下可急坏了金朝凤,但也回答了太守的问话。随后又把陈朝凤叫来的两个证人叫来问话,问题都一样,然而回答的内容不一致。到了陈秀才这里,陈秀才拿出与金朝凤签订的婚约和一个小包,小包里是金家女儿的一绺头发。

刘太守先后在大堂后面问了陈秀才、张千和李万,所问的问题和问陈朝凤的问题一模一样。让刘太守意料之中的是,他们的回答和婚约上一致,何时立的婚约,见证人是谁,陈秀才保存的金家女儿的身上之物又是何物,回答得分毫不差。

真相就在眼前,刘太守回到府堂,喝住陈朝凤带来的两个证人:"你们两个好大的胆子,竟敢在本府作伪证!他们两家立婚约的时候,是在江浙的小镇上,你们何时去过江浙小镇?还敢说是他们立约的见证人。各打二十大板,罚银百两。"官差拖两证人下去,狠狠地打了他们二十个大板。刘太守又冲着陈朝凤和金朝凤说:"你们两个串通一气,金家女儿与陈子龙本有婚约,你们两家嫌贫爱富,要悔了婚约,陈子龙不同意。你们想方设法地让他悔婚,好在陈子龙一直坚持,现在本府宣判陈家儿子拜寿与金家女儿金小凤的婚约无效,新晋举人陈子龙与金家女儿金小凤的婚约真实有效。陈朝凤、金朝凤,你们两个污蔑朝堂,各打二十大板,罚银二百两。拖出去,狠狠地打!"官差们正要拖他们出去打,陈秀才忙喊着:"太守,我的岳丈金朝凤年纪大了,二十个大板怕是承受不了,作为他的女婿,我去接受金朝凤二十个大板的惩罚。"

刘太守说:"难得陈举人这般厚爱自己的岳丈,可从轻发落,但他听信陈朝凤的谗言,罪还是要受的。既然这样,两个人合起来四十个板子,一板子也不能少,打陈朝凤三十个大板,打金朝凤十个板子就行,让他好好地长长记性。"

陈朝凤被狠狠地打了三十个板子,屁股被打得皮开肉绽,血流不止。回到家里,金朝凤三五天内,就把女儿金小凤嫁给了陈子龙。就在陈子龙娶亲的那天,刘太守把吴宗师抓入大牢。洞房花烛夜,陈子龙揭开了新娘子的盖头,原来金小凤不是别人,是曾经到学馆里试探他的柳叶红。

搜集地点:泾源县六盘山镇东山坡村

搜集时间:2017 年 11 月 15 日

讲 述 人:姚治富

采录人员:王文清　咸永红　冯丽琴　陈翠英　王　芳

文字整理:泾源县文化馆

整理时间:2022 年 5 月 23 日

浪子回头金不换

　　从前,有一家人,老两口日子过得很贫穷,生了两个儿子,把儿子抚养成人,又给两个儿子娶了媳妇,每个媳妇都生了两个孙子。家里日子由穷变富,人口也多了,挣钱门路也广了,人丁兴旺,财源滚滚。老婆子还没过几天好日子就得病去世,老汉和两个儿子一起过日子。

　　这一年,大年三十晚,老汉领着两个儿子、两个儿媳妇和四个孙子,在大门口烧纸。老汉和儿孙们刚跪下,有一个贼想来偷老汉家东西,见老汉家人出来烧纸,就偷偷跑进了马圈。老汉看得一清二楚,装作没有看见。忙活完后,两个儿子和媳妇给老汉磕头,几个孙子给爷爷拜年。磕完头,拜完年,老汉就上了热炕,儿媳妇端来了年夜饭,儿子拿来好酒,就等着老汉动筷子吃饭喝酒。老汉上了炕就愁眉不展,闷闷不乐,唉声叹气。大儿子就问老汉说:"大,看你心事重重,不知你有啥不开心的事? 你就说出来,我们能给你分忧的分忧,能解愁的解愁。"老汉长出了一口气说:"唉! 儿呀,你们不知道我心里的忧愁? "二儿子说:"大,你有啥话就说出来,不管多难怅的事,我们都愿为你分担。"老汉说:"唉! 实不相瞒,你们还有一个大哥。"一家人听了老汉的话都愣住了,从来也没有想到自己还有一个大哥。老汉说:"你这大哥的事,我一直就没有给你们说过,因为你这大哥从小就好吃懒做,我就把他送了人。他现在也成了家,有老婆有娃,就是不成器,家里的日子也过不到人前去。今晚上想回家来过个年,他家里穷拿不出个礼物,不好意思进咱这家门。"大儿子说:"大,我们有大哥,你咋不早说吗?你今晚不说,我们就不知道还有个大哥。"二儿子接着说:"大,咱家这生活和收入,不要说一个大哥, 就是有五六个也能养活他们。你早说我们经常给送些钱物,接济接济我大哥家。"大儿子说:"大,你把我大哥家的地方说一下,我去把大哥一家人请来,咱全家人欢欢喜喜过个年。"老汉说:"你大哥今晚来着哩,咱今晚烧纸时,他不好意思进家门,躲在马圈里了。你弟兄两个去看看,要在就接到家里来,今晚就好好过个年;人要不在就不要管了,他的家我给你们不说。"兄弟两个就去马圈里接大哥去了。

　　其实,老汉根本就不认识小偷,也不知道他高名大姓;更不知道他家住在何处。老汉是个行善人,也是个好心。看到小偷大年三十来他家里,见人就躲在马圈里,知道小偷家里穷,不是要饭的就是偷人的。如果是乞丐来讨饭,不会见了人就跑,见人就跑的,肯定是来偷东西的贼娃子。老汉就哄家里人说是他的大儿子,让两儿子去马圈里看,这贼要走了,就啥事都没有。要是没有走,就当是亲戚请来吃个饱饭过个年。

兄弟两个挑着灯笼来到马圈里,果然马圈里有个人。小偷要到谁家,不管啥东西总要偷一点,绝不空手而归。这个小偷在马圈里,想着偷匹马回去。马还没有偷,兄弟二人挑着灯笼来到马圈里,小偷心想:"今晚上,完了,啥都没偷到,还被主家发现了,来两个身强力壮的人,今晚还不把我打死?"小偷正想着,兄弟二人异口同声说:"哎呀,大哥呀,你来家里,咋不到上房?来到马圈干啥?"小偷被问得莫名其妙,嘴里呜哩呜喇不知说的啥。老二说:"大哥,我们刚烧纸,大说你是我们大哥,今晚回家想过个年,让我兄弟俩请大哥到屋里,一家人团团圆圆过个年。"小偷算听明白了,心里想:"哎呀,这咋突然冒出来一个大,还冒出来两个兄弟?既然人家认我为儿、为大哥,我就当一回儿,当一回大哥。"小偷想到这,就随机应变,跟着兄弟两个回上房了。

兄弟二人把这个大哥领进屋,小偷不认识老汉,老汉也不认识他。大儿子对小偷说:"炕上坐着的是咱大。"小偷跪在地上,给老汉磕了个头,拜了个年。老汉说:"娃娃,来上炕,咱一起吃个年夜饭。"小偷就上炕坐下,一家人很开心地吃着年夜饭,唯独小偷心里虚,不敢大口吃饭,不敢大碗喝酒。兄弟二人比较热情,也很开心,一会老大给夹菜敬酒,一会老二给夹菜敬酒,边吃菜喝酒边拉家常。不知不觉夜深了,到后半夜了,小偷说:"哎呀,今晚我糊里糊涂来,把大也认了,把两个兄弟也认了。现在夜深了,我也该回家了。"老汉说:"想回你就回,家里还有老婆娃,我们也不留你住了。你家离这远吗?"小偷说:"大,今晚我过了个好年,谢谢大!我家离这不远也不近。"老汉说:"你要走,就让你两个兄弟给你老婆娃带些吃的。"兄弟两个就推来架子床,把米呀面呀油呀肉呀菜呀馍馍呀装了满满一架子车,用绳子捆绑好,兄弟两个拉的拉,推的推,帮着要给大哥送到家。

小偷知道今晚遇到好人了,和两个兄弟把东西拉回家,到了家门口,小偷害怕露底,就对两兄弟说:"兄弟,你们先在门口等一下,让我进屋给你大嫂说一下,免得你嫂子和侄儿们受到惊吓。"小偷说完就进了屋里。

大年三十晚上,小偷的老婆和儿女没有啥吃的,饿得老婆和儿女们抱在一起大哭着。小偷进屋就说:"老婆,你和娃们不要哭了,我今晚碰到好心人,认我为大哥,还给家里送来一车子东西。"小偷就把今晚前前后后的事情,给老婆和儿女们说了一遍,老婆和儿女们听说拉来了好吃的,哭声也都小了。小偷说:"再甭哭了,我去把恩人们请进屋里,把好吃的拿给你们吃。"小偷给老婆娃安顿好,出来就和两个兄弟把架子车上的东西搬进家。兄弟两个看嫂子和侄儿侄女,黑灯瞎火地坐在炕上,家里冰锅冷灶,没有一点过年的气氛。兄弟两个眼一酸,泪水就淌了出来。兄弟二人说:"哎呀,嫂子,侄儿侄女,你们受罪了,一看家里就知道你们的生活紧张,没有一点吃的来过年。你们咋不早来家里吗？我兄弟两个的日子还算富裕，说啥也不该让你们过这样的日子。今晚要不遇上我大哥，我兄弟两个就不知道还有大哥这一家人，以后家里需要啥，大哥你就来我兄弟两个家里，随便吃随便拿。"兄弟两个说着，就把能吃的东西，放在炕上让嫂子和侄儿侄女们吃。兄弟两个和小偷家里人拉拉家常，兄弟两个就回家了。

小偷从此就再不偷东西了，过了一段时间，小偷来到老汉家。主要想看看老汉身体如何，看老汉家有啥要干的活吗？他就想帮帮老汉家干干活，为的是报答老汉家对他的恩情。

小偷来到老汉家，老汉说："哎呀，我这几天想着让你兄弟去叫你来，有件事想给你说，你今天来了就好。"老汉就把兄弟两个叫来，一家人坐在一起，老汉说："我有一件事，今天当着你们兄弟三个面说一下，看你两个兄弟同意吗？"兄弟两个说："大，有啥话你就说，我兄弟两个都同意。"老汉说："咱家在庄子东头有三亩地，今天当着你们三兄弟的面，把这三亩地分给你大哥，让你大哥耕种，解决一家的吃饭问题。"两个兄弟说："大，咱家这地就有我大哥的一份，这三亩地分给我大哥，我们兄弟两个肯定照办。"老汉对小偷说："娃娃，我给你三亩地，你自耕自种，要自力更生。该做的生意让你两个兄弟帮助你做，不该做的事不要去做。从现在起，要踏踏实实做人，过去走过弯路，以后要走正路，改邪归正，浪子回头金不换。"老汉很婉转地教育了小偷一番话。小偷听了老汉的话，激动地流着热泪说："大，你老放心，今后我会重新做人，再不会做对不起别人的事。"从此，小偷和老汉家亲如一家人。

小偷改邪归正后，每天除了忙着种好三亩地，平时没事就下河捞鱼，一家人不愁吃不愁穿。小偷为报答老汉一家人，把每天捞的鱼，都要给老汉家送一两条大鱼。他每天送鱼，不把鱼当面送给老汉的家人，怕老汉的家人拒绝不要，就把鱼放在马圈里的一个筐子里，天天如此，从不间断。

有一天，捞了一下午鱼都没有捞上，天快黑了才捞了一条大鱼。小偷连夜晚把鱼送到老汉家的马圈，把筐子拿起放鱼，发现筐子里有一颗人头，小偷吓得把筐子扔在地上跑了好远。小偷心想着："这是谁把人杀了，把人头藏在这里？这分明是要陷害我大和我两个兄弟。他们可是天下最好的人，我不能让人陷害他们一家人。我给他来个偷梁换柱，救这一家好人。"小偷想到这里，走上前把捞的鱼放在筐子里。把人头装在一个笼子里，给上面盖了一些麦草，趁天黑提着笼子走出马圈。小偷提着人头，一口气走了十几里路，找了个偏僻的地方，挖了一个坑，把这人头埋了。

第二天，陷害老汉一家的人，到县衙击鼓报案，带着县衙的老爷和衙役们，来到老汉家的马圈里搜查人头。衙役端来筐子让县老爷看，县老爷一看筐子里没有人头只有一条鱼。县老爷大怒："你这人怎么谎报杀人案件？筐子里分明是一条鱼，你怎么报案说有一颗人头？你这是诬陷好人，来人！将此人带回县衙审问。"衙役们把报案诬陷的这个人,抓回县衙里当堂审问。这个报案诬陷的人,经不住县老爷的审问,就招供人是他杀的,县老爷把这杀人犯判了死刑。

老汉一家人,在大年三十晚上帮助了一个小偷。小偷为了感恩,天天送鱼,搭救了老汉一家人的性命,避免了一场人命官司。在老汉一家人的帮助下,小偷开始做一些小生意,慢慢发展成大生意,店铺扩大到跨县越州几十个,最后成了当地的首富。这就叫浪子回头金不换。

搜集地点:泾源县六盘山镇五里村

搜集时间:2020 年 4 月 8 日

讲 述 人:张进元

采录人员:王文清　张　滢　陈翠英　咸永红　冯丽琴

文字整理:王文清

整理时间:2022 年 7 月 15 日

张进元　1947 年 8 月出生于六盘山镇五里村,固原市级非物质文化遗产代表性项目泾源小曲戏传承人。

两个木匠

从前，有一个小伙子叫刘伟，他的木活技艺也算一流，在鸳鸯镇也是数一数二，所以经常被有需要木活的人家，请到家里做木活。刘伟的木活干得很细致，得到了很多人的赞许，刘伟在鸳鸯镇声名大振，就连外县的人都请他去做木活。他一天忙得不可开交，因为他的时间有限，所以好多人家的木活，都被他推掉了。

鸳鸯镇上有一家人姓王，他们想要盖一座比较有特色的房子。想要木工做一些房子造型，老王听说了刘伟的木活技术好。刚好自己的儿子王文和刘伟是好友，老王让儿子去请刘伟为他们家做一些木活。刘伟见是好友王文找自己，他没办法推辞，就答应了好友的请求。

刘伟来了老王家，就开始设计造型。刘伟干起活来干脆利落，一点儿不含糊。做的造型也很精致，老王每天看着刘伟干活，他对刘伟很是欣赏。老王对刘伟干活很满意，对刘伟说道："刘伟啊，你真的干活一点儿不含糊，房子盖好后，我家的家具也由你来做。"就这样，刘伟又得到了另一桩生意。

但是，意外发生了，在老王家干活这段时间，刘伟被老王的儿媳妇伺候得很周到。老王的儿媳妇样貌出众，并且温柔贤惠。刘伟渐渐地对好友王文的媳妇产生了不一样的情愫。

有一天，刘伟趁老王他们都没在家，就让老王媳妇帮忙。不一会儿，刘伟终于忍不住了，表达自己对她的爱慕之情，王文媳妇气急了，说道："刘木匠，请您自重。"然后她就气急败坏地离开回到了自己的房中，心里更是怒火中烧，久久不能平复。而一边的刘伟回到了自己的客房，刘伟在房间思量一番，觉得自己太鲁莽，不该爱慕朋友之妻。他想着自己脸也红了，假装没发生任何事，走出房间继续干着木活。往后干活的日子里，王文的媳妇不再亲自送饭菜伺候刘伟，而是想尽一切办法躲避刘伟。

过了一段时间，外出干活的王文回来了。王文看妻子心事重重的样子，就赶紧询问媳妇。她只是心不在焉地摇摇头，但是她得让丈夫赶走刘伟，因为这人心术不端。过了一会儿，妻子对王文说道："你给咱爹说说，房子盖完了就把工钱结了，不要让刘伟再做咱们家的家具了。"王文不解地问道："为啥啊，人家手艺高，在家里干得好好的，为啥不让做了？"王文妻子说道："他的木活技术的确不错，但此人心术不正，所以还是别用得好。"王文对妻子也可以说是言听计从，所以他就去找父亲了，来到父亲屋子里说道："爹，咱的房子盖好了，你就把刘伟的工钱结了，家里的家具另外找人再做。"老王惊奇地问道："为啥？我都答应人家了，我总不能反悔吧？"王文说道："房子盖好了，我们就该忙了，没时间做家具，总不能耽误人家。"老王听了后，觉得儿子说得有道理。就去找刘伟了，来到了刘伟的客房，对刘伟说道："小刘啊，这段时间很感谢你了，明天房子就盖好了，我把工钱结给你。我们家要忙一段时间，家具还没时间做，总不能耽误你挣钱，所以就先给你把工钱结了，等有时间再找你做家具。"刘伟听完后，假装友善地说道："王师傅，你说笑了，这个我能理解。那等忙完这段时间，要做家具了就找我。"老王点头答应后，就离开了。这时刘伟钻牛角尖，脸变得很吓人，心里想道："你们这是卸磨杀驴，亏我还加班加点地干活，我一定要报复你们。"刘伟在房间连夜刻了一个木头老虎，在老虎身上施以咒语，悄悄地放在大门的门槛下面。第二天，刘伟领了工资就离开了。

　　过一段时间，老王家请了一位姓孙的老木匠，给家里做家具。孙木匠来到家中，老王儿媳妇看孙师傅年龄大了，就尽心尽力地照顾孙木匠的生活起居。孙木匠看到老王儿媳妇这样和善，对老王儿媳妇很是感激，就想着做点啥报答这个媳妇。家具快要做完的时候，正好缺一块木头做卸扣，他去院子找木头。走到大门后，孙木匠发现大门的门槛下有一只施了咒语的木老虎。这明摆着有人要害这家的人，孙木匠想到老王儿媳妇对他的好。他一心想回报人家，所以他就制作了一把木锹。做完家具，孙木匠悄悄将木锹，交到老王儿媳妇手里，并且嘱咐道："这木锹你一定要收好，在关键时刻能救你们一家人性命。"老王儿媳妇就将木锹收好了。过了段时间，刘伟觉得自己放的木老虎应该生效了，所以想要去看看。来到老王家门口，看到王文正在晒太阳。王文将刘伟请到屋中，一起喝茶用膳。王文媳妇本来就不待见刘伟，茶食端上来后就离去了。刘伟吃完就走到门口，开始对着老虎启动咒语，结果被王文媳妇看到了。刘伟前脚离开，王文媳妇就赶紧拿着木锹来到门前，按照孙师傅教她的方法，说道："老虎啊老虎，你就跟着你主人，喝香的吃辣的去吧。"就这样老虎跟着刘伟来到家中，结果刘伟家里不得安生，刘伟自食恶果了。

　　人啊，不管啥时候一定要行得正坐得端，不可因一时意气毁了自己，最终只会落得害人终害己的下场。

搜集地点：泾源县六盘山镇和尚铺村

搜集时间：2020 年 12 月 30 日

讲 述 人：司玉霞

采录人员：王文清　冯丽琴　咸永红　陈翠英

文字整理：泾源县文化馆

整理时间：2021 年 11 月 18 日

两 弟 兄

从前，有户人家，两口子生了两个儿子，这家人以在山上种地为生。慢慢地这两口子老了，儿子长大了。老两口一商量说：咱们也老了，干不动活了，把家里的地，给两个儿子分了让种去。家里有两张犁，一对牛，几袋子麦子，还养着一只狗，就这么一点家产准备给弟兄两个分呢。商量后，老两口就把弟兄两个叫来说："家里就这些家产，现在给你兄弟两个把家分了，看你们都要啥呢？分了家都自己干活，自己生活吧。"老大就想着把那一对牛、几袋子麦子他拿来，把剩下的那只狗给他兄弟。两张犁，其中有一个分给他兄弟，把那个好的给他自己留下了。家里的地给了兄弟一半。

就这样分了家，兄弟扛着犁去种地，只有一张犁没有牛，只有那只狗跟着他。到了地里，他就把犁给狗套上，就这样一天一天耕地呢。就忠诚的小狗陪着老二勤苦劳动，一年庄稼种下来收成好，不但有吃的，其他啥也都好起来了。

老大么就心想，我还有几袋子粮食呢，先吃着，地先撇着不去种。老大的地荒着呢，天天就吃着那几袋粮食。那几袋子麦子根本不经他天天吃，没多久就被他吃得颗粒不剩。最后他饿得不行，把耕地的牛也宰了吃肉，把两头耕牛吃完了就没啥吃了。

老二种庄稼，还攒了些粮食。老大就向老二借了些粮食，把粮食借来以后就说自己要种地呢。结果种地的时候，由于他把耕牛吃了肉没啥耕地。老大就想着老二也没牛么咋耕地呢？老二再耕地时我要偷着看去呢，平时就看见老二扛着犁只跟了一只狗，一直也没看过人家咋耕地着呢。

有一天，老大看见老二扛了犁准备去耕地呢。老大就赶紧偷偷跟上去了，到了地里，只见老二把犁给狗套上耕地呢。老大看着看着心想：这真是一个好办法，明天我耕地时把狗借上。

第二天，老大把老二的狗借上，把犁扛上到自己的地里去了。到了地里他给狗把犁套上狗还不耕地。狗不给老大耕地，把老大气不行了，说："你给老二耕地，为啥不给我耕地？我今个就打死你呢！"说着，就开始拼命打狗，说："给我不耕地，我就把你打死了！"最后把狗打死在了地里。见狗死了，就回去给他兄弟说："狗在地里给我不耕地，把我气的，我给打死在地里了。我给你说，狗还在地里放着呢。"他兄弟说："这只狗是给我耕过地的，我要拉回来埋了呢，放地里不行。"

老二把狗背着回来想:"这往哪里埋呢?"看来看去,就想埋到自己家的房背后。老二就在自家房背后开始挖坑,老二挖着挖着挖出来了一个罐子。抱起来里面有响声,打开一看,里面是金子。老二就把这一罐金子拿回来,把狗埋了。后来,他哥慢慢地给知道了这件事,就心想:人家去挖着埋一只死狗,就挖出来了一罐子金子么,这我咋办呢?我去把我兄弟问一下,看把那只狗挖出来,埋在我房背后能成嘛。看能给我也挖出来一罐金子嘛。老大跑去问老二呢,老二说:"那能行,那你给挖着埋你房背后去。"老大就把狗挖着掏出来,在他房背后挖坑,挖着挖着,挖到深处的时候,也挖出来了一个罐!一动罐也响呢。老大激动得就没管狗,赶紧把罐抱到了他的家里。老大高兴地想:"我这一罐金子比老二的还要多!"老大激动得赶紧把罐子打开,罐子里面一下爬出来一条长虫(蛇),扑上来就咬老大,咬得老大中毒死了。老二只好把狗重新埋在他的房背后,又看着把他哥埋了。

一直耍奸心的老大,就这样白白送了性命,老二有了那一罐金子,加上人又勤劳朴实,娶了媳妇生了娃娃,家里的日子越过越好了。

搜集地点: 泾源县大湾乡牛营村
搜集时间: 2020 年 11 月 19 日
讲 述 人: 柳碧元
采录人员: 王文清　咸永红　冯丽琴　陈翠英
文字整理: 泾源县文化馆
整理时间: 2021 年 5 月 28 日

柳碧元　1955 年 5 月出生于大湾乡牛营村,泾源县第四批非物质文化遗产代表性项目泾源民间故事传承人。

芦花棉袄

从前有一位商人叫闫文。他走南闯北地做生意,可谓生意红火。他也有一位善良温柔的娇妻,对于闫文的事业也很支持。她生了一个可爱的儿子,取名闫玉。

没过两年,闫文的这位妻子因病而死。他们的孩子还很小,而妻子的去世对他的打击很大。他很自责,觉得是因为他的原因,永远失去妻子。闫文自此就以儿子为重,不再去远处做生意。闫文本来不想再娶妻,但是他的儿子太小了,需要一个人来照顾,于是在媒婆的介绍下,他娶了表面看起来漂亮温柔的崔氏。

自从崔氏进入闫家后,闫文又开始出去闯荡,到处去做生意。远点的地方一去,就是好几个月。近点的地方还好些,一去就是几天。只要闫文一走,崔氏就开始各种虐待闫玉,她让下人给闫玉吃剩饭,吃发霉的食物。闫玉也不哭不闹,总是忍受着这样的待遇。有时候连下人都看不下去,他们都是敢怒不敢言。而且他们都无计可施,都只是感叹闫玉太可怜。

每次闫文回来,崔氏就会恶人先告状,对闫文说:"老爷,玉儿真的是太不听话了,我让他做一些事情,他要么不情不愿,要么就是懒得动弹,所以我对他略施惩戒。"闫文听完,就相信了崔氏,相信他对闫玉是真心的。他怎么也不会想到,她会虐待玉儿。后来,崔氏也怀孕了,顺利产下双胞胎。崔氏给她生的孩子,用的都是最好的东西,从没有委屈过自己的孩子。对于闫玉的态度,越来越恶劣。时间过得飞快,转眼间这对双胞胎也长到六七岁了。

到了冬天,天气变得异常寒冷。这天,崔氏吩咐下人给娃做棉袄,他给自己的孩子用最好的棉花,做了棉衣棉裤,而给闫玉装的却是芦花。到了腊月,外出做生意的闫文回来了。一天下了大雪,崔氏让三个娃扫雪,老二和老三穿的用棉花做的衣服觉得很热。而闫玉却冻得瑟瑟发抖,崔氏就顺势煽风点火地告诉闫文:"你看闫玉就只想偷懒,装出一副冷得要命的样子。都是同样的衣服,老二和老三没觉得冷。"闫文听了后直摇头,只恨闫玉不争气。这雪连下了好几天,终于等到雪停了,天气暖和了起来。闫文迫不及待地要去外地,因为有单生意在等着他。这时候闫文就想着带上闫玉去学做生意,要不然以后也没啥出路。两人驾着拉着货物的马车就出发了,因为积雪厚的缘故。马走起来很吃力,走到一段较陡的山路时,闫文告诉闫玉,路不好走,我们俩下车走。闫玉却冷得直发抖,走起路来也是磨磨蹭蹭的,这时的闫文很生气,直接朝闫玉就是一鞭子。这时闫玉的衣服被闫文抽破了,闫文愣住了。他走近看看,闫玉衣服里面全部是芦花,闫文气不打一处来,他没想到他不在的时候,崔氏是怎么虐待闫玉的。闫文很心疼地将自己的棉衣给了闫玉,自己穿上了闫玉的破衣。两人把货运送到地方,拿了银两两人就返回家中。一路上闫文问闫玉,崔氏怎么对待他的,闫玉都是支吾不愿意回答。回到家中,崔氏还像往常一样,笑嘻嘻地迎接他们回来。崔氏还准备了丰盛的饭菜,这时的闫文哪有心情吃饭,对着崔氏不悦地问道:"夫人,家中一切可好?你有没有瞒着我,做一些我不知道的事情?"崔氏立马回道:"老爷,你这是说笑吧?我能做啥事不让老爷知道?"这时闫文暴怒地骂道:"你这妇人,到这般还嘴硬,我在家和不在家,你对闫玉是两种态度?我不在家你是咋样虐待闫玉的,如实说,要不然我绝不轻饶。"这时的崔氏吓得两腿直打颤,扑通跪在地上交代道:"老爷,我错了,你就原谅我吧,我以后不敢了。"闫文并没打算就这样放过崔氏,说道:"你这恶毒的妇人,我还能留你?立马让下人找出纸笔写休书。"闫玉立马为崔氏求情道:"父亲,这次你就绕过夫人吧,你休了她,我们四个人就没好日子过了,谁照顾我们的生活起居?她也没把我怎么样,我不是好好地在你面前了吗,你就饶过夫人吧。"崔氏听了,有点羞愧地说道:"玉儿,娘之前对你不好,娘道歉了,娘以后一定加倍补偿你。"闫文也原谅了崔氏。

经历了此番事情,崔氏也知道了,闫玉宅心仁厚,日后定成大器。她也在加倍补偿闫玉,就这样,他们一家人相处和睦。

搜集地点:泾源县六盘山镇和尚铺村

搜集时间:2020 年 12 月 30 日

讲 述 人:李　强

采录人员:王文清　陈翠英　咸永红　冯丽琴

文字整理:泾源县文化馆

整理时间:2021 年 11 月 14 日

泾源民间故事·生活故事篇

路不平旁人铲

　　从前,有个穷人的儿子叫路坨。在他还很小的时候,他的父亲就去世了,留下了他和他的母亲两个相依为命。他们家里住的还是破旧的茅草房。为了让儿子路坨过得更好,路坨的娘放弃改嫁。慢慢地,路坨跟着他娘,过上了乞讨的生活。路坨不去讨饭,他总是张不开口,路坨娘给路坨教了好多次,路坨的嘴就是张不开,他不知道咋么向别人要饭吃。为了生活,还得去讨饭。不过讨饭的活都是他娘去干了,他在家里的茅草屋里,除了躺着睡大觉之外,等他娘给他端来乞讨来的饭菜。

　　日子一天又一天地过着,路坨慢慢地长大了,饭量也变得更大了。这一年遭遇了天灾,先是旱得庄稼地里颗粒无收,接着又是秋季的连阴雨。雨一下就是十天半个月,许多房屋都冲塌了。路坨家的破茅草屋建在了个避风处,雨下得再大,屋子里漏得也少。天晴的时候,路坨娘让路坨找些干草铺一下茅草屋屋顶。路坨说:"下那么大的雨,也没有漏啥雨,不像别人家里,外面下大雨,屋里下小雨,咱们家里外面下大雨咱家滴几滴,外面下小雨咱屋啥事也没有。"这把路坨娘气得答不上话来。

　　灾情过去,乞讨的人越来越多,能要到的饭也越来越少。这天,路坨娘要了一碗稀饭。平日里,这些稀饭都是给路坨吃的。这天也不例外,路坨娘端着饭到了茅草屋里,找了半天也没有找到路坨,等了很久,路坨不见影子。路坨娘看到自己眼前的星星,跟夜里的一样闪闪光发,身体里更像是个火炉,那火炉里的火烤得她嗓子眼里冒着烟。她想,这是她饿了吧。从口袋里掏出来上午要的半块干馍馍,放在嘴里像是铁匠铺子里烧红的铁。她实在是饿得不行了,看着碗里的稀饭,像是远处清凉世界里的一眼山泉,沁人心脾,更像是富汉家里节日的盛宴。路坨娘饿得受不了,端起身边的稀饭,"咕咕咕"地几口就吃完了。路坨娘感觉浑身一下子变得清凉了。

　　路坨闲游回来了,见饭碗空着,碗里一粒米也没有。路坨抱怨他娘啥本事也没有,跟着她就是到世界上活受罪来了。路坨娘给路坨解释:"我要到东西了,我排了很长时间的队,才领到刘员外给的半个馍,人家一个人只分半个。你要是在的话,也能分上半个馍馍,还能分一碗稀饭呢。本来那稀饭我也给你留着,可我实在是太饿了,馍馍干得我咽不下去,我想着你是年轻人,馍馍能吃下去呢,就把稀饭给吃了。自从你的饭量见长,我是从来都没有吃过稀饭。你看我虽然年龄才四十几,可看起来像个七十多岁的老人……"

路坦的娘还在解释,路坦一把抓起骨瘦如柴的娘,把她扔向了院子。路坦骂着:"你不是我娘,我没有你这样的娘,你给我滚,滚得远远的!"

更多的解释都是徒劳,路坦娘慢慢地爬起身,望着绝情的路坦说:"孩子,以后娘不在了,你要自己学会讨饭,刘员外是个大善人,你讨不到饭的时候,到他们家门口,他至少会给你半个馍馍和一碗稀饭的……"

"滚,你不是我娘,我不要让你管!"路坦喊道。路坦娘眼泪横流,头也没回地向大山的方向走去。一直走,一直走,她也不知道走到了哪里。更像是另一个世界,在这个世界里,没有路坦那种凶恶得如同虎豹一样的眼神,没有饥饿,只有花的香味和鸟儿的歌唱声。太阳下山了,她还是走着,她不知道要去哪里,只能一个劲儿地走。从白天走到了黑夜,又从黑夜走到了白天,她没有停地走。大山深处没有虎豹大虫,有的只有欢歌笑语。在一个山洞前,她停下来,这个山洞像是特意为她准备。山洞不大,但足够她遮风挡雨之用。说来奇怪,她走了很久,都没有感觉到饿。她怀疑正在做梦,她使劲拧了一把自己的大腿,有点痛,看来并不是做梦。

刚坐下没有多久,天空传来一道亮光,像是金龙,又像是凤凰,一会变成了火球,直冲着她飞过来。这可把她吓坏了,忙起身躲避。就在她离开洞口的那一瞬间,火球冲进了山洞。路坦娘急了,一把脱了围巾,把火球包了起来。围巾包了火球,火灭了,围巾并没有烧坏。路坦娘悄悄地揭开围巾一角看,原来这个宝贝是个夜明珠,金色的夜明珠。

过了两天, 山洞口来了一个打猎的人。路坦娘不知道这个人是怎么来到山洞口的,也不知道这人怎么会在这里。猎人说:"大娘,我叫庞仁,是来这儿打猎的,您老人家怎么会在这里呢?"一提到这些,跑坦娘忍不住哭了起来,她在这里太久了,她受的委屈也太多了。在这个陌生的猎人面前,她痛哭了起来,哭着讲述了她这艰辛的三十几年的生活。庞仁听后也哭得稀里哗啦,说道:"大娘,我和您儿子年纪相仿,既然他不要您,正好我一个人在家,也缺个娘,您就跟着我走吧,我来养你。"路坦娘说:"孩子啊,我亲生的儿子,那是我身上掉下来的一块肉,他都嫌弃我,他都不养我。哪怕是我养他,他也不能成,你一个陌生人,别做这种让你后悔的决定啊。"庞仁说:"我不后悔,从此以后,您就是我娘,我就是您亲生的儿子。有您吃的才会有我吃的,哪怕我自己不吃,也不能让您挨饿受罪。"

庞仁诚恳得很,路坦娘被庞仁的诚心所感动。跟着庞仁下了山,回到庞仁家里。庞仁打了一个野兔,生怕路坦娘咬不动,把兔肉煮得骨肉分离入口即化。路坦娘的身体一天比一天好,看着这个不是儿子胜似儿子的庞仁,路坦娘感谢上天对她的眷顾。她开始给庞仁做些饭,虽然她做的饭没有庞仁做得好吃,可庞仁吃起来津津有味。这种感觉自从路垴爹去世之后，她再也没有奢望过。

没过几个月，庞仁的脸上开始写满了忧愁。吃饭细嚼慢咽。路垴娘看出了端倪，问道："你是不是后悔了？我之前就跟你说过，我自己亲生的孩子都不要我了。你看你才过了几个月，是不是也开始烦我了？"庞仁忙解释道："娘，你想哪里去了，我请你下来给我当娘，真是我心甘情愿的。我现在忧愁的事情是我也挺后悔把你从山上接下来，没接你下来，说不定你在那里会过得好好的。"路垴娘听得丈二和尚摸不到头脑，庞仁说得也是前言不搭后语，路垴娘说："那就是你后悔认我为娘了吗？"

"娘，我不是这个意思……"庞仁一下解释不清，想了半天才慢吞吞地给路垴娘道出了实情。原来皇帝的夜明珠，在一天不翼而飞，没了踪影。夜明珠是皇后娘娘的掌上明珠，没有了夜明珠，皇后大病不起。皇帝整天照看皇后，没有心情上朝理政，朝廷上下混乱不堪。皇帝身边的大师算出来夜明珠就失落在咱们这一带。如果找不到夜明珠的话，这一带的人全部将被处死。这才是庞仁后悔，把路垴娘接下山的原因。路垴娘问："夜明珠长啥样子？你们见过吗？"庞仁说："听念皇榜的人说，是个金色的珠子，有手掌心那么大，到了深夜发的光比太阳还耀眼，白天发出的光，像是火龙再现。可谁也没有见过这个夜明珠，到底长的是啥样子的。"路垴娘说："那就好办了，咱们都不用被杀了，我这里有个珠子，不知道是不是他们说的那个夜明珠。"

庞仁说："娘，你就别开玩笑了，你哪里会有那种珠子？"

路垴娘走到床边的木箱子跟前，揭开箱盖，把半个身子伸进箱子里，摸了半天，找到了她的围巾，慢慢地打开围巾。一条火龙腾地升起，更像一只凤凰展翅高飞。庞仁用围巾一下子包住了夜明珠，忙说："这下可好了，这下可好了，我们十里八乡的老百姓不用被杀头了。"

庞仁到县城里揭了皇榜，把夜明珠献给了皇帝。皇帝不但给这里十里八乡的百姓免了赋税，而且给庞仁封了个千户侯，一年享受朝廷的俸禄。路垴听说他娘把夜明珠送给了庞仁，让庞仁揭了皇榜，受到了朝廷的优待。他找到庞仁要把他娘要回去，他娘死活都不跟着路垴去。路垴气不过，把庞仁告到了官府里。知府大人一听路垴的控诉，心里自然明白了几分。知府大人说："为了检验你们的孝心和诚心，在天之角有片沙漠，你们两个各自拿着铁锹，去那边铲一条路出来，谁先铲出路来谁就有孝心，更是诚心请母亲回去，老人会跟着回去。"

路垴和庞仁拿着铁锹到了天之角，这里时而黄沙漫天，时而狂风大作，时而暴雨连绵，时而风平浪静，时而寒冷如冬，时而炙热如夏。别说是铲出一条路来，就是刚铲过的路，一下子就会被狂风吹着沙子将路盖住了。路垴铲了几锹，气得扔下铁锹骂着："谁要那老妈，爱谁要谁要去，铲路，铲路，这哪里能铲出个路来，除非来个神仙。"骂完，路垴把帽子往脸上一盖，躺到一边睡觉去了。不多时，一阵狂风夹着沙浪冲过来，把路垉给淹没了。庞仁这边倒是顺利,他铲过的路,风沙也没有掩盖,在庞仁的面前是沙堆,在他的身后是庞仁铲出来的又长又宽的阳光大道。庞仁铲到一个硬东西,像是石头,庞仁使劲一铲,铲平了路面,原来那不是石头,而是盖住路垉身体的沙子。从此天之角有了一条路。这就是人们常说的"路垉不平,旁人铲修"的由来。

搜集地点:泾源县六盘山镇东山坡村
搜集时间:2021 年 3 月 29 日
讲 述 人:何生莲
采录人员:王文清　咸永红　冯丽琴　陈翠英
文字整理:泾源县文化馆
整理时间:2022 年 5 月 21 日

何生莲　1955 年 6 月出生于六盘山镇东山坡村,泾源县第四批非物质文化遗产代表性项目泾源民间故事传承人。

面目相同错认亲

从前，有一个三口之家，家中有两位老人和他们的独生子。老人的家中并不富裕，但也不是贫穷之家。老人的儿子，二十几岁的年龄，却一直还未成亲。邻居家的孩子与他年纪相仿的都已娶妻，儿女成群，就只有他迟迟不曾结婚，这可把两位老人给愁坏了。

有一天，两位老人出门时，遇到了一位邻居。邻居问两位老人，为何一直不开心？老人便将儿子娶不上媳妇的烦心事说了，邻居听后笑着说道："你们二人从来不和街坊四邻交好，只活在自己的世界里。谁跑到你家为儿子说亲事啊？你们要是想给儿子说亲事，找一个媒婆婆让给你的儿子去物色媳妇。"两位老人顿时喜笑颜开，邻居的一番话，让他们茅塞顿开，让他们看到了希望。

第二天，两位老人早早起床，一个忙碌着准备酒席；一个则去找了村里一位能说会道也说过不少亲事的媒婆婆去家里吃酒席。媒婆婆来家里酒喝了，肉也吃了，两位老人谁也没有开口的意思，媒婆婆吃完之后就走了。

连续几日，老人邀请媒婆婆去家里吃饭，这让媒婆婆有点丈二和尚，摸不着头脑。他不知道老人邀请自己吃饭到底是为了什么，所以媒婆婆决定一探究竟，坐在饭桌前，媒婆婆说出了自己心里的疑惑。你们接二连三地请我吃饭到底是为了啥？老人说："既然你问起了，那我就给你说一说吧！我们两口子一向不与人交谈，也不善言辞。家中有一个二十几岁的儿子，至今还没有媳妇。您走南闯北，说过不少的亲事，希望您给我们的儿子，说一门好的亲事。"媒婆婆说："这是一个小事情，我会帮你留意一下身边的人，有适合结婚的女子，我会给你们看着的。"就这样媒婆婆吃完酒席，高高兴兴地走了。

过了几日，媒婆婆带着好消息，来到了老人家里，媒婆婆告诉老人说："在江北有一户姓王的人家，他有一个儿子一个女儿，家里不贫穷也不富裕。这家的女儿样貌是相当的出众，身材也是无法挑剔的。"这可把两位老人高兴得手舞足蹈，老人忙说："那我们没有什么意见，只要姑娘人好就行。"媒婆婆又道："只不过王家想要提前见一见女婿，也想看看女婿是不是有出息的人。"老人表示没有意见，媒婆婆便带着男孩去拜访江北的王家,看两个孩子是否能结成连理。

媒婆婆带着男孩到了王家,来到王家的房前,男孩便有说不出的激动。媒婆婆带他走进房门前隔着帘子,与王家姑娘王蝶珠见了一面。男孩并没有看清楚蝶珠姑娘的面容,他的心里想着:"我一直找不到媳妇,只要人家姑娘能看上我,我就愿意。"蝶珠姑娘的家人,对这个长相清秀、斯斯文文的男孩很满意。蝶珠姑娘本人也对这个男人很满意。

过了一日,媒婆婆带着好消息,踩着悠闲的小碎步向老人家缓缓走去。老人见到媒婆婆甚是欢喜,媒婆婆将王家的意思告诉了老人,老人为自己的儿子能娶到媳妇而感到无比的开心。

转眼间就到了男孩成亲这天,张灯结彩,敲锣打鼓,摆酒设宴,热闹非凡。

结婚三个月后的一天,吃过早饭,蝶珠的老公公就对儿子说:"你们已经结婚三个月了,你在家一直待着也不是个办法。你总得想着出去给家里谋个营生?待在家里哪里来的银两花。"蝶珠婆婆也附和道:"确实该出去谋个营生了,不然家里只会越来越贫穷,也不能只靠我和你爹二人忙碌吧?"蝶珠两人听了一脸的不情愿,却不敢在老人的面前表露出来。

二位老人要让自己的儿子出去谋营生,媳妇却不愿意老公离开自己。蝶珠说:"我们刚刚结婚,你就要出去谋营生,留我一个人在家里?你先不要出去了,我们再给爹爹和婆婆说一说。"蝶珠的相公也是不愿意出去的,可他也感觉很是为难。一面是父母的意思,一面也是妻子和自己的意思,有什么两全其美的办法吗?

父母在不断地逼迫着蝶珠丈夫,天天在蝶珠丈夫的面前唠叨着。而蝶珠丈夫也在父母的逼迫下妥协,和恩爱的妻子分开出去谋营生。蝶珠丈夫拿了十两银子,准备启程谋营生。蝶珠泪眼蒙眬地与丈夫挥手告别,即使心中有万般不舍也无可奈何。

丈夫走了之后,蝶珠也失去了往日的快乐,终日郁郁寡欢,还要面对公公婆婆的冷眼相待。蝶珠有时早起有时候晚起。这让原本就对媳妇有意见的两个老人,变本加厉地对儿媳妇进行谩骂,婆婆骂完之后公公骂。这让蝶珠很伤心,便一个人偷偷地躲在房间里哭泣。蝶珠偷偷地哭泣,被恶毒的婆婆听见了。婆婆把蝶珠偷偷哭泣的事情告诉了丈夫,蝶珠老公公说:"肯定是这个妖精有心事,在偷偷地哭,这也对不起我的儿子了。"面对公公婆婆的谩骂,蝶珠对公公说:"你怎么可以这样说我呢?你们怎么可以这样冤枉我?"这番话让公公婆婆更加生气了,谩骂一声接着一声。受了委屈的蝶珠,决定回娘家向父亲母亲诉说一下心中的委屈。

第二天东方破晓,蝶珠拿着行李,偷偷地走向回家的道路。涉世未深的蝶珠慢慢地走着,来到江边遇见了一个专门打劫富商,拐卖女子的牙人。这个牙人见到富商一个人便打劫钱财,见到姑娘一个人便拐去卖给他人。牙人靠着这样的营生,给自己盖了一座美丽的大房子。

牙人看着头发凌乱的蝶珠,心中想着,这肯定是与家人吵架跑出来的。看着这个美丽的女人,牙人便起了歹念,牙人便问蝶珠姑娘去哪?蝶珠说:"你只要用船把我送到江对岸就行,我在婆家受了委屈,想要回家向我的父母亲诉说。"牙人怎么可能会放掉这样好的机会,便说:"你一个姑娘家,独自渡河是多么危险的事情,不如你先去我家待着。我去给你的父母报信,让他们来找你。我家里收留了一个王婆婆,你可以和她聊天说话。"蝶珠一听这还好,便随着牙人来到了牙人家里,见到了王婆婆。可蝶珠不知道的是王婆婆和牙人是一伙的,专门拐骗姑娘的,单纯的蝶珠还以为自己遇到了好人。

牙人并没有去江北给王家送信,他在外面转了一圈,就去找蝶珠姑娘了。牙人看着蝶珠便决定把她卖出去,出去与王婆婆商量着,决定卖给邻村的一户人家。邻村有一户姓吴的人家,叫吴大郎,这是一个有钱的人家,家里有妻子,却还是喜欢在外面拈花惹草、风流快活,就凭借蝶珠的相貌也能挣一大笔银子。

于是,王婆婆在家与蝶珠姑娘坐在院子里聊天、喝茶。蝶珠姑娘将自己在婆家的事情,告诉了王婆婆。而牙人则去邻村,找吴大郎去谈卖蝶珠的事情。吴大郎听蝶珠是一个非常漂亮的姑娘,就动了心。牙人告诉吴大郎可以把蝶珠纳为妾,吴大郎却连连摇头说:"不可以。"原来他也有自己的难处,他害怕家里的妻子。牙人又给吴大郎提了一个意见:你们结婚后,蝶珠姑娘可以继续住在我家里。你只需要在家里待几天,然后再跑到我家待几天,这不是很好吗?吴大郎觉得牙人的这个主意好,可他还是千叮咛,万嘱咐,不可以走漏风声,不能让他的妻子听见,不然后果会很严重的。牙人也再三保证不会走漏风声,吴大郎这才放下心来。

牙人高兴地回到了家里,告诉了王婆婆吴大郎的意思,现在就要在蝶珠的身上下功夫了。王婆婆便把哄骗蝶珠的事情,揽到了自己身上。王婆婆借着与蝶珠聊天的时候,就给蝶珠说起吴大郎的事情:"有一个富家公子听说你才华横溢,长相出众,想要与你见一见,你看这事怎么样啊?"蝶珠思虑再三说:"这事恐有不妥,我都结婚了。我的丈夫只不过是出去谋营生而已,我怎么能在他不在的时候,做出这等事情来呢?我只是在婆家受了委屈,想回家给我的父母亲诉说一下。"王婆语重心长地说:"你和我都是女流之辈,你的想法我都能理解。可你的丈夫出去谋营生,还不知道何时才能回来?也许会过个十年才能回来,你一个女子会被别人欺负的。不如现在找一个靠山,住在这个房子里,我们还能一起聊天,这多好啊!"蝶珠看着眼前的房子,的确比公公家的房子大上许多,再想想自己的丈夫出去谋营生,连个消息都没有。她就有些犹豫了,王婆婆又在一边,开始添油加醋地说了起来。蝶珠也被王婆婆的那张能言善辩的嘴和三寸不烂之舌说动摇了,便道:"一切都交给王婆婆您来决定。"王婆婆一听便知道这事绝对能成,便和牙人商量着摆设酒席。

第二天,牙人与王婆婆带着蝶珠去见吴大郎,看到这个美丽的姑娘。吴大郎当即表示,自己愿出八百两银子,娶这个美丽的姑娘。蝶珠也对吴大郎很满意,王婆婆便收下了这八百两银子,四百两给了蝶珠,并对蝶珠说:"你一个姑娘家,拿钱防身,有个什么病头灾难的都可以拿出来应急。"剩下的四百两王婆与牙人一分为二,第二天就为蝶珠与吴大郎举办了一个简单的婚礼。

儿行千里母担忧,出远门的孩子,永远是父母心中的牵挂。蝶珠爸爸好久都没有听到女儿的消息了,心中甚是担心。于是就派遣了王家的两个人去蝶珠的家里看看,二人没有推脱立刻动身前往蝶珠的家里。两人来到了蝶珠家里,受到了老人的冷眼相待,说:"王蝶珠回娘家,已有一段时间了,王家现在居然倒打一耙向他们要人。"老人便与王家的两人发生了争执,气得王家二人回去给王家报信。二人路上一刻也没有耽误,回到王家向掌柜的说了这件事情。不等蝶珠父亲反应,便收到了蝶珠公公将自己告上衙门的消息。

朝堂上,坐着一位官老爷,下面站着蝶珠的父母亲和她的公公婆婆。公婆认定是蝶珠的父母将她藏了起来,不然一个活生生的人怎么可能会凭空消失了。蝶珠的父母为此感到特别冤屈,自己的女儿许久不见消息,便派自家的两个人前去打探消息,结果被他们把二人给赶着出来了。还污蔑我们将自己的女儿给藏起来了,这可把县老爷为难了。县老爷把蝶珠父母抓了起来,每人打了二十大板。可不管衙役怎么打蝶珠父母,都说不曾见过自己的女儿,更别说把女儿藏起来的事情。县老爷一看,这可能真的冤枉了,于是就把蝶珠公公抓起来打了几十大板,问蝶珠是怎么离家出走的? 蝶珠公公便将事情说了出来,可找不到蝶珠这件官司就无法判案。便告诉两家人你们自己也要寻找,我们这边也会派衙役走访打听,就这样将这场案子搁置了下来。

三年后,这场案子仍是没有结果。有一天,王家的一个远房亲戚,在县城里的百花楼碰见了一个与蝶珠长得很相似的女孩。便跑到王家去通风报信,说是自己在县城见到你们的女儿王蝶珠。王家派了一个后生,跟着这个人去了百花楼,这人说:"我与这个老板是朋友,我可以帮你问到姑娘的名字和房间号,其他的需要你自己去打听了,我不能搅和到这里面。"后生答应了与远房亲戚去了百花楼。

在百花楼待了两天,终于见到了这位姑娘。进了这位姑娘的房间,后生便打探这位姑娘的身世。姑娘叫郑月娥是被别人卖到这里的,家在哪里她也不知道。后生和郑月娥在房间里待了两天,他也知道眼前的这个女人不是自己的妹妹。看着与自己妹妹一模一样的脸,后生心里就有了一个主意,让这个女人代替自己的妹妹,去了结这桩遗失案子。便把想法告诉了郑月娥,可两人虽然长相相同,其他的一举一动都不相同。后生一边将妹妹的一举一动教给郑月娥,一边派人去给掌柜的送信,告诉他自己的做法。之后三人便商量着如何将郑月娥带出这个百花楼,并对月娥说:"你不是我的妹妹,反正我也没有媳妇,将你从百花楼带出去,了结了这桩案子,你就嫁给我做我的媳妇吧!"月娥笑着说:"好。"可在百花楼赎人需要八十两银子。

王家的远房亲戚人脉广,提前将蝶珠在百花楼告诉了县太爷。县太爷就将百花楼的老板与郑月娥传到了衙门,问郑月娥是怎样到百花楼的,是不是王家后生的妹妹。郑月娥说自己是王家后生的妹妹,自己是被别人卖到百花楼的。县太爷便问老板谁卖的蝶珠,老板回答不上。县太爷说:"百花楼老板赔偿给姑娘一百两银子,从百花楼赎身需要八十两银子,老板还需赔偿给姑娘二十两银子。"百花楼老板忙说:"我不要那八十两银子了,也会将百花楼关掉,只希望县太爷从轻发落。"就这样后生没花银两,便将郑月娥带出了百花楼,走向了回家的路。

王蝶珠的母亲看着自己的女儿,流下了泪水,却不知这不是她的孩子。蝶珠的婆家听到了这个消息,又一次去了衙门,官老爷传唤了关于这件案子的所有人,去衙门了结案子。这蝶珠的丈夫将蝶珠带回家,这件案子也就可以了结,就这样蝶珠的丈夫就将月娥带回了家。

回到家,蝶珠的丈夫发现月娥手臂上的胎记没有了,心里就有了疑惑。之后几天月娥的一举一动,都显得特别生疏。公婆都以为是三年没回家变得生疏了,可蝶珠丈夫却认定,这个是假冒的王蝶珠。走到衙门找官老爷,官老爷认定是蝶珠的丈夫事太多。王蝶珠都已经被他带回去了,怎么还能不是,就吩咐衙役把蝶珠的丈夫抓起来打了几十大板。尽管挨打他还是坚持说,那个不是王蝶珠,官老爷再一次传唤了关于这件案子的所有人。后生害怕了,便将自己让郑月娥假扮蝶珠的事情说了出来,案子再一次搁置。

有一天,衙役暗查蝶珠的事情。恰巧碰见了一个挑着柴的农夫,说是三年前,见到一个头发凌乱的女子,从这条路上走去了。衙役便问这条路是通向哪里的?农夫说那是专门打劫的一个牙人的家。衙役便来到牙人家门口装作口渴的路人,想要讨杯水喝,就看到了坐在院子里的蝶珠与王婆婆。这可把衙役高兴坏了,便跑回衙门告诉了官老爷,官老爷带着十几个衙役,走向了牙人的家。

官老爷将牙人和王婆婆带去了衙门,问起了罪,又问起蝶珠的下落。二人不敢撒谎,将事情一五一十地说了出来。官老爷派人去牙人的家里,把蝶珠带到衙门,又派人传唤了关于这件案子的所有的人来衙门。

几年不见,父母也苍老了许多,官老爷看见王蝶珠和郑月娥两人,长得一模一样,不开口报名字连官老爷都认不出来。官老爷便让两人报名字,王蝶珠说:"我叫王蝶珠。"官老爷就问你是如何到那里的?蝶珠便将自己从家里跑出来的事情,和牙人是怎样把自己拐到家的事情说了出来。官老爷听着和蝶珠公公所说得一模一样,便将案子做了最后的裁决,将王婆婆与牙人判处了绞刑,王蝶珠由丈夫带回家。王家后生试图欺骗官府,蒙混过关,判处三个月的牢狱之刑,出狱后将流放他乡不再返回。郑月娥听着心想:他好歹也救了我,我不能让他受这么重的惩罚,于是便向官老爷求情。可不可以把王家后生从轻发落,他把我从百花楼救了出来。然后将我带到这里,给了我新生,这也算是大功一件。官老爷可不可以再从轻发落啊!官老爷听后也很是感动,于是便将王家后生的惩罚减轻了,判处了一个月的牢狱之刑。

一个月后,王家后生从狱中出来,向王家掌柜讲述了自己的想法,他想娶郑月娥为自己的媳妇。要不是她自己不会这么快地就从狱中出来,自己不能辜负她的好意。于是王家掌柜便为后生与郑月娥举办了一场简单的婚礼。王蝶珠也与丈夫过起了幸福的生活。

面目相同,身世遭遇不同的两人,最终都过着属于自己的幸福生活,这场错的认亲也得到了圆满解决。

搜集地点:泾源县六盘山镇东山坡村

搜集时间:2020 年 12 月 16 日

讲 述 人:柳金华

采录人员:王文清　陈翠英　咸永红　冯丽琴

文字整理:泾源县文化馆

整理时间:2021 年 10 月 27 日

泾源民间故事·生活故事篇

牛尚仁相亲

古时候,在泾河源头有两个秀才,两个人都是员外,一个姓牛,叫牛保存;一个姓马,叫马南山。这一年到了秀才们上京赶考的时间,牛保存和马南山早早就动了身,两个人过了萧关碰到了一起。两人背的行囊架子都一样,除了衣服干粮其他都是些四书五经。两人三言两语地聊了起来,又都是上京赶考的秀才,自然很快就成了无话不说的好同伴。

这一天,牛保存见马南山愁眉不展,整天都闷闷不乐。牛保存上前问道:"马兄为何近几日闷闷不乐,是不是有啥心事,你说出来,小弟给你疏导疏导。"

马南山说:"这几日有你相伴,一路上甚是欢喜。只是屈指一算,我们离家已有七八天的光景了。我发愁的是,本月便是我家娘子坐月子的时间,人生极大之事,而我却不能陪在她的身边,与她共同见证新生命的到来,甚是发愁啊。"

牛保存说道:"马兄思家心切,小弟也深有同感,只是我们两个离开家乡,远赴京城参加科举,更是一件幸事。我们若是高中了,夫人又为我们降下麒麟佳人,更是人生幸中大幸,不就双喜临门了吗?"牛保存嘿嘿一笑,继续说道:"不瞒兄台,小弟的娘子也是本月降子。"

马南山笑了起来,说道:"我们不但能在路上偶遇,而且我们的娘子,都在本月坐月子,我倒有个提议,不知兄台意下如何?"

"兄台请讲。"

"若我家娘子生的女儿,你家娘子生的儿子,我家女儿到了婚娶的年龄,嫁给你家儿子;若我家娘子生的儿子,你家娘子生的女儿,你家女儿到了婚娶的年龄,要嫁到我家给我家做个儿媳妇。我们成个儿女亲家,隔着肚子许个婚约,你意下如何?"

"甚妙,甚妙,兄台这个提议我双手双脚都赞同。"牛保存给马南山竖起了大拇指,当下就与马南山立了一个指腹为婚的定帖。

十年寒窗苦读,终于有了丰硕的成果。马南山中了个武举人,牛保存中了个文举人。回到家里,马南山的娘子生了一对女儿,牛保存的娘子生了一个男娃娃。马南山给双胞胎女儿起名为桂兰、桂香,牛保存给儿子起名为牛尚仁。马南山与牛保存交换书信,互道喜讯。

转眼间十八年过去了,马南山成了县团练总教头,加上之前有几分家产,在泾河这一带,马南山名气很响。倒是牛保存这个文举人,到县里等了个闲缺,日子过得不前不后,不过牛保存的儿子倒是才气十足,年纪轻轻已是秀才里的佼佼者。马南山虽然大有名气,但对当年与牛保存的约定时时提起。

这一天,马南山又给牛保存递来书信,大致意思是说孩子们,已经到了谈婚论嫁的年龄。他有两个女儿,当年给牛保存家许了一个,让牛保存的儿子,到他们家里看一看,看上了姐姐就把姐姐嫁给他,看上了妹妹就把妹妹嫁给他。

牛保存感念马南山,不嫌弃他穷举人出身,当下告诉了儿子牛尚仁,当年隔腹许婚的经过。牛尚仁带着书童到了县城,找到了马南山家的院落。听说牛尚仁要来府上相亲,桂兰桂香两姐妹觉得挺有趣的。放眼全县府,没有她们两姐妹瞧上眼的公子哥。要么就是像县令家的公子,整天游手好闲的,要么就是城角子下摆摊卖鞋的穷小子。这个牛尚仁的父亲是个文举人,文人酸不啦叽的,她们两个更是瞧不上眼。

正好马南山军营里有公干,马夫人去了庙里。姐妹两个一商量,反正这个牛尚仁,没有见过她们两个,干脆两个人合起来,逗着牛尚仁玩一玩,好好地把牛尚仁给要笑一下。

姐姐桂兰比较实在,话也不多,没有妹妹桂香头脑灵活。两个换好衣服,桂兰穿着平时的衣服,而桂香换上了丫头的衣服。桂兰坐在椅子上,桂香站在桂兰的椅子边上,十足是一个贴身丫鬟的打扮。两人虽然这样打扮,一个光鲜亮丽,一个土里土气,虽然平时大大咧咧惯了,但这个场面,两个装得还十分拘谨,十分害羞。

牛尚仁在门口站了很久,给管家递了名帖,还是没有人出门迎接他。他想闯进门去,却被看门的大叔推了出来。百般无聊之际,他捡起一根木棍,在门口的空地写了一首打油诗:

> 八月十五月中秋。
> 几人欢喜几人愁,
> 几人高楼看好酒,
> 几人赶到门外头。

管家把这首打油诗背给桂兰桂香两姐妹听,桂兰只觉得这首诗读起来押韵好听。但桂香听出了意思,对桂兰说:"姐姐,这个小厮是变着法儿地骂我们哩,我便出去好好教训他一下。"桂兰阻止道:"先不着急,你出去问问,那人是不是来相亲的,要是确定是那牛尚仁,我们另作谋划。"

管家本来收了牛尚仁的名帖,她们两个已经知道了,门口站着的人就是牛尚仁。桂香一听要去再问人家的姓名,更觉得好玩,跑到门口对着牛尚仁喊着:"来的那个小子,报上名和姓来!"

"我已经递上名帖了,名与姓,帖子上已经写得明明白白。"

"啥破名帖,本姑娘不识字,你想要进门见我们小姐,必须老老实实按我说的,报上你的名和姓来。"

牛尚仁拱手作揖道:"要知我的名和姓,半天空中响一声。"

桂香跑到桂兰跟前说:"这人说的是一个拆字谜,半天的半字上边去掉一个点,就是牛,看来这个人确定是姓牛,这些读书人,就喜欢玩这些文字游戏。"

不多时,牛尚仁在管家的带领下到了正堂。抬头看到堂上有两个女子,一个小姐样儿,一个丫鬟样子。桂香在桂兰眼神的指使下,给牛尚仁让了座上了茶。桂香看到穷酸的牛尚仁,心里哼了一声,问道:"你便是要来娶我们小姐的牛尚仁?"

牛尚仁起身向桂兰行了礼:"正是不才。"

桂香说:"那我就先说话了,要想娶我们家小姐,你必须要先过了她的贴身丫头我的考验。只有过了我这一关,你才能与我们家小姐说上话。"桂兰看到身高近七尺,清瘦的身形,长的是眉清目秀的牛尚仁,心里十分欢喜。又看着眼前肌若凝脂、身材婀娜多姿的桂香,他们两个更像是一对。想着想着,心里惆怅了起来,她看好妹妹桂香,但心里又舍弃不下眼前的牛尚仁。

桂香还想与牛尚仁理论,桂兰站起身走到牛尚仁的面前说:"你今天回去吧,我们家里大人都不在,到了九九重阳节,你再到家里来。那时我的父母都在场,也给你答复之前的婚约,我一个姑娘,哪里有自论婚嫁的道理。"

牛尚仁听着桂兰的话,觉得十分有道理,当下作揖道别,回家去了。

听说牛尚仁到了家被两个女儿打发回去了,马南山指责桂兰桂香,两姐妹不懂得待客之道。桂香说:"我才不管他牛尚仁还是啥尚仁呢。"马南山语重心长地说:"你们两姐妹也到了该嫁人的年龄了,不行我今天再去找找你牛叔叔,咱们明天就把这个婚事给定了。赶紧让安排一下,你们两姐妹和你牛叔叔的儿子,牛尚仁见上一面,你们觉得怎么样?"桂香一听马南山的话,立马说道:"爹,我不去,我还小,我要一直留在家里陪着爹和娘。才不要嫁人,更不想嫁给那个牛哞哞。"马南山望了一眼桂兰,问:"你的意见呢?"桂兰含羞地说道:"婚姻之事全凭爹爹做主,我们做女儿的是要替爹爹分忧。"马南山听完后,激动地说:"身为女子迟早就是要嫁人的,一直陪着爹娘那叫什么话?这么大的姑娘家,陪爹娘,传出去还不让人把大牙笑掉。既然你们和牛尚仁约好了，九九重阳节再会，那不管咋么说，九九重阳节，咱们的婚事必须要有个结果。"桂香一听参参如此严肃地说话，便只好点头答应了。她心里想的，却是怎么去逗着耍一下牛尚仁。

转眼就到了九九重阳节，牛尚仁应约到了县城里的马南山府院。桂兰还是本色出镜，桂香依旧打扮得像个丫鬟。今天的桂兰除了衣服和她平时穿戴的一样，扑了粉，已然脸如白玉，颜若朝华。马南山夸着桂兰说："这才体现出了我女儿的风采，让那个酸酸的秀才，别死记什么书中自有颜如玉，这颜如玉在我的马府上么。"这一夸，夸得桂兰脸色绯红。马南山在牛尚仁还没有进到院子里，对桂兰说："你们两姐妹平时走起路来，根本不像个姑娘家，倒像个小伙子，人家女孩子走路，婀娜多姿。你们这个走路的方式，小伙儿见了都怕，就别说你牛叔叔家的小子了。"

马夫人站起来，开始突击给桂兰教女孩子走路的样式。桂兰桂香两姐妹，从小大大咧咧惯了，让她这会儿学女孩子走路，要做到步履轻盈，哪里是一时半会就能学会的呢？马夫人一边教，一边自己跟着笑起来。让桂兰跟着她走路，一个不小心踩住裙摆就要摔倒，桂香这时冲进屋子，一把抱住桂兰道："你学这些干啥啊？"刚问完，又看到桂兰嘴上的胭脂和脸上的腮红，大声叫了出来："你不会上次见到牛尚仁，就喜欢上人家了吧？"桂兰推开桂香，说道："哪有的事儿，你别乱说啊，那个酸秀才，我才不要嫁给他呢。"说着脸更红了，手一扬，说了声："哎呀，做女子真是麻烦，不学了。"桂香站稳步子生气道："推我干嘛？不学就不学，还跟我生上气了。"

不多时，牛尚仁被管家带到了后院里。这时的后院热闹极了，马南山一家人坐在一个大圆桌上，桌上满是鸡鸭鱼肉。牛尚仁给马南山一家人一一问好，礼数周全，这让马南山非常满意。马南山招呼牛尚仁说道："贤侄，来，过来坐，前些日子听小女说你到府上的事，我听后责骂了她。今天是九九重阳节，是团聚的日子，我们备了些酒菜，一个和你一起团团圆圆过个节。另一个目的，就算是之前小女对不住你的地方，算是赔个礼吧。"

牛尚仁说："马伯伯见外了，那天突然到访，实为小侄冒昧。府里姑娘礼数也是周全，想必马伯伯教导有方啊。"两人寒暄了一会儿，牛尚仁在圆桌的一边落了座。桂兰见到鸡鸭鱼肉，手脚都不听使唤。拿起筷子使劲地吃菜，什么白切鸡、太白鱼头、红烧排骨……这吃相，把马南山也吓了一跳。牛尚仁见桂兰吃饭，毫不客气的样子，也生了几分吃惊的表情，桂兰笑着说："牛公子你不要见笑，我每餐都吃这么多，不吃饱心里就不痛快。不知道牛公子家里的伙食怎么样，够我过去吃么？"牛尚仁嘿嘿腼腆一笑。马南山看着桂兰大笑了，说道："咱们都是自家人，放开了好好吃。"牛尚仁也不客气，拿起一块鸡肉狼吞虎咽起来。

桂香装丫鬟站在桂兰身后，被桌子上的美食馋得忍不住了，把桂兰往旁边推了推，搬了个木凳坐在桌边上，也大口吃起肉来。马南山对牛尚仁说："我们家没有啥主家下人之说。你看这个丫头，跟我们挤在一个桌上同餐同饮，贤侄也别怪我们家礼数不周啊？"其实牛尚仁早就看出来了，这个站在桂兰身边的丫鬟，根本不是什么丫鬟，上次他就觉得这个丫鬟不一般。现在看来，这丫头肯定不是一般人。

可现在的情形让牛尚仁为难了起来，从他第一次到马府，他第一眼就对这个活泼可爱、无拘无束的桂香有几分好感。牛尚仁走到桂香的跟前，说："我想娶你。"这话让在座的人大跌眼镜，刚喝了一口茶的桂香，将茶全喷了出来，惊讶地说："你开什么玩笑，我是这府上的一个丫鬟，你要娶的是府上的大小姐，可不是我这个丫鬟。"牛尚仁诚恳地说："我没有开玩笑，我是认真的，你也不是什么丫鬟，你是这府上的二小姐。"牛尚仁接着说："其实在我第一次来府上的时候，我就喜欢上你了，我没有和你开玩笑，我要你嫁给我，我要娶你。"这情景，看得桂兰热泪盈眶，没想到自己的意中人却喜欢上了自己的妹妹。

桂香古灵精怪，笑着说："娶我可以，但你要答应我两个条件。"

"别说两个，十个我也答应。"

"第一，你考中举人，得了实缺；这第二我愿意，我姐愿意，那就是你必须娶我们姐妹两个，我姐妹俩儿在一起，谁也离不开谁。"

第二个条件让牛尚仁为难了，看了眼马南山，马南山说："我当时隔腹许婚的时候，可不知道你娘肚子里是两个丫头，要不然我肯定会把数量给限定得死死的，只能娶我们家一个丫头。唉，事到如今，只要你们两个姐妹没意见，我能有啥好说的呢。"

桂香挽着桂兰的胳膊说："姐姐别哭了，咱们两个过去了还是一家人，你是妻我是妾。等到牛郎考了功名，让他风风光光地迎娶我们姐妹。"

过了两年，牛尚仁果然不负众望考中了举人，并在州府里补了个实缺，风风光光地把马南山的两个女儿桂兰和桂香娶回了家。

搜集地点：泾源县六盘山镇和尚铺村

搜集时间：2021 年 3 月 29 日

讲 述 人：石海兰

采录人员：王文清　咸永红　冯丽琴　陈翠英

文字整理：泾源县文化馆

整理时间：2022 年 5 月 22 日

骑 门 生

很久很久以前,有一名家境十分贫寒的男子想改变自己的命运,过上吃穿不愁的日子。奈何自己大字不识半个,靠考取状元改变命运已然不可能。于是,他想试着去做生意,赚取钱财。可是自己家徒四壁,没有分文本钱。

有一天,他和朋友聚在一起喝茶谈天,提及自己想做生意的想法。朋友听完他的想法后,二话不说地借了他足足一包袱的钱币。但是有个条件:有朝一日他若生意兴隆发了大财,需将这些本钱一分不少地还给一位名叫骑门生的人。男子说道:"大丈夫一言既出,驷马难追!"

得到朋友的周济后,这名男子做什么生意什么生意都成。他的生意越做越大,钱也是越赚越多,各方面皆是顺顺利利。

"吃水不忘挖井人"男子心里明白,自己能有今日的富贵之日,全靠多年前朋友救济。如今也到了信守承诺、归还本钱的时日。现如今钱财是有了,可是这个叫"骑门生"的人究竟在哪里?要去哪里才能找到他?男子苦苦思考多日,却始终不知该如何寻找这个名叫"骑门生"的人?在这茫茫人海中,想要找到一个人如同大海捞针,我怎么可能找到。找又找不到,不找自己就会成为一个不信守承诺的人,成为一个忘恩负义的人。于是他决定出去寻找碰碰运气,希望自己能够找到这个名叫"骑门生"的人。他花钱买了一头驴,骑着驴,驮着一包袱钱币去寻找"骑门生"。

一路上,他边走边打听,走了好几个月,穿越大大小小的省城,可还是空无收获。这也让他很是颓废,如果找不到怎么办?自己无法回报朋友的恩情,连他的要求也做不到。难道自己注定就是一个不信守承诺的人吗?但是颓废只是一时的,他相信自己终有一日,会找到这个人。于是,他便锲而不舍地踏上了寻找的道路。

有一天,夜幕降临,他来到一个小山沟。这里只有一户人家,他祈求主人能留宿自己一晚,只需要帮自己看好驴子,他照付房钱,一分不少。主人家看此处前不着村后不着店,他无处可去,便收留了他。

半夜三更,这户房屋的女主人腹痛难忍,怀胎十月眼看临盆。男主人找来接生婆,一番手忙脚乱可还是无济于事。众人焦头烂额之际,接生婆说自己有一个偏方:让产妇忍痛骑坐在门槛上。众人眼看没有其他办法,只好死马当活马医。奇怪的是产妇刚骑坐在门槛上，孩子就顺利出生了，是个男孩儿，哭啼声嘹亮。男主人故而给孩子取名：骑门生。

男子恍然大悟，自己寻找多日的"骑门生"，原来刚在自己的隔壁房间出生，难怪自己之前无论如何也找不到！现在终于找到了，他也知道该是自己履行承诺的时候了。当初朋友借给自己一包袱的钱币，让我有了如今的成就。我也无法回报他的恩情，只能履行当年的承诺。他将自己所带的一包袱钱币，连同驴子一起留给了"骑门生"。主人家都很是疑惑，平白无故怎么能收下这么多的钱币？所谓"无功不受禄"，不能拿人家这么多的钱币。男子便向主人家说了自己与朋友的承诺，当年朋友借钱让自己做生意，什么报酬也不要，只说在我生意兴隆之后，将钱还给一个名叫"骑门生"的人。我苦苦寻找多日，走了很多个地方，始终找不到一个名叫"骑门生"的人。如今我亲眼所见，我也知道自己找到了，所以该是我履行承诺的时候了。也请你们收下我的东西，让孩子过一个美好的童年。也让我做一个诚实守信的人，这样我就可以安心了，也不会成为不守信用之人。主人家听了男子的话，便收下了钱币。并决定将他的故事，告诉长大的儿子，让儿子向男子学习，做一个诚实守信的人。男子说完，便向"骑门生"和家人告别后，踏上了回家的路途。

搜集地点：泾源县六盘山镇和尚铺村
搜集时间：2020 年 11 月 18 日
讲 述 人：李　强
采录人员：王文清　陈翠英　咸永红　冯丽琴
文字整理：泾源县文化馆
整理时间：2021 年 8 月 1 日

李　强　1957 年
9 月出生于六盘山镇
和尚铺村。

穷人和富人

从前,有个靠山的地方,住着两家人。其中一家人的房舍盖得非常的气派,家里富得很。听说在屋子底下,压了几箱子的金银财宝。这家子虽然很富,但是这家里的人怪得很。怪到啥程度哩,就是这家人九代单传,到了他们这一代,还是个单传,只生了一个儿子。另外的一家是住在这个富人家的隔壁子邻居。家里穷得叮当响,一文钱的存银也没有。不过这一家人非常勤劳。

这一年,不是天旱就是水灾,还起了一阵的虫害,这年的收成可以说是颗粒无收。还好穷人家里存了些粮食,他与隔壁子的富人不一样。富人家是想方设法地存金银财宝,穷人家是想方设法地存粮食。

前几年还有人给穷人说:"今年的收成这么好,你也不把粮食给别人卖些? 也好把自己烂包的光阴,往好过一过! 用粮食换了钱,盖上几间像样的房子,好好享受人间的生活。"穷人笑着不说话。村庄里的人,把他们两家就叫小气鬼,一个掉到了钱眼儿里,一个掉到了粮眼儿里。

也就是在这一年,当别人家里都没有粮食的时候。穷人家里的粮食囤了好几篙,一家大小十几口吃,不种庄稼能吃上好几年。遭了天灾,家家户户都没有粮食吃,逃荒的逃荒,要饭的要饭。隔壁的富人找上门,对穷人说:"老哥哥啊,你看我们一家人,都没有啥吃的东西,饿得实在是不行了,十里八方能买到的粮食我们都买了,还是不够我们吃。你看在咱们邻居几辈人的份上,把你存的粮食给我卖上些,好让我们续个命么!"穷人心里想着:"谁让你们平日不爱存粮食哩,看现在没有啥吃的了吧? "富人又说:"这事谁也没有想到么,你就给我卖上些么,我给你三倍于别人的价钱。"

穷人拒绝了富人的请求。

富人又说:"我十倍于别人的价钱,买你一些粮食。"

穷人还是拒绝了富人的请求。

富人肚子饿得咕咕叫,富人的儿子饿得晕了过去,富人又找上穷人的门,对穷人说:"我用我的院子,换你的粮食。"

穷人说:"不换。"

富人又说:"我用院子,还有院子里埋的金银财宝跟你换,你给我一年的口粮就行。"

不管富人用啥办法,穷人依旧是不给富人一粒粮食。

几天后,人们发现富人一家人,全部饿死在家里。县令到了富人家里,给村子里的人说:"谁把这家人安葬了,这家人的宅院就归谁。"村里的一个人站出来说:"我来安葬他们一家人吧。"

村里的这个人把富人一家安葬了,县令把富人家里的宅院给了这个人。

搜集地点:泾源县大湾乡苏堡村

搜集时间:2017 年 11 月 15 日

讲　述　人: 刘焕章

采录人员:王文清　陈翠英　王　芳　咸永红　冯丽琴

文字整理:泾源县文化馆

整理时间:2021 年 9 月 13 日

2017 年 11 月 15 日,刘焕章(右一)在泾源县大湾乡苏堡村魏国斌家中讲述泾源民间故事。

穷书生的命运

张成玉是一个读书郎,和母亲相依为命,上京赶考时没有路费,就去舅父家借赴京赶考的路费。舅父说:"你来得真不凑巧,我没钱给你借。你先等一下,我把你表姐叫过来看她有钱借给你吗?"

不一会儿,舅父就把表姐带过来了。表姐对张成玉说:"我之前绣了八件衣,你把这八件衣拿到当铺里当了,可换些银子做路费。"

表姐把自己积攒的 10 两银子,悄悄裹在八件衣里面,和一只绣鞋包在一起,把银子和绣鞋的事没有告诉张成玉。张成玉不知情,接过八件衣谢过舅父表姐,就连忙来到一家当铺。当铺老板看过张成玉带的东西后,问他要当多少银两。张成玉说五两。当铺老板心下生疑:这八件衣加上 10 两银子,再加一只绣花鞋,只当 5 两银子? 当物不明,这里面肯定有问题。当铺老板就对张成玉说:"麻烦公子在外面稍等一会儿,我考虑考虑,考虑好了再给你钱。"张成玉就走出来坐在当铺门外等着。

这时候白石岗过来了,当铺老板赶紧招手叫他进来。白石岗一进门,当铺老板就悄悄说:"门口这位包裹的八件衣、十两银子、再加一只绣鞋,却只当 5 两银子。当物不明,这其中是不是有啥问题?"白石岗说:"这还用说吗? 当物不明,非抢即盗!"于是他俩就把张成玉叫进来逼问:"你这当物不明,老实交代,这些东西是你抢来的,还是你偷来的?"张成玉说:"我既没抢也没偷,我去舅父家借路费时,舅父没钱,舅父的女儿我的表姐,就把她绣的八件衣借给我,让我去当铺当银两。"白石岗和当铺老板不相信,就把张成玉拉去县衙那里拷问。到了县衙,杨连还没来得及拷问呢,白石岗就不问青红皂白,严刑拷打,结果一个柔弱的书生,禁不住严刑拷打,最后昏死过去。杨连责怪白石岗说:"这案子还没了结,你却把人打死了,这可让我如何交代? 如何是好?"白石岗说:"贱民一个,死了就死了! 扔到荒山野岭,狼虫虎豹吃了也没啥! 你不要怕,有我担着,责任我一人承担。"这件事被和张成玉一起赴京赶考的同学王毅看到了。

到了晚上,白石岗跑到马峰家偷东西。马峰家非常富有,白石岗偷了马峰家的银两后,第二天早上就去找到马峰说:"我把昨晚偷了东西的凶手查出来了! 再过两天到了公堂上,你要一口认定那八件衣和一只绣鞋,是你女儿亲手做的,那 10 两银子也是你女儿的!"马峰说:"好。"

221

　　当天晚上，心中有愧的白石岗，就想到城隍庙去磕头。有个叫花仁义的叫花子，白天要饭，晚上没处去，就跑到城隍庙这边来寻个住的地方。左看右看，这东头子冻得很，西头子又脏得很！看来看去，就城隍庙贡桌下面，还有桌布遮挡没风，算是个暖和的好地方！花仁义开心地钻了进去。恰在这时，白石岗进来了，白石岗站在供桌前说："城隍老爷，贼是我做的，人是我杀的，您老人家保佑我这个案子不要翻了，我给你座金山银山！"白石岗说完，给城隍爷磕了三个响头就走了。花仁义从供桌下面爬出来说："我把你个贼人，白石岗啊白石岗！贼是你做的，人是你杀的，你冤枉好人！"

　　天亮了，花仁义不出去吧，饿得很，出去吧，天寒地冻的冷得很。唉，还得出去讨饭。花仁义只好拿着他的讨要棍，摇摇晃晃地出了城隍庙。花仁义路过野外的一片荒山地时，无意中看见了不远处被扔掉的张成玉。花仁义心想：这谁在这里撇了一个死人，天气这么冷，那个死人的衣服看起来还不错，让我脱下来穿上。走到张成玉跟前的花仁义转念又一想：唉，我父母给我起的名字是仁义，人家都死了，还被抛尸野外，我再把人家的衣服扒了自己穿上，啥是个仁义？这就是不仁义了！我要真这么做了，真不是个人啊！花仁义往张成玉脸上瞅了一眼，怎么都觉着他还有一口气。花仁义连忙伸出两根手指头，在鼻子旁边探了一下气息，果真有气！花仁义赶紧从头上把张成玉扶起来，边扶边叫："唉！张王李赵醒醒，你睡在这里干什么？"这时候，昏迷的张成玉已经清醒过来了。花仁义问张成玉："天寒地冻，你因何故躺在这里？"张成玉悲痛地诉说道："我因没有赴京赶考的路费，去舅父家借银两，舅父没有，表姐借我八件衣去当铺典当，不想当铺老板和白石岗不问青红皂白，将我拉到县衙严刑拷打，把我打得昏死。"

　　花仁义一听倒吸一口冷气，说："天下竟然有这等冷酷荒谬的官吏，走，咱们找比他还大的官告他们走！"张成玉说："没有路费咋能找到大官跟前去？"花仁义说："咱们要着吃着走么！要上两个馍馍，你一个我一个；要上一个馍馍，你一半我一半；要上半个馍馍你一个人吃，我不吃。"张成玉说："你不吃你饿得能行吗？你饿得哪有劲走路？"花仁义说："我有饿劲呢！"张成玉又说："我这两腿无比疼痛么，我能走得到吗？"花仁义说："我还有一匹马呢你骑上！"张成玉说："唉！你一个讨要之人，哪里来的马呀？"花仁义说："你还不要小看我的这匹马！我的这匹马，不吃草来不喝水，不添草来不添料，不拉屎来不尿尿，它就是我的讨要棍，讨要棍扶上还挺得劲！"

　　张成玉被幽默风趣的花仁义感动了，在花仁义的帮扶下，张成玉终于来到了铁面无私的包拯面前。包拯即刻就询问案情，张成玉对包大人说："我没有赴京赶考的路费盘缠，就去舅父家借银两，舅父说当时他没有，叫来他的女儿我的表姐，表姐把她的八件衣借给我去当铺典当，没想到我到了当铺，当铺老板说我的东西不是偷来的就是抢来的。当铺老板和白石岗不问青红皂白将我拉到县衙毒打，直到把我打昏死。幸亏花仁义仁兄在荒山野岭救了我，带我来见包大人，望大人为小民做主啊！"张成玉跪在地上泣不成声。

包大人问："还有其他要说的吗？"花仁义赶紧上前跪下说："我本是一个叫花子，那一日晚上没处去，就跑到城隍庙这边来寻个住的地方。看来看去，就城隍庙供桌下面还有桌布遮挡没风，算是个暖和的好地方！我就钻了进去准备睡觉。恰在这时，白石岗进来了，白石岗站在供桌前说：'城隍老爷，贼是我做的，人是我杀的，您老人家保佑我这个案子不要翻了，我给你再建座金山银山！'白石岗说完，给城隍爷磕了三个响头就走了。第二天天亮了，我出去讨饭，路过野外的一片荒山地时，无意中碰见了被扔掉的张成玉。当时他已经奄奄一息，冰冻寒天地躺在那里，我发现他还有一口气，就把他叫醒了。贼人白石岗做贼又杀人，冤枉好人，眼里毫无王法！望大人明察！"

话说张成玉的母亲，很久没听见儿子的消息，心急如焚，心想自从儿子去舅父家借盘缠后就无音讯，这天她专门跑到兄弟家来打探消息。正好这天和张成玉一起赶考的王毅，回家时路过张成玉舅父家门口，心想："可怜的，人都死了，家里人都还不知道，我进去给捎个话。"王毅到了张成玉舅父家中，见张成玉母亲也在，就对他们说："您二老有所不知，张成玉在当铺被告到县衙那里，被活活打死撒了！"张成玉的母亲、舅舅和表姐一听，如五雷轰顶，难以置信！他们急忙赶到县衙告状。公堂上张成玉的表姐说："八件衣是我缝，10两银子是我送，一只绣鞋是我绣，拿出来对一下就知道。"张成玉的表姐把另一只绣鞋，拿来和公堂上的那一只一对比，果然是同一双！完全是同一个人做的。而马峰女儿做的绣鞋根本就和这一只不是同一双，配不上不说，还相差甚远！县令立刻说："这要打马峰呢！那你的问题又如何解释？"马峰立刻跪地求饶："大人先不要动刑！听我说，这些话都是白石岗给我教的，是他让我在公堂上一口咬定，说这八件衣和一只秀鞋是我那女儿做的，那十两银子也是我女儿的。还说让案子不要翻了以后他供养我。"

这时候，包大人也带着张成玉、花仁义等一干人马来到了公堂上，张成玉的母亲、舅舅、表姐等人证物证都在。包大人审讯对证、一一核对，最终确定是一场冤案！白石岗做贼杀人冤枉好人，罪该万死！马峰故意做伪证，罪不致死，但要严惩，随即将两人一同打入监牢。

至此，张成玉虽然耽误了考试，但总算得以伸冤，捡回了一条命，与家人团圆，也算是让人出了一口恶气。

搜集地点：泾源县六盘山镇和尚铺村

搜集时间：2020 年 11 月 17 日

讲 述 人：石海兰

采录人员：王文清　陈翠英　咸永红　冯丽琴

文字整理：泾源县文化馆

整理时间：2021 年 8 月 26 日

认贼作父

从前,有个男子名叫大羽,十年寒窗苦读,虽没有考中状元,但考取到兰溪县学堂里的教书先生。

有一天,离开家要去兰溪县学堂教书,临走前,他带着妻子和三个月大的儿子,向老母亲和唯一的弟弟小羽告别。母亲小心翼翼地拿出她为两个儿子的孩子准备已久的两件襁褓。一件给大儿子大羽的妻子,让她用襁褓来包自己的小孙子;另外一件留给二儿子小羽,日后结婚有孩子了用。

夫妻二人收拾好行李后,大羽带着妻子儿子上路去兰溪县。路上必经一个名叫"黄天荡"的地方,这里有一帮杀人如麻、无恶不作的土匪。这帮土匪一共兄弟五人,老大叫徐领,老二名陶二。这天,恰好老三老四和老五三人在山上,看到大羽带着妻子和儿子来到了黄天荡。这帮土匪二话不说,拿起家伙冲下山,将大羽杀害,扔进江里,把大羽的妻儿绑回山上,要让大羽的妻子做土匪徐领的压寨夫人。

土匪们找来一个奶妈,看管大羽的妻子。奶妈在土匪的威胁下,苦口婆心劝说女人嫁给徐领,保全自己和孩子生命。大羽的妻子誓死不屈,每日不吃不喝,哭闹不休。她对看管自己的奶妈说:"要我嫁的是我的杀夫仇人,我死都不会嫁!"奶妈听完她的话,一时间怜悯之心涌上心头,毕竟同是女人,能够感同身受。但是她知道如果不肯嫁的话,只有死路一条。奶妈又试探性地说:"如果你不嫁,那你肯定活不了,让你嫁你又不情愿,那你有什么想法?"女人悄悄对奶妈说:"自己知道离黄天荡不远的地方,有个菩萨庵,她可以暂时居住在那里。"奶妈思考了一会儿微微点头,但是她告诉大羽妻子:"孩子是不能抱走的,否则你和孩子都活不了。"

徐领有个下人名叫吴佣,知道去菩萨庵的路。看见这个女人实在可怜,便决定偷偷带她走。路途上,吴佣和大羽妻子遇到一口井,他心生一计!把一双绣花鞋放在井口,又将井口附近的草全都踩出痕迹,制造了一个假的投井现场。到了菩萨庵后,将她安顿好才离开。然后回去禀告徐领,说自己在给那个女人送饭时发现人没了,想必是逃跑了。徐领听后,雷霆大怒,带着吴佣和一队人马,四处去找。

果然徐领找到了那口井,他看见井口的鞋,以为大羽的妻子投了井,煮熟的鸭子飞了,心有不甘。忽然,正在气头上的徐领,注意到井里的蜘蛛网并没有被破坏的痕迹,这说明人并没有跳井,他马上派所有手下去搜寻。命所有人挖地三尺也要把这个女人找出来,自己活要见人死要见尸!

大羽的妻子早已剃去头发,换上僧衣,经过化妆后,巧妙地躲过了土匪的搜查。徐领找人未果,见留下一个男孩子,这个孩子头大脸圆,天庭饱满,不哭不闹,惹人怜爱。刚好自己也没有一儿半女,所幸将这个孩子收留,抚养长大,给他取名徐继祖。徐继祖一天天长大了,念的书也不少,也到了赴考的年纪。

大羽的老母亲,日日夜夜挂念着离家数十年不归的儿子、儿媳妇和孙子。十多年没有一点讯息,想到儿子十有八九是遇了难。就让二儿子小羽顺着黄天荡去打听消息,小羽在碰到土匪陶二时,就向他打听。陶二撒谎说,十年前在此地突然出现了强盗,强盗抢尽钱财,杀光了所有人。你的哥哥也死在了那强盗手中,趁小羽陷入悲伤,陶二露出真实面目,把小羽推下江里。

徐继祖去赶考,路过一户村庄时,看到一位满头白丝,身躯佝偻的老奶奶在井口打水,他上前去讨水喝。老太太第一眼看到徐继祖,她先是一愣,这个孩子怎么看怎么眼熟,好像在哪里见过。随后又问年龄,徐继祖说自己16岁了。老太太抓着他的手,久久不舍地放下,说道:"我看你十分面熟,说不上为什么很亲切。无论面貌还是身影,都跟我的大儿子太像了,我见到你就想起了自己的大儿子。"老奶奶便盛情邀请徐继祖去家里喝茶做客。徐继祖难以推辞,他潜意识里也觉得这位老奶奶似曾相识。于是他帮老奶奶提着水,跟着她来到了家里。

一进家门,老太太讲了自己家的事。自己有两个儿子,大羽和小羽,大儿子考上兰溪县学堂教书先生,去兰溪县时,带着妻子和三个月大的孙子,一走十多年毫无音讯。小儿子去打听哥哥的下落,也没有再回来过,多半是凶多吉少,留下她一个老太太孤寡无依。徐继祖听完后劝老太太照顾好自己,他留下话,自己有时间会常来看看老奶奶。

后来,徐继祖不负众望,榜上有名,被朝廷封为地方官员。刚上任的第一天,天蒙蒙亮,门外有人击鼓报案。经细细审问后得知,是一个道姑为告状而来,告的正是自己的父亲——徐领。徐继祖大怒,你来告我父亲,难道不知如今是我执掌大权?简直是来送死!

晚上,徐继祖辗转难眠。他不解为什么自己上任第一天,就有人来告自己的父亲。并且多次想到自己碰到的那位老奶奶,他怎么想都觉得事情蹊跷。潜意识里有个声音告诉自己,这件事与自己有说不清道不明的关系!

第二天一早,他便传来道姑再次审问。这个道姑细细讲述,十多年前自己和丈夫孩子在去兰溪县的路上,丈夫被土匪徐领等人杀害。让自己做压寨夫人,她誓死不从,偷偷逃去尼姑庵,为了活命,她掩盖身份成为道姑。徐领有个手下名叫吴佣,他就是证人。徐继祖叫人传来吴佣,吴佣讲述大羽小羽皆被徐领等土匪杀害的事情经过。

虽然证据确凿,但是被告人是自己的父亲,这让徐继祖不知所措,无从下手。告状的尼姑声称自己逃进尼姑庵，在土匪手中留下一个儿子不知踪迹。自己在徐家十几年，也从未见过徐领的妻子，更不知道自己的母亲是谁。那么自己从何而来？如果这个女人是大羽的妻子，那自己究竟是谁？

这时，堂下的道姑又说，自己的孩子当年裹了一件褴褛，还有一件一模一样的褴褛在老母亲手中。那一件是母亲给弟弟小羽的孩子准备的。徐继祖按照道姑说的地址，命人找来老奶奶，老奶奶手中的褴褛，和自己小时候的一模一样！

所有事情来龙去脉清楚后，他明白自己一直在认贼作父！下令绑来徐领，对徐领说，虽然你拉扯我长大成人，对我有恩。但你杀害我父亲和叔父，我和你有不共戴天之仇！我如今官位在身，必须依法执行，秉公办案！

在徐继祖的治理下，徐领伏法，黄天荡的其他土匪也一并被剿。从此，这里百姓生活充满阳光。

搜集地点：泾源县六盘山镇和尚铺村
搜集时间：2020 年 11 月 18 日
讲 述 人：漆效文
采录人员：王文清　陈翠英　咸永红　冯丽琴
文字整理：泾源县文化馆
整理时间：2021 年 7 月 30 日

2020 年 11 月 18 日，漆效文在泾源县六盘山镇和尚铺村家中讲述泾源民间故事。

三兄弟学艺

从前,有一姓王的人家,家里日子过得一般,不是很穷也不算很富。王老汉养了三个儿子,雇来先生为三个儿子教书识字。这三个儿子不好好念书识字,不到半年时间就把先生气跑了。

王老汉嘴里骂着三个儿子,没有一个是争气的,但他心里明白这三个货,就不是读书当官的材料,对三个儿子是睁一只眼,闭一只眼。一晃十几年过去,三个儿子长大了,整天游手好闲,给家里啥活都不干。王老汉实在看不下去了,就把弟兄三个叫来说:"你兄弟三个,现在都长成大男人了。庄稼活不会干,家里活也不干一把。要不,你们出去闯闯,学个手艺要挣钱哩,以后要娶媳妇过日子,总不能这样混一辈子吧?"三兄弟听了父亲的话,在一起商量了几天,千思万想,想不出一个好营生能做,干啥活都得出力下苦,没有一件活是轻松的,最后也没商量出啥结果。王老汉看三个儿子,把他说的话当了耳旁风。都过去好几天了,兄弟三个还是一把活都不干,每天还是逛够了回家吃饭,吃饱了又出去胡逛,逛乏了回家睡觉。

这一天,都快到晌午了,兄弟三人还在炕上睡大觉、做美梦。王老汉终于忍不住心中的怒火,拿着一根柳条子,揭开被子一顿乱抽,打得三个儿子哭爹叫娘。王老汉骂着说:"我一把屎一把尿,把你兄弟三个拉扯大。你看你这样子,整天好吃懒做,一把活都不干!我要你们给我养老送终哩?还是叫老子给你们养老送终哩?你三个都给我滚!从今天开始,老子不养活你们咧!"王老汉骂完转身走了。

兄弟三人长这么大,还没有被父亲打过。今天看到父亲发火,都有些害怕了。老大说:"走,看来这个家不要咱了,咱就出去闯一闯,学个手艺再回来。"老二和老三就跟着老大出去闯世界。

兄弟三人离家时身无分文,干活怕出力,一路上受了不少罪,最后饿得没办法了,当乞丐要饭吃。

有一天,兄弟三人来到大县城,看着街市繁华,不远处人来人往。兄弟三人走去一看,这里在盖财神楼。干活的人不但能挣到工钱,还给干活人一天管两顿饭。老三说:"大哥、二哥,咱在这干活,学个木匠手艺?"老二说:"你看这圆木柱子比人还粗,还不把人累死咧?不干不干,我不干,老三你想干就留着干,我和大哥再去找活。"老大和老二就把老三留在这里学木匠,他两个一边要饭一边找活。

这一天,兄弟两个碰到一个打铁的。老大对这打铁的感兴趣,对老二说:"二弟,咱干脆留在这学打铁?"老二说:"大哥,这铁匠还比木匠的活累,你看,整天抡着大锤,把人还不累死?不干不干,我不干,大哥你想干就留着干。"老大说:"二弟,我留在这里学铁匠,你怎么办?"老二说:"大哥,你安心学铁匠,我再去找活。"老二说完就走了。

老二走了几个月,来到一个村庄,有好几个砖瓦窑。这村庄的人都忙着做砖做瓦。老二一看心里说:这还是下苦的活。看着出窑背砖的人热得满头大汗,满身都是砖灰。老二走了几家砖瓦窑,都一样吃苦受累。老二想折回去,找老三学木匠,或者找大哥学铁匠,怕兄弟们笑话他。老二就下定了决心,干脆自己在这里学砖瓦匠。心里说:"边做边看,这活实在太累,咱走人另找活干。"老二找了两家砖瓦窑,人家都不收他学艺。走到第三家砖瓦窑,问人家收不收徒弟。老匠人说:"这活太苦太累,就怕你吃不了这苦。"老二硬着头皮说:"我不怕苦,不怕累。"老匠人说:"只要你不怕苦,不怕累,我就收你为徒。"老二忙问:"给不给工钱?"老匠人说:"你拜师学艺,还要啥工钱哩?只管吃管住,你学就留下,不学就走人。"老二出门也时间长了,这山看见那山高,一直就找不下个活。这次是实在没法了,咬咬牙狠下心说:"我学哩。"老匠人说:"你学这手艺都是上等匠人,铁匠为上等匠,泥水匠为二等匠,木匠为三等匠。"老二听了老匠人的话,就留下学砖瓦匠的手艺。

一转眼,十年过去了。兄弟三人学艺出师,不但自己凭手艺挣了钱,还各自找到了媳妇,成家立业生了儿女。

离家十年,成家立业。兄弟三人各自都带着媳妇儿女回老家看望父母,本想给父亲一个惊喜,谁知回家后才知道,父亲早几年就去世了,只有母亲一个人,守着已经破烂不堪的房屋。兄弟三人带着媳妇和儿女,去父亲的坟前点香、烧纸、磕头,祭奠一番,大哭一场。

回到家里,三个媳妇做了一桌丰盛的宴席,把老母亲让到上席。母亲问:"老大呀,你带两个弟弟离家十年,都学了些啥手艺?"老大说:"母亲,我学了铁匠。"母亲说:"好好好,学铁匠好。学铁匠手艺要过硬,听人说,铁匠铺的买卖——样样都是硬货。"老大说:"母亲,我的手艺在方圆百里响当当的,也算是有名的铁匠。"母亲高兴地说:"好好好,老二你学的啥手艺?"老二说:"母亲,我学的烧砖瓦手艺,现在也算一个大匠人。"母亲高兴地说:"好好好,学烧砖瓦匠好!老三你学的啥手艺?"老三说:"母亲,我学的木匠。"母亲高兴地说:"好好好,学木匠好。你兄弟三人都学到了过硬、实用的手艺,也算没有辜负你死去的父亲对你们的期望。你们看咱家这老房,几十年了,又破又旧,木头腐朽了,墙被风吹雨淋也快倒了。咱家现在铁匠、砖瓦匠、木匠都有了,你们兄弟们商量一下,先在咱家给你们一人建造一院房。"三兄弟起身说:"母亲放心,建造房屋有儿哩。"母亲让三个儿子建房,心里也是有自己的想法。一是想见识一下三个儿子的手艺强不强。二是也让四邻八村人都知道,王家出匠人了,铁匠、砖瓦匠、木匠都有,谁家建房造院,都可以来请自己儿子干活。

老大把老二和老三召集在一起,商量三人凑钱出工出力,修建房屋。老大说:"铁匠在村庄生意不行,挣钱少。我决定去县城开个铁匠铺,家里建房所需的马环、铁钉,一切铁具用品都是我的。"老二说:"我在村东头开个烧砖瓦窑,家里建房的砖瓦都是我的。"老三说:"两个哥哥忙你们自己的营生,我留在家照管母亲。我这木匠活,有人请我就去,干完活就回来,木匠动动手,养活七八口。哥哥放心,家里盖房有我,哥哥们就不用操心了。"兄弟三人商量好,各自拿出百十两银子,由老三负责备料。老大就去了县城经营铁匠铺,老二筹办自己砖瓦窑。

不到一年时间,王家建造了四院高房大院。庄里人看了王家的高房大院,都夸奖说:"哎呀,这王家的三个儿子,小时候没出息,被王老汉赶出家门,十年后回家人人手艺不一般。"王家三个儿子从此就名扬四邻八村,方圆百里,需要铁匠找老大,需要砖瓦找老二,盖房做木匠活家具找老三。

有一天,邻县有个员外,听说王老三的木工活做得又细又漂亮,派人请老三去员外家盖房。老三就来到员外家干活,员外按天给老三支付工钱,老三很认真地给备料选材,干了十几天。员外老婆一直在员外面前叨叨说:"你请这啥木匠吗?整天磨洋工,出力不出活,每天还要拿大工的钱。"员外说:"王木匠的手艺不错,慢工出细活,你给吃好,让慢慢干去。"

老三做木活细,就是手慢不出活。这都是跟师傅学的,他师傅手艺高,是个大工匠。师傅给老三教木活手艺时经常说:"木匠做活,绳墨规矩不可偏差。备料、板材、横梁、竖档、榫头等丈量时则必留余头,然后细削慢刨,待榫卯合鞘、梁档套毕,方才锯去余头。若量料时与实际长度一样,经不起刨削修饰,或许就成为废料,故有长木匠之说。长木匠,短铁匠,不长不短是石匠,铁匠短了两锤,木匠短了呲嘴。木匠要留有一定的余量,宁长勿短,宁大勿小。"老三心里一直记着,师傅教给他的这些话,所以做活认真细心,就是干活太慢,主家都误会,以为他是磨洋工多吃几天饭,多挣几天钱。

员外有事外出,把招呼木匠、盖房的事交给老婆和两个儿子。老婆见王木匠手脚慢,每天干活少,越看越生气,给王木匠做的饭也是胡凑合,只要他吃饱就行。王木匠心里也明白员外老婆对他冷眼的原因,也是不说不吭,照样是手不停人不闲地干活。

这一天,木工活都已干完要立木房。员外的两个儿子叫来好多干活人帮忙把房柱子都立好了,正在上房梁。有一个干活的人也懂木工活,见王木匠把檩条、大梁都是颠倒做的,就问:"王木匠,你这檩条、大梁哪个是上头子,哪个是下头子?"王木匠说:"你看我号下字的都是上面,没有号下字的都是下面。"这干活人说:"就不见你号的字。"

王木匠说:"画个十字就是上面。"大家伙就按照王木匠说的,把房立木起来。大家一看,都佩服这王木匠的手艺。木匠好不好,全凭看卯窍。王木匠做的这木工活,卯套卯不留一点缝缝,所有木头又光又亮,所有人看王木匠做的这木工活,都竖大拇指夸赞。不到半月时间,房子的土木活都干完了,就等瓦房了。

员外也从外地回来了,看见新建的房子很漂亮,心里也很高兴。老婆问员外:"你看咱这房盖得咋样?"员外说:"好得很,这木活做的就是漂亮。"老婆说:"你没看出啥问题吗?"员外又看了半天说:"这么好的房,能有啥问题?"老婆说:"庄子里有懂木工活的人说,咱这房的檩条、大梁、椽子都是颠倒了,这王木匠是不是故意给咱使坏哩?"员外这才仔细一看,真的都颠倒了,你看还有两个飞檐没有上完。员外问老婆:"我走了,你给王木匠吃的啥?"老婆说:"家常便饭。"员外说:"哎呀,你糊涂呀,家里的鸡蛋、鸡鸭鱼肉、白米细面,你咋不给王木匠做着吃?"老婆说:"这王木匠干活慢得要命,吃的家常便饭,都这么慢。要是给他吃得好,这房不知道要盖到驴年还是马年?"员外听了老婆话,一声不吭,去找王木匠。

员外见了王木匠说:"王木匠,你这木活做得实在好,你看这房让谁瓦哩?你能瓦房吗?"老三说:"房我能瓦,只要你不嫌我干活慢。你要图快,就叫别人瓦房也行。"员外说:"你能瓦房,这房你就瓦咧,我不嫌你干活慢,常言说,慢工出细活。"老三就答应留下,继续给瓦房。员外给老婆说:"现在就给宰鸡、宰羊,给王木匠吃好,让把活干好干快。"员外老婆就宰了一只鸡,招待王木匠。第一天给王木匠吃的鸡肉、油饼子。王木匠整整一天时间,才瓦了三行行瓦。气得员外老婆,第二天胡乱地让王木匠吃了一天饭。王木匠吃得差了,第二天瓦了九行行瓦。员外老婆子高兴了,第三天做的炒鸡蛋、蒸鸡蛋、煮鸡蛋,让王木匠吃了一天。王木匠这一天给瓦了七行行瓦。员外觉得还是没有让王木匠吃好,就让老婆宰羊。第四天给王木匠吃的羊肉,王木匠一整天瓦了三行行。一只羊吃完了,才把前檐瓦完。员外不高兴,这咋弄着哩?吃得好了房瓦得慢了,这房啥时间才能瓦完?员外问老三:"王木匠,我给你吃得好,你给房就瓦得慢。这前檐瓦了十几天,后檐能瓦快些吗?"老三说:"员外,你想让快些瓦,这后檐我明个用半天时间就瓦完了。"员外听了很高兴,给老婆安顿明天把饭给做好,最后一天活就干完了。

第二天,员外早早就站在后院,看着王木匠瓦后檐的房。这王木匠手脚很麻利,真的不到半天时间,就把后檐的房瓦完了。老三就和员外结工钱,员外说:"王木匠,工钱我不少你一分钱,我有几个事情要问清楚哩。"老三说:"员外,有啥事情你问?"员外说:"你为啥给我把檩条、大梁、椽子都是颠倒放着?我给你吃得好,你给我瓦房只瓦三行,为啥多一行行都不瓦?"老三说:"员外,这房的檩条、大梁、椽子我是有意颠倒放着。"员外问:"木匠看尖尖,瓦匠看边边。你为啥要有意颠倒放?"老三说:"员外,你这房不只是你住一辈子,你还有两个儿子,一个叫黑鹰、一个叫黄鹰。你老百年后,你两个儿子要住这房。你看你家这地形、风水,黑鹰黄鹰兔儿山,颠倒木头要发一百年。我这是为你后人架桥铺路,你后人们祖祖辈辈要发一百年。"员外听了高兴地说:"哎呀,王木匠不但手艺高,还能看风水,老夫佩服!"老三说:"员外,你给我吃得好,我就给你家房瓦得少,我是用心用意给你家瓦房。你要早说,我一天就能把这房瓦完。员外要不信我的话,你去把庄子里年轻小伙子叫几个来,把你家麦场里的碌碡滚来,咱给你验证一下,员外你心里就明白了。"员外命人去庄里叫来七八个年轻小伙子,滚来一个碌碡。老三说:"员外,你让这七八个小伙子,把这碌碡拉上前檐,后檐可不敢上去。"一群年轻人在前檐,把梯架搭上,用绳把碌碡拴住,拉的拉掀的掀,把碌碡拉上了房顶。老三说:"把碌碡放在头一天,瓦的这三行行的房脊上,让碌碡滚下来。"员外着急了,忙喊着:"不敢滚碌碡,这碌碡滚下来,把瓦都碾碎咧。"老三把员外拉到一边说:"员外你检验一下,把瓦碾碎了是我把活没干好,工钱我一分都不要。"几个小伙子就把碌碡滚下来,这三行瓦坚固如石,丝毫未动,连个瓦角角都没有撞烂。大家都惊讶地望着王木匠,老三说:"这次把碌碡放在这九行瓦上滚。"几个小伙子就把碌碡放在九行瓦上滚了下来,瓦的行行没有动,就把几个瓦角角撞烂了。老三说:"这次把碌碡放在后檐往下滚。"几个小伙子就把碌碡放在后檐滚了下来,后檐的瓦"噼里啪啦"都碾成了碎瓦渣子。老三问员外:"员外,你现在亲眼见了,你说哪个活干得好?"这一下把在场所有人都惊了,员外不但给老三工钱给得多,还给老三送匾,四处给老三扬名,王木匠的生意越来越好。

虽说员外家房子的木头是颠倒的,可员外家从此日子越过越富,人丁兴旺,家财万贯。

搜集地点:泾源县六盘山镇东山坡村

搜集时间:2020 年 12 月 15 日

讲 述 人:姚治富

采录人员:王文清　张　滢　咸永红　陈翠英　冯丽琴

文字整理:泾源县文化馆

整理时间:2022 年 4 月 28 日

吴仁吴义

很久以前有弟兄两个，老大叫吴仁，老二叫吴义，父亲去世了。弟兄两个和母亲一起生活，家里情况比较好，过得也不错，也算是富裕家庭。弟兄两个后来都娶了妻成了家，一起过得也挺好。

过了几年，老二吴义对老大吴仁说："咱们也成家了，只有一个老人，一直混在一起，也不是个事情，咱们分家吧。"吴义提出分家，老大吴仁说："分就分吧，咱们现在也是大人了，迟早都得分家，那就分了吧。"

把家分了之后，老大吴仁说："现在就剩下一个老妈了，咋养活呢？"老二吴义说："一人十天，咱们轮流养。"老大吴仁说："行，那就这样算了。"

吴仁吴义弟兄两家离得也近，两家隔着一条街道，出门就看得到。弟兄两个就每家轮流养活十天自己的老母亲，就这样一直养活了两三年。

有一年，吴仁做生意，把生意做赔了，种粮食是粮食不成，种啥啥不成，种地就根本种不成。兄弟吴义做生意一做就赚，家里的粮食也丰收了，家里的财也盛旺，老二把自己的光阴过好了。弟兄两个的老妈，到吴仁家生活的那十天，人家每天按时给老母亲端水端饭，吃的都是好吃的，两口子对母亲非常孝顺。每次到老二吴义家的那十天，天天都被冷眼相对。不能按时按点吃到饭，人家两口子饭成了自己先吃，人家吃罢了才就给老人给一点饭吃。老母亲还不敢说老二对她不好，每次在老二家的这十天，她就忍饥挨饿。人家给个啥她就吃个啥，人家想啥时候给她给吃的，她就啥时候才能吃。老人到了老大家的那十天，两口子人也好，老母亲就叹气说："你的家败落成这个样子了，这咋办呢？"老大说："这一定没办法了，我们就离家重新找一个地方看能活吗。反正我在这里做生意不行，粮食也种不成，咱们一年种啥啥不成。"于是老大就和妇人把家搬走了。

新搬到的地方，离原来的老家有二三十里路的距离，也就勉强能维持生活。老母亲跟着老大去，老大家里困难没啥吃的，每天早上都是稀粥勉强凑合，只要有些能吃的东西，就赶紧给老人吃了。凑合了八天，就实在是凑合不下来了。老母亲就给老大吴仁说："唉，还剩两天了么，我去到你兄弟家去坐下，人家家里光阴好，吴仁你把我送过去吧。"

老大吴仁就把老母亲送到兄弟吴义家门口,告别母亲就走了。老母亲进门后,老二一看他妈进来了,就说:"来了哦。"老母亲说:"老大家实在是困难没啥吃的,我就到咱们家里来了。"老母亲进屋一看,老二媳妇锅里正在煮鸡。老二吴义说:"这明明还有两天呢,他就这么快把妈送到咱们家里来了!"老二两口子把锅里的鸡肉捞出来藏起来,把锅盖压住。老母亲问:"今天都到中午了,咋还不做饭?"老二说:"唉!你想到哪儿吃饭就到哪儿吃去,这两天还不归我管。"老母亲一看心想:唉,看起来这两天人家还不给饭吃。实在没办法,老人就只好折回又往老大家走。

这时候,老大吴仁担心老二家这两天不养活他妈,已经折回来往老二家走,准备过来接他妈回去。老人从老二家走了之后,老二觉得自己做得有些过分,就出来找他妈。突然电闪雷鸣,下起了大雨。老大媳妇一看下雨了,害怕婆婆被雨淋了,拿起一把伞就往外跑。老二媳妇一看下雨了,心想:赶紧给婆婆拿一把伞,让早早回老大家去,要不然还要到我家里来。老二和他的妇人追上老妈时,老大媳妇刚跑到跟前给老人把伞打上,老二两口子就追到了跟前,突然天空一声炸雷,把老二两口子炸飞了!老母亲和老大吴仁两口子,直接被惊得半天反应不过来。

老大吴仁两口子,只好把老二吴义两口子埋了。最后把老二家的地也种上了。从此以后,老大吴仁家的日子越过越好了,对他们的老母亲更是照顾得越好了。

搜集地点:泾源县六盘山镇和尚铺村

搜集时间:2020 年 12 月 14 日

讲 述 人:李　强

采录人员:王文清　咸永红　冯丽琴　陈翠英

文字整理:泾源县文化馆

整理时间:2021 年 8 月 18 日

泾源民间故事·生活故事篇

药王拜师

从前，有一位大夫医术高超，被当地的人们赞誉为药王，他就是张忠。但是每个成功者背后都有无法言说的心酸。

很久以前，有一个村子叫药王村，药王村起初并不以药王村命名。是后来村民为了纪念张忠，而将村子名改为药王村，以此让后代纪念张忠。其实，张忠刚开始也是学医不精，而碰了很多壁，因为他的医术不精，也使一些人丧失了性命。年轻的张忠从师傅那儿学医归来，他自以为自己医术精湛。村里的人有病，他也是很胆大地给看病开药，一些人因为他的误诊吃药而死亡。刚开始他觉得不是自己的问题，是病人已经病入膏肓了，什么灵丹妙药都不管用。他总是能用自己的理由，让病人家属心服口服，也不会找他的麻烦。

时间一长，只要在他那里看过病的人，最后都会丧失性命。村里人也就不再相信他，即使他免费出诊，都是无济于事，这让张忠很失落，一度自暴自弃。他的家里人，看他终日借酒消愁，茶饭不思，于是对儿子说："儿子，人生有很多种可能，你年轻，还有大好的青春，不要吊死在一棵歪脖子树上。这一行不行，我们可以转行做别的，都说行行出状元。"张忠听完父母的劝告后，他也想自己看过的病人都死了，他得转行做别的。他在村子里转了好几天，听说当木匠也不错，于是他找到了木匠李二牛。请求李师傅收他为徒，给他教一下木匠活。李二牛看张忠，忠厚老实，也就答应他教授木匠活的一些技术。张忠虽然转行学木匠了，但是他还是没忘记自己的初心。一到休息的时间，他总是翻阅医学书籍，不断提高自己的医学水平。他边学木匠边看医书，生活也算是充实，时间不知不觉过去了。

半年后，村里的一个寡妇，也是可怜人，丈夫刚去世不久。现在独自带着一个刚出生的婴儿，生活过得着实可怜。这天她的孩子生病了，去找村里的其他大夫，他们都因为寡妇掏不起医药费，而不给看病。寡妇无奈之下，只能去找张忠试试，找到张忠后，寡妇哭着说道："张大夫，求你给我孩子看看吧，我真的身无分文，别人都不给我娃看病，我只能来找你了。"张忠不自信地说道："不是我不给娃看，只是我的医术不精。之前让很多人丧失了性命，我现在也不打算干这一行了。"寡妇哭着求道："张大夫，你就行行好，我知道你是有医者道德的，不会因为我身无分文，不给娃看病的，不管结果咋样，我都不会怪你的。"张忠看着可怜的寡妇也不忍心，于是就说："我只能死马当活马医了，那我们去看看吧。"张忠跟着寡妇来到寡妇家，家里真的是破败不堪。下雨时都是无处避雨,他赶忙看看孩子,孩子高烧不退。张忠赶紧给娃抓药治病,其实张忠的心一直悬着,他害怕孩子和之前自己看过的病人一样。但是过了好几天,寡妇找到他,感激地说道:"张大夫,感谢你治好了孩子,我无以为报,以后你需要我帮忙的你给我说,我绝不含糊。"张忠听完后很激动,他觉得他终于可以重操旧业了。他还是想当一个医者,慢慢地他的事迹,被村里人知道了。刚开始很多人,还是不相信张忠。张忠开始免费给穷人治病,就这样坚持了一年。他的医术获得了大家的认可,他也在父母的帮助下开了药店。虽然药店规模不大,真是"麻雀虽小,五脏俱全",他的药品应有尽有。他的店里生意特别好,一个人忙不过来。他就让那个寡妇给他去帮忙,而且给寡妇发工钱,这样也算是帮助了寡妇。张忠还是始终坚持为穷人免费看诊,这一义举,让其他村的穷人,都来找他看病,他的名声也可以说远近闻名了。

张忠一辈子都奉献在医疗事业上了,听到他去世的消息,百姓们也是痛哭流涕,为了缅怀他,村民将村子名改为药王村。

搜集地点:泾源县六盘山镇和尚铺村
搜集时间:2020 年 12 月 30 日
讲 述 人:赵海江
采录人员:王文清 咸永红 冯丽琴 陈翠英
文字整理:泾源县文化馆
整理时间:2021 年 11 月 2 日

2020 年 12 月 30 日,赵海江(左一)在泾源县六盘山镇和尚铺村孙双玲家中讲述泾源民间故事。

一副对联

　　从前,有一户人家,家里有一对老夫妻,他们的生活十分拮据,因为家里的人口太多,老人只能辛勤地劳动。两位老人生了十个女儿不曾有儿子,当时家里的生活困难,老人辛勤劳动,养活大十个女儿,转眼就到了女儿们成家的年纪。

　　老人虽然舍不得,却也不能将女儿留在家中。女儿们一个个出嫁了,老人也已经两鬓斑白。他们现在唯一的愿望,便是女儿们能够回家多陪伴自己。可是除了过年老人的身边也没有一个孩子,他们的女儿和女婿们,都没有时间来他们家,都只顾着自己的生活。老人只能盼着每年过年,女儿和女婿们回家热闹几天。

　　有一年快过年,家家户户都在准备团圆饭,一家人围着桌子,坐在一起那场景很是热闹。尽管女儿和女婿们都没时间来他们家,他们也想和别人家一样,红红火火地过新年。他们不想家里冷冷清清的,也想把家里布置得红红火火,看着有过年的气氛。孤单的老人家就去找当地写字先生来写一副对联。写字先生想了想,就给他们写出了一副对联:家有万金不富,膝下无子不欢。老人家便高高兴兴地捧着对联回家了,因为老人家不认识字,也不懂得这副对联的意思。就把这副对联贴好了!还夸赞人家的字写得非常好看,让这个冷清的家里看着多了一丝年味。

　　大年初二,皇帝穿着便装出宫游历,体察民情。一行人游山玩水走到老人家门口,一看这副对联,皇帝立马来了兴致。想要看一看这副对联,写了一个什么意思,皇上便命人,敲开老人家的门。问老人家为什么写这样的一副对联,这副对联表达了一个什么意思?可谁知老人家也是两眼一抹黑,根本不知道对联中的意思,他们两口也是不识字的人。皇上就经过一番打听,找到了写这副对联的人,就问:"你写的这副对联什么意思?"写对联的人微微一笑说:"家有万金不富,是因为我们经常把女儿叫千金,那十个女儿就是万金,等女儿都出嫁了,家里也没有金了,所以说家有万金不富。膝下无子不欢,则是说女儿女婿们都有自己的事,就算过年最早也是初二才能到家里来,所以是膝下无子不欢!"皇上一听这解释,瞬间喜笑颜开,开始敬佩写此对联的人。认为他才华横溢,不应该埋没于此,于是便邀请此人入朝为官。这人入朝后经常与皇上谈天说地,对对联。皇上对此人也是更加钦佩了,他的官也是越当越大。

　　这户老人家听闻这件事之后,小心翼翼地将对联撕下来。找人将对联装进木框里,女儿女婿们听后也是非常愧疚,各自都忙着家里的生计,却不承想老人是孤独的,他们也需要子女的陪伴。

从那以后,女儿女婿们便时常回家里转转,陪陪父母亲,老人脸上的笑容也越来越多,从此这副对联也成为了一段美谈!

搜集地点:泾源县六盘山镇和尚铺村
搜集时间:2020 年 11 月 18 日
讲 述 人:李　强
采录人员:王文清　咸永红　冯丽琴　陈翠英
文字整理:泾源县文化馆
整理时间:2021 年 8 月 3 日

2020 年 11 月 18 日,李强(左一)在泾源县六盘山镇和尚铺村李华家中讲述泾源民间故事。

张绍奇娶亲记

从前,有个娃娃,叫张绍奇。家里贫穷,生活过得很困难。他在上学的时候,天天路过刘员外家的绣楼。绣楼上住着刘员外家里的女儿,名字叫个秀娘。秀娘虽然还未长大成人,但已经长得十分漂亮。十里八乡的少年都想到刘员外家的绣楼下,偷着看一眼秀娘。张绍奇和其他家里的娃娃不同,其他家的娃娃路过绣楼时,都会抬头张望,都想看一看秀娘的美貌。张绍奇不一样,他不但不抬头看秀娘,而且一边背经书,一边慢步行走。张绍奇天天从绣楼下经过的时候秀娘在绣楼上天天观察,秀娘越看越是喜欢张绍奇。

有一年夏天,天气特别炎热。张绍奇经过绣楼旁边的大树时,在阴凉处歇息了一会儿。秀娘看到张绍奇站在大树下,忙取出自己的一条丝帕,从绣楼的窗户扔了下来:"公子,天太热了,你擦擦汗吧。"张绍奇也未看秀娘一眼,就连秀娘扔下来的丝帕,他也没有正视一下。只见张绍奇整理整理衣衫,拿着书本继续朝着学堂走去了。

这下可气坏了秀娘,平日里来的那些个富家子弟,她从来没有正眼瞧过,这个张绍奇真是不识抬举。一个姑娘家的能主动给他丝帕擦汗,已是对他示好。可他偏不接受好意。秀娘在绣楼上转了几个圈,使了个丫头,把扔下去的丝帕捡了回来,一场恶作剧正在秀娘的头脑里酝酿着。

到了学堂放学的时候,张绍奇还是像往常一样,一个人慢吞吞地,边走路边背书。眼看到了绣楼边上,秀娘准备了一大口的水,吐向了张绍奇。那口水不偏不倚正好落在了张绍奇的身上。秀娘想,给他丝帕他不要,给他吐一口水,他肯定会破口大骂的,至少抬头看一眼她,这样也如她所愿了。让她没有想到的是,张绍奇看着秀娘吐的口水,捡起一些树叶和干草,忍气把秀娘吐的那口水擦掉,头也没有抬地走了。

秀娘气得直想跳下绣楼,拉住张绍奇骂他几句。哪怕张绍奇是个哑巴见到别人给他身上吐口水,他应该会看一眼那人。秀娘的丫头说张绍奇是个哑巴,秀娘看张绍奇长得虽然英俊,可能是个傻子。

不管秀娘想出怎样的招数,张绍奇总是不入她的道。这一天,张绍奇又要经过绣楼。秀娘准备了一盆脏水,看着张绍奇走近绣楼时,将脏水泼了下来。瞬间,张绍奇的衣服和手里拿的书被浇湿了。书是张绍奇刚借私塾先生的,私塾先生本不想借给他,见他爱书如命,勉强借给了他。这时书被绣楼上的秀娘用污水浇湿了,张绍奇不好给私塾先生交代,当下抬头大声骂起来:"你是刘员外家的姑娘,有钱有势,你怎么能这么欺负我们这些穷汉家的人哩?你把口水吐在我的身上,我啥话也没有说过。你今天把脏水泼在了我的身上,泼湿了我的书,你们这个富人家的小姐,真是欺人太甚了!"

秀娘见张绍奇,抬头看了她一眼,又开口说话,虽然张绍奇在绣楼下大声骂她,但她的心里美滋滋的。眼前的这个风度翩翩的英俊少年,不但人长得好看,而且很能忍耐,说话头头是道。秀娘连忙笑着朝楼下的张绍奇赔礼说道:"张相公你也别生气,前次要笑你,你没有言喘。我们姐妹们还以为你是个哑巴,今天确实是个意外,我们本不想要笑于你。没想到这一盆水,偏偏在这个时候倒了下来,泼了你一身脏水,书也泼湿了。这样吧,你把身上的衣服换一下,书我给你放在我们家的绣楼上晒一晒,绣楼上的太阳烈,一会儿就晒干了。"

张绍奇问道:"你一个姑娘家的,到哪里去给我换一个男子的衣服?"

不多时,衣服铺子的小二拿来几件全新的衣服给张绍奇。绣楼上的秀娘又开始喊着:"张公子,你把这些衣服换上,把你的湿衣服吊上来,我去给你洗干净晒干了,到时我差人给你送过去。"张绍奇换了衣服,将湿衣服和书一起挂在秀娘扔下来的绳子上,秀娘吊上衣服和书。张绍奇不解地问:"姑娘你这是何必呢?你不泼我水,就不用给我换洗衣服。你泼湿了我的衣服,既给我换新衣,又给我洗衣服,小生实在是不能理解。"秀娘说:"富人家的纨绔子弟,我是瞧不上眼,就看着你顺眼些,可你从来就不搭理我。我做那些要笑你的事情,就是想和你说说话,想让你看我一眼。"

到了约好归还衣服和书的日子,张绍奇从秀娘吊出的绳子上,取下自己的衣服和书,在衣服里发现了秀娘写给他的一封书信。别看秀娘是个富家女,可字迹清秀,字里行间,落落大方,有别于只识得绣花针的女流之辈。张绍奇转念一想,秀娘是个好姑娘,身在富贵之家。可自己穷困潦倒,家里的生活很是拮据,家里只有一个年过半百的老娘供养自己读书。想了很久,张绍奇自言自语道:"门不当户也不对,可惜了秀娘姑娘的一片好意了。"

秀娘看着张绍奇取了衣服和书,心里乐得开了花。看到张绍奇离去的背影,秀娘想着张绍奇看到书信后的千百种高兴的样子。她坐也不是站也不是,喝茶是笑,吃饭也是笑。睡在床上翻来覆去地睡不着,她期待张绍奇再次与她相见。过了几天,当她看到张绍奇从远处走来时,心里却害怕了起来,她莫名其妙地害羞了。心也是咚咚咚地跳着,那跳动的声音,似乎她身边的丫头都能听到。偷偷地看着张绍奇离绣楼近了,更近了,她害怕地躲到窗户后面。当她再次将头伸出窗户时,张绍奇已经离开了绣楼。秀娘失落起来,对丫头说:"他怎么走过绣楼的?还没有看我们一眼吗?他没有抬一下头吗?没言喘过一句吗?"丫头摇着头说:"啥也没有说,就和平常一样,头也没有抬走过去了。"

失落的秀娘,抱着枕头嚎啕大哭。丫头被秀娘一时高兴、一时大哭的情绪闹糊涂了。端了一杯茶,不知道该不该叫秀娘喝,生怕秀娘一气之下,大声训斥她一顿。丫头站得远远地说:"小姐,等下张公子放学的时候,咱们把他叫住,好好问一下他,看他到底是个啥想法。说不定张公子,没有发现那封书信。"秀娘听丫头说得有理,喝了一口茶,搬了凳子坐在窗台边上,等着张绍奇从私塾放学归家。可等到太阳落山,都没有等到张绍奇从她家的绣楼下经过。

第二天,第三天,接下来的几天都没看到张绍奇,秀娘和丫头盯着每一个路过她家绣楼的少年,就是没有看到张绍奇的身影。秀娘说:"张公子不会不上学了吧?"刚说完,丫头朝着经过绣楼的一个少年喊着:"喂,张绍奇不再读书了吗?"

"那个书呆子啊,读书着哩。"那人也喊着。

"那这几天咋没有看见他从我们家楼下走过啊?"丫头接着问,秀娘竖起耳朵听那人的回话:"他呀,从阳边的那条路走了,那条路比这条路多走两里地,我们为了省时间都走这条路,很少有人走那条路。"张绍奇为了躲避她,宁愿每次多走两里路,这让秀娘更伤心。

这一天,秀娘在丫头的帮助下,偷偷地下了绣楼,到张绍奇回家的那条路上等待张绍奇放学。果不其然,在阳边路的岔路口碰到了张绍奇。秀娘问:"我写的书信你看到了没有?"

"看到了。"

"那你为啥不回我书信,还选择了不从我家楼下走,而是选择了阳面的路?"

张绍奇长叹一口气,说道:"你好歹是一个员外家里的姑娘,生活上衣食无忧。我家里穷得啥也没有,我娘在你们家里做个短工,挣钱供养我读书以外,还要忙家里的农活。我家里的情形你也是清楚的,再说了,就是我们两情相悦,我们家也没有像样的聘礼来娶你。话说回来,我们家那么穷,把你娶过去,让你跟着我们一起过穷苦日子,我于心何忍啊?想到这些,我是不敢再往下想。我从你家楼下经过,你见到了我必会问及你写书信之事,我又不知如何答复你,只能选择多走两里路,躲得远远的。没想到你今天在这儿把我堵住了,既然见了面,咱们把话就说清楚,咱们门不当户不对,咱们的亲事成不了。"

秀娘说:"我不嫌弃你家里穷,只要你遂了我的心意,与我成了亲。即使你们家一无所有,我也不会嫌弃的。我看上的是你这个人,又不是要靠你养活。"秀娘开始给张绍奇安顿开来:"你回家请上个媒人……"秀娘给张绍奇安顿妥当,就带着丫头回到了家。

张绍奇回到家,刚好看到他娘从刘员外家里干完活回来。他给他娘说:"娘,刘员外家的小姐看上了我,要与我成亲,要给我当媳妇呢。你看咱家这么穷,谁会跑到咱家里给我当媳妇呢。可人家刘员外的小姐说了，不嫌弃咱们家里穷，不怕在咱家里受苦，就要到咱家里当个媳妇呢。还说让咱们请个媒人，到她家上门提亲，娘，你说这事儿可咋办么？"张大娘说："我儿已到了谈婚论嫁的年纪，可是咱们家这么穷，谁家会有女儿嫁到我们家？"说完，张大娘问张绍奇："那你对秀娘小姐意下如何？"张绍奇当然乐意娶秀娘这样的姑娘为妻，说道："秀娘是我们这些少年们做梦都想娶的姑娘。平日里，我们开玩笑都说谁要能娶到秀娘，那可是八辈子修来的福分。"见儿子十分中意秀娘，张大娘也不再阻止，说道："你们私塾里的那个柳先生识文断字，是个能说会道的主儿。柳先生时常到刘员外家做客，秀娘写得一手好字，也是柳先生给教的。柳先生说的话，刘员外基本上没有反对的。你问问私塾里的柳先生，如果他能够给你做媒人，这事儿基本上就定下了。"

柳先生对男子自由婚娶不提倡不反对，对指腹为婚的事情，也是不提倡不反对。听说刘员外家的秀娘，有意嫁到穷困的张绍奇家为妻，还要请他当媒人，柳先生思虑了很久，笑着答应了，说道："这事儿，我看行。"虽然柳先生高兴地答应了张绍奇，可他心里也嘀咕着："秀娘是本地首富刘员外家的掌上明珠。这个张绍奇虽然书读得好，人也长得英俊，但毕竟家境贫寒。然而两个孩子你情我愿，要想这对有情人终成眷属，还得好好考虑才对。"

过了好几天，秀娘还没有见给张绍奇上门提亲的媒人，心里开始着急起来。她把张绍奇又堵到绣楼下，问道："我给你安顿的事情，都过去很久了，咋还不见你们家找媒人上门提亲？你是看不上我吗？"张绍奇说："小姐，不是看不上你，我这穷困人家，能娶到你真是八辈子修来的福分。我也找了个媒人，是私塾里的柳先生，我也去请了，他是答应了给我们做个媒人。可是他只是嘴上说话，却不见啥行动，想必是就连他也知道我家太贫寒，你们家太富裕，本不是一个道儿上的人。我又寻了几个媒人，一提起我们的亲事，人人都摇头说没戏。"

秀娘说："你只管大胆地去请媒人，不要害怕，一切由我给你操持，我爹家大业大。只生了我这一个女儿，我没有哥哥，没有弟弟，也没有姐妹。在家里我说的话，我爹还是言听计从的。你尽管请你的媒人去，媒人到了由我去说道。"临别时，秀娘特别交代："不管请的谁，只要她能到我们家里提这个亲，其他的事情你不用管，咱们的这个事儿肯定就成了。"张绍奇把秀娘的话给柳先生又传了一遍，柳先生觉得自己不为这两个孩子说媒，心里实在是过意不去，就答应张绍奇，次日放学了就去提亲。

柳先生到了刘员外家里，刘员外像往常一样热情招待。柳先生这次不和刘员外谈国家大事，也不给秀娘教书识字，只是一个劲地喝茶。饭桌上，刘员外请柳先生好好吃了一顿。柳先生还是一个字都不说，不是柳先生不说，是他对比了张绍奇和刘员外的家境，觉得贫富差距还是很大，实在张不开口。刘员外让下人收拾了碗筷，又给柳先生沏了一杯茶,见柳先生仍然闷闷不乐,便问:"先生是想来借钱?"柳先生摇头,刘员外又问:"先生是觉得我们家的饭菜不好?"柳先生又摇头,刘员外问:"先生觉得我们的茶不好?"柳先生依旧是摇头。刘员外说:"先生常来刘府,我们已经将先生视为家里的一分子,如果先生有啥难言之隐,先生莫要担心,你尽管说来。只要我刘某人能办到的,我绝不推辞。"这时,秀娘走了进来,给柳先生的茶杯里添了茶,说道:"先生有啥话尽管说么,你也是我的恩师,你有啥困难我爹爹一定会为你做到的。"秀娘知道张绍奇请了柳先生来当媒人,只是当下柳先生难以开口,接着说:"先生你说出来,就是爹爹不好办的事,我秀娘肯定也给你办了。"刘员外跟着说:"先生你就说吧,我把你当兄弟了,你的事儿就是我的事儿,我肯定赴汤蹈火在所不惜。"

柳先生喝了一口茶,对着刘员外说道:"是有件事儿,就怕你不同意,还会骂我一顿。到时候你大骂了我,我没有脸,你要是应允了我的事,你倒觉得没有了颜面。考虑良久,总觉得我提这事有些不妥。"刘员外笑着说:"你是儒家弟子,孔圣人的门徒,读圣贤书行圣贤事儿。你有啥话你尽管说,别怕我不给你颜面,也不要顾及我的颜面,我肯定不会让先生难堪的。"柳先生又喝了一口茶,说道:"既然如此,那我就说了。"

"说吧。"刘员外很是期待地说。

"说吧,先生,没有什么可顾虑的。"秀娘也跟着说。

"是这样,我有一个学生,姓张名绍奇,此人仪表堂堂,长相俊朗。学业有成,已经通过乡试,成了一名秀才,日后肯定能成为社稷的栋梁之材。可此生家境贫寒,难入常人法眼。然不久前窥得小姐芳容,心往慕之久矣,特聘老夫为媒,上门说和此事。"柳先生像是背书一样,一口气把话很快地说完,说完后看了一眼刘员外,只见刘员外微皱眉头。柳先生又说:"事情就是这么个事儿,成与不成全凭你做主哩。你也不要骂张生不知轻重,也不要骂我为张生来提这个亲……"还没有等柳先生说完,刘员外抢着说:"张生这个娃娃我知道,他娘是我们这里的帮工,家里的情况我也知道哩。这个娃娃书读得好,又是个秀才娃娃,日后加以磨炼,必定能成大器。就是家境贫寒,日子过得紧巴巴的,我的女儿嫁过去,当下的日子不好过。以后的日子变数太大了,娃娃们的日子过得苦。""不过……"刘员外一说"不过"两个字,可把柳先生吓了一头大汗,刘员外随后说:"张生老实勤恳,家风节俭,这娃娃我也能看上,我看行。就看我家的姑娘看不看得上?你也知道,咱镇子上、县里的富家子弟,想攀我姑娘这门亲的人多得很。我们姑娘都瞧不上,这个穷小子,不知道我家的姑娘意下如何?"

秀娘添了茶,坐在一边就等着柳先生提亲这事儿,等了半天只听两个老人你一句我一句地说哩,就是不说正事儿。这会儿听到刘员外要问她的意思,也不管女孩子的害羞,站起来就说:"爹爹能行,我同意,我愿意嫁给张绍奇。"听到这里,柳先生站起来笑着说："这事儿把我难为的，要知道这事儿这么好办，我早早就说了么。既然刘老爷没意见，娃娃们又赞成，我看这事儿就这么定了。"他又给刘员外说："那就把这事儿先定下来，你们看给姑娘要些啥穿戴，还有啥条件，要多少聘礼？你一遍儿给咱们说出来，我也好让张生家里好好准备么。"刘员外说："张生娃啥都好，就是家里穷。他娘的厨艺很好，在我家的灶台上也忙活了几年。我也不多余要啥，让他给我的姑娘配春夏秋冬四季穿戴的四身衣服，再缝上两床丝绸锦缎的被褥，其他的要求我也不再提了。"

"那你多少要上几个彩礼钱？"柳先生给刘员外说。刘员外说："我不是不想要礼钱，你看张生家里情况，要礼钱他们家里怕是没啥给么。我心里还想要四锭银子哩。"柳先生替张绍奇答应了："四身四季衣服，两床被褥，四锭银子，这事儿算是定下来了。"柳先生回到学堂，把提亲的事情给张绍奇说了，又把刘员外的要求，给张绍奇讲了一遍。张绍奇又回到家里，给张大娘详细说了，张大娘听了后叹了一口气，说道："娃娃啊，这事儿我看是成不了啊，你听刘员外都要的啥。四季四身衣服，虽然是没有说啥布料的，但人家一个堂堂的富家小姐，肯定不会穿咱们普通百姓的粗布大衫。两床丝绸锦缎的被褥，咱们连普通布料的被褥都缝不起。再别说啥丝绸锦缎的被褥了，咱们家里二两纹银都拿不出来，四锭银子更是没有影影儿的事儿么。"张大娘对张绍奇说："这是人家刘员外不答应你们的亲事，故意为难咱们家里呢，这事儿真就是没戏了。"

秀娘想着，刘员外已经答应了他们的亲事，张绍奇很快就来了。可是左等右等，几天过去了还是等不到张绍奇登门送礼。这天，秀娘带着丫头拦住绣楼下的张绍奇："你不敢请媒人，请了媒人不敢说，媒人说了我爹也同意了，给你们开了条件，你们咋还没动静呢？"张绍奇说："你看你们家里提的条件，我哪条能应允啊，你们要四身四季的衣服，两床丝绸锦缎的被褥，我们家连粗布两尺都没有。你们家里要四锭银子，可我们家里连二两纹银也搜不出来。你们这是耍笑我们哩么？"张绍奇越说越生气，秀娘倒笑了起来，说道："我还以为是啥事儿呢，原来是为这点小事儿啊？这事儿啊你也别愁，我早就为你备好了，就等你来向我要哩。可你天天低头从我的绣楼过，也不抬头看我一眼，这些我咋给你么。"于是约好等到张绍奇下午放学时到绣楼下取秀娘为张绍奇准备的聘礼。

见张绍奇把四身四季衣服，两床丝绸锦缎的被褥和四锭银子抱回家。张大娘高兴得合不拢嘴，但转眼间张大娘又高兴不起来了。这送给刘员外家的聘礼都有了，可筹办宴席的钱财又没有了出路。张绍奇已经从秀娘那里拿了聘礼，不能再让秀娘出筹办宴席的钱财吧。这事儿把张绍奇又给难住了。

第二天，张绍奇到私塾与柳先生两个在灯下谈起张绍奇的婚事，柳先生讲当时到刘员外家里，既是怕又是惊更是喜。这婚事总算成了，有情人终成了眷属。柳先生问：

"聘礼也有了,啥时候准备筹办婚礼入洞房呢？"

张绍奇深深地叹了一口气,说:"聘礼按刘员外的要求都已置办齐全,可就是筹办婚礼的钱财上不宽裕,我不能再去找秀娘去要吧。"柳先生笑着说:"别怕,这事儿包在我的身上了,我去找刘员外,秀娘是他唯一的孩子,让他置办婚礼这不成问题。"柳先生说得胸有成竹,张绍奇虽不赞成,但也没有更好的办法。

柳先生能说会道,刘员外答应给张绍奇和秀娘筹办婚礼。还没有成婚,张大娘高兴得要死,见人就说自己家碰到了个好姻缘,碰到了个好亲家。少年佳人两情相悦,家里穷得二两银子一尺粗布也没有。刘员外家的姑娘,送了衣服送被褥,送了银子,还让刘员外筹办婚宴。这天,张大娘又见到一个老婆婆,两个谈及张绍奇的婚事,张大娘高兴地仰天大笑,结果一口气没上来给笑死了。埋葬了张大娘,张绍奇与秀娘举行了热闹非凡的婚礼。

晚上到了洞房,贫苦人出身的张绍奇,皮肤不像富贵人家那么光滑,皮肤粗糙如刺,把秀娘做的丝绸锦缎被褥,划得刺啦啦地作响。秀娘说:"我做这床丝绸锦缎的被褥也不容易,你用的时候要多加爱惜,别用你的粗糙皮肤把我辛辛苦苦做的丝绸锦缎被褥给划破了。"张绍奇心想,看来古人常说,门要当户要对是一点错也没有。你看看眼前的这事,富贵人家出身的千金小姐,开始嫌弃我这个土里刨食吃的乡野孩子了。还不要把她的丝绸锦缎被褥划坏了，人的皮不是铁打的么，她的被褥更不是纸糊上的。这哪里是让我爱惜她的被褥,这分明是千金小姐看不起贫苦百姓么。这以后的日子还咋过啊？还不如早早了断了算了。张绍奇心里想着,揭开被子穿上自己原来的衣服离家出走了。临出门前,张绍奇规划了一下自己的"逃跑线路":走得近了,别人容易发现,干脆就跑远一点,别人也发现不了,更找不到自己。

张绍奇一直走,过了一山又一山,直到走了千里之外的地方。那时正是碰上了天旱,庄稼地里颗粒无收。地干得直冒土哩,风一刮像是到了戈壁沙漠一样,黄沙土雾的啥也看不着。张绍奇被热成了"旱病",他想回家,去看一眼自己刚过门的妻子,还想到他娘的坟上烧炷香。但转念一想,既然自己跑出来了,死就死在外面吧。想着想着,昏昏沉沉地到了一家字号的外面。字号的老板是个李员外,是个大善人,遇到旱涝灾年,李员外都会放些钱粮给落难的人们。张绍奇到了李员外家字号的门外面,找了个地方躺着,一来李员外能给他一点干粮稀饭,二来其他字号的门口,也不让他这类乞丐一样的人躺着,那样会影响人家的营生。李员外的这个字号很大,雇用了五个账房先生和十个伙计。自从张绍奇到了他们字号的门口,就听到里面算盘拨动噼里啪啦地响着。这账算了三天了还没有算对,李员外天天催着:"五个账房先生三天了连个账也对不上,你们这一群饭桶么,要是明天再算不出来,你们一个个都别吃饭了。啥时候算出来啥时候吃饭,再不行,你们一个一个地都给我背着铺盖卷滚蛋！"到了第四天,眼看天晚了,五个账房先生还是没有算对账。听到李员外在字号里骂着,张绍奇吃了半个馒头,喝了早上李员外给他送的半碗稀饭,拄着拐杖走到字号里,说道:"李老爷,你别骂他们了,老爷你要是不嫌弃我的话,我来给你们算算。"这话让字号的账房先生、伙计们先是一惊。一个臭要饭的也敢走到字号里,还大言不惭地要给字号算账。李员外也不相信,对张绍奇笑着说:"你能算清楚那就更好么,我不嫌弃你,你好好算。"说完,让伙计给张绍奇倒了茶,又拿了一盘糕点让张绍奇吃。张绍奇边喝茶边翻账本,不时地拨弄算盘。其实在这几天里,张绍奇在门口听到他们在里面不停地报账,早把他们的账记得清清楚楚。不多时,张绍奇已经把账全部理顺了,而且把账算得非常准确。

这算账的速度,让李员外对张绍奇刮目相看,连连称赞,眼前这个年轻小伙子,抵得过他高薪聘请的五个账房先生。李员外对着五个账房先生说:"昨天我就给你们说过了,今天你们要是再算不出来,你们就卷铺盖卷儿走人。我说到做到,你们五个人连一个后生都不如,那我请你们干啥啊?"李员外解雇了五个账房先生,让张绍奇做了字号的大掌柜。

三年时间,张绍奇一心扑在字号上,没有一点私心杂念。这让李员外特别高兴,也特别放心把字号交给张绍奇经营。

这一天,李员外把张绍奇叫到跟前,说道:"我年事已高,膝下无子,我们老两口看你为人忠厚老实,账目精细。咱们的字号交到你的手里,我们老两口都放心。"李员外随后又说:"我们两个膝下无子,想认你做个义子,也希望你把字号经营壮大,给我们老两口送个终,我们死后逢年过节,你到我们坟地上炷香。"张绍奇满口答应了李员外。

又过了三年天气,字号的生意更加红火。字号开了四五个分字号,李员外成了当地最富有的员外郎。可是李员外的义子,张绍奇得了一种怪病,请了江南好多名医,也没有治好。李员外老两口坐在张绍奇的床边,说道:"绍奇儿呀,你这怪病,为父请了江南最有名的郎中,全都看不好你的病。到现在连你的病况,他们也诊断不清,一个郎中一个方法,就是没能确诊到底是个啥病。看你一天天地瘦了下来,我们老两口真是看不下去了,你这病是个啥病么,你知道么?"

张绍奇轻声说:"我年轻时做错了一件事,最近不经意老是想起来,我想这也是我的一桩心愿。一想到这事儿,我这心里就愧疚难当,气就出不来。"张绍奇把他与秀娘的故事讲给了李员外,李员外听后说:"我儿年纪不小了,在咱们家里这几年,你的功劳最大,咱家产富可敌国不敢说,但财富无数还是敢说的。赶明儿个给你搭个戏台,全城上下的男女老幼都会来咱们家的戏台子看戏,你在后台看着,若有看上的姑娘,我做主给你娶进门,也让你有个完整的家。"

戏唱了三天三夜,张绍奇不但没有相中一个姑娘,病情也越来越重了。他给李员外说,想回老家看看,再去找一找他当年刚过门的妻子。李员外十分不舍地说:"既然是这事儿，你还是回去一趟，把心事了一下，这病说不定就好了。"

次日一大早，李员外给张绍奇准备了两匹高头大马，大马背上驮着金银珠宝。又使了两个伙计派了马车和张绍奇一起回老家。

回到老家，刘员外的府院已转卖给他人。张绍奇到他娘的坟地上了香，又到镇子上打听刘员外，听说是家道败落以后，刘员外带着女儿秀娘和妻子在镇子一个偏僻的地方，开了个单人小店房。张绍奇来到这个单人小店房门口把马匹拴到院子里，一个伙计前来招呼他，他说要住店，伙计说："这个店太小太简陋了，不适合你这样的达官贵人。"伙计让他去住镇子上最豪华的那个贵宾楼，张绍奇说："我就看中了你们的这家小店，清静，没有啥人来打扰。"伙计斜着眼看了一眼张绍奇，心里哼了一声，准备把张绍奇往院子外面推。张绍奇说："你看你这个伙计，人家要住店，你们安排人住店就行了。哪里有像你这样做生意的，客人来了你们还不情愿，把客人往外面推。哪里有这样的道理？"伙计说："我们就一间客房，你们来了三个人，你们要怎么住啊？"张绍奇对跟随他而来的两个伙计说："两位小哥今晚就辛苦一下，他们店里肯定有柴房，你们要住柴房也行，我给你钱财你们去镇子上的贵宾楼住也行。"他的伙计说："您都住在这个破旧的客栈里，我们住柴房也行哩。"

小店伙计还是不让他们住在这个小店里，说天气太冷了，住在柴房里冻出个病来不好。正在争吵时，从里屋传来一个声音："他们要住就让住吧，冻了也是他们自找的。"这声音听起来很熟悉，张绍奇听出来了，这是他过了门的妻子秀娘的声音，只不过这声音比当年沉重。小店伙计说："老板娘发话了，要不是老板娘发话，今儿个这店你们怎么也住不进来。"

到了客房，房间里很是简陋，除了一张床一个茶桌两张凳子以外，墙壁上贴着的，是他当年在私塾里练习的字。到了夜里，天气变得冷了，客房里也冷了起来。在客房的一角摆着一个小火炉，那个火炉也是他当年在私塾里用过的，没想到被秀娘搬到了这里。他叫小店伙计来生火，小店伙计不给生火，说是要想不冷，就到镇子上的贵宾楼去住。张绍奇拿出一锭银子说："去给你们老板娘说，让她亲自过来生火，这锭银子就算是她生火的报酬。"这家小店一年也挣不到一锭银子，更何况秀娘的父母还有伙计要生活，这锭银子对她诱惑很大。秀娘抱了柴火到了客房，低头给张绍奇搬出火炉，又低头给张绍奇生了火。

张绍奇说："你火生了，看你这么漂亮，你陪我说话吧。"

秀娘说："我们这里只提供住店服务。"

不管张绍奇怎么说，秀娘就是不同意。秀娘低头要离开客房，张绍奇说："那你抬头看我一眼也行吧。秀娘说："没那个必要吧，你叫我过来生火，火我已经生好，陪说话的服务我们不提供。"

246

张绍奇又拿出一锭银子往桌子上一砸，说道："你抬头看我一眼，这锭银子就是你的了。"秀娘一听还有这样的好事，看一眼就能有银子收。然而秀娘还是很小心地说："这锭银子只是我抬头看你一眼的银子，我事先可说好，我不陪说话。"张绍奇说："说好的，只要你抬头看我一眼，我也看你一眼，这银子就算是你的了。"

秀娘慢慢地抬起头，看着眼前消瘦胡子拉碴的张绍奇，觉得眼前的这个人似曾相识，但又想不起在哪里见过他。张绍奇问："姑娘你嫁人了没有？"秀娘笑着说："我已身为人妻，婚配已有七八年时间了。"秀娘给张绍奇讲起她的丈夫，在新婚之夜嫌她说了他，离家出走了。她一个人承担起了家里的所有，家道败落以后，带着父母在这里开了小客栈。张绍奇想到忠贞又坚强的秀娘，原本是一个善良的姑娘，被他舍弃，还生活得这么艰辛，不禁落下泪来。秀娘说："我讲我的过去，公子你哭啥么？"

张绍奇哭着说："我就是你说的那个负心的男人张绍奇。"秀娘仔细地看了又看张绍奇，摇着头说："你不是，你不是。"说着准备跑出客房。张绍奇拉着秀娘的胳膊，背起了秀娘写给他书信上的诗句，这下让秀娘惊呆了，那诗只有她和张绍奇知道。看来眼前这个穿着华丽的公子哥，就是她那个负心的男人张绍奇。

七八年没有见面，此时相见两个抱头痛哭。秀娘抱出了当年的丝绸锦缎被褥，两个同床共枕。七八年天气，秀娘的皮肤也变得干燥粗糙，划得丝绸锦缎被褥刺啦啦地响，张绍奇听到声音后，想起了秀娘说他的话，于是轻声说了句："你轻一点，咱们这床丝绸锦缎被褥来得十分辛苦，别划拉破了。"这句话是句玩笑话，可秀娘当真了，秀娘想着这怕是七八年没见了，她的家道败落了，张绍奇的生活越来越好，也越来越看不上她这个结发妻子了。秀娘出了客房到了院子里的歪脖树上挂了一丈白绫自寻短见，被追出门的张绍奇看到救了下来。

张绍奇抱着秀娘又是一顿大哭，到了客房里，夫妻两个你一句我一句地说到天亮。在镇子上待了几天，张绍奇带着秀娘、刘员外夫妇，到了李员外的家里，张绍奇把字号开得越来越大，秀娘当起了阔太太，日子越过越舒坦。

搜集地点：泾源县六盘山镇和尚铺村

搜集时间：2021 年 3 月 29 日

讲 述 人：漆效文

采录人员：王文清　咸永红　冯丽琴　陈翠英

文字整理：泾源县文化馆

整理时间：2022 年 5 月 16 日

自食其果

　　古时候,有一个丞相,家里非常富有,铺张浪费,尤其非常浪费粮食。家里有专门做饭的厨师,每次吃一顿饭摆满一大桌子,顿顿都赛过普通人家的宴席。那真是鸡鸭鱼肉,酒肉汤菜,荤的素的,摆得满桌都是。每顿饭都吃不完,顿顿总是吃的少倒的多,一倒就是几桶香喷喷的食物。

　　丞相家里,有一个看院子的老汉,他家离丞相家大概二百米远的距离,刚好住在丞相家那条水渠的下游。这个老汉受不了丞相家的浪费,就给家人说,丞相家每次吃完饭,饭大师都要倒掉好几桶食物。就倒在咱们家门前的这条水渠里了,那都是些当天的新鲜食材做成的,倒掉实在太可惜了。你们在水渠下游搭上一个筛子,把过滤下来的食物晒干存放起来。万一哪一年遇到灾年,咱们就不愁没啥吃的,就不会饿死了。安顿好家人之后,他的家人就在那条水渠下游搭了一个筛子,每天都把过滤下来的食物,冲洗干净晒起来。丞相家每天每顿饭后一过滤就是几筛子,等晒干后就存放起来。就这样不觉已过了几年,过滤后晒干的有干饭、肉、菜、干馍馍、粉条、豆腐等各种各样食物。丞相家从这条水渠,倒下去的食物不计其数!看院老汉家把这些晒干的食物用羽席圈放,放满了几间房!

　　有一年,这位丞相被贬官,家里的东西也被朝廷全部没收了。丞相家一贫如洗!丞相一看这个样子,家里几十口子人,没啥吃没啥喝,到底咋办呢?这时候他的这个看院子的老汉说:"唉,大人,我把你们请到我们家去,我把你们养活上。"丞相无奈只好同意了。看院老汉就把丞相和他的妇人、儿子、媳妇、孙子等一家老小,都领到了自己家里。看院老汉对丞相说:"大人你看,我们家吃的东西多得很!你看这三间房,都是我存的粮食。"看院老汉让家人把干饭用水一泡,放在笼屉里一蒸,给丞相一家人端了上来。丞相一看说:"你们家里哪里这么好吃的东西来?"看院老汉说:"唉,我家里这样的东西多得很!我带你去看看!"丞相一看说:"你哪里来这么多的东西?"看院老汉说:"这些东西都是你家里的,大人家每顿饭吃的少倒的多,都从经过我家门前的这条水渠倒了下去,我让我的家人用筛子,在下游过滤后,晒干存放了起来。"

　　丞相一家人,在看院老汉家吃了一年多。由于以前锦衣玉食,被人伺候的日子过习惯了。他们都不会干活、下不了苦,没有自食其力的能力。在当时的那种境地,手里没有一两银子,他们根本就没有翻身的机会。老丞相在看院老汉家真切地感受到,底层老百姓生存的不容易,体会到粮食的来之不易后,深深地自责说:"唉,咱们把缺德的事做下了,把咱们的禄粮破坏了么。"

有一天,吃饭时丞相就对他的家人说:"今天吃完这顿饭,咱们回去把老先人祭拜一下。"吃罢饭,老丞相真诚地感谢过看院老汉一家人,说是回一趟自己家,祭拜自家老先人。老丞相带领家人回到自己家里,祭拜过家里的老先人,就和家人开始学着种地,过起了农夫的生活。

搜集地点:泾源县六盘山镇和尚铺村

搜集时间:2020 年 12 月 14 日

讲 述 人:赵海江

采录人员:王文清　陈翠英　咸永红　冯丽琴

文字整理:泾源县文化馆

整理时间:2021 年 8 月 15 日

2020 年 12 月 14 日,赵海江(左一)在泾源县六盘山镇和尚铺村孙双玲家中讲述泾源民间故事。

自享自福

有一位王爷姓白，人人都叫他白王，白王家境富裕，生活幸福美满。膝下有两个女儿，一个儿子。大女儿叫雪莲，人称雪莲公主，雪莲早早就结婚了。二女儿叫白娃，人称白娃公主。儿子是家里唯一的男孩，也被白王宠成了一个不知天高地厚的人，整天过着小王爷的生活。

俗话说一娘生九子，九子各不同。三人虽都是王后所生，性格却是有着天壤之别，三个孩子也在做事做人方面，没有一点相同的地方。

白王寿宴这天，王府里拉起了红色的绸缎，张灯结彩。王府的下人更是起早贪黑地忙碌着，有人忙着挂绸缎，有人忙着招呼前来祝寿的客人。前来王府祝寿的人络绎不绝，有白王的亲戚朋友，有官家的人前来为王爷祝寿，这可把白王高兴得合不拢嘴。

白王看着前来祝寿的人，也看着自己的儿女，感到非常的开心。他看着自己的三个孩子和女婿心里非常甜蜜，白王看着自己的大女儿说："雪莲啊，你是家里最大的孩子，你给我说一说，你现在过着这么好的生活，是享谁的福啊？"雪莲公主忙笑着："我能有现在的生活，全是享父王母后的福。"这可把白王高兴得嘴都合不拢了。雪莲公主又接着说："父王在我小的时候，给了我富裕的生活，让我不知道苦的味道，长大后又为我寻了一个好人家。婆家也看在父王母后的面子上，不曾对我不好。父王您也一直在照顾我的婆家，这样好的娘家我去哪里寻找。"白王听着大女儿对自己的奉承很是开心，便接着问女婿："你享的是谁的福啊？"女婿也笑着说："我享的也是岳父与岳母的福，让我有幸能娶到雪莲这样好的姑娘。"

白王对大女儿女婿的话很是受用，转头看着自己的儿子说："你是家里的老二，也是家里唯一的男孩子。以后也是要继承我的一切的，你说说你享的是谁的福？"儿子说："我享的是父王的福，如果不是父王，我现在指不定在哪里讨饭吃。说不定连一个乞丐都不如，这一切都要感谢父王，您给了我这么好的生活。"白王看着两个孩子，感到甚是欣慰。便接着问白娃公主说："白娃啊，你是家里最小的，还没有成亲，你说一说你享的是谁的福。"白娃公主不假思索地说："我享的是自己的福，一人一个福。"这可把听惯了奉承话的王爷给气坏了，当即便说："你要是这么说，一人一福，那你就不要待在王府里了。你出去享你的福去吧！我把你白白拉扯了这么大，你还这么说着呢。"

白娃公主对白王说:"父王,您此话当真吗?"白王说:"君子一言,驷马难追。我说了就是真的,你给我往出滚!"白娃说:"父王,您看儿子女儿都是您的心头肉,你就这样把我打发出去,我可怎么办啊?我有一个要求你能答应吗?"

白王气呼呼地说:"你有什么要求尽管说?但是说好了要钱没有的。"白娃公主说:"我不要钱,就是想要您给我找一个坐骑。驴和马踢着跳着,我不敢骑。您看谁家有水牛,您给我找一个我骑。"白王说:"这个可以。"便吩咐人去附近,为白娃公主找水牛去了。王后觉得白王的做法不太妥当,自己辛辛苦苦拉扯大的女儿,从来没有吃过苦。现在怎么能就这样打发出去,何必和一个孩子计较,王后就对白王劝说。白王便骂道:"你懂什么啊,你少说话。"

这边管家也从农户家找了一头水牛回来,白娃公主一边摸着水牛的头,一边对着水牛道:"从今天开始我就是你的主人了,我要骑着你去享自己的福。你走到哪我们就在哪休息,这样也方便我照顾你。"

临走之前,王后哭天抹泪的,还偷偷地给女儿三锭银子。说:"你从小就在王府长大,没有受过苦,总不能出去讨饭吃,这银子你先拿上花着。等你找到落脚地,找人给我通报一下,我再给你捎些银两。"就这样,白娃公主骑着水牛,踏上了自享自福的道路。

水牛驮着公主,一步一步地向前走着,不知去向哪里。走着走着,水牛走累了。她们也走到了一个没有名字的村庄,在这个村庄的村口水牛卧着休息了。这个村庄里面的村民,看到一个大水牛驮着一个姑娘,便说:"我们的这个村庄也没有名字,这个大水牛在村口卧了一点坑,不如我们村就叫'卧牛村'吧!"休息好了的水牛,驮着白娃公主继续向前走去。

走了一段时间后,水牛驮着公主走到了一个很窄、很黑的巷子里面。水牛用头将土墙一下一下地撞着,终于将土墙撞开了一个大的窟窿。水牛纵身一跃跨了过去,走进了一户农家,水牛在这户农家的院子里站着不走了。

这户人家只有娘两个,母亲眼睛瞎了,儿子终日以打柴为生。白娃公主走进房里,看见一位老人坐在房中便道:"老妈妈,你们家有没有现成的东西,可以给我吃点吗?我赶了一天的路了,现在实在很饿。"老人说:"我的眼睛从二十几岁的时候就看不见了,你自己找找看有没有吃的。"白娃说:"老妈妈,那你一个人怎么生活啊!"老人说:"我有一个儿子,他每天都在给我做饭,他每天都会出去打柴卖柴。"白娃公主在房子里找吃的,找了一圈什么也没有,就有米和面。可十指不沾阳春水的白娃公主,怎么可能会做饭。便对老人说:"老妈妈,你先坐着,我出去找点吃的。"

白娃公主在路上,遇到了一位大娘,这位大娘也是一个善良热心的好人。白娃公主说:"老妈妈,你家有吃的吗?我今天赶了一天的路,现在饿得很。"大娘将公主带回家,迅速地给做了一碗饭。吃完白娃公主又回到了这家,问老妈妈家里,有没有镰刀她给牛割点草吃。老人又让白娃公主自己去找,她也不知道。

做完所有的事情,白娃公主便等着老人的后生回家。等得着急了便对老人说:"老妈妈你家后生没有媳妇,我给你当儿媳妇吧。这样我也可以服侍您。"老人摸了摸白娃公主的衣服说道:"这个万万不可,你看你穿的衣服滑滑的,肯定是绸缎。我们家穷,我的儿子和你不般配。"白娃公主说:"老妈妈我的确是富豪家的女儿,你不要嫌弃我,我也不会嫌弃你家穷的。"老人便说:"那你等我儿子回来后问问他吧!"

后生走到家门口,看着门上拴着一头牛,心里还很疑惑。回到家里看见有一个漂亮的姑娘。还不等他说话,老人便说:"儿子,家里来了一个客人,你给做点饭吃。"白娃公主不愿意了,直截了当地说:"老妈妈,你在不要说客人了,你就直接给你家后生安顿好,以后我是他的媳妇。直接叫媳妇就好。"这可把后生说得面红耳赤,连忙跑去做饭了,白娃公主也去给帮忙了。这一来二去的两人也慢慢熟悉了,白娃公主便在这家赖着不走住了下来。

过了一段时间,老人为儿子与白娃公主举办了一场简单的婚礼。因为家里穷,只能给两人换一身新装。结婚之后男人还是过着打柴卖柴的日子,白娃公主便说:"你怎么不想着改行,这个砍柴又挣不了多少钱。"丈夫说:"我改行做什么呢?其他的我不会啊。"白娃公主说:"你可以烧炭啊,这个可以挣钱。"男人听了白娃的话便改行去烧炭了。男人每天都砍柴烧炭,烧了整整三窑炭准备卖钱,可炭价只降不涨,家里的事情也比较多,烧炭还不如自己砍柴卖柴,可他仍是坚持烧炭。

然而天公不作美,连着下了几天的大雨,山里进不去了。家里也没有吃的米和面了,白娃公主拿出母亲给自己的三锭银子,让丈夫去买吃食。男人也是一个心地善良的人,走到路上看见一条狗咬着一个人的腿不放。他在身边寻找了一圈,没有一个能打跑狗的东西。一摸自己的胸口有东西,不假思索地掏出来向狗扔去。打到了狗的头上,狗一痛便向远处跑去。救下了这个外乡人,外乡人向自己表示感谢。他才想起刚刚扔出去的是一锭银子,忙跑去寻找却没有找到。

失落的他继续向前走着,走了一段路。看到一片谷子上爬着一大群麻雀,把谷子压折了。他看着这群麻雀,这样糟践粮食,不由得生气了。又从怀里掏出一锭银子向着麻雀打去,麻雀飞了,银子也找不到了。他心里想"三锭银子已经丢了两锭,剩下最后一锭银子,一定要去买米和面。我们年轻可以不吃,但是我娘不能不吃。"他边想边向前继续走去,路过一片菜园,看见一匹高头大马,在菜园里面把这个白菜啃一口,把那个白菜啃一口的。顿时生气了,掏出银子打向马屁股。马跑了,去菜园里找银子也没有找到,这下坏了。买米面的三锭银子都没了,这下咋办呢?不行回家和邻居先借上,等天气晴了再说,就这样又向家的方向走去。

回到家,白娃公主问怎么没有买米和面。男人就把自己走在路上的事情,告诉了白娃公主。说:"现在这该怎么办呢?"白娃公主说:"没事,我头上还有一个金叶子你拿去卖了。这个卖的钱多着呢,你再不要丢了。这还是我妈给我偷偷给的,你去把米面买上。我们年轻人不吃能行,老妈妈不吃不行。"男人拿着说:"我还以为是啥金叶子,你这个能值多少钱,我见得多得很了。"白娃公主说:"你一个烧炭的哪里见那么多的金叶子去,你赶快拿着买米面去,等着天晴了,你给咱拿回来点我看看。"男人说:"等着天晴了我给你拿。"

天空放晴,男人就拿了个袋子烧炭去了,回来的时候就把金叶子装了一袋子。白娃公主一看说:"这个再有吗?"男人说:"多着呢,和树叶子一样多。"白娃公主说:"那从明天开始你不要烧炭了,你给咱们把这个往回背。你看我给你一个金叶子,你买了那么多的米面?这个多了咱们这辈子吃穿就不用愁了。"于是男人每天都会去背一趟。

白娃公主是王爷家的女儿,也是一个特别有主见的人,看见丈夫背了这么多的金叶子。打定主意要修建新房子,便差丈夫找工匠,买木料修建新房子。还给新房修了一间暗室,给丈夫千叮咛万嘱咐地说,不要把这间暗室给人说了,金叶子也在暗室里堆了一半。就这样两人的日子也过好了,房子也修好了。白娃公主就想去看一看自己的父王母后,便对丈夫说:"你把我送到我们家门口,你先在外面等着,等我进去说好了你再进来。"

回家总是最开心的,可这给家里拿点什么,街上的东西我父王还可能不太喜欢,这怎么办呢?丈夫说:"我上次捡了一个圆溜溜的东西,你拿着去给我丈母娘,让看着玩去。"白娃公主一看说:"这你哪里捡的,这是红宝石么。"男人说:"这个在金叶子里面放着呢,我挖土挖出来的,那个沟里还有好多呢。"白娃公主当即决定不回家了,和男人一起去捡。在装红宝石的筐子上面铺上了一层草,男人连续担了几次才担完。白娃公主这才给丈夫说,什么东西都不拿,我回家看我父母怎么说。

回到家,母亲看到女儿感到非常的亲切,白王冷哼一声说:"自己享自己的福,你看我干啥哩?还叫着我浪去哩?你拿金叶子把我家门前的路铺了。再拿上一根金条,抬着轿子来请我才哩。白娃公主说:"父王您说的是真的吗?"白王说:"我说的话全部算数。"白娃公主说:"好的。"出门便与丈夫回家了。两人背着一筐金叶子,连夜铺起了路,两人赶天亮就将金叶子铺到了王府门口,找了两顶轿子来请父母。

白王不信,派人到王府门口一看,果然是用金叶子铺成路。还从来没有见过这么多的金叶子,门口还停着两顶豪华的轿子。白娃公主请两人去家里浪,白王食言不去。王后心疼自己的女儿,坐着轿子去了白娃家里,王后看着这院新房子欣慰地笑了。白娃公主对母亲说:"当年我离开家时,您给我的金叶子救了我的命,我让你看一下,是不是自己享的是自己的福?这家还是我当年赖着不走,硬要人家收留我,也是我硬要做人家的媳妇,这些都是您女婿打柴烧炭时捡的金叶子换来的。"

人不可貌相,海水不可斗量。从那以后,白王也不说那些讽刺的话了。他也没有想到,他的女儿比自己的福分还大。他还没有那么多的金叶子和金条,也终于相信了自己享的是自己的福。

搜集地点:泾源县六盘山镇东山坡村

搜集时间:2020 年 12 月 16 日

讲 述 人:姚治富

采录人员:王文清　陈翠英　咸永红　冯丽琴

文字整理:泾源县文化馆

整理时间:2021 年 10 月 30 日

2020 年 12 月 16 日,姚治富(左二)在六盘山镇东山坡村柳金花家中讲述泾源民间故事。

后 记

泾源县文化馆研究馆员　王文清

《泾源民间故事》这套丛书是在上级文化旅游部门的高度重视和泾源县委、县政府的大力支持下，文化馆（非物质文化遗产中心）全体人员经过六年多时间的不懈努力，终于付梓。欣喜之余，如释重负。

泾源民间故事是目前泾源县唯一的国家级非物质文化遗产代表性项目。回想文化馆非物质文化遗产中心起步时非常艰难，没有一个非物质文化遗产代表性项目，没有一位传承人，更没有一份原始资料，我们是从一张白纸开始，克服一切困难，进村入户，对泾源非物质文化遗产项目进行全面普查、登记。截至 2022 年年底，成功申报国家级非物质文化遗产代表性项目 1 项，自治区级非物质文化遗产代表性项目 11 项，自治区级传承人 20 名，自治区级传承基地 3 处。固原市级非物质文化遗产代表性项目 16 项，传承人 45 名，县级非物质文化遗产代表性项目 42 项，传承人 128 名。

《泾源民间故事》丛书的整理出版，是全力打造一系列泾源文化遗产工程的一个环节。其宗旨是搜集挖掘、整理和发展泾源民间文化，探寻文化源头、弄清文化背景、理清文化脉络、做好文化课题，构筑泾源文化精品体系，提升泾源文化品位，统筹经济和社会全面发展，共塑泾源新的文化品牌。这套故事集既是民间故事鉴赏的精品，又是研究六盘山地区民俗学、文化学、语言学、伦理学和社会学的宝贵资料。泾源虽说县小人少，但泾源的文化底蕴非常丰厚，流传较广的济公和尚修炼于延龄寺，道教名人广成子修炼于白云山。李白、王维等历代诗人对泾源都有精彩的描述，《西游记》《柳毅传书》《封神演义》等撰述了泾源神秘的龙文化。泾源民间故事不仅数量多，种类也比较齐全，有幻想故事、生活故事、寓言和笑话。其中，幻想故事中又有动物故事、精灵故事、鬼怪故事和宝物故事，生活故事中又有机智人物故事、聪明媳妇故事、财主与长工故事和其他生活故事，笑话中也是嘲讽笑话、幽默笑话和诙谐笑话并存。它们或表现人与人之间的矛盾，或书写人们的生存困境、或描写人类美好愿望、或赞美美好品质、或鞭挞丑恶行为，都比较真实地反映了泾源人民的生产生活的渊源。

《泾源民间故事》丛书是县文化馆非物质文化遗产中心的同仁们经过六年时间的

采访搜集、挖掘整理,采录民间故事 1440 篇,约 200 万字。这当然不是泾源民间故事的全部,而只是其中的一部分,遗憾的是,泾源民间故事不能全面搜集挖掘整理,更为遗憾的是,有好多民间故事讲述人已经故去,使一些非常珍贵的传说故事彻底消失,不得不令人怅然若失。今天能出版这套《泾源民间故事》,责任重大,意义深远,可以把流传在人们口头的和散落在民间资料中即将消失的民间故事,用文字、图片、音频、视频等方式保存下来,这是一份弥足珍贵的文化遗产,这是一件泽被后代、功德无量的大好事。这些民间口头文学作品不仅彰显泾源浓厚的文化底蕴,也是打造文化泾源品牌的需要,而且对于弘扬民间优秀传统文化具有重要的现实意义。

在这次对泾源民间故事的搜集整理过程中,我们采录了好多宝贵资料,得到了很多民间故事讲述人的大力支持,他们是姚治富、漆效文、杨彩兰、李凤鸣、田秀莲、马宝珍、杨德山、海尚云、马宝珍、马爱萍、柳碧元、杨生忠、李强、司玉霞、李华、赵海江、金素花、何生莲、姚慧琴、张进元、刘焕章、魏国斌、陈福才等,他们年龄最小的也都六十多岁,最大的八十多岁,泾源民间故事濒临灭绝,抢救保护泾源民间故事责任重大。这些讲述人在民间故事的传承过程中,并非每一个人都具有创造和传播民间故事的能力,那些见识广、记忆好、说话巧的人才是民间故事传承的主要群体。这些人长期扎根在人民群众当中,与民间乡土血肉相连,练就了超强的讲述能力。他们了解群众的好恶,明白群众的情感,能积极主动地吸纳民间故事,并融入自身的知识积累和生活体验,形成独具特色的讲述风格。这些讲述人通常具有鲜明的个人风格和出色的创编能力,能触类旁通,将戏曲、传说、歌谣等不同的民间文学与故事结合在一起,并融入自己的人生感悟,使得故事情节更加丰富、立意更加深刻。

《泾源民间故事》丛书所有入选作品都在地区、民族、内容、风格、类型等方面有代表性。对于内容相近的作品,注重质量,精选了其中较完整、较有特色的篇目。所有故事都具有一定的趣味性和吸引力,形象生动,情节曲折,语言精炼,充满正能量和具有教育意义。

《泾源民间故事》丛书在挖掘、搜集、采录、整理、统稿、编校等工作中,首先感谢泾源县文化馆非物质文化遗产中心的同仁们,感谢阳光出版社的编辑对丛书的认真编校。还要感谢固原市委宣传部对这套丛书的认真审核,还有固原博奥彩色印刷有限公司全体员工认真负责和精美印制。正是因为有这么多人的共同努力,才使《泾源民间故事》丛书得以出版,相信这套民间故事,会对传承民间优秀文化、研究地方史、文化史、民族史等,产生积极而深远的影响。

2023 年 5 月 30 日